밤, 네온

밤, 네온

조이스 캐럴 오츠

이수영 옮김

은행나무세계문학 에세 · 13

은행나무

케이 사이먼에게

차례

우회하시오

봄에는 너무 이른, 3월 중순이라고는 믿을 수 없을 만큼 눈부시게 하얀 햇빛이었다. 게다가 흙이 녹으며 되살아나는 축축한 냄새, 너무 빠른.

그 결과 애비게일은 현기증을, 비현실감을 느끼고 있었다.

지진처럼 땅 자체가 흔들리는 감각이 그녀가 운전하는 자동차 바퀴 아래서, 집으로 돌아가는 익숙한 길에서 전해지는 듯.

앞을 응시하며 경악했다. 도로를 막고 샛노란 표지판이 서 있었다. '우회하시오.'

"망할."

운전 중에 혼자 울분/탄식을 터뜨리는 때가 아니면 애비게일이 욕설을 뱉는 일은 드물었다. 그럴 때도 누가 들었다면 무척 수치스러워했을 것이다.

"제기랄."

집까지 4분의 3쯤 왔는데 수 킬로미터를 돌아가게 생겼다. 여기 시골 도로여서 갈라져 나가는 도로가 많지 않았다. 가로세로로 반듯하게 펼쳐지는 도시 거리와 달랐다. 계획보다 늦게 집에 도착할 것이고 남편의 귀가 전에 그녀만의 시간이 부족할 것이었다.

꿈같은 막간 시간, 그녀와 남편을 위한 식사를 정성스레 준비하는 시간. 난롯가에서 촛불을 켜놓고 하는 저녁 식사.

그리고 그녀는 앨런에게 들려줄 좋은 소식이 있었다. 전하기 알맞은 때를 일부러 기다린 소식이.

'여보, 맞혀봐!'

'검사 결과?'

'맞아! 음성이야.'

전혀 예상 못 한 소식은 아니다. 수개월 동안 치료를 받았으니까. 그럼에도 몹시 기쁜 소식. 1년 동안 변함없이 '좋은' 게 아닌 병원 소식을 받았으니 '약간이라도 좋은' 소식은 반가웠다.

그녀 앞쪽의 다른 차량 운전자들이 차례로, 기계적인 정확도로 차를 돌려 더 좁은 도로로 향했다. 애비게일은 그들의 순응성이 의아했다. 그녀 자신은 저 망할 표지판을 슬쩍 지나가고픈 유혹을 느꼈다.

그녀의 집은 1킬로미터 정도만 더 가면 됐다. 그냥 가도 괜찮지 않을까? 표지판 뒤쪽 도로에 다른 장애물이나 공사판은 안 보였다.

'우회하시오'의 협상 불가능성은 부당했다. 질문도 할 수 없고 물어볼 사람도 없이 그저 '우회로'만 따라서, 그것이 나를 목적지로 이끌 거라고 믿어야 하다니.

우회 표지판을 무시하는 게 불법이었나? 위험한가?

'엄마라면서 그런 짓을! 교통 딱지를 받고, 소환을 당하고, 그녀 평생에 처음……'

그녀는 충동적인 사람이 아니었다. 절대로.

30년간 그녀가 살아온 집은 뉴저지주 스톤리지에서 서쪽으로 7킬로미터 떨어진 교외 시골에 있었고 남편과, 그리고 그들이 젊을 때는 자녀 서넛과 함께였다. 30년간 별 변함 없이 노스리지 도로를 오가며. 그 오랜 세월 동안 다른 길로 운전해 들어가는 일은 드물었고 주변 교외 지역이나 지역 도로에 대해서는 거의 알지 못했다. 우회 표지판과 마주친 기억이 없다. 만일 마주친 적이 있었다면 엄청 불편했을 텐데.

그녀는 남편이 돌아오기 전에 집에서, 자신이 제일 좋아하는 주방에서 혼자 시간을 더 가지고 싶었다. 하지만 앨런은 이미 집에 도착했을지도 모르는 것이, 작년에 반쯤 은퇴한 상태기 때문에 남편의 일정은 회사에서 요청하는 (법률) 업무에 따라 매주 달랐으니까.

남편은 하루 일과를 그녀에게 자세히 들려주는 습관이 있었다. 사무실에서 무얼 했는지, 성과가 얼마나 많았는지(혹은 얼마나 적었는지). 누구랑 회의하거나 점심을 먹거나 통화를 했는지. 계속 이어지는 스토리도 있었다. 그녀가 만나본 남편의 동료는 몇 안 됐지만 오랜 세월 들으며 친숙해진 이름들, 되풀이되는 경쟁과 동맹의 서사, 갑작스러운 균열, 불화, 비극적 전개, 뜻밖의 결말. 이런 일화들 속에서 앨런은 변함없이 주인공이었다. 스토리의 중심이었다.

그녀가 늘 열중해서 듣는 것은 아니었지만, 듣는 데서 낙을 얻었다. 이 남자에게 북받치는 다정함을 느끼지 않을 수 없었다. 결혼 초부터 그 모든 세월 동안 따분한 그의 삶을 아내에게 엄숙히 고하며, 마치 아이가 어머니에게 일상의 사건들을 고하면서, 자신이 한 어떤 일이든, 무슨 말이든, 다른 사람도 아닌 아들의 말이니까 귀중하게 여겨지리라 확신하는 것처럼.

애비게일은 남편에게 그녀의 하루를 더 간략히 들려주었다. 그녀는 아내였으니까, 남편을 지루하게 만들기 두려웠다.

어릴 때, 소녀일 때, 애비게일은 타인의 기대에 맞춰 성장하는 법을 배웠다. 그녀의 삶에 단일한 스토리가 있다면 그것은 유순하게 구불거리는 뱀의 윤곽을 가졌고, 그 서사는 뒤틀리며 영롱하게 반들거리는 위장의 겉가죽을 쓰고 늘 쾌활했다.

심지어 어머니가 되어서도 그랬다! 아마도 무엇보다 어머니가 되어서 그랬다.

'그들에게 알리지 않는 게 핵심. 얼마나 겁에 질렸는지, 얼마나 아는 게 없는지. 그들이 살아남아서 얼마나 놀랐는지.'

인간 아기만큼 연약해 보이는 것도 없으니까. 물렁한 두개골, 부드러운 눈에 그렇게 조그만 허파, 울음이라도 터뜨리면 찌그러질까 두려운 것이다.

✍

"망할!" 자동차가 덜컹이고 출렁였다. 맹렬한 겨울이 좁은 시골 도로를 구덩이와 바큇자국으로 망가뜨렸다. 애비게일은 어쩔 수 없이 다른 차들을 따라 부자연스럽도록 느리게 운전하며 양손으로 운전대를 움켜쥐었다. 관자놀이가 쿡쿡 쑤시기 시작하며 비현실감이 깊어졌다.

분명 곧 원래 도로로 돌아갈 수 있을 것이었다. 막은 도로 옆으로 네모나게 우회하도록 우회 표지판을 세워놓기 마련이고,

그래서 우회 표지판 너머 원래 도로와 연결되니까. 하지만 콜드소일 도로는 노스리지 도로의 반대 방향으로 이어지는 듯했다.

아, 휴대전화가 어디 있지? 앨런에게 전화해서 늦을 것 같다고 말해야 했다. 하지만 가방을 뒷좌석에 대충 던져두었더니 손이 닿지 않았다.

늦은 오후의 태양은 부자연스레 밝았다. 하늘은 연한 주황색과 붉은색의 수채 물감을 닮아 너무 예뻐서 현실 같지 않았다. 특히나 달력 그림처럼 진부하게 예뻤다. 지난주만 해도 해골같이 메말랐던 낙엽수들이 이제 조그만 녹색 봉오리들을 잔뜩 달고 빛났다.

너무 일러! 애비게일은 경각심에, 두려움에 전율을 느꼈다.

'죽은 자들을 깨우다니, 잔혹한 봄. 우리가 자도록 자비롭게 놔두지 않고.'

콜드소일 도로에서 그녀의 차는 더 좁은 시골길로 벗어났는데, 이름도 없는 도로처럼 도로명을 발견할 수 없었다. 우회 표지판을 따라가는 수밖에 없어서 울화와 불안이 점증하는데, 좌회전 다음엔 우회전이 나와야 표지판 속 (네모난) 우회로의 그림이 맞는 게 아닌가 싶지만, 이렇게 왼쪽으로 길게 휘어진 도로는 더욱 시골로…….

'어디로 가는 거야? 이건 잘못됐는데.'

이 무명 도로에는 통행이 드문드문했다. 아무도 앞쪽에서는 오지 않는 듯했고 애비게일과 함께 모든 차량은 우회로를 따라 풀 죽은 유랑민처럼 질금질금 이어졌다. 설상가상, 그렇게 덜컹거리고 났더니 애비게일의 차 운전대가 헐거워진 느낌이 들었다. 돌릴 때마다 반응이 늦는 것이 얼음 위에서 운전하는 듯했다.

마침내 어느 굽은 길에서, 그녀가 운전대를 돌렸지만 차가 전혀 반응하지 않고 그대로 앞으로 돌진해, 도로를 벗어나 얕은 배수로에 처박혔다. 기겁해서 브레이크를 밟았지만 역시 듣지 않았다.

호통처럼 무언가 그녀의 이마를 쳤다. 웅성웅성 멀리서 들려오는 목소리들이 그녀의 우둔함을 증언했다.

그녀는 부정하며 외쳤다. '아니야!' 그녀의 잘못이 아니었다. 운전대가 잘못되었다.

앞바퀴가 배수로에 박혔고 뒷바퀴는 차도에 남았다. 앞창이 날아들어 그녀의 이마를 친 듯했다. 그녀는 절망하고 황망하여 흐느꼈다. 운전대가 어떻게 된 거지? 브레이크도 듣지 않았다.

기우뚱거리는 차에서 빠져나가느라 많이 힘들었다. 운전석 문을 밀어 열고 차도로 기어올라 숨을 헐떡이고. 호흡처럼 심장 박동도 난리였다. 너무 놀랐던 것이다! 균형감도 잃어서, 흔들리는 배 위처럼 걸었다.

차가 한 대 다가와서, 미친 듯 손을 흔들어 세우려 했지만, 운전자가 보지 못한 듯 속도도 늦추지 않고 지나갔다. 앞창에 햇살이 반사되어 운전자의 얼굴을 볼 수 없었다.

애원하듯 외쳐 부르고. "안 돼, 기다려! 그냥 가지 마요……."

휴대전화가 든 가방은 차에 있었다. 다시 차로 기어들어갈 엄두가 안 났다. 다행히 배수로는 꽤 얕았고 자동차의 앞바퀴가 빠진 물은 30센티미터가 안 되는 깊이였지만 물에선 고약한 냄새가 났다. 거길 헤치고 들어가고 싶지도 않았고 더구나 손을 집어넣고 싶지도 않았는데, 허파가 망가진 이의 호흡처럼 꾸르륵 소리가 나며 차 안으로 물이 스며들기 시작했다.

옆 창문으로 들여다봐도 가방이 안 보여서 바닥에 떨어졌나 싶었다. 휴대전화도, 지갑도, 건질 수 없었다……. 자동차 열쇠도 시동기에 꽂혀 있었지만 빼 올 수가 없었다.

그러는 동안 또 다른 차가 도로를 지나갔다. 애비게일이나 배수로에 빠진 자동차 꽁무니를 운전자가 못 봤는지 아무 기색 없이, 흔들림 없이 운전을 계속했다.

다시 차도로 올라가 비틀거리지 않고 똑바로 서려 노력했다. 그런 생각이 들었다. 무슨 일이 있어도 취하거나 부상당한 것처럼 보이지 않아야 한다고. (얼굴에 피가 났을까? 지나가는 사람들은 자기 차 내부에 피를 묻히고 싶지 않을 것이다.)

쿡쿡 쑤시는 이마에 손가락을 조심스레 대보니 피가 묻어나진 않았지만 콧구멍에서 뭔가 흘렀다. 코피가 나나? 코가 부러진 게 아니었으면 하고 바랐고 더 다칠까 봐 손을 대기 두려웠다.

그런데 왼쪽 신발은 어떻게 됐지? 한쪽 발에만 신발을 신고 서 있었다. 왼발의 가벼운 모직 양말이 배수로에서 젖었다.

그녀는 비참하게 도로를 둘러보며 신발이 있나 찾았다. 하지만 없었다. 물론 신발은 차 안에, 앞좌석 바닥에서 냄새나는 물에 잠겨 있는 게 분명했다.

어쩔 수 없이 다시 차도를 걸으며 다리를 절고 조금 흐느끼며 근처 인가로 향했다. 전화를 쓸 수 있냐고 물으려 했다. 불합리한 요구는 아니었지만 머리가 흐트러지고 망할 코피가 흐르고 있었다.

'지금이야! 자신을 증명해봐.'

그녀는 알 수 없는 기대감에 사로잡혔다. 도취감에도 가까웠다.

그녀는 인생의 대부분을 '기다려왔다'. 하지만 무엇을 기다렸는지는 알 수 없었다.

밝고 호기심 많은 아이일 때는 진짜 인생이 시작되기를 기다렸다. 들뜨고 수줍은 청소년일 때도 진짜 인생이 시작되기를 기다렸다. 결혼할 남자를 만나기 전, 진짜 인생이 시작되기를 기다렸다. 그러고 나서 이 남자와 결혼하기 전 몇 달 동안, 진짜 인생이 시작되기를 기다렸다.

첫 임신을 하고 첫아기를 낳기 전에도 진짜 인생이 시작되기를 기다렸다.

그리고 아이들이 자라 떠나갔을 때부터, 진짜 인생이 시작되기를 기다렸다.

'뭔가 나만을 위한 의미가 있을 거야. 오직 나만을 위한.'

'나에게 도달하기를 기다렸던 의미가 있을 거야.'

'왜냐하면 지금까지는 내가 제자리에 없었으니까.'

'하지만 지금은, 내가 제자리에 있나?'

다가간 집이 근처 다른 집들처럼 버려진 농가가 아니라서 안심이었다. 애비게일의 집과 비슷하게 위엄 있고 고풍스러운 양식의 목조, 벽돌, 자연석 주택이었다. 새 집은 아니고 최소 100년은 되었겠지만 아름답게 복원되고 개조되었다. 지붕, 덧문, 창문은 교체되었고 벽판은 새로 하얗게 칠해져, 집주인의 부유함을 짐작하게 했다. 한참을 우회하지 않았더라면 직선거리로 5킬로미터쯤 떨어진 곳에 사는 애비게일과 남편처럼 말이다.

자갈 깔린 U자형 진입로, 널찍한 잔디 앞마당과 상록관목, 높은 참나무들이 울타리를 이루는 수백 평의 부지, 뒤쪽에는 마구간을 개조한 차 세 대짜리 차고.

애비게일의 심장이 부풀었다! 이런 집에 사는 사람이라면 애비게일을 수상쩍게 생각하지 않고 이웃으로 알아볼 것이다.

이런 집에 사는 사람이라면 그녀를 알 가능성이 크고 그녀의 남편을 알 가능성은 더 클 것이다.

이런 집의 소유주라면 R__의 집에 초대된 적이 있고 감사히 그 환대를 돌려주려 할 것이다.

현관문 옆의 초인종을 울리기 전에 애비게일이 얼굴을 휴지로 찍었더니 피가 묻어났다. 휴지를 더 꺼내 축축한 눈도 닦고 조심스레 코도 풀었다. 문득 죄책감을 느끼며 얼마 전 자신의 집 초인종이 울렸던 때를 떠올렸다. 그녀는 꼼짝 않고 서서 초인종 소리가 그치고 울린 사람이 가버리기를 기다렸다. 애비게일과 앨런의 지인이라면 온다고 미리 알리지 않고 초인종을 누를 리가 없고, 또 미리 알리지 않고 초인종을 누른 사람을 그녀가 만나고 싶을 리가 없었다.

두 번째로 정중하게 초인종을 눌렀다. 끈질기게 누르진 않으려 했다. 그런 행동은 공격적으로, 일종의 위협으로 보일 테니까. 문을 시끄럽게 두드려서 내부 어딘가에서 귀를 기울이고 있을지도 모르는 사람을 놀라게 하거나 반감을 사지도 않을 것이었다.

미안한 미소와 함께 할 말을 연습하면서. '실례합니다! 귀찮게 해서 정말 미안하지만, 우회로를 따라오다가 작은 사고가 나서, 차가 배수로에 빠졌어요! 전화 좀 빌릴 수 있을까요? 남편에

게 전화를……'

보험사나 카센터에 전화를 하겠다고 말할 수도 있지만 애비게일은 남편에게 전화하겠다고 말하고 싶었다. 그러면 근처에 살고 있는 가족이라는 점을 알릴 수 있을 뿐 아니라 오랜 결혼생활을 해온 안정감을 전달할 수 있었다.

그러고 나서 주소를 알려주어 주택 소유주라는 동료 신분도 확립하고 거기 따르는 온갖 세금이 터무니없이 높은 버건 카운티, 미국에서 가장 부유한 카운티 중 하나에 사는 주택 소유주들로서 세금이라는 화제에 대한 즉각적인 공감대를 형성할 것이었다. '우리가 사는 곳은……'

잠시 어지러워지면서, 기억이 잘 안 났다. '리지 도로'였던가 '노스리지 도로'였던가?

초인종을 다시 울리고 응답을 기다렸지만, 없었다.

이마가 쿡쿡 쑤셨고 코에서 피가 흘렀다. 망할 휴대전화를 가지고 나올 경황만 있었더라도!

때 이르게 온화한 기온에도 불구하고 애비게일은 떨고 있었다. 왼쪽 발바닥이 쓰렸다. 날카로운 돌을 밟은 것이다.

그러다 떠올랐다. 이런 오래 묵은 저택엔 뒷문이 있게 마련이어서 복도와 주방으로 이어진다는 걸.

신발이 없는 발을 조심해 절뚝이며 정원에 난 돌길을 따라 집

옆으로 갔더니 정말 그녀의 집처럼 뒷문이 있었다. 여기도 초인종이 있어서 더 자신 있게 눌렀다. 그녀의 집에서라면 주방 문의 초인종을 울리는 사람은 그녀의 가족을 잘 아는 사람, 그러니까 배달 기사나 가스 검침원, 친구 등일 가능성이 컸다. 반면 앞문 초인종을 울리는 사람은 집주인이 경계하기 마련인 낯선 자일 가능성이 컸다.

'안에 숨어 계세요? 부탁 좀 합시다. 난 그저 전화 한 통만 하면 돼요. 더 이상은 부담 주지 않을게요⋯⋯.'

'부상을 입지도 않았고 피도 안 흘려요! 정말이에요.'

'난 당신의 이웃이기도 하다고요.'

하지만 이쪽 문으로도 아무도 안 나왔다. 애비게일은 눈 위에 손을 올려 그늘을 만들고 창문 안을 들여다봤다. 복도 옷걸이에 코트, 재킷, 스웨터가 걸려 있었고 바닥엔 부츠가 놓여 있었다. 그녀의 집과 똑같았다. 그리고 주방으로 난 출입구가 보였다. 햇빛 줄기들이 비스듬히 떨어지는 타일 바닥은 그녀의 집과 달리 짙은 적갈색이었다. 그리고 높은 걸이대에는 반짝이는 구리로 된 주방 도구들이 걸려 있었다.

"계세요? 계세요? 저기— 나 좀 도와줄 수 있을까요⋯⋯."

누가 지켜보는 기분이었다. 어디 위쪽에 감시 카메라가 있을 것이고 문틀에는 신중한 경고문이, 그녀 집의 주방 문과 비슷하

게 붙어 있었다. '이곳은 아킬레스 홈 시큐리티가 보호합니다.'

그러다가 그녀는 깨달았다. 여기 사는 사람들도 분명 예비 열쇠를 바깥 어딘가에 보관할 거라고. 그녀처럼 현관 매트 아래나 화분, 항아리 아래 같은 곳에.

현관 매트 아래에는 열쇠가 없다는 걸 알아냈다. 합리적인 일이었다. 그렇게 뻔한 곳에 열쇠를 두는 건 도둑을 초대하는 거나 마찬가지라고 남편이 경고한 적도 있다. 그보다는 화분이나 항아리, 철제 의자나 탁자같이 문에서 좀 거리가 있어서 침입자가 발견하기 힘든 안뜰의 기물 아래가 나왔다. 어쨌든 이 경우엔 짜릿하게도 몇 분 만에 열쇠를 발견했다. 문에서 1미터 남짓 떨어진 근처 장식용 항아리 아래였다.

그러고 나서 주방 문을 따고 들어가니 따뜻하고 빵 냄새 나는 내부가 그녀를 반겼다. 경보기가 걱정되지는 않았다. 아무래도 불안하긴 했지만 전화만 걸고 나서 망가진 차로 돌아가 보험사를 기다릴 테니까. 되도록 누구에게도 폐를 끼치고 싶지 않았다.

"실례합니다. 계세요? 누구 없나요? 나는― 그저 전화만 한 통 하면 돼요…….”

말꼬리가 자신 없게 늘어졌다. 꼼짝 않고 서서 귀를 기울였다. (위에서 삐걱거리는 목재 바닥 소리가 들리나? 누가 2층에서 마찬가지로 꼼짝 않고 듣고 있는 걸까?) 잠시 후 그녀는 아니라고 결론 내렸다. 멀리서 들리는 바람 소리, 비행기 지나가는 소리뿐이었다.

기대감으로, 초조감으로 입이 말랐다. 심장박동이 자동차 사고로 자극되어 빠르게 지속되는 일종의 흥분 상태였다.

너무나 오래 '기다렸지'. 하지만 무엇을?

그런데 전화는 어디 있을까? 애비게일의 집 주방과 비슷한 위치에 벽걸이 전화가 있을 거라고 예상했는데, 이 주방은 구조가 조금 달랐다. 싱크대도 올리브색이어서 애비게일의 비실용적인 하얀색 싱크대와 달랐다. 깊숙한 알루미늄 개수대와 서브제로 냉장고, 빌트인 오븐도 위치가 달랐다. (오븐은 그녀 집처럼 두 대가 위아래로 설치돼 있었다.) 가까이서 보니 바닥 타일이 그녀의 집과 닮지 않았고 색도 더 짙었다.

열심히 전화기를 찾았더니 다시 시작된 현기증과 함께 묘한 피로감이 불안과 뒤섞여서, 마치, 애비게일이 사유재산을 침범하고 있으며, 이러고 있을 권리가 없고, 평소 남의 사적 영역을 존중하는 사람답지 않게 매우 이상하게 행동하고 있음을 (당연히!) 알고 있음에도, 어쨌든 어딘가 눕고 싶은 강력한 욕구를 느꼈고, 조용한 곳에서 아무도 그녀를 귀찮게 하지 않으며 그녀 역시 아무도 귀찮게 하지 않는 상태에서 쉬고 나서 다시 머리가 맑아지면, 낯선 사람의 집에 들어가게 된 문제를 해결할 수 있을 것처럼……. 그러나 그 순간에 '전화, 도움 요청, 남편' 같은 생각들은 그녀의 의식에서 빠져나갔다.

적어도 자신의 이름, 애비게일 R_은 알았다. 그리고 30년간 살아온 집의 주소도, 필요하면 생각해낼 수 있으리라 확신했다.

그러나 이 (익숙하지 못한) 집 안에 아무도 없고 그녀가 아무도 방해하고 있지 않은 게 확실하다면 욕실을 써도 괜찮을 것 같다고 판단했는데, 사고 이후 욕실을 사용할 필요를 계속 느꼈기 때문이었고, 변기 물이 내려가며 요란한 소리를 내고 낡은 하수관이 삐걱대자 그녀는 인상을 쓰며, 자신의 집 하수관도 비슷해서 교체해야 함을 떠올렸다. 그러고 나서 시간을 들여 시원한 물로 얼굴을 씻고 물에 적신 휴지로 멍 든 이마와 피 나는 코를 닦고. 코로 올라오는 강한 라벤더 냄새가, 비누 향이 위안이 되었다.

이 집의 아이들도 자라서 출가했다고 그녀는 생각했다. 집에 아이가 있으면 아래층 욕실에 이렇게 호화로운 비누는 둘 수 없으니까. 실용적인 비누밖에 둘 수 없는데, 아이들은 그런 비누에도 손때를 묻혀놓곤 했다. 이렇게 섬세한 리넨 수건 역시, 둘 수 없다!

그렇기에 이런 비누 향기에는 약간의 슬픔이, 시원섭섭함이 들어 있었다.

욕실 거울 속 자신의 얼굴을 자세히 들여다보며 다시 인상을 썼는데, 종종 그녀는 너무나 자기 같지 않은 얼굴에, 자신의 얼굴보다는 나이 든 친척 여성들의 것이었던 얼굴을 닮은 모습에 당혹감을 느꼈다. 하지만 아마 세상 사람들 눈에 아직 그녀는 잘 가꾸고 균형 잡히고 교양 있는, 매력적인 여인으로 여겨질 것이었다. 피부는 아직 상대적으로 주름이 적었고 머리칼은 풍성하고 윤기가 났다. 그녀는 비싼 차림을 하지 않을 용기 같은 건 없었고 적당한 화장 없이는 밖에 나갈 수 없었다. 그녀의 딸아이들은, 어릴 땐 화장을 경멸했지만, 집 안에서라도 어머니가 화장을 안 한 걸 보았더라면 기겁했을 것이다.

리넨 수건에 조심스레 손을 닦고 제자리에 단정히 돌려놓고.

'고마워요! 너무 잘 썼어요. 오래 머물진 않을게요.'

이제 아래층의 다른 곳들로 더 들어가며 찾아보는데, 정확히 무엇을 찾는지는 기억이 안 났지만 보면 알 것이었다. 작은 물건인데. 탁자에 놓이는 작은 물건……. 걸음이 흔들리고 정말이지 목재 바닥이 고르지 않은 것이 전형적인 오래된 집인데, 마치 지하층, 그러니까 '저장고' 천장이 답답하도록 낮아도 높일 엄두를 못 내는 것처럼 바닥을 못 고치는 것이다.

현기증이 심해져 기절할 것 같았다. 비현실감이 증가하며 다리 주변으로 파도쳤다. 그녀는 잠시 머뭇거렸는데, 몸을 숙여 이마를 무릎에 대고 피를 뇌로 보낼 수도 있었지만, 그랬다가 오히려 상태가 더 안 좋아져서 완전히 기절하고, 낯선 이들에게 발견돼 경찰에 신고당할까 봐 두려웠다.

벽에 기대야 했고. 의자 등받이에 기대야 했고. 그녀는 어디로 가야 할지 알 듯했다. 위층으로 올라가야 하겠어서 자존심을 포기하고 손과 무릎으로 기어 (카펫 깔린) 계단을 올라가며 고통에 인상 쓰고 헐떡였다.

계단을 올라가서 몇 분 쉬다가 힘겹게 일어났다. 거의 다 왔다고, 그녀는 스스로를 다독였다. 가야 할 곳이 어디든. 힘을 아껴야 하며 경솔하게 허비하면 안 될 것이었다. 한 시간 자고 나면 분명 훨씬 나아져서 다음에 무얼 해야 할지 알게 될 거라는 확신이 들었다.

연락하려던 사람이 있었는데? 남편이던가? '그녀의' 남편?

남편 이름이 사라져버렸고 얼굴이 흐릿했다. 그의 이름이, 어, 아는 이름인데, 그녀 자신의 이름에도 붙어 있고…….

눈먼 동물 같은 본능에 따라 그녀는 비척거리며 어느 방으로 들어섰고 거기 침대가 있었다. 계단 위 오른쪽 첫 번째 방. 커다란 방이었고 커다란 침대였다. 떨리는 손으로 새틴 이불을 간신히 젖히고 쓰러지듯 누우며 떨리는 한숨을 터뜨렸다. 온몸의 뼈가 흩어져 격심한 잠 속으로 사라지듯. 그리고 눈을 뜨자 그녀는 천장을 올려다보고 있었다. 2미터가 조금 더 되는 높이의 천장은 낮게 걸린 뭉게구름인지도 몰랐다. 그 광경에 그녀는 미소 지었다! 잘 쉬고 난 두뇌가 향유에 씻긴 듯했다.

침대가 너무 커서 난쟁이처럼 파묻힌 듯했다. 시트는 특별할 정도로 질이 좋았지만 땀 흘리며 자서 눅눅해졌다는 게 민망했다. 시간이 있다면 그녀가 시트를 갈 것이고, 그러면 아무도 모를 거라고 그녀는 생각했다.

팔꿈치로 몸을 일으키고 앞을 응시했다. 여기가 도대체 어디지? 익숙한 침실이 아니었음에도 익숙하게 '느껴졌다'. 널찍했고 연한 장밋빛 (실크?) 벽지와 매력적인 가구들은 가문 대대로 내려온 듯했다. 그중 하나는 육중한 마호가니 책상이었고 위에 놓인 사랑스러운 사진 액자들이 눈길을 끌었다.

그렇게 사랑하는 사람들의 사진이 우리 존재를, 그리고 가치를 증언해줄 때만이 우리는 '세상 속에서' 확실해지니까.

그러나 침대 위의 애비게일은 사진 속 얼굴들을 알아볼 수 없었다. 나이 든 친척으로 보이는 사람들도 있었고, 자녀로 보이는 아이들도 있었는데, 모두 뿌예 보이는 것은 창문에서 반사되는 빛이 3월의 늦은 오후치고는 부자연스레 밝아서였다.

여기에 무례하도록 놀라운 일도 있었다. 애비게일의 옷이 벗겨져 있었다!

아주 이상하게도 그녀는 잠옷을 입은 듯했다. 익숙하지도 않고 낯설지도 않은, 부드러운 플란넬 분홍 꽃무늬 원피스가 그녀의 벗은 몸을 헐겁게 감쌌다.

그녀는 얼굴을 확 붉히며 자는 동안 누가 감히 옷을 벗기고 잠옷을 입혔나 생각했다. 어린아이를 재울 때나 환자를 입원시켰을 때처럼 말이다. 옷을 벗기는 건 고사하고 몸을 만져도 된다고 누구에게 허락한 적이 없는데……. 옷을 벗기고 입히는데도 깨지 않았으니 아주 깊이 잠들었는지도, 어쩌면 생각보다 시간이 많이 흘렀는지도.

"저기요? 누구 있어요?" 그녀의 목소리가 주변에서 메아리치는 듯했다.

비틀거리며 일어나서. 맨발을 카펫 깔린 바닥에 내리고. 심지어 발에 신고 있던 가벼운 모직 양말도 벗겨져 있었다. 감히 그녀의 옷을 벗긴 누군가에 의해서 말이다.

자는 동안 심장박동이 느려졌는데, 이제 다시 빨라져 고통스러웠다. 모든 감각이 경계에 들어갔다.

도망쳐야 했다! 옷을 찾아 입고 이 집에서 빠져나가야 했다. 그녀에게 감히 손댄 자가 언제 돌아올지 몰랐다.

남자였을지 모른다고 생각하자 오싹해져서. 아무것도 모르고 누워 죽음처럼 깊은 잠에 빠진 그녀를 감히 발가벗긴 낯선 남자.

방에서 그녀의 옷을 찾아보았지만 찾을 수 없었고 신발 한 짝만 침대 옆 카펫 위에 떨궈진 듯이 놓여 있었다. 그녀는 생각했다. '하지만 망할 신발 한 짝은 쓸모없어!'

사실 그렇진 않았다. 신발 한 짝만 신고서 차에서 빠져나와 도로를 걸어 이 집에 들어오지 않았던가? 필요하면 다시 해낼 수도 있었다.

또 놀랄 일이 있었다. 침실 문을 열려고 하자, 손잡이가 헛돌았다.

아무리 문손잡이를 돌리고 돌려도 문이 열리지 않았다.

그녀가 손잡이를 당겼다. 확 당기고, 끙끙 당겼다.

당황해서 외쳤다. "저기요? 계세요?"

주먹으로 문을 두들겼다. "저기요? 누구 없어요? 나는— 난 여기…… 위층이에요, 위층에 있다고요."

그녀는 문에 귀를 댔다. 귓속 자신의 빠른 맥박 소리 너머로 들리는 무언가…….

목소리? 발소리? 문이 열리는, 닫히는 소리? 좀 떨어진 곳에서 들려오는, 집에서 나는 일상적 소리들.

절박하게 주먹으로 문을 치며 그녀는 외쳤다. 울부짖었다. "여기요 여기요 여기요! 내보내줘요!" 목이 아플 때까지, 목소리가 갈라지고 쉴 때까지.

애비게일은 '갇힌' 걸까? 지금 '감금된' 걸까?

당연히 모종의 실수일 것이다. 오해일 것이다.

착각, 오인이지 않을까? 그녀, 애비게일 R__은 어떤 여자를 꼭 닮았을 것이다. 아마도……. 그 여자가 '감금되어야 하는' 여자일 것이다.

이제 그녀는 마호가니 책상 옆에 섰는데 여전히 사진 속 얼굴들을 알아볼 수 없었다. 아무리 눈에 힘을 주어도 액자 속 얼굴들, 어른과 아이들의 얼굴에 초점이 맞지 않았고 빛으로 뿌옜다.

그리고 2층 창에서 보이는 전망, 대부분 잎이 없는 키 큰 나무들과 겨울로 인해 메마르고 퇴색되었지만 이제 되살아나고 있는 경치. 나무들이 집을 둘러싸고 있어 지평선은 보이지 않고 모든 것이 가까이 있는 듯 보였다.

게다가 자세히 보니 풍경 자체가 밋밋하고 설득력 없어, 나무, 풀, 하늘, 지나치게 밝은 태양 등이 모두 같은 거리에 깊이 없이 존재하는 무대장치처럼 보였다.

현기증이 한층 강하게 밀려왔다. 이 풍경 속에서 그녀 자신도 밋밋해졌니?

언제 인간의 의식 속에 '원근법'이 들어왔지? 그녀는 생각하려 애썼다.

중세 회화는 이상하게 밋밋했다. 깊이의 환영이 없었다. 회화

속 사람 얼굴에 표정이 결여되어, 중세 화가들은 정상적인 얼굴의 표정 성형 능력을 '보지' 못한 듯했다. 어린이들은 어린이 같지 않고 성장이 멈춘 어른처럼 보였다.

애비게일이 열 오른 얼굴을 창유리에 대고, 집 옆쪽을 보려 애썼다. 헛간을 개조한 차고의 한쪽 면이 보였고 집 앞의 시골 도로가 약간 보였는데, 그 도로 위 몇백 미터 떨어진 곳에 그녀의 자동차가 앞바퀴를 배수로에 빠트린 채 방치돼 있었다.

아, 그녀는 자동차를 왜 그렇게 빨리 포기했던가! 배수로에서 빼내려 시도해보았어야 했다. 차를 앞뒤로 조금씩, 조금씩 굴리면서 어느 정도 견인력을 끌어내보았더라면, 그녀가 그렇게 능숙하고 자신감 있는 운전자였다면 지금쯤 집에 도착했을 수도 있는데, 그녀는 바로 포기하고 떠났다.

그래서 그녀는 낯선 자의 집에 갇혔다. 자신의 집에서 겨우 몇 킬로미터 떨어진 곳에 '감금됐다'.

방광이 찌르는 듯 아팠다. 아이의 방광이 그러듯이, 동물적 공황 상태에 빠지자 그렇게 아파졌다.

욕실이 침실에 붙어 있어서 애비게일은 서둘러 사용하러 갔다.

하얀 타일의 널찍한 욕실은 자주 사용하는 게 분명했다. 두툼한 수건들이 약간 비뚤게 걸려 있었다. 세면대 두 개는 그다지 깨끗하지 않았다. 거울에는 얼룩이 바로 눈에 띄었다. 전동 칫

솔(두 대), 찌그러진 치약, 핸드크림, 손거울, 머리빗(두 개), 브러시, 손톱깎이, 족집게…… 적어도 두 명이 사용하는 욕실이었다. 애비게일은 손거울을 들었다. 조각으로 장식된 묵직한 은거울이었지만 광택제가 필요해 보였다.

거울이 욕실 전면에 쭉 걸려 있었다. 거울들에 비친 유령 같은 인물이 마치 수의 같은 엉성한 잠옷을 입고 애비게일을 응시하며 경악한 표정을 지었다.

그러고 나서 욕실에 두 번째 문이 있는 것을 보았다. 그 문이 다른 침실이나 복도로 이어져 있을지도 몰랐다. 하지만 손잡이를 잡고 돌리니 그 문 역시 잠겼다.

그녀는 울 뻔했다. 손잡이는 정상적으로 돌아갔지만 소용없었다. 문이 '잠겨' 있었다.

비틀거리며 침실로 돌아간 애비게일은 그사이 낯선 이가 방에 들어온 것을 보고 깜짝 놀랐다. 처음에는 남자의 얼굴이 똑똑히 안 보였다. 뭉개진 엄지 자국처럼 흐릿했다. 문을 따고 들어왔을 터였다. 문손잡이가 망가진 그 문 말고는 달리 방에 들어올 방법이 없어 보였으니까. 그리고 뭘 들고 있는 거지? 유리 세공 꽃병에 꽂힌 눈부시게 하얀 꽃들에서 풍기는 독한 향기. 치자꽃.

병문안용 꽃! 그녀를 위한 꽃.

"아이고, 자기! 왜 일어났어?"

남자가 놀라며 걱정스러워했다. 진심의 염려, 그 아래 깔린 당혹과 짜증.

"당신 발도, 심지어 맨발로."

애비게일은 분명 이 남자를 본 적이 없었다. 숱 많고 억세어 보이는 흰머리, 좁은 이마, 넓적하고 붉은 얼굴. 땅딸한 체격에 다소 꼭 맞는 짙은 색 고급 정장과 흰 셔츠를 입었고, 넥타이를 매고 반들거리는 구두를 신었다. 하얀 꽃다발은 진정 애비게일을 위해 가져왔는지, 꽃병을 침대 옆 탁자에 놓았다.

치자꽃의 역겹도록 달콤한 향기가 얼마나 강렬한지! 마치 밀폐된 방 안에 독가스가 풀린 듯 애비게일은 멍한 어지러움을 느꼈다. 낯선 이가 그녀를 이렇게 염려스레 부르자 그녀는 당혹감에 아무 말도 할 수 없었다.

"제발 다시 누워요, 자기. 또 폐렴 걸리고 싶어? 다시 걸리면 치명적일 거예요. 그리고 아무도 없을 때 쓰러졌으면 어쩔 뻔했어요!"

"하지만 나— 나— 나는 집에 가야 하는데……."

"맨발로! 정말이지 맙소사."

그는 그녀를 억지로 침대로 데려가려 했지만 그녀는 몸을 움츠리며 손을 피하고 소리 지를 준비를 했다. 하지만 그는 그녀에게 손을 대는 대신 뜻밖에도 어깨를 으쓱하더니 옆으로 돌아섰다. 마치 애비게일의 행동에 기분이 상한 듯이 말이다.

"허, 그래. 내가 마침 집에 와 다행이지. 또 무슨 일이, 무슨 난리법석이 났을까 도무지……."

그는 거칠게 웃음을 흘렸다. 넌더리가 난 게 분명했다. 또한 당혹스러워 보였다. 넥타이를 잡아 빼 옷장에, 다른 넥타이들이 걸린 곳에 걸었다. 애비게일은 그것들이 비싼 명품 넥타이라는 걸 알 수 있었다. 그는 그녀에게서 등을 돌리고, 신경 안 쓴다는 듯이, 늘 그래온 것처럼, 코트를 벗어 옷장에 조심스레 걸었다. 하얀 셔츠와 바지, 구두도 벗어 편안한 의복으로 갈아입었다. 붉은 체크 모직 셔츠와 카키 바지, 가죽 슬리퍼였다.

무거운 한숨. "아이고 주여. 무슨 일이 일어날지 알 수가 없다니까."

애비게일은 아연하여 서서 노려보았다. 이 낯선 이가 태평하게 아내를 무시하는 남편처럼 그녀의 눈앞에서 옷을 갈아입었다. 하마터면 그녀는 사과할 뻔했다. 그들 사이에 뭔가 상당한 오해가 있는 것이 분명했으니 말이다.

더욱 놀랍게도 이 흰머리 남자가 애비게일에게 자신의 하루를, 음울한 세부 사항까지 자세히 읊어대기 시작했다. 아침 일찍 플로리다 탬파와 텍사스 댈러스의 고객들과 전화 회의를 하고 클럽에 가서 __, __, __과 오찬을 했으며, 오후는 대부분 그의 책

상에서 보내며 __과 회계장부를 검토했고, __과 전화하고 나서
또 캘리포니아 샌디에이고와 텍사스 휴스턴의 고객들과 전화
회의를 했고—

애비게일이 끼어들었다. "실례지만! 난 집에 가고 싶은데
요……."

흰머리 남자가 말을 멈췄다. 얼룩덜룩하게 붉은 기운이 목덜
미에 더욱 짙어졌다. 지금껏 그는 애비게일에게 등을 돌리고 굳
은 자세로 서서, 고집스레 그녀를 보지 않으려 했다. 애비게일은
그가 매우 화가 났음을 알 수 있었다. 그는 보고를 하는 와중에
방해받는 걸 싫어했다. 이건 그에게 중요한 일 같았고 듣는 이에
게도 감명을 주어야 했다.

"나— 나는— 집에 가고 싶다니까요……. 당신이 날 여기 가
뒀잖아요. 여긴 내 집이 아니야. '내 집'에 가고 싶어."

애비게일은 와들와들 떨었다. 기절할 듯 현기증이 심해졌다.
더듬으며 말을 했다. "당신— 당신은 나를 여기 가둘 권리가 없
어! 내 의사를 무시하고— 이건 불법이에요! 난 동의 안 했어. 난
당신이 누군지 몰라. 길에서 사고가 났었지만 난 다치지 않았어.
입원은 필요 없어요. 그동안 쉬었으니 이제 가야겠어요. 집에 가
고 싶다고."

"자기야, 여기가 집이야. 제발 다시 좀 누워요."

상냥하게, 음울하게, 남자는 애비게일을 달랬다. 그는 그녀보다 10센티미터 이상 컸고 적어도 15킬로그램은 더 나갔으며 숨소리도 컸다. 중립적 관찰자라면 그의 편을 들었을지 모른다. 그는 무척 이성적으로 굴고 있었으니.

애비게일은 저항했다. "여기― 여기는 내 집이 아녜요. 난 당신이 누군지 몰라. 이건 잘못됐어. 여긴 내 집이……."

"여기가 당신 집이야! 당신은 그냥 많이 피곤해서 그래. 약 먹을 시간도 됐고."

"안 돼! 약은 싫어!"

애비게일의 목소리가 경계심에 높아졌다. 흰머리 남자는 강요하지는 못했다.

"뭔가 오해가 있네요. 여긴 내 집이 아니에요. 우회 표지판이 있었는데. 노스리지 도로에……."

어쩐지 이 말이 둥둥 떠오르듯이, 위험한 물속에 빠진 사람에게 구명조끼가 그렇듯 귀중하게 다가왔다. '노스리지 도로'.

다른 말들은 잊어버려서 다시 생각해낼 수 없었지만 어쩐지 이 결정적 지명은 다시 기어이 났고, 감금자도 관심을 가질 게 분명하다고 그녀는 생각했다.

"우회 표지판? 그런 거 못 봤는데, 자기. 당신은 외출을 안 했는데, 표지판이나 도로 상태는 어떻게 알았어? 나갔다 온 건 나잖아. 노스리지 도로 같은 건 들어본 적 없어. 노생거 도로 말하는 거 같은데. 하지만 그 길은 이 근처도 아니고, 헌터던 카운티에 있잖아." 남자가 참을성 있게, 슬픔도 비치며 말했다. 흰머리기는 했지만 노인은 아니었고, 60대 초반쯤이었으며 얼마나 수심에 잠겨 있는지 보였다. 얼마나 절망에 가까운 상태인지. 얼마나 지독히 '그녀'를 원망하는지.

그리고 그녀는 발목까지 치렁거리는 플란넬 잠옷을 어색하게 입고 있어서, 무리하게 감금자를 밀치고 문을 빠져나가려 한다면 넘어지거나…….

아니, 저 문을 나가도, 적어도 그녀는 탈출할 수 없다는 것이, 그녀에게 기억이 나는 듯했다.

탈출은 못 해! 감금자가 주장했듯이 그녀는 침대로 되돌아가야 했다. 마치 아픈 사람처럼. 마치 잘못이 있는 사람처럼, 곤경에 빠진 그녀의 곁에 그가 머물러야, 감시를 해야 하는 것처럼. 당연히 그녀를 혼자 둘 수 없으니까. 당연히 그녀의 행동이 그 모양이니까. 남자가 속상해하면서 주장한 바에 따르면 '여기가' 당연히 그녀의 '집'이었고 이곳이 정말로 그녀의 집인데도 그녀가 집에 가게 해달라고 요구한다면, 그들의 자식들도 속상해할 텐데, 왜냐하면 그녀는 그저 피곤해서 그럴 뿐이며, 그냥 좀 혼란스럽고 오후에 약을 안 먹어서 그럴 뿐이니까. 하지만 그녀가 안심해도 되는 것이, '여기가 그녀의 집, 그것도 32년 동안 그녀의 집'이었으니까.

애비게일은 저항했다. "하지만, 당신은 내 남편이 아니야! 이건 말도 안 돼."

"정말 말도 안 되지. '당연히' 내가 당신 남편이고 당신은 내아내인데."

오래도록 고통스레 그들은 서로를 노려보았다. 둘 다 화가 나 떨고 있었다.

애비게일은 생각하게 되었다. '내가 이 남자의 기분을 지독히 상하게 했어. 이 남자가 내 남편이면 어쩌지? 내가 실수한 거면?'

어지럼증이 심해졌다. 머릿속 현기증.

착오, 일종의 오해, 하지만 누구의 잘못일까? 애비게일은 이해가 안 됐다.

그보다, 애비게일은 생각했는데, 억세 보이는 흰머리에 상처받은, 짜증이 난 얼굴의 저 남자는, 그녀의 남편이라고 주장하지만, 그다지 역할에 어울리지 않는 사람이었다. 다른 남자의 아내인 애비게일 역시 그의 아내 역할에 그다지 어울리지 않지만 선택된 것처럼.

그녀가 깨어난 지금 이 집, 이 방 역시, 그녀의 침실을 사칭하거나 혹은 실제로 그녀의 침실이 되려고, 그녀의 집이 되려고 했지만 그럴 수 없는 것처럼.

애비게일은 잘 때 꾸는 꿈들이 작고 엉뚱한 지점에서 오류를 보인다는 점을 상기했다. 원인을 이해하기 위해서는, 아직도 파악이 되지 않은 인간의 두뇌를 이해해야 했다.

작은 실수 하나가 파국적 문제를 부를 수 있다. 그런 실수를 누가 없었던 일로 할 수 있을까?

왜 더 괜찮은 연기자를 보내지 않은 거지? 애비게일은 웃을 수밖에 없었다.

그러고 보니 더 나은 연기자를 보냈더라면 애비게일은 깨닫지 못했을 것이다. 포로라는 걸, 그리고 열쇠 관리자인 '남편'은 간수라는 걸, '아내'인 그녀는 결코 깨닫지 못했을 것이다.

"당신이 너무 피곤해서 그래. 자기도 알지, 당신이— 아픈 거……."

말없이 그녀는 항변했다. 그래. 아니. 하지만 그랬다. 애비게일은 아주 피곤했다.

남자가 명백히 유리했다. 그는 문 열쇠를, 이 집에 대한 지배력을 가진 게 분명했다. 역할이 배정될 때 남성에게 지배적 역할이 주어졌고, 애비게일이 이렇게 인생의 후반기에 저항해봐야 소용없을 것이었다. 그녀와 맞서는 낯선 자가 음모를 인정하지 않으려 한다면, 계속 물러서지 않고 마치 애비게일이 진정 그의

'32년 차 아내'인 척 군다면, 그의 포로인 애비게일이 할 수 있는 일은 없었다.

피로가 섬세한 망사처럼 애비게일을 덮쳤다.

남편이 부루퉁하고 비이성적인 아내 앞에서 억지로 상냥하게, 아량 있게 구는 것처럼, 남자는 다시금 (익숙하고 편안한) 하루 일과에 대한 보고, 즉 전화 회의, 모임, 오찬 등에 대해 말하기 시작했다. 그는 다음 날과 그다음 날의 일정에 대해서도 알리며 더 많은 이름들, __, __, __을 읊었다. 그도 그럴 것이 남자들 속에서 사는 남자라면 그의 존재를, 가치를 증언해주는 증인들이 있을 때에만 '세상 속에서' 확실할 수 있기 때문이다.

이런 방식으로, 무방비한 짐승을 빗자루로 때려눕히듯이, 상해를 입히는 게 아니라 (단지) 때려눕히고, 눕히고, 그냥 무너지게 만들듯이 애비게일을 쓰러뜨리고. 포로는 (맨발로) 비틀거렸고, 이제는 너무 피곤하고 어지럽고 힘이 없는데, 섬세한 망사가 주변을 죄어오는 듯했다. 뭘 먹은 게 언제였는지 기억나지 않았다. 언제 잠을 잤는지 기억나지 않았다. 언제 신선한 공기를, 폐 용적 가득 채우고 영혼을 떨리게 하는 숨을 깊이 들이마셨는지 기억나지 않았다. 그녀의 이름이 발음되는 걸 들은 게 언제였는지, 이름이 뭐였는지, 잘 기억나지 않았다. 어쩌면 빈혈이어서, 수혈이라도 필요한지 몰랐다. 어쩌면 뇌가 마르기 시작했는지도, 마른 흙처럼 부서지고 있는지도 몰랐다. 어쩌면 그녀는 단단한 음식을 씹고 삼킬 수 없게 되었는지도, 부드럽게 간 음식을 감금자, 혹은 감금한 사람들에게서 받아먹지 못하면 굶어 죽을지도 몰랐다.

분할 정도로 확신에 차서 말하는 흰머리 남자를 보니 애비게일은 자신이 그런 확신을 잃었음을 깨달았다. 아마도 차 사고 때 이마를 앞창에 부딪혀서 그런 것 같다.

바로 그거였다. 그래서 이렇게 된 거다. 그녀는 손끝으로 부푼 멍을 만져보았다. 눈썹 사이의 민감한 멍은 마치 아직 열리지 않은 세 번째 눈 같았다.

그녀는 중요한 단어들을 잃어버렸다. 가방을 놔두고 왔기에 진짜 남편을 부를 수 있었던 그 조그만 전자 기기(그녀는 안다! 그럴 수 있었을 거라는 아주 강력한 느낌이 들었다)도 함께 두고 왔는데, 그가 왔더라면 이 사칭범은 아무것도 아니었을 테다. 그녀는 열쇠를, 무슨 열쇠를 잃어버렸다. 어디 열쇠인지는 확실히 몰랐다. 두뇌의 어느 그늘진 구석에 이런 중요한 단어들이 들어 있겠지만 위치를 찾을 수가 없었고, 찾아낸다고 해도 문을 열수가 없을 것이, 문은 잠겨 있거나, 손잡이가 망가져서 헛돌았으니까. 이제 그녀는 최근 며칠 동안, 몇 주 동안 조짐을 본 기억이 났다. 자신의 얼굴을 반영하는 얼굴들을, 낯선 방식으로 행동하는 낯익은 얼굴들을, 자신의 상태를 해석하기 위해 해석해야 하는 얼굴들을, 평생 봐온, 미소 짓고 경계하고 감탄하던 얼굴들, 이제는 (불가해하게) 미소를 멈춘 얼굴들. 그런 얼굴들이 경악, 공포, 연민을 누설할 때, 우리는 움츠러들며 나서기가 꺼려지고 더 이상 '그들'을 보고 싶지 않아진다.

그녀는 그가 밉다고 외쳤다! 왜 그녀를 죽게 두지 않았나?

그녀가 그의 손을 밀치고 손대지 말라고 고함을 질러도, 그는 그만두지 않았다. "하지만 난 당신을 사랑해! 내 소중한 아내, 제발……."

이제 그는 그녀를 향해 진격했다. 꼴사납게, 흐느끼며. 늙은 남자가 그럴 법하듯이, 눈물에 미숙한 모습으로. 모직 셔츠 입은 그의 팔이 그녀를 감싸고, 헐렁한 면 잠옷 입은 애비게일은 몸 냄새를 풍기는 채로. 그녀에겐 수치심이 없지 않았다. '수치심'은 마지막까지 그녀에게 달라붙을 것이었다.

그녀를 꼭 안고. 물에 빠진 남자가 다른 사람을 붙들듯이 그가 그녀를 도망 못 가도록 절박하게 붙잡고. 애비게일은 숨을 쉴 수 없었다. 이 사람이 그녀를 숨 막히도록 조이고 있었다. 두 팔이 그녀의 몸을 칭칭 감싸서. 한 몸처럼 그들은 비척거리며 침대로 향했고 그 위에 쿵 쓰러졌다. 타인의 몸이 주는 물질적 실감이란 늘 충격적이다. '크기', '밀도', '열기'. 그의 눈물이 그녀의 얼굴을 적셨다. 그녀는 풀고 나올 힘이 없었다. 그러다가 마침내 너무 지쳐서 저항도 못 하고 감금자 옆에 누워 같이 흐느꼈지만, 그에게는 무관심한 채, 머리가 텅 비어 아무 생각도 못 하는 채로. 눈꺼풀이 무거워 뜨고 있을 수 없어서 잠에 굴복한 것이 얼마나 축복인지. 달콤하고 역겨우며 눈부시게 하얀 치자꽃 냄새가 방에 고루 퍼지고 그녀의 후각으로 진입하여 독가스처럼 두뇌로 흘러들어, 낯선 이의 품 안에서 가장 기분 좋은 잠에 빠뜨리니 얼마나 축복인지.

그녀에게 드리워진 그의 팔, 무겁고, 아늑한.

"내 소중한 아내! 절대 포기하지 않을 거야."

꿈

뭔가 그녀의 가슴을 압박하고 있었다. 펼쳐진 손, 땀에 젖은 손바닥. 질식의 공포.

퍼뜩 깨어나니 눈이 부시고. 또 다른 하루, 아침인가, 아니면 같은 날이 끝없이 계속되는 건가? 그녀가 '하룻밤'을 견딘 건가?

하지만 잠이 그녀의 아픈, 상처 입은 뇌를 씻어냈다. 이제 더 또렷이 생각할 수 있었다.

충격이었다. 그녀 옆 헝클어진 침대에 그 남자가 누워 있었다.

억세 보이는 흰머리의 남자. '그녀의 남편'이 되려 하는 낯선 자가 등을 대고 누워 입을 떡 벌리고 잠들어서 숨을 깊게, 물에 빠진 사람이 공기를 빨아들이듯 쉬고 있었다.

경악스럽게도 애비게일은 감금자 옆에서 잤음을 깨달았다. 수 시간을 아무것도 모르고, 수치스럽게.

자느라 몰랐다. 하지만 알아야 했다. 모를 수가 없었다.

다시 그녀는 깨달았다. 침대에 길게 뻗은 (남성적) 신체가 (여성의) 몸 옆에서 얼마나 크고 얼마나 견고하고 얼마나 목적의식이 뚜렷하며 얼마나 '실질적'인지.

밤을 보내는 동안 남자가 붉은 체크 셔츠를 벗었는지, 얇고 얼룩진 속옷을 입은 뚱뚱한 가슴이 드러났다. 새틴 이불 아래 그의 하반신은 벗은 채일지도 몰랐다. (그녀는 도저히 볼 수 없었다. 보지 '않을' 것이었다.) 침대 옆 카펫 위에 남자의 붉은 체크 셔츠, 바지가 던져진 듯 놓여 있었다.

흰머리가 흐트러졌다. 얼굴엔 긴장, 피곤이 비쳤다. 턱에서 굵은 수염이 솟기 시작했다. 눈꺼풀이 떨렸다. 코에서는 쌕쌕 소리가 울렸다. 아, 그녀는 자면서 이 쌕쌕 소리를 듣고 있었고 그것이 그녀의 잠 속에, 꿈 속에 스며들어, 빨간 줄의 수은처럼, 독처럼 뇌 속에 주입되었다. 남자의 눅눅하고 땀 흘리는 몸이 불쾌해, 남자를 깨울까 두려워, 애비게일이 몸을 움츠렸다. 암담한

생각이 뒤집힌 기도처럼 찾아들었다. '빠져나가려면 이 남자를 죽여야 할까?'

부자연스러운 빛이 창문에서 비쳐 들며 밋밋한 풍경이, 파란 색종이 같은 하늘이 내다보였다. 꿰뚫는 레이저같이 하얀 봄 햇살로부터 도망칠 길은 없다.

게다가 달콤하고 유독한 치자꽃 냄새, 이 냄새 역시 침대 시트, 베개, 그녀의 머리칼에 달라붙어 있었고, 그녀의 머리칼은 헝클어지고 흐트러져, 감금된 지 24시간이 아니라 수일은 지난 듯했다.

그녀가 (벗은, 부드러운) 발로 일어났다! 조심스레 침대를 빠져나왔다. 숨도 제대로 쉬지 못하고, 남편 사칭범이 깨어날까 걱정되어.

감금자에게서 도망쳐야 한다.

재빨리, 즉시 행동해야 한다.

감금자에게 다시 우위를 내주어서는 안 된다. 깨어나서 그녀를 압도하게 해서는 안 된다.

급속히 생각이 불가피한 방향으로 내달렸다. 자는 남자의 머리를 꽃병으로 내리쳐서 두개골을 깨뜨리고 무력하게 만들 수 있었다. 그런다고 남자가 죽지는 않을지도 몰랐다. 애비게일은 그런 무모한 짓을 저지른 경험이 없고, 그런 일을 수행하려면 얼마만큼의 힘이 필요한지도 감이 없으니까. 게다가 다른 사람을 해치고 싶지 않았다. 아무리 적이라 해도, 아무리 그녀의 남편을 형편없이 흉내 낸 자라고 해도.

그리고 그녀가 감금자를 기절시킨다고 해도, 열쇠는 어디서 찾을 것인가? 그의 바지 주머니? 방 안 어딘가의 서랍? 그녀는 전혀 알 수 없었다.

터무니없다. 그녀는 다른 사람을 절대 해칠 수 없었다. 애비게일 R_은 그럴 수 없었다! 그럴 의지도 없고 힘도 없었다.

비난받을 사람은 '그'가 아닌지도 몰랐다. 그녀만큼이나 잘못이 없는지도. 그녀처럼 갇힌 건지도.

하지만 핏줄에 아드레날린이 액체 불꽃처럼 넘쳐흐르며 그녀는 흥분으로 떨었다. 남자가 자는 동안 도망갈 기회가 생겼다. 남자에게 의식이 없는 동안 그녀는 자유였다. 옷장에서 여성 의류를 발견하고 얼른 겉옷과 바지를 꺼내 들었는데, 부드러운 신축성 섬유라 맨다리에 따듯할 것이었다. 달리기에 튼튼한 신발도 챙겼다.

시트가 헝클어진 침대 위에서 흰머리 남자가 여전히 깊이 잠들어 있었다. 호흡이 불규칙하고 거칠었으며 듣기 괴로웠다. 코에서 나는 가느다란 쌕쌕 소리가 애비게일의 신경을 긁었다.

한동안 알 수 없는 무력한 몽환적 상태에서 애비게일은 '남편

사칭범'을 바라보며 분노가 커졌다. 분명 그녀의 옷을 벗긴 건 그였다. 그녀가 갇힌 이 터무니없고 허술한 연극 속에서 애비게일을 제외하면 그는 유일한 연기자였다. 그는 그녀의 벗은 몸을 내려다보았으며, 감히 만지고 제멋대로 다뤘다. 감히 그녀를 이 방에 가뒀고, 감히 우월한 몸무게와 분노로 그녀를 제압해, 감히 무력해서 저항할 수 없는 그녀가 고분고분 품에 안겨 눕도록 만들었다. 이 모든 걸 그가 '그녀에게' 했다.

누가 손가락을 튀기기라도 한 것처럼 몽환적 상태에서 퍼뜩 깨어난 애비게일은, 묵직한 유리 꽃병을 살며시 들고 욕실로 들어가 꽃을 꺼냈고, 최대한 조용히 물을 따라 버렸다. 차분히 호흡하며, 차분히 생각하며, 조용히 맨발로 신속하게 돌아가, 침대에 곯아떨어진 그녀의 감금자를 보았고, 더 생각할 틈 없이 머리 위로 높이 꽃병을 들었다가 남자의 두개골 위로 힘껏 내리쳤는데, 남자는 즉시 깨어나 날카로운 비명을 지르며 몸부림치고 피를 뿜었지만 애비게일은 대담하게 다시 꽃병을 최대한 높이 들어 두 번째로 그의 두개골을 내리쳤고……

승리의 비명을 지르고 싶었다. '이건 내 잘못이 아니야. 네가 나를 가뒀잖아. 내가 선택한 게 아냐. 너는 살 거고.'

그러고 나서 재빨리, 애비게일은 이불을 끌어 올려 엉망이 되어 피가 번들거리는 그 얼굴을 가렸다. 몸은 경련하더니 움직임을 멈추었다.

그녀가 무릎을 꿇고 남자가 떨어뜨린 옷의 주머니를 뒤지며 정신없이 열쇠를 찾았다.

서둘러 피 묻은 잠옷을 벗었다. 서둘러 욕실에서 손을 씻으며 희미한 핏자국이 수건에 남지 않게 조심했다. 옷장에서 꺼낸 옷들을 걸치며 잘 맞는지는 신경도 쓰지 않았다. 허비할 시간이 없어 (벗은, 부드러운) 발을 신발에 밀어 넣는데 잘, 혹은 대충 맞았다. 다른 옷장을 발견해서, 거기 걸린 짙은 재킷 주머니에서 열쇠 꾸러미를 발견해, 그중 하나가 침실 문에 맞아서 안도해 흐느끼며 단호하게 손잡이를 한 번 비트니 문이 열렸다.

"그래! 이래야지."

이제 왔던 길을 되짚기만 하면 됐다. 서둘러 계단을 내려가서 주방을 지나 뒷문으로 나가, 신선하고 차갑고 환한 공기 속으로, 아무도 감시하지 않고 아무도 부르는 이 없이, 낯선 이의 어색한 신발을 신고 그녀는 이제 거리낌 없이 달리고, 헐떡이며 도로로 나와서, 도로를 따라 몇백 미터를 그녀의 차가 있는 곳까지 갔더니, 차는 전날 놓아둔 그대로 앞바퀴는 얕은 배수로에 빠지고 뒷바퀴는 도로에 걸친 채였다.

멍한 환희에 휩싸여 환하고 차가운 공기 속을 달리며. 요즘은, 지금 인생 단계에서는 이렇게 달리는 일이 드물었는데! 저 침실에 감금되고 나서, 남편이라는 감금자의 품 안에서 모욕을 당하고 나서, 폐 깊숙이 공기를 들이마시는 기쁨이라니.

자동차를 보고 너무 마음이 놓여 애비게일은 큰 소리로 웃었다. 비록 차가 남부끄럽도록 진흙투성이였지만. 남편이 보면 기겁하며 질색할 테지만. '무슨 짓을 한 거야, 애비! 세차한 지 얼마 안 됐는데.' 하얀 차는 비실용적이라서. 조금 애를 먹었지만 운전석 문을 열고 안에 올라탔다. 그대로, 열쇠도 꽂혀 있고! 기억하는 대로.

"그래. 이래야지."

자, 시동이 걸릴까? 애비게일은 눈을 질끈 감고 열쇠를 돌렸다. 잠시 머뭇거리다가 엔진이 켜지는 익숙한 소리. 행운이 남아 있었다.

이제 관건은 차를 조금씩, 조금씩 앞뒤로 굴려서, 견인력을 얻은 앞바퀴를 배수로 밖으로 빼내는 것이었다. 차 뒤에서 하얀 배기가스가 솟았다. 바퀴에 압력이 가해져서 움직이기 시작했다. 애비게일은 순전한 안도감에 크게 웃었다.

한 번 덜컹 요동친 차가 도로 위로 올라왔다. 네 바퀴가 굳건히 도로를 디디고. 그제야 숨을 내쉴 수 있었다. 날카로워진 시각으로, 더 깊이 호흡했다. 그 꽃병을 집어 들고 조용히 욕실에 들어간 이래로 밀려든 아드레날린에 감전된 상태였고 아직 가라앉지 않았다. 이 전날 자신에 대한 믿음이 더 있었더라면, 본능을 따랐더라면, 그녀는 이미 집에 가서, 안전했을 것이다.

다시 노스리지 도로 쪽으로 운전하며. 적어도 노스리지 도로 방향으로 가고 있다고 믿었다.

몇 킬로미터를 지나도 별로 보이지 않는 차들. 우회 표지판도 보이지 않았다. 그러나 풍경이 낯익었다. 그리고 갑자기, 노스리지 도로가 나타났다.

그리고 역시, 차단물과 샛노란 표지판이 나타났다. '우회하시오.'

역시, 아무도 보이지 않고. 도로를 고치는 작업자들도 없고, 차단물 이외에는 도로를 막는 별다른 문제도 보이지 않고.

이번에 애비게일은 차단물을 빙 둘러 피한 다음 계속 전진했는데, 대담하게, 아무 어려움 없이, 도로 가장자리의 풀이 난 곳으로 나갔다가 다시 포장된 도로 위로 올라와 계속 노스리지 도로를 따라 집으로 가면서, 이제 집은 3킬로미터도 남지 않았다는 계산이 섰다.

태양은 여전히 부자연스럽게 환하고 밝았다. 싹 트기 시작한 잎사귀들이 전날보다 더 눈에 띄게 푸르렀다. 몇 분 안에 집에 도착할 수 있을 것이라는 희망으로 가슴이 벅찼다.

궁금한

1

질문: 당신의 팬인 우리 중 많은 이들이 오랫동안 궁금해해왔습니다. N_ 씨, 어디서 아이디어를 얻나요?

답: 아! 이것 역시 오랫동안 당황스러웠는데요. 우리는 모두 자신에게 미스터리랍니다. 수수께끼지요…….

〰

진실은, 친구여, 나의 '아이디어들'이 어디서 오는지, 다른 사람들의 아이디어와 마찬가지로, 나는 조금도 호기심을 가진 적이 없습니다.

사실, 놀랄지도 모르지만, '21세기 작가들 중 가장 박학다식하고 이지적인 작가'라는 명성에도 불구하고, 나는 무엇에도 호기심이 아주 적어요.

진정, 심지어 나의 호기심 부족에 대해서도 궁금하지 않습니다. 내가 뇌의 결손 때문에 얼굴을 알아보지 못하는, '안면인식장애' 혹은 '얼굴맹'과 비슷하다고 할 수도 있겠죠. 이 장애로 고생하는 사람은 친척이나 친구의 얼굴은 고사하고 극단적인 경우에는 자기 얼굴도 사진이나 거울에서 알아볼 수 없습니다.

아뇨. 난 '왜' 그런지 궁금하지 않습니다. '왜' 그런지가 무슨 상관일까요?

얼굴맹, 색맹, 음치, 이런 사람들은 개인적으로 선택한 결과가 아니고 뇌의 결손을 가진 거예요. 소시오패스는 도덕성에 상관없고 사이코패스는 타인의 고통에 상관 없고, 자폐인은 '마음의 원리'에 무지해서 타인의 내면세계를 상상하는 재능이 없다고합니다. '호기심'이 부족하다는 것도 작지만 구별되는 한 범주에속해요.

나는 심지어 타인들의 호기심에 대해서도 궁금하지 않습니다. 과학자라면 궁금해할 만하지만, 나로서는, 신이 나서 썩은낙엽 더미를 킁킁대는 개에 대해서만큼도 궁금하지 않죠. 저 개가 저기서 몇 초 후에 무엇을 파낼까, 저 개는 뭐가 저리 신날까,

누가 관심 있을까요?

하지만 당신이 이 (불가피한) 질문, 이 (대답할 수 없는) 질문, 진정 이 (멍청한) 질문을 던졌으니 나는 어쩔 수 없이 사색을 해야겠죠. 갑자기 살갗에 가려움을 느껴서 어쩔 수 없이 마구 긁을 때처럼 피를 보겠죠.

'줄기차게 솟아나는 N__의 괴상한 소설들을 만든 아이디어는 어디서 나옵니까?'

2

몇몇 관찰자들이 알아챘듯, 존재의 어떤 이상하고 별스러우며 머나먼 영역에서 나의 '아이디어들'이 나오는 듯 보인다는 것은 사실입니다. 일상생활에서 나오는 게 아니고 뉴스 기사에서 나오는 것도 아니고. 개인적 경험도 아니고. (보통은요!) 다른 사람의 작품에서도 아니에요. 사춘기 이후로는요. (근시안적) 전기 작가들은 내 삶(에서 그들이 아는 것)과 내 작품(에서 그들이 조금씩 주워 모을 수 있었던 것) 사이의 경계선을 추적하려 노력한 끝에, 설득력 없는 결과를 얻죠. 멍청이라고 해도 인상적인 어휘력만 있다면 '인과'관계를 주장할 수 있겠지만 사실 거기엔 아무 관계가 없겠죠.

너무 말도 안 되는 관념이라면 나는 아예 논박을 하지 않습니다. 타인의 엉뚱함이 악의적이거나 나를 모욕하지 않는 한은 존중합니다. 나의 성취가 '자랑'스럽지도 않지만 '수치'스럽지도 않습니다. 왜냐하면 무엇이 되었든 온전히 나 자신의 것이라고 보지 않으니까요. 그래도 어느 정도의 책임은 져야 하겠지만요.

궁금한 부분은, '아이디어들이 나에게 오지 않는다'는 점이 겠지요. 정말이에요. 오히려 '내가 아이디어들에게 갑니다'.

어떤 곳을 탐험하느냐에 따라 다를 겁니다. 예를 들어 내가 60대에 살게 된 펜실베이니아주 델라웨어강 옆 작고 황량한 낡은 도시, 거기 외곽에 있는 (이상한 이름의) 늑대구덩이산을 오를 때, 벼랑을 따라 길고 억센 풀숲을 헤치며 나아갈 때, 겁도 없이 에릭슨 맨션(수 세대에 걸쳐 악동들의 공략 대상이었던 고대 그리스 양식의 폐가)의 문을 열 때, 겁도 없이 들어가 (썩어서 위험천만한) 목재 바닥을 조심해서 걸어다닐 때, 그러다가 황폐한 응접실에까지 들어가, 벗겨진 피부처럼 떨어진 벽지가 덜렁거리고, 비비탄에 부서진 크리스털 샹들리에가 아직도 천장에서 바람에 '울리는' 광경을 볼 때, 엉거주춤 쭈그리고 바닥을 살폈더니, 고수의 손길을 기다리는 퍼즐 조각처럼 알 수 없는 작은 물건이 떨어져 있을 때, 일련의 수수께끼 같은 요소들이 DNA처럼 순서를 이룰 때, 그럴 때 실감 나는 충격과 함께 전류처럼 '아이디어'가 나에게로 오는 게 가능합니다.

비록 때로는 아예 다른 종류의 경험이라서, 진드기가 따뜻한 살갗의 한 지점에 올라타는 즉시 파고들 때처럼 신속하고 급작스러운 감각일 때도 있죠.

여기서 내가 말하는 건 '사슴 진드기'입니다. 가장 작고 가장 악질적인 진드기로, 이 문장 끝의 마침표보다 크지 않아요.

어떻게, 왜, 무슨 목적으로 나에게 온 것일까요. 그것도 이 황량한 장소, 엄밀히 말해 내가 '무단침입한' 장소에서요. 아무 실마리도 떠오르지 않네요. 바닥에서 발견한 알 수 없는 물체는 유리 조각이나 도자기 사금파리, 화석화된 벽지 조각, 뼈로 만든 단추, 누렇게 된 상아 피아노 건반 파편 등이었을 수도 있죠……. 한번은 유타주의 브라이스 캐니언이라는, 다른 세상 같은 장소에서 온 엽서, 심하게 낡고 읽기도 힘들게 글씨가 휘갈겨진 엽서가 있었습니다. "너희 모두 그리워! 사랑해! 곧 집에 갈게. 제이니."

이 '아이디어'가 내 뇌에서 싹을 틔우면 나는 서둘러 집으로 돌아갑니다.

이런 때에 나는 극히 조심해야 합니다. 하산은 거의 등산만큼 고되고 어떤 면에서는 더 위험할 수 있으니까요. 등산할 때보다

하산할 때 미끄러져 넘어지기 쉽습니다. 오르막길에서는 (필요하면) '기어갈' 수도 있지만 내리막길에서는 길 수가 없죠.

강가의 브라운스톤 건물, '집'은커녕 주거용 건물도 아닌, 그냥 피신처인 그곳에서 나는 영감에 들떠 재빨리 메모를 합니다. (물론 나는 '영감'이라고 생각하지 않아요. 여러분에게는 모종의 감상적인 의미가 있는 것 같지만 나에게는 의미가 없는 단어예요.) 흥분해서 식사도 거르고 잠도 자지 않고 나는 몇 시간씩 '메모'를 하다가 자정도 훌쩍 지난 걸 깨닫죠. 눈꺼풀이 무겁고 손이 쑤셔요. 피로가 흙탕물처럼 일어납니다.

보통은 때가 되면, 에릭슨 맨션에서 받은 '아이디어'가 충분히 강해서 상당한 분량의 작품으로, 중편, 장편으로 발전합니다. (그래요. 제이니에게서 받은 바랜 엽서는 내가 가장 공들여 플롯을 짠, 상당한 장편이 되었지요.)

하지만 그런 노력에는 시간이 필요합니다. 무엇이든 자라나는 것이 뿌리를 내리고 싹을 틔우고 흔들리며 삶을 얻어 '번성'하기 위해서는 시간이 필요하니까요.

그러나 강을 따라 다른 방향으로 걸어가보면, 문 닫은 제분소들과 작은 공장들을 지나, 퇴락한 벽돌 연립주택들을 지나, 밤이 끝난 줄 모르는 불면증 환자처럼 대낮에도 번뜩이는 네온사인이 늘어선 술집들을 지나간다면, 나의 '아이디어들'은 또 다른 종류가, 대체로 덜 야심 찬 종류가 되겠죠.

읍내에선 나의 산책이 '등산'은커녕 '하이킹'도 아닙니다. 걸음이 비교적 빠르긴 해요. 천천히 걸으면 미치겠어요. 자전거를 너무 천천히 타거나, 말을 너무 천천히 해서 문장 끝에 다다랐을 때는 시작 내용을 잊어버리는 것처럼, 느리게 걷기란 나에게 위험으로 그득한 행동이니까.

또한 천천히 걸었다간 어슬렁거리는, 빈둥거리는 사람으로 보이기 십상이고, 낯선 사람이 불쑥 끼어들어 '안녕하세요?' 하고 가장 짜증 나는 유형의 활기찬 인사를 건네도 싫어하지 않을 사람으로 보일 가능성이 크죠.

더 짜증 나는 '이 동네 사세요?'도 있지만.

펜실베이니아주 헤론타운은 친근한 마을입니다. 해조류 악취가 풍기는 바닷가 웅덩이들이 친근하게 느껴진다고 할 때처럼 친근한 곳이죠. 많은 일이 일어나지 않고, 탈출할 수 없어요.

그럼에도 헤론타운은 '역사적' 의미가 있습니다. (그것 때문에 여기 사는 건 아니에요. 내가 '역사'에 관심을 가지는 건 그와 관계된 글을 쓸 때뿐입니다.) 독립전쟁의 전초전이 델라웨어밸리의 이쪽 지역에서, 뉴저지주 트렌턴에서 멀지 않은 곳에서 수차례 일어났습니다. 종종 나도 옛 중심지, 사적지인 헤론타운 광장에 가게 됩니다. 18세기 감독파 교회와 교회 묘지 인근에, 독립전쟁 대포와 지나간 전쟁들의 전몰장병 추모비 인근에. (그토록 기려진 마지막 전쟁은 걸프전(1990~1991)이었죠.) 구구거리며 애도하던 비둘기들이, 내가 지나가면 흩어집니다.

광장 주변의 작은 우체국에는 애매한 연령(젊은? 더 이상 젊지 않은?)의 유일한 직원이 근무하는데, 나는 때로 그에게서 우표를 삽니다. 이 인간은 체격이 튼실하고 음울한/성마른 얼굴에 어깨까지 내려오는 산발을 하고 있으며, 알아보기 힘든 로고(아이언 메이든, 블랙 사바스)가 찍힌 티셔츠가 퉁퉁한 근육질 몸통에 터질 듯하죠. 우체국에는 손님이 나 혼자일 때가 많아요. 우리 상호 작용은 정중하지만 쌀쌀맞고 딱딱하며(나는 되도록 '눈 맞춤'을 피해 이 뚱한 인간이 오해하지 않도록 주의합니다) 최대한 짧게 끝냅니다. 이 우체국 직원에 대해 나는 어쩔 수 없이 동정심까지는 아니라도 연민과 비슷한 일말의 무언가를 느낍니다. 하지만 역시, '아니, 당신은 안 돼요' 하고 생각하죠.

우표 한 줄을 쥐고(한 번에 여섯 장 이상 살 이유가 있을까요? 다 쓰기 전에 떠날지도 모르는데) 우체국을 나서면 뚱한 직원이 무의식중에 한숨을 쉬죠. 모래 더미가 뱉을 것 같은 한숨을요.

한 구역 떨어진 곳에는 공립 도서관이 있습니다. 독립전쟁 당시의 오래된 석축 요새에 자리하고 있어요. 통유리창들을 추가해서 다소 부조화스럽고, 내부에는 가감 없는 형광등 조명이 활기찬 도서관 회원들도 유령처럼 보이게 만듭니다. 도서관장인 러포트 씨는 맵시 좋은 50대 초반 여성인데, 나를 보면 알은체하는 특유의 미소를 지어 보입니다. "안녕하세요, N__ 씨!" 그녀는 내가 누군지, 적어도 한때는 누구였는지 바로 알아보았거든요. 두 번째 방문하던 날은 의기양양하게 내 책들이 꽂힌 서가로 안내하더군요. '지역 작가들'이라는 표지판이 붙은 서가였는데, 서명을 해달라고 했습니다. 나는 마지못해 서명하고서 앞으로 방문했을 때는/방문하게 된다면 내 정체를 탄로 내지 않고 사생활을 지켜주겠다는 약속을 이 성실한 여성에게서 받아냈죠. "물론 그러겠지만, N__ 씨! 저희가 너무 자랑스러워서요." 미안해하는 분위기에 빈정대는 기색도 없이. 너그러운/익명의 후원자가 도서관에 기부한 적은 유증으로 러포트 씨는 문예지들을 구비할 수 있었습니다. 《파리리뷰》《시》《접속사들》《불러바드》《맥스위니스》《타임스 문예 부록》《뉴욕리뷰오브북스》 등.

때로 겨울날 오후에 도서관에 들러 싸락눈이 창문을 때리는 동안 이런 문예지들을 정독합니다. 이곳이 우리에게 얼마나 아늑한지, 대재앙의 규모도 (아직) 모르는 생존자들 같다고 생각하면서.

도서관 다른 곳에서는 버르장머리 없는 고등학생들이 자리마다 널브러져, 책에 둘러싸인 환경은 아랑곳하지 않은 채 노트북 컴퓨터를 달각거리는 모습이, 마치 비디오게임 속 2차원 인물들 같죠.

도서관은 내가 가장 좋아하는 피신처이긴 하지만 최근 몇 달은 피하고 있어요. 왜인지는 잘 모르겠습니다. 때로 그런 충동에 사로잡힙니다. 이름 없는 본능 같은 충동이죠. 물론 대부분의 본능이 그렇듯이 자기 보존 욕구와 연결되어 있겠지만.

하지만 나는 오늘 도서관에 들어왔네요. 너무 눈에 띄지 않게, 외투에서 빗방울을 털면서. 저기 러포트 씨가 프런트 데스크에서 어느 회원을 위해 도서관 책에 날짜를 찍어주다가 놀라서 이쪽을 쳐다보고 혼란스러운 미소를 짓습니다. 저건 기쁨의 표정일까요, 아니면 곤혹의 표정일까요? 러포트 씨의 책상을 반드시 지나쳐야 하기 때문에 예의 바른 미소로 인사를 건네지만 따뜻하든 대충이든 악수를 청하진 않죠. (우리가 그런 사이는 아니니까요.) 러포트 씨도 나에게 손을 내밀지 않을 겁니다. 그리고 뜻밖에도 그 생각이 떠오르네요. '당신도 안 돼. 미안합니다!'

나도 알아요. 러포트 씨는 (아마도) N__ 씨와, 악명 높도록 음침하고 은둔적인, '불가해한 소설을 쓰는 21세기 작가'와 사랑에 빠진 거라고.

그런데 내가 N__과 이름이 같긴 하지만, 나는 사실 'N__'은 아닙니다. 그러므로 저 매력적이고 잘 가꾸고 '맵시 있는' 여성들,

결혼을 했든 안 했든, 어쨌든 그녀들이 한가로운 시간에 나에 대해 자아내는 환상들에 나는 책임이 없어요.

몇 달 동안이나 도서관을 피한/러포트 씨를 피한 데 대한 (부분적) 보상으로 나는 '헤론타운 도서관의 친구들'에 500달러를 기부할 겁니다.

3

우체국과 도서관 다음에는 동네 식료품점이 있습니다. 휘황한 쇼핑몰에 있는 세이프웨이 마트까지 5킬로미터를 운전해 갈 성향도 아니고 기력도 없는 헤론타운 거주자들처럼, 나도 이곳에서 생필품을 구매하게 됩니다.

매과이어 식료품점, 험볼트와 디포 스트리트가 만나는 모퉁이. 오래된 붉은 벽돌 건물들의 동네, 소규모 사업장과 빈 점포들이 보이는 구역. 깊이 숨을 들이마시고 안으로 들어서면, 불안과 기대감이 기다립니다.

계산원은 셋. 하지만 세 번째 계산원만 관심을 끌어요.

작은 플라스틱 조각에 수작업으로 만든 이름이 이국적입니다. '키샤'. 여성 자체는 전혀 이국적이지 않은데요. 30대 후반에 누리끼리한 피부, 수줍게 어색하죠. "안녕하세요, 손님. 잘 지내시죠?" (매과이어 식료품점의 계산원들이 필수적으로 손님들에게 물어야 하는 게 틀림없는, 짜증 나는 질문이죠.) 멀리서 보면 키샤는 대머리 같지만 가까이서 보면 섬세한 머리통이 갓난아기 같은 부드러운 잔털로 덮여 있습니다. 고통스러울 정도로 마른 상체, 팔, 팔목이에요. 얼굴은 소녀 같은데 잔혹하도록 피로에 절어 있고 눈은 가볍게 충혈되었죠. (암? 화학요법? 그러고 나서 머리가 다시 자라는 중일까?)

어렴풋이 생각이 나는 것이, 지난가을에 어울리지 않는 비니를 머리에 쓰고 있던 여성 계산원이 그녀였습니다. 그러고 나서 한동안, 몇 달일지도 모르는 기간 동안 그녀는 식료품점에서 보이지 않았죠. 이제야 깨달은 것이지만요.

매과이어 식료품점에서 육체적으로 가장 허약한 계산원이지만 키샤는 가장 근면하고 효율적입니다. 손님들에게 정중하고 일에 진지하며 세심한. 거의 미소를 짓지 않지만 구매 영수증을 건네주면서는 달콤하고 수줍은 미소를 지어 보이는. "감사합니다, 손님."

절로 나오는 대답. "제가 감사하죠."

내가 매과이어의 단골이 된 듯해요. (어쩌다 보니 말이죠. 나는 어떤 가게에서도 어떤 식으로든 규칙적으로 다니는 손님, 눈에 익은 '단골'이 되고 싶지는 않고 특히 이 우중충한 식료품점의 단골이 되고 싶지는 않으니까요.) 나는 자주 들르는 손님이 아닌 만큼, 계산대에 다시 선 키샤를 보고 놀라거나 기뻐하며 인사할 일이 없습니다. (매과이어 가게에서 다시 근무하게 된 게 무슨 좋은 일이라고!) 하물며 이 불쌍한 여성의 안부를 물을 생각은 더욱 없죠. 다른 인간들이 정신 나간 것처럼 명랑하게 묻는 소리가 들려도 말이지요. '그래, 키샤, 어떻게 지내요? 좋아 보이네요.'

나는 이런 경박한 인사가 불쾌하지만 키샤는 불쾌해하는 것 같지 않고 그저 미소를 지으며 예의 바른 답변을 웅얼거릴 뿐이네요.

'너희가 상관할 일이 아냐. 날 내버려둬. 지옥에나 떨어져.'

하지만 아니죠. 이 젊은 여인은 그러지 않고. 그럴 것 같지도 않아요.

오늘 매과이어에서 구매한 건 별로 없고 평범해요. 여기서 나열하진 않을 겁니다. 세간의 수다스러운 평가 앞에 내보이기는 꺼림칙해요. 변변한 가구도 없는 고독한 집에서 혼자 먹고/마시기 위한 독거인의 내밀한 구매품들이니까요. '너희가 상관할 일이 아냐'가 적절한 답변이겠네요.

대여섯 개가 안 되는 물건을 키샤가 재빨리 스캔한 다음 가늘고 능숙한 손으로 밀어냅니다. 왼손 약지에 단순한 결혼반지를 헐겁게 끼고 있습니다. 그러니 결혼한 거지요.

놀랍지는 않아요. 아마 어머니이기도 할 겁니다.

'종이봉투나 비닐봉지 드릴까요?' 키샤가 어쩔 수 없이 물을 테지만 그녀는 똑똑하니까 나에게 이 질문을 전에도 했고 나는 환경적으로 의식 있는 손님이라 비닐 아닌 종이를 선택하리라는 걸 기억할 거라고 여러분은 생각하겠죠. (나는 그렇게 생각합니다.)

그래도 매과이어의 계산원들은 늘 묻습니다. 전에 얼마나 수없이 물었든 상관없이, 내가 늘 같은 대답을 해도 마찬가지로.

놀랄 만큼 마른 키샤를 돕기 위해 나는 물건들을 직접 담을 겁니다. 이 계산원 가까이 있으니 정말이지 내키지 않는 종류의 부드러움, 연약함을 느끼게 돼요. 손을 뻗어 그녀의 (아주 가는) 손목을 만지며 위로를 주고 싶은 것 같은 특이한 충동도요.

그리고 그녀의 두피를 성글게 덮고 있는, 아기처럼 가느다란 머리칼! 삭막한 형광등 조명 아래서도 부드러운, 바랜 구릿빛를 띤 키샤의 머리털을, 내 손가락들이 쓰다듬기를 염원하네요.

그리고 문득 떠오른 생각에 경이의 전율을 느낍니다. '당신. 바로 당신이군요.'

4

그렇게 결정이 하나 내려진 듯합니다.

하지만 (내가 이해하는 한) '내가' 결정한 건 아니고.

강을 따라 집으로 걸어가면서 평소처럼 기운차게, 누가 있으면 보란 듯이, '목적지가 있는 남자네' 생각하도록.

들고 가는 식료품점 (달랑 하나, 종이)봉투가 생각보다 묵직하고.

델라웨어강은 넓고 바람이 많이 붑니다. 바람이 세차게 불며 작은 거품을 일으키는 물결.

불안한 느낌, 동요가 나를 덮칩니다. 바람 때문일까요. 따끔거리며 솟는 눈물. (매일 밤 잠자리에 들기 전에 양 눈에 따가운 약을 한 방울씩 넣습니다. 조기 녹내장의 침입을 늦춘다고 하네요. 눈이 예민해졌어요.) 고조되는 긴장, 흥분, 마치 뭔가 곧 터져서 불꽃으로 타오를 것 같은.

마치 불꽃이 신문지 아래서 타오르며 일렁이는 글자들을 비출 때 같은. 지금 내 느낌이 그렇습니다!

결정이 내려졌죠. 선택을 했어요.

우체국 직원, 도서관 사서, 식료품점 계산원 중에서 '계산원'.

(이 점은 명확히 진술되어야 하는데, 나는 허구의 소설에 등

장하는 종류의 '인물들'에는 아주 관심이 적습니다. 내가 설명한 인간들, 내가 지금 거주하는 듯한 작은 마을에 사는 인간들은 '등장인물'이 아니고 실제 살아 있는 사람들입니다. 그것이 그들의 단일하고 유일한 정체입니다. 그들은 '전형적'이지 않고 '징후적'이지도 않죠. 그들과 알고 지내는 소규모 인원이 아니면 그들을 가치 있게 여길 이가 있으리라 생각되지 않습니다. 아예 없을 수도 있지만 말이에요.)

(이제야 알겠는데) 내가 계산원 '키샤'를 의식해온 지 꽤 됐다는 건 사실입니다. 완전히 의식적은 아니지만, 알고는 있었죠.

보통 계산원, 직원, 웨이터, 웨이트리스 등은 내 의식에 들어왔다가 나가며 의미나 개성을 남기지 않습니다. 만일 키샤가 직장에 복귀하지 않았다면 나도 그녀를 보고 싶어 하지 않았을 것이고, 심지어 지금도, 그녀를 다시 못 본다면 곧 내 기억에서 흐려질 거라 확신합니다.

삭막하게 들립니까? 삭막한 '기분'은 아닌데요.

나는 오래전에 타인들에 대한 인내심이 소진되었기에, 정말이지 나 자신에 대해서도 마찬가지기에, 감정들이 번창할 기회가 없었습니다. 세균이 ('위생적'이라고 내세우는 공공 화장실의 열풍건조기 같은) 따뜻하고 습윤한 재생 공기 속에서 창궐하듯이 말이지요. 밝히지 않을 이유들이 있지만, 나도 서른넷이라는 (비교적 젊은) 나이까지는 충분한 감정들을 가지고 있었어요. 충분한 '관심', '호기심'도 가지고 있었죠. 남은 인생 동안 다른 사람과 엮이지 않게 된 게 꽤 만족스러울 정도로.

'사랑을 하면, 후회하기 마련.'

'사랑을 한다는 건, 어리석어지는 것.'

'다른 이가 내 심장을 딱딱하게 만들기 전에, 먼저 단단해지자!'

하지만 집에 도착할 때쯤엔 내 심장이 빠르게 뛰기 시작합니다. 눈부신 빛에 직사당한 듯 눈이 빠르게 깜빡거려요.

"나는 할 거야! 나는 하고 말 거다."

나로선 드문 탄성, 내 집에 혼자 있을 때조차. 그리고 나로선 드문 폭소를, 지금 터뜨리고 있네요.

내가 할 일은, '구상'을 실행하고 끝을 보는 것.

(만약 끝이 난다면 말입니다. 어떤 계획에는 자연스러운 결과가 없으니까요.)

나는 키샤에게 아무 설명 없이 50달러 지폐를 보낼 겁니다. 대문자로 작게 '키샤에게'라고 간단히 적은 종이 한 장을 접어 봉투에 담아서.

봉투에 매과이어 식료품점의 주소, 펜실베이니아주 헤론타운, 험볼트 & 디포 스트리트를 적죠.

봉투에 우표를 붙이고. 가지고 나가 모퉁이 우체통에 넣고.

(우체통이 나의 주거지에서 50미터도 안 되는 곳에 있으며 하얀 스프레이 페인트로 흉하게 낙서가 돼 있다는 게 의미심장하지 않은가요?)

(관습적 소설에서는 분명히 그렇죠. 그런 낙서는 '상징적'일 테니까요. N__이 유명한 이유인, 분류가 쉽지 않은 산문에서는 이런 관찰의 핵심이 (존재론적) 핵심 없음이 될 수도 있겠네요.)

이 봉투를 키샤가 받을 시기를 계산해보고. 내일은 아니겠지만, 분명 모레는 받겠고. 키샤가 식료품점에 도착하면 매니저 매과이어가 짓궂은 미소를 띠고 봉투를 그녀에게 건넬 겁니다. '키샤! 너한테 온 게 있어.'

깜짝 놀라고 당황하겠지만 아무 짐작도 안 가고 숨길 것도 없는 키샤는 (아마도) 매과이어가 보는 데서 봉투를 열 겁니다. 아무 설명도 없이 '키샤에게'라고만 적힌 쪽지와 50달러 지폐를 발견하고 깜짝 놀라겠죠.

그 여자가 당황하여 더듬거리는 소리가 들리는 듯합니다. '아. 아, 세상에. 이게 대체⋯⋯.' 창백한 피부 위로 홍조가 올라오는 그녀의 어린 얼굴이 보이는 듯합니다.

이외에는, 매과이어가 어떤 무의미한 촌평을 할지, 동료들은 어떤 말들로 놀람, 신기함, (분명) 약간의 질투를 표현할지, 나는 조금도 궁금하지 않습니다.

난데없이 '그녀에게' 배달된 50달러 지폐를 받으면, 키샤는 경이에 찰 것입니다. 누가 (익명의) 후원자일까? 왜 '그녀'일까? 결코 (완전히) 해결되지 않을, 이 여성의 인생에 가장 큰 수수께끼 중 하나.

5

'따분하고 평범하고 예측 가능하고 예외 없는, 진부하고 뻔하고 흔한.' 거주자들 대부분의 삶이, 아마도 모든 주민의 삶이 이럴 헤론타운의 인구가 가파르게 감소한 것은 1950년대에 서너 군데 공장이 문을 닫으면서였고, 헤론타운에서 가장 눈에 띄는 건축물은 한 유적, 즉 늑대구덩이산 위의 옛 에릭슨 맨션입니다. (사실 늑대구덩이산은 '산'이라고는 하지만, 수 킬로미터를 뻗어 나간 델라웨어강의 멋진 풍경이 내려다보이는 가파른 '언덕'일 뿐입니다.)

헤론타운에서 (상대적으로) 새로운 것은 모두 델라웨어강변에 있죠. 한때 펜실베이니아주에서 최고의 여성 모자, 장갑 제조사였던 붉은 벽돌의 공장 건물은 지금 공사 중인데, 건설사에 따르면 '호화 아파트 단지'로 재건축한답니다.

(아파트 단지가 언젠가 완성은 될지, 의심스럽네요.)

(내가 사는 브라운스톤 건물의 보수 작업처럼 말이죠. 한때 우아했던 이 오래된 건물에 나는 최소한의 가구밖에 들이지 않아서, 커튼 없는 창문들로 강에서 곧장 반사되는 지독한 햇빛이 드는 데다가, 목재 맨바닥에는 정리할 엄두를 못 내는 책 상자들이 쌓였지만, 이 집에는 책을 둘 선반 같은 것도 (전혀!) 없고 나도 살 엄두를 못 내는 것이, 오래된, 잃어버린, 책망하는, 대부분 이름도 잊어버린 연인들처럼 수십 년 동안 나를 따라다닌 (수천 권의) 책들을 정리하는 데 들어갈 노력을 실제 사용할 시간과 비교해보면 수지가 맞지 않겠다고 결론 내렸으니까요.)

가장 따분하고 평범한 계절의 따분하고 평범한 배경. 늦겨울, 4월 초.

암회색 종양처럼 부푼 구름, 담 옆의 그늘진 곳들에 남은 잔설. 오늘은 목요일, 가장 따분하고 평범한 평일이지만 내 계산으론 키샤가 고용주에게서 그 봉투를, 그날 아침 우편으로 매과이어가 받았을 봉투를 받는 날. 그래서 나는 오후 늦게 식료품점에 다시 가서 몇 가지 물건을 구매했지만, 너무 이른 방문이긴 했어요.

(누군가 눈치챌까요? 매과이어가 할 바보 같은 말을 들을 각오는 해야겠죠.)

가게에 들어가자마자 내 눈이 키샤를 찾습니다. 그녀는 이 시간에 근무하는 둘밖에 없는 계산원 중 하나고 오늘 평소보다 정신이 없어 보이는데, 손님과 말하고 미소 짓고 두리번거리네요. '누구를 찾는 걸까?'

가게 분위기가 미묘하게 달라진 걸 느낍니다. 직원들이 키샤에게 던지는 사적인 언사로 판단하건대, 깜짝 선물을 알고 있는 듯해요.

멀지 않은 통로에서 서성이며, 가장 진부하고 뻔한 캠벨 수프 캔 선반에 열중한 척하며, 키샤는 사실 매력적인 여성이라 생각합니다. 지독하게 마르고 두피가 가는 머리털 사이로 훤히 보여서 은밀한 신체 부위 같아 보이는 게 역겹지 않다면요. 얼굴 생김은 섬세하며 피부엔 핏기가 없지만 이상할 정도로 주름이 없어요. 올리브색 피부로 봐서 그녀는 (분명 아마) 혼혈일 겁니다. 천박한 상투어에 따르면 밝은 피부의 흑인, 북아프리카인, 중동인, 심지어 (동)인도인일 수도 있죠. 눈은 아주 짙은 색이고 아름다운데('아름답다' 역시 전업 작가라면 사용하지 않을 상투어라고 할 수도 있겠네요) 놀라서인 듯 그 어느 때보다 밝아 보여요. 그러나 키샤는 평소대로 유니폼 같은 옷, 헐렁한 작업복에 바지를 입고 가냘픈 목에는 장미 무늬 스카프를 둘러 약간 파티 분위기네요.

(남자) 손님의 어설픈 농담에도 웃고. 웃는 척하고. 키샤가 웃는 소리를 들은 건 (분명) 처음인데요.

'나 때문일까? 저 불쌍한 여자에게 자존감, 긍지, 희망을 불어넣어서?'

10분, 15분 동안 식료품점의 좁은 통로들 사이로 쇼핑 카트를 밀다가 내가 다시 계산대에 나타났을 때 마침, 키샤에게 손님이 없습니다.

서너 개 물건을 계산대 위에 올리고. 평소의 (기능적이고 진부한) 인사를 '키샤'라는 이름표를 단 계산원과 교환하고. 우리 사이에 (비밀스러운) 관련이라곤 없는 것처럼, 오전의 그 깜짝 선물에 대해 키샤가 아는 것보다 내가 훨씬 많이 알지 못하는 것처럼.

키샤가 친근하게 미소를 짓습니다. 평소처럼 수줍고 당황하는 미소가 아닙니다. 분명 뭔가 그녀의 영혼을 밝혀주었어요.

현기증이 덮칩니다. 이 여자, 이 타인이 자신도 모르게 나와 연결되었어요.

내 인생에 특이한 일입니다. 어떤 타인과 내가 비밀을 공유한다는 건요. 비록 그녀의 비밀이라기보다는 나의 비밀이긴 하지만요.

"종이봉투나 비닐봉지 드릴까요?" 익숙한 질문도 평소보다 따뜻하게 나옵니다.

하지만 난 벌써 종이봉투로 손을 뻗어 직접 식료품을 담습니다.

그리고 환희에 차서 집으로 걸어가는 길에 벌써 두 번째 선물을 구상합니다. 열흘 내로 키샤에게 보낼 거예요.

~

이번에는 100달러.

빳빳한 100달러 신권을 키샤가 본 적 없을 거라고, 손에 쥐어본 적 없을 거라고 나는 확신합니다.

100달러 지폐에 어느 대통령이 인쇄됐는지 기억하나요? 아뇨, 못 하죠. 벤저민 프랭클린이니까. 미국 역사의 어설픈 태만으로, 위대한 프랭클린은 대통령에 뽑힌 적 없으니까.

지폐를 구하러 굳이 시내 은행까지 가야 하고. 여성 행원에게 한마디 설명도 없이, 행원이든 고객이든 해야 한다고 의무감까지 느끼는 어색한 잡담도 없이, 서툰 농담도 없이. 예의 바르고 정중하고 표정은 없이, 내가 세상과 대면하는 방식이죠.

"여기 있습니다, 고객님. 더 도와드릴 일은 없나요?"

"네."

약간 사이를 두고 무심하게, "감사합니다".

그러고 서둘러 집으로 돌아와 키샤를 위한 봉투를 준비하고.

이번에는 메시지를 좀 길게 남기기로 결정했습니다. '너무나 친절한 키샤에게.'

'선한'과 '친절한' 사이에서 망설이다가. 친절이 더 중대해 보여서 '친절한'으로 결정하고.

선한 사람도 적극적으로 친절하지는 않을 수 있죠. 하지만 친절한 사람은 적극적으로 선합니다.

전처럼 봉투에 주소를 쓰고 부치고. 언제 식료품점에 또 가야 할지 계산하고. 너무 빠르거나 늦지 않게…….

설명해야 할지도 모르겠네요. 여러분이 묻지 않더라도.

(멍청한 질문들은 이런 인터뷰의 관례인 셈이에요. 하지만 멍청한 질문이라도 규약 위반은 금기이고, 우리의 가장 큰 금기는 돈에 대한 질문이죠.)

나한테 돈은 별 의미가 없어요. 사실 나한테 돈이 얼마나 있는지 나도 잘 모릅니다. 여러 주의 은행 계좌와 이런저런 투자사에 흩어져 있죠. (2000만? 3000만? 내 회계사만 아는데, 고프닉은 비밀을 엄수하니까요.) 책 인세와 출판권, 재출판권이 (화려하진 않아도) 기나긴 이력에 걸쳐 꾸준히 모이면, 부주의하게 써 버리지 않는 한 상당량의 돈이 될 수 있고, 더구나 N_은 금욕적인 독신남으로 악명 높아서, 피부양인도 없고 알려진 상속인도 없죠. 어디서 착상을 얻느냐는 아둔한 질문을 주저하지 않는 인터뷰어들도 돈에 대해 묻지 않을 상식은 있습니다.

30년이 넘는 시간 동안 내 책들이, 전위적 종류의 문학적 소설임에도 어느 정도 잘 팔린 건 사실입니다. 무심결에 나는 일종의 컬트적 인물이 되었습니다. (노동계급적) 성장 배경과 의절하고 초현실적, 바로크적인 미의식, 이지적 환영 등의 세계를 탐험한 인물이 된 것이죠. 에로스에 사로잡힌 보르헤스처럼요. 사적인 생활을 사적으로 유지하기로 결심했더니 나의 은둔은 (병적일 정도로 극심한 수줍음 때문인데) 귀족적 오만함으로 오해를 받아서, 정신적으로 나약한 이들의 호기심을 자극하고 말았습니다. 나의 가장 유명한 소설들뿐 아니라 가장 모호한 소설들도 영상물로 만들어졌죠. 미국과 유럽 영화인들뿐 아니라 한국의 환상가 박찬욱에 의해서도요. 1980년대에 내 단편들을 각색한 텔레비전 시리즈가 잠시 있었습니다. 더 비밀스럽고 지적으로 도전적인 방식의 〈환상특급〉과 비슷했죠.

그러는 동안 내내 나는 지출이 거의 없었습니다. 여행도 드물게 다니고, 대부분의 돈을 저축하고, 극보수적 증권에 투자하고, 이자를 받으며 아주 편안하지만 검박하게 살다가 상상력과 기력이 쇠하기 시작해, 장편소설을, 경장편조차 쓸 수 없게 되면서 최근에는 논픽션을 흉내 내는 정체 모를 산문 작품에 집중하는

데, 이런 걸 상위 소설(higher fiction)이라 부르고 싶군요. (너무 잘난 척 같지 않다면요.) 전통적 장편소설의 기반인, 복합적 인물 구축에 필요한 최소한의 호기심을 잃은 나는, 복합적 '주제'에 더 선명한 관심을 가지게 되었습니다. 주제, 혹은 아이디어의 발달 과정 말입니다. 어떤 면에서는 인물의 발달 과정도 마찬가지로 가망 없는 씨앗 혹은 썩은 듯한 구근도 아직 잘 구슬리면 흙에 뿌리를 뻗고 갈라진 화분에서 자라나, 마침내 '만발'할 수 있듯이. 내가 제일 좋아하는 봄꽃인 수선화가 그 창백하고 섬세한 꽃잎과 희미하지만 달콤한 향기로 나약과 유한의 표상이 되는 것처럼.

이런 식으로 한갓 '미스터리'가 아닌 미스터리 자체의 '본질'을, 발아하는 씨앗을 대담하게 탐험하면서.

어쩌면 그래서 내가 키샤에게 끌리는 건지도 모르죠. 저 여성의 지독한 허약함과 때 이른 불운의 분위기(라고 감히 말할 수 있을까요?)에 질색하는 대신에 매력을 느끼면서.

6

매과이어 식료품점 재방문을 열렬히 고대하며.

기억하기에 난생처음 동이 트기도 전에 일어나, 정신없을 정도의 고양감, 기대감을 안고(열렬히 떨리는 박동, 이것이 남들이 말하는 '호기심'일까요?), 나의 두 번째 선물이 그 계산원에게 어떤 영향을 미쳤을지 보고 싶어서.

나도 모르게 수시로 시계를 흘긋거리며, 수시로 '그녀'를 생각하고 있습니다.

분명 성도 모르는 타인을 이렇게 열렬히 생각하는 건 난생처음입니다.

이제 와 생각하니 이 호기심 같은 것엔 뭔가 감동적인 데가 있네요. 호기심은 취약성의 보관처니까요. 무지는 호기심의 위험성에 대비한 방벽입니다. '나는 모른다, 그러므로 존재한다. 나는 알고자 열망한다, 그러므로 불완전하다.'

호기심은 젊음의 습관입니다. 다른 사람들이 나를 어떻게 생각하는지 알고자 하는 절박함. 다른 사람들의 생각을 통제하기를 열망하는 청춘의 저주. 반면 내 나이에는 다른 사람은 고사하고 내가 스스로를 어떻게 생각하는지에 대해서도 거의 관심이 없습니다.

(어쩌면, 기이하게도, 인터뷰어들이 주장하는 대로 N__의 1980년대 소설에 대한 관심이 새로 생겨났는지도 모릅니다. 나는 탐구해보려는 호기심이 없으니 모르겠지만요. 나도 컴퓨터

가 있어요. 아주 오래된 델 컴퓨터인데 마지막으로 그 흉한 기계를 확인했을 때는 인터넷 연결이 안 되더군요. 워드프로세서 기능도 너무 조악해서 차라리 1996년산 일본제 전기 타자기를 쓰죠. 요즘 타자기 애호가들 사이에선 나름 골동품 보물입니다.)

3일 후 식료품점을 재방문합니다. 오후 늦게. 키샤는 늘 그렇듯 계산대에서, 산만하게 물건들을 찍고 담고 있고, 오늘도 헐렁한 작업복에 바지를 입었지만 파티 분위기의 스카프는 목에 매지 않았어요.

당혹스럽게도 키샤는 미소를 짓고 있지 않네요. 축 처진 어깨. 얼굴에는 특히나 의아한 화장을 뽀얗고 붉게 해서 오른쪽 눈 아래 멍을 감추려는 듯합니다. 윗입술이 부었어요. 뼈가 섬세한 코도 부었고요. '맞았구나. 누구한테…….'

남편? 질투가 난 남편.

예상치 못한 상황. 익명의 숭배자에게 받은 현금 선물 때문에 저 불쌍한 여성이 불륜을 의심받은 건가요?

내 선물은 그저 딱한 회복기 환자의 삶을 격려하려던 거였는데, 역효과를 불렀습니다.

아직 식료품점 안의 나를 알아챈 사람은 없습니다. 그런 것 같아요. 다른 계산대에서 키샤와 상관없는 작은 소동이 일어나네요.

내 경악을 감추려 노력하며, 카트를 밀고 가게 안쪽으로 들어가 그냥 장을 보러 온 척합니다. (이렇게 금방 재방문을 한 걸 알아채는 사람이 있을까요? 나는 N_이 다른 사람들 눈에 보이지 않기를 원합니다. 그에게 다른 사람들이 보통 보이지 않는 것처럼.)

구매해도 무해한 몇 가지 물건을 가지고 가게 앞쪽으로 돌아갑니다. 후회로 심장이 빠르게 뛰어요. 키샤에게는 손님 둘이 대기 중이고 다른 계산대에는 아무도 없지만 나는 모르는 척 키샤의 계산대로 갑니다. 내 행동은 분별없고 의심스럽죠. 궁지에 몰린 동물처럼 땀이 흐르기 시작합니다.

줄에서 기다리며. 키샤를 (슬며시) 응시하며. 그녀의 머리 껍질이 오늘 특히 연약해 보여요. 멍 들고 부푼 얼굴. 반쯤 검게 변한 눈. 하지만 용감하게 그녀는 상처를 가리려 노력했습니다. 심지어 반만 부어서 비대칭이 된 입에 립스틱을 발랐죠. 하루 종일 (이라 추측됩니다) 저 불쌍한 여자는 시선을, 서툰 질문을, 참견쟁이들의 동정 어린 중얼거림을 견뎠겠죠.

'자기야! 무슨 일이야?' 나는 묻지 않겠습니다.

하지만 움츠러드는 내 심장은 키샤를 위한 슬픔 때문입니다. 그녀를 학대한 자에 대한 분노 때문일 수도 있죠.

저 불행한 여자는 누구와 결혼했을까요? 아내의 (사소한) 행운조차 함께하지 못하고 응징해야겠다는 남자. 또다시 결혼반지를 보니, 경멸감이 치솟네요.

결혼이라는 결합의 유치한 상징. 그렇게 숨 막히는 '평범성'.

"종이봉투나 비닐봉지 드릴까요?" 계산원의 목소리는 작고 쉬었습니다.

"종이요. 왜 늘 묻는 거죠?"

키샤가 놀라서 나를 봅니다. 내 목소리가 뜻하지 않게 날카로웠어요. 원래는 인정 많고 동정하는 목소리를 내려 했던 것 같은데. 하지만 꼴사나웠어요. 왜냐하면 직접 정확히 계산했던 존재의 한계를 벗어나면, 나는 꼴사나운 사람이니까요.

키샤가 웅얼거립니다. "죄송해요!" 나도 그녀에게 '죄송해요!' 하고 싶지만 너무 늦었어요. 대신 구매품들을 직접 봉투에 담으며 의도치 않게 날카로웠던 말을 보상하려 합니다. 정말 의도가 아니었어요.

～

'불쌍한 그대, 탈출하도록 내가 도울게. 그대가 허락한다면.'

이제 나는 난국에 처했습니다. 계속 키샤에게 현금 선물을 보내면 남편이 발견하고 괴롭힐 거고, 점점 더 사나워질지 모르니까. 왠지 키샤는 너무 정직해서 시치미를 떼지 못할 것 같습니다. 결백할 때조차 작은 일에도 죄책감을 느끼는 부류의 여자 같습니다.

어지러운 생각이 밀려와 밤늦게까지 잠들지 못합니다. 키샤에게 많은 돈을 보내주어서 그런 야만인에게서 해방시킬 수 있겠죠. (수천 달러?) (100만 달러?)

하루 중 상당 시간, 그 가능성이 나를 위로합니다. 그런 선물이 키샤 같은 여자에게, 매과이어의 우중충한 가게에서 최저임금에 일을 해야 할 뿐 아니라 최근 가혹한 치료를 한 차례 마친 여자에게 어떤 의미일까 상상하려 애씁니다.

어쩌면, 신탁 기금. 월별 배당금. 저 여자에게 적어도 재정적 독립을 제공하는 (법적) 방법들.

하지만 생각해보면 그런다고 한들, 키샤 같은 여자가, 분명 펜실베이니아주 헤론타운의 오랜 주민이고 아마 고등학교 졸업장이 고작일 여자가, 압제적인 남편과의 관계를 끊을 능력이 있을까요? 그 나이에 의존성을 저렇게 드러내면서?

100만 달러를 식료품점 계산원에게 선물로! 비밀이 지켜질 리 없죠. 남편이 알 겁니다. 가족이 알 겁니다. 친척들. 이웃들. 언론에서 저 무른 여자를 탐욕스레 털어댈 겁니다. 전혀 모르는 사람들도 그녀를 이용하려 찾아가겠죠.

어떻게 해야 할지 궁리하면서, 이제 뭔가 '호기심' 같은 것이 나를 끌어감을 인정할 수밖에 없습니다. 아침마다 눈도 잘 못 뜨고 인사불성으로 침대에 누워 있는 대신에, 나는 의욕적으로 일어나 이제 무슨 일이 생길까, 다음에 일어날 일을 어떻게 끌어갈까 궁리합니다. 내가 원한다면, 그 계산원의 (평범한) 삶이 내 통제 속에 있으니까요.

"삶이 이렇게 흥미진진하다니! 예전엔 미처 몰랐네요." 이 기괴한 말을 나의 회계사 고프닉에게 뱉으니, 그는 내가 갑자기 외국어로 말한 것처럼 빤히 쳐다봅니다.

내가 고프닉에게 꼭 필요한 것 이외의 말을 하는 일은 드뭅니다. 세금 명세, 계좌 내역, 수표와 영수증. 고프닉과 함께 있으면 로봇 같은 효율성이 나를 관통합니다. 심지어 웅얼거린 나의 인사도 로봇의 말투입니다.

하지만 지금 고프닉은 어쩔 줄 몰라 합니다. 동의하는 척 바보같이 미소 짓지만, '삶이 흥미진진하다'니……. 그것도 펜실베이니아주 헤론타운에서. 괴상하고 말도 안 되는 감정이죠.

고프닉은 헤론타운에 살지 않아요. 40분 떨어진 도일스타운에 삽니다.

회계사에게 이걸 어떻게 처리하면 될지 묻고. 익명의 후원자가 '신탁'을 설립해 (월별?) 용돈을 어떤 사람에게 지급하면서 그 내용에 대해서는 최소한의 정보만 알려주는 기금.

"뭐, 그럴 수 있지요." 고프닉의 답변은 눈에 띄게 열의가 없습니다.

'왜' 그래야 하는지, '누가' 그런 (무모한?) 거래의 수혜자인지, 고프닉은 과묵한 고객에게 묻지 않아야 한다는 걸 압니다.

8

그래요, 사실이죠. 나는 삶의 자세가 본질적으로 조사관/실험자였던 인간으로서 처음의 '중립성', '객관성'을 배반하고 있습니다.

호기심에 이끌려 그 식료품점 계산원의 근무 일정을 알아냅니다. 일주일에 5일, 월요일 휴무. 그녀가 사는 곳도요. 강가의 내 집에서 3킬로미터 떨어진 내륙, 헤론타운의 '노동계급' 주거지입니다.

나한테는 누구와, 무슨 일로든 이렇게 '얽히는' 일이 드물어서.

나한테는 이런 '감정'을 경험하는 일이 드물어서.

하지만 이렇게 되었네요. 식료품점 길 건너편에서 4월의 어느 뜻밖에 따뜻한 오후. 저녁 6시에 키샤가 근무를 끝내고 동료와 나오기를 기다리며. 어느 정도 거리를 유지한 채 동료의 차를 따라가며. 키샤가 어디서 내리는지 확인하고.

고만고만한 목조 주택들이 모인 밀런 스트리트에서 그 작은 목조 주택 앞을 차로 지나가며. 일부 집들은 쇠락해서 새 페인트칠과 수리가 필요해 보이고. 한두 집은 버려져 판자로 막아놓았고. 눈이 녹아 생긴 웅덩이와 진입로에 번들거리는 얼음. 앞마당의 진흙 바큇자국. 밀런 스트리트 54번지, 그 계산원의 집 작은 앞마당에 샛노란 수선화들이 비에 꺾이고 쓰러져.

'그녀'가 저 수선화를 심었다는 걸 알겠습니다. 비에 꺾이고 진흙투성이지만 아직 살아 있는, 생생한 노랑.

아! 이 앎이 심장에 바늘로 꽂혀요. '추함 속에서도 아름다움을 찾아서.'

집을 지나쳐, 동네를 돌면서. 천천히. 서둘지 않고. 또 어디를 가야 하지? 그 밖에 어디도 내키지 않습니다. 또 한 번 저 작고 눈에 띄지 않는 목조 주택 앞을 지나서. 가까운 곳에 대담히 주차하고.

담배에 불을 붙이고. (담배를 끊은 지 7년 5개월.) 갑작스러운 폐의 전율, 젊음 자체가 다시 흘러들어오는 것처럼.

한동안 그냥 앉아서 담배를 피우며. 운전석 옆, 차 밖의 사이드미러로 그 집을 지켜보며.

'집을 지켜본다고? 그녀의 집을? 왜?'

불편함, 불안감, 그리고 수치심을 느낄 수도. 하지만 묘하게도 그렇지 않습니다. 텅 빈 마음. 찌든 개수대로 물을 졸졸 흘리는 수도꼭지. 물줄기는 떨어지는 동시에 빠져나갑니다.

주차된 내 차 옆을 이따금씩 다른 차들이 지나갑니다. 천천히 움직이는 차들을 모는 얼굴 없는 형체들.

나는 '그'가 집에 오기를 기다리고 있는 걸까요? 야만적인 남편 말입니다.

(N_이 돈으로 '야만적인 남편'을 처리하는, 사라지게 만드는 서사도 있습니다. 하, 암살자를 고용할 수도 있습니다. 실은 두 명도, 아주 후한 액수로 고용할 수 있죠! 하지만 이게 그 서사는 아닙니다.)

길가에서 차를 빼려는데 열네 살쯤 된, 버릇없어 보이는 소년이 반짝이는 빨간 자전거를 타고 그 목조 주택 앞 지저분한 진입로로 들어섭니다.

'그녀'가 소년에게 저 자전거를 사주었군요! 나는 알 수 있습니다.

자전거가 '새것'은 아니에요. 읍내의 '마이크 자전거 중고 & 신품'에서 중고를 샀을 수도 있죠. 거기엔 비싼 이탈리아제 경주용 자전거도 몇 대 있지만 덜 비싼 미국제 자전거와 중고 자전거도 팔아요. 어쨌든 저 소년의 자전거는 최근에 구매한 겁니다. 나는 확신해요.

차를 몰아 나가며. 액셀을 너무 세게 밟아 차가 꿀렁입니다. 망할! 망할 '그녀'.

그 여자에게 내가 준 돈은 그녀를 위한 것이지 그녀의 가족을 위한 게 아니었어요. 그녀는 자신을 위해 돈을 쓸 것 같지가 않아요. 가족이 뭔지 거머리가 따로 없죠.

너무 화가 나요! 배신당한 기분입니다.

그때 결심합니다. 우중충한 매과이어 식료품점에 다시는 가지 않겠다고. 이런 굴욕을 다시는 당하지 않겠다고.

∽

호기심에 끌려 키샤의 성을 알아냅니다. '올런'.

9

……그러고 나서 곧 키샤와 직접 말을 해봐야겠다고 판단을 내립니다. 대면하고 말을 하자고. '당신 얼굴에서 영혼의 아름다움을 보았습니다. 당신은 친절하고 너그럽고 선합니다. 당신의 선함으로부터 당신은 보호받아야 합니다. 내 소원은 당신을 행복하게 하는 겁니다…….'

이 모든 게 진심입니다. 하지만 말이 우스꽝스러울 만큼 진부하고, 저속하죠.

이렇게 평범한 말이라니, 입 밖에 내기가 그러네요. 내가 두려운 건, 언젠가 내가 가장 합리적인 결정으로 자살을 원하게 되었으면서도 알맞은 유서를 작성하지 못하고 좌절해 어쩔 수 없이 계속 사는 겁니다.

자살에 관한 한 정말이지 침묵을 선택할 수는 없습니다. 자연이 진공을 견디지 못하듯이, 침묵은 일종의 진공이라서 다른 사람들이 멍청한 가설로 시끄럽게 채우게 될 것이며, 이 가설들은 단순히 제시되는 것만으로도 자살의 품위를 해치게 될 것입니다.

(이제) 어떻게 해야 할지. 단념할 수도 없(을 것 같)고.

강박적으로 손을 씻는 사람이 동일한 의례를 하루에 수십 번

수행해야만 정상적으로 숨을 쉴 수 있는 것처럼, 나는 이제 사실상 계속 '키샤 올린' 생각을 하지 않을 수 없습니다. 그 여자 자체가 아니라 그녀가 상징하는 수수께끼를.

'내가 사랑에 빠졌나? 그녀와?'

하지만 난 사랑에 면역이 됐습니다. 소위 '사랑'에요. 언어로 변모된, 그리고 언어를 통해 '글'로 변모된, 살아 있는 감정의 화석들 말고는 어떤 감정도 나를 사로잡지 못해요.

맞아요, 수십 년 전에는 나도 그런 감정들에 전기 충격처럼 관통당했습니다. (분명) 아직 여러분은 그런 감정들에 관통당할 것이며, 자신이 누군지 몰라서, 감정들이나 감정들이 통과하는 그릇에 대해 확신이 없어서, 불안하고 지칠 테니까요.

편하게 생각해요. 때로 여러분이 적절한 전략을 사용한다면, 이런 감정들은 봉합한 종기처럼 사라질 것입니다.

그래서 내가 결정한 정교한 전략은 일종의 선별입니다. 잘 알지도 못하는, 키샤 올린이라는 이름의 여자에게 느끼는 (듯한) 가상의 애착을 만족시키기 위해, 나는 그녀에게 편지를 (일본제 전기 타자기로 타자를 쳐서) 쓸 겁니다. 이것이 마지막 편지가 되기를 바라며.

키샤 올런 씨께

저는 '가치 있는 미국인 협회'의 이사입니다. 1889년에 설립된 우리 협회는 내면의 가치와 친절, 선량의 미덕이 뛰어난 지역 주민으로 간주된 사람들, 인정받을 만한 '가치 있는' 사람들에게 재정적 선물을 제공하는 명예로운 전통이 있습니다. 우리 협회는 이 상을 수여할 때 공표하지 않고 모든 수상자에게도 기밀을 요구합니다.

올해는 델라웨어밸리에서 두 명만이 '가치 있는 미국인'으로 선정되었습니다. 키샤 올런 씨가 그중 한 분입니다. 당신과 다른 '가치 있는 미국인'은 이미 첫 번째와 두 번째 선물을 받았습니다. 세 번째 선물은 보다 상당한 양의 금액입니다. 이 금액도 당신에게 수여될 것입니다. (1) 가까운 가족을 비롯한 누구에게도 말하지 않고 (2) 당신 자신을 위해서만 사용하겠다고, 가족이나 교회, 자선단체 등 아무리 가치 있는 곳이라 해도 쓰지 않겠다는 맹세를 한다면 말입니다.

세 번째 선물은 직접 받아야 합니다. 이전 선물들처럼 우편으로 전달되지 않을 겁니다. 당신(과 다른 수상자)은 4월 15일 월요일 오후 5시에 헤론타운의 델라웨어리버 여관으로 나오셔야 합니다. 정각에 나오길 부탁드립니다. 레스토랑에 당신과 다른 수상자를 위한 자리가 예약되어 있을 겁니다. 세 번째 선물을 받을 때 가벼운 식사가 제공될 겁니다. 혼자 와야 하며 시상이 끝난 후에도 혼자 떠나 모든 상황을 비밀에 부쳐야 합니다.

G_ G_
가치 있는 미국인 협회 이사

주의 깊게 작성된 이 편지가 밀런 스트리트 54번지의 키샤 올런 씨에게 배달됩니다. 수여하는 날 전주 월요일에 도착하도록 계산되었죠. 키샤가 쉬는 날이기에 편지를 직접 받으리라 추측했습니다. 다른 요일에는 배달이 왔을 때 집에 없을 수 있고 다른 가족의 손을 거치고 난 다음에야 볼 수도 있으니까요.

키샤가 그날 혹은 그 시간에 못 올 수도 있습니다. 다른 시간을 정하기 위해 나에게 연락할 방법도 없어요. 이 정도 위험은 감수해야죠.

하지만 델라웨어 여관은 우리 만남에 이상적입니다. 이 지역의 '역사적 장소'이고 가격이 괜히 비싸서 키샤 같은 주민들이 잘 알지만 단골이 되거나 할 일이 없습니다.

그래요, 모두 기민하게 조율되었습니다. 수년 만에 쓴 최고의 스토리라고 생각합니다!

그래서 이렇게 약간의 회의적 지성만 있어도 책략이라 눈치챌 초대장으로 순진하고 의심을 모르는 식료품점 계산원이 속아 넘어와, 낯선 사람과 만나기로 한 겁니다. 또 다른 '가치 있는 미국인' 수상자라는 수상쩍은 사람과 만나기로 한 거죠. 분명 식료품점 손님인 나를 알아볼 테니, 이건 그럴듯한 상황입니다.

그러면 델라웨어 여관에서 모든 일이 계획대로 될까요? 그렇기도 하고 아니기도 합니다.

10

4월 15일 오후 정확히 5시에 키샤가 주저하며 델라웨어 여관에 들어옵니다. 신경 쓴 블라우스와 재킷, 치마를 입고 하이힐을 신었네요. 달걀 껍데기처럼 연약한 머리에는 실망스럽게도 1957년에 교회 가는 부인처럼 꽃 달린 모자를 썼어요. 문을 들어선 다음엔 멈춰서 눈을 깜박거리며 응시하네요. 아주 불안해 보입니다. 혹시 함정에 들어섰을까 의심하며 단숨에 뛰쳐나갈 태세의 야생동물처럼요.

"키샤 아니에요! 당신도 여기에?"

키샤가 나를 알아봅니다. 식료품점 손님 중 하나! 눈을 깜박이며 혼란스러워하고 경계합니다.

"이런 우연이! 당신이 다른 '수상자'군요……. 축하해요!" 나는 음성을 낮춰 은밀하게 속닥입니다. 몇 초가 지나서야 키샤가 상황을 이해합니다. 델라웨어 여관으로 불려 와서 같이 '가치 있는 미국인 상'을 타는 다른 사람이 '우연히'도 아는 사람임을.

이 현저한 우연의 일치에 그녀가 품을 수도 있는 의심을 달래기 위해 나는 '가치 있는 미국인 협회'에서 온 편지를 보여줍니다. 키샤의 것과 거의 동일한 편지를 그녀가 재빨리 훑습니다. 하지만 키샤는 의심하는 천성이 못 되니 우연에 의아해할 이유가 없어요. 이걸 우연이라고 할 수 있다면. 내 태도로 볼 때, 우리가 받게 된 의문의 상에 대해 내가 그녀보다 더 많이 알 거라 의심할 이유가 없죠.

흠 없는 책략! 나를 '가치 있는 미국인상'을 주관하는 모략자가 아니라 동료 수상자로 내세우고.

우리는 어색하게 서로 소개합니다. (물론 난 가명을 댔죠.) 더욱 어색하게도 우리는 악수를 나눕니다. (키샤는 악수에 익숙하지 않은 게 보여요.)

이렇게 부담스러운 상황, 또한 비밀스러운 상황을 위해, 키샤는 졸업 무도회에 가는 고교생처럼 꾸몄습니다. 파리한 피부가 빛나고 가는 입술이 소방차 같은 빨강입니다. 쑥 들어간 눈 밑의 그림자도 사라진 듯하고요. 성기던 눈썹도 초승달 모양으로 그렸지만 항암 치료로 속눈썹이 사라진 눈은 그대로, 의아하다는 듯 나를 응시하네요.

자연스럽게 내가 주도합니다. 키샤가 이끌어달라는 듯 바라봅니다. 나는 식료품점의 손님으로서 다소 딱딱하고 형식적이고 웃지 않던 것과 달리, 이 놀랄 정도로 새로운 상황에서는 신사적이고 상냥하며 잘 웃습니다.

"예, 우리 둘 다 축하를 받아야죠! 놀라운 명예니까요……."

"누구한테 말 안 했나요?" 키샤의 목소리가 긴장되고 갈라집니다.

"당연히 안 했죠. 비밀이라면서요. 당신도 누구한테 말 안 했죠, 키샤?"

"어, 네. 말 안 했어요."

"내 생각엔 우리가 말하면 상을 취소할 것 같아요." 나는 그녀에게 엄히 말합니다. "오늘 여기 옴으로써 동의한 협회와의 계약에 위반이 되는 것 같아요……."

늘어놓은 말이 아주 그럴듯하고 법적으로 들려서 키샤는 굳게 고개를 끄덕입니다. 이런 상황은 나처럼 나이가 든 신사, '교육받은' 것처럼 보이는 신사에게서 듣는 편이 좋습니다. 그래야 혹시 모를 의심이나 위화감이 누그러지죠.

그러고 나서 눈부신 델라웨어강 풍경이 내려다보이는 리버뷰 식당으로 앞장서고. 너무나 많은 진부하고 뻔한 것들 가운데 강은 어떤 면에서 늘 신선하고 예기치 못한 존재입니다.

예약되었던 자리요? 상냥한 지배인이 우리를 안내합니다. 내가 요청했던 구석진 자리죠. 하루 중 이 시간이면 리버뷰 식당은 사실 거의 사람이 없고 음침해요. 나는 슬그머니 서류 가방에서 봉투 두 개를 꺼내 탁자 옆 선반에 올려놓습니다. 마치 원래 있던 것처럼요.

웨이터가 나타납니다. 음료 드릴까요?

키샤는 필요 없다고 중얼거립니다. 그러다가 불쑥 말하죠. "술 아닌 것도 있어요? 콜라 마실게요."

'콜라!' 대량 소비를 위해 제조된 유독한 화학물질에 대한 냉소적인 말을 꺼내지 않기 위해 나는 혀를 깨뭅니다.

멀쩡한 정신을 유지하기 위해 나는 드라이한 화이트와인 한 잔을 주문합니다. 딱 한 잔만.

자, 이제 대화를! 마치 아드레날린에 관통당한 병리학자가 눈앞에 펼쳐진 싱싱한 시체에 첫 번째 절개선을 그을 때처럼, 나에게 흥분이 밀려듭니다.

"어떻게 이런, 이런 일이! 우리 축하를 합시다……."

나는 신사인 척하며 내성적인 동석자에게 민감도 낮은 질문들을 부지런히 던집니다. 배경, 가족, 얼마나 오래 헤론타운에 살았는지("평생요"), 식료품점에서는 얼마나 오래 일했는지("평생 같아요").

신중하게도 나는 키샤에게 건강에 대해 묻지 않습니다. 아직은 결혼에 대해서도.

그녀는 불행할까요? 남편이 그녀를 학대하는 걸까요? 아니, 아직은 물을 수 없습니다.

머뭇거리며 갈라진 음성으로 질문에 대답하는 그녀는 대화에 익숙지 않은 사람 같습니다. 우아한 척하는 식당을 두리번거리는 키샤는 누가 자신을 관찰 중일까, 엿들을까 두려운 듯 불안해 보여서, 이런 질문을, 혹은 일반적인 성격의 어떤 질문도 받는 일이 드문 사람임을 나는 깨닫게 됩니다. 누군가가, 더구나 잘 차려입은 낯선 이가 관심을 가지고 그녀를 '바라보는' 게 오랜만임을 추측하게 됩니다.

불편해하긴 해도, 키샤는 우쭐해집니다. '수상'이 자신에 대해 다르게 생각하도록 만든 것 같습니다. '그래, 나는 특별해. 특별한 사람인 거 몰랐어?'

키샤는 리본이 늘어지고 하얀 플라스틱 단추가 달린 레몬색 새틴 블라우스를 입었습니다. 재킷은 더 거친 직물인데, 울 합섬에 짙은 베이지색이네요. 이런 '차려입은' 옷들은 새로 구매한 건 아니고 훨씬 젊었던 수년 전의 것 같습니다. 그녀의 귀는 보통보다 훨씬 작고 밀랍처럼 창백합니다. 목도 창백해서 장밋빛 화장품을 바른 얼굴과 대비가 되죠. 그녀의 오른손 네 번째 손가락에는 결혼반지가 있습니다. 여전히 헐렁해요. 오른 손목, 아주 가는 그곳에는 헐렁한, 비싸지 않아 보이는 여성용 손목시계를 찼습니다. 감동적이게도, 짧고 메마른 손톱에는 립스틱과 맞춘, 소방차 같은 빨강을 발랐네요.

며칠간 나는 키샤에게 얼마의 현금을 줄지 곰곰 생각했습니다. 극적인 액수가 되어야겠지만 너무 극적이어서는 안 됩니다. 더 많은 돈에 대한 욕망을 자극하고 끌어내서 그녀가 계속 관심을 가지고 참여하도록, 심지어 어느 정도까지는 살짝 불안하게 만드는 게 좋겠군요. 그래서 키샤의 봉투에는 빳빳한 100달러 지폐 열 장이 들었죠.

'내가 사랑에 빠졌나? 말도 안 돼!'

웨이터가 음료를 가져옵니다. 우리가 누군지, 무슨 관계인지 궁금해하며. 뭐, 궁금해하라죠!

"다시 한번, 키샤, 축하해요!"

나는 격식을 차리며 잔을 들어 키샤의 잔에 부딪습니다. 드라이한 화이트와인이 검고 사악한 화학 용액에 부딪습니다. 키샤가 숨도 잘 못 쉬면서 웃네요. 즐겁고 들떠 보이려고 용감하게 노력하고 있는 이 여자는, (아마도) 깜짝 놀라는 일이 행복한 일인 경우가 드물 거예요.

뭐, 우리 인생에서 깜짝 놀랄 일이 '행복한' 경우가 얼마나 되겠습니까. 누가 달려와서 '좋은 소식이에요! 믿기 힘들 만큼 행복한 소식이에요!' 하고 외친 적이 마지막으로 언제인가요?

정말이지 이런 식으로 외치며 나에게 달려온 이는 아무도 없었습니다. 내가 사는 집으로, 혹은 내가 앉아 기다리는 방으로 누가 쳐들어와 '좋은 소식이에요! 믿기 힘들 만큼 행복한 소식이에요, N__!' 하고 외친 적은…….

키샤는 사악한 콜라를 마시고, 콜라의 표면은 살균제가 보글거리듯이 보글거립니다. 소방차 같은 빨간 립스틱이 그녀의 앞니에 묻은 게 보입니다. 구릿빛 갈색으로 칠한 눈썹이 비대칭인 게 보입니다. 손이 떨렸던 걸까요. 귀와 마찬가지로 키샤의 코는 이상하게 작고 창백하며 콧구멍은 틈새처럼 좁아요. 그녀의 얼굴 자체가 너무 작은 듯합니다. 화학 요법 때문에 얼굴이 '줄어든' 걸까요? 아니면 방사선 치료였을까요?

어쨌든 키샤는 항암 치료에서 회복한 거겠죠? 암에서도? 그런데 그녀의 병이 암이었을까요? 병이 있긴 했던 걸까요? 몇 주 동안, 몇 달 동안 내가 안다고 생각했던 이 계산원의 대략적 생활에 대해 실은 내가 아는 것이 거의 없음을 깨달으니 좀 충격입니다. 탈모는 다른 게 원인일 수도 있습니다. 갑상선 문제라든가 위장관 질환이라든가.

곧 키샤는 할 말이 많지 않다는 게 분명해집니다. 자신의 '행운'에 대한 아이 같은 경탄을 표현하는 것 이외에는요. 왜냐하면 그녀가 받은 편지, 내가 대부분의 소설보다 더 밀도 높은 노력을 기울인 그 편지에도 불구하고, 그녀는 자신이 이 신비한 선물을 받을 '가치'가 있을지 모른다고 그다지 생각하지 않기 때문입니다. 그녀에게는, 아마도 그녀가 태어날 때부터 속한 계급의 사람들에게는, 오직 '행운'과 '불운'만 존재합니다.

불운은 암이었겠지요. 행운은 난데없이 나타난 수수께끼의 현금 선물이었을 테고요.

이 경우엔 행운이 (인간) 행위의 결과가 아니라는 의미로. 그보다는 날씨나 지진처럼, (옛날 말로) '신의 행위'라 불리는 것에 가까운 의미로.

그래요, 키샤가 나에게 할 말이 그렇게 없다는 것이 다소 실망스러워요. 내 질문들은 그녀에게서 아주 짧은 대화밖에 끌어내지 못해요. 내가 학교 교사처럼 어떤 모호한 종류의 권위자, 권위는 의심받지 않지만 그녀로서는 가능하면 마주하기를 피할, 불편한 사람이니까요. 나의 흰 와이셔츠, 남색 넥타이, 낙타털 반코트는 그녀를 주눅 들게 하는 듯해요. 그럴 의도가 아니었습니다만. 그보다는 그녀와 상황을 신경 써서 입었어요. 이 상황은

(결국) 그녀의 인생 못지않게 내 인생에서도 특별한 일이에요.

'정말이지 사랑에 빠진 거야. 그리고 정말이지 우스꽝스러워.'

키샤는 아름다운 여성이 아닙니다. 이제 보이네요. 내가 연약함을 아름다움으로 착각한 게 틀림없어요. 병의 효과로 야위고 음울한 생김. 부드럽고 가늘며 짧은 머리털, 속눈썹 없는 눈으로 꿰뚫는 듯한, 일종의 무력한 정직함의 시선. 심지어 키샤의 (상대적인) 젊음도 착각이었어요. 그녀는 내가 생각했던 것만큼 젊지 않습니다. 40대가 확실해요.

그리고 키샤는 (짜증 날 만큼) 음식 시키기를 주저합니다. 지금 배고플 때가 아니라면서요. "하지만 지시에 의하면 우리는 가벼운 식사를 하기로 돼 있는데요." 내가 쾌활하게, 경박하게 말합니다. 와인이 뇌까지 도달했나 봅니다. "내가 대신 주문해도 될까요, 자기?"

'자기'라니. 내가 키샤를 '자기'라고 불렀나요? 그럴 생각은 없었습니다.

키샤가 찡그리며 목덜미를 쓰다듬네요. 뒷머리의 아기같이 고운 머리털을 쓰다듬고. '자기'라는 말을 알아들었는지도 확실치 않아요. 그녀는 주변 환경, 하얀 테이블보, 강이 내려다보이는 통유리창, 강물에 번쩍이는 햇살 때문에 정신이 없으니까요. 리버뷰 식당의 메뉴, 하얀 누비천 같은 걸로 장정된 터무니없이 크고 허세 가득한 메뉴도 그녀를 기죽이는 듯합니다.

내가 이 여성에게 인상적인 사람일까 궁금합니다. 그녀의 남편은 얼마나 조야할까요? 나와 대조적으로.

물론 나보다 (아마도) (훨씬) 어리겠죠.

이 중대한 날을 준비하며 나는 낙타털 반코트를 9년 만에 드라이 맡겼어요. (9년 전 어느 장례식에서 마지막으로 입었습니다.) 헤론타운 이발소에서 (성글고 제멋대로 난) 머리를 감고 다듬은 다음 드라이를 받았습니다. 셔츠는 새로 세탁해 제대로 다리고 (오닉스) 커프스단추를 달았습니다.

그럼에도 키샤는 내 옷을 거의 쳐다보지도 않는 듯해요. 여전히 걱정스레 식당만 두리번거립니다. 식당 안에 그녀를 아는 사람이라도 있을 것처럼. 갈라지는 목소리로 그녀가 묻습니다. "그 사람들이 우리를 만나러 올까요? 아니면 이미 지금, 여기서 지켜보고 있을까요?"

"그 사람들요?"

"그, 협회의……."

잠시 나는 키샤가 뭘 말하는지 전혀 알 수 없습니다. 그러다가 깨닫지요. 나도 그녀처럼 의아해 보여야 한다는 것을. 내가 우리 상황에 대해 키샤보다 더 많이 아는 것처럼 보여서는 안 됩니다. 물론 본능적으로 키샤는 남자인 나의 견해를 따르겠지만요.

나는 그런 것 같다고 말합니다. 그럴 수 있다고요. "그 편지는 정말 요령부득이었어요. 비밀로 하고 싶어서 그런 거겠죠. 주 정부 복권 당첨자처럼. 수상자가 사람들한테 시달리지 않게요. 협회도 그렇고요. 복지 대상자나 식품 지원금처럼……."

'복지 대상자'와 '식품 지원금'. 당혹스러운 연관점이네요. 키샤는 복지 대상자와 식품 지원금 수령자를 안 좋게 보는 쪽일까요, 아니면 본인이 그 대상자가 된 적 있을까요?

웨이터가 우리 자리 주변을 얼쩡거립니다. 그는 나에게는 정중하지만 키샤에게는 확신이 없어요. 그녀의 지위, 나와의 관계에 대해 확신이 없습니다. 그녀가 '차려입은' 옷의 품질로 판단했을 때 친지는 아닌 거죠.

'우리가 연인인지 주제넘게 궁금해하네. 이 여자와 내가!'

내 얼굴이 붉어집니다. 부끄러운 건지 뿌듯한 건지 모르겠어요. "어서요, 자기! 협회는 우리에게 가벼운 식사를 시키라고 했어요. 식순의 일부인 것 같습니다."

키샤는 마지못해 과일 샐러드를 시키기로 합니다. 나는 샤르퀴트리 에 프로마주를 주문합니다.

나의 동석자가 나에 대해 절대 묻지 않는 것이 재미있고, 실망스럽기도 합니다. 나는 그녀의 삶에 대해 진정한 관심과 호기심을 가지고 질문했는데, 키샤는 나한테 한 가지도 물을 생각이 없네요. 너무 소심해서 그렇겠죠. 그녀 계급의 여성들은 관리 계급으로 보이는 사람들에게 질문하길 불편해합니다.

매과이어 식료품점의 까불거리는 빨간 머리 매과이어는 자기 직원들을 아무렇지도 않게 놀리고 꾸짖고 하지만 직원들은 감히 그를 놀리고 꾸짖지 못하죠. 직원들은 그저 다양한 정도의 쾌활함으로 웃을 뿐입니다.

또한 키샤는 (아마) 그냥 나에 대해 궁금하지가 않은 겁니다. 내가 누구든, 그녀의 삶에 의미 있는 영향을 미칠 가능성이 있는 인간들의 범위를 벗어나는 곳에 있으니까요.

주문한 음식이 나옵니다. 키샤의 크고 풍성한 과일 샐러드는 속을 파낸 파인애플에 담았고, 내 샤르퀴트리에 프로마주는 대리석 접시에 담아 포도송이와 고급 워터스톤 크래커를 곁들였습니다.

키샤가 자기 음식을 보더니 쓸쓸하게 웃습니다. "아! 이거 참, 고급스럽네요……."

"정말 그러네요. 아주 멋진데요."

얼마나 아이 같은 눈인지. 동공이 커진 듯합니다. 아름다운 눈이지만 약간 충혈됐어요.

"원하는 만큼 많이 먹어요, 자기. 살 좀 쪄야겠어요."

또 '자기'. 무의식적으로 이 문제적 단어가 흘러나왔어요.

하지만 키샤는 별로 신경 안 쓰는 듯해요. 그녀에겐 나의 그 무엇도 '신경 쓰이지' 않는지도 모르겠군요.

"식욕이 원래 그다지 없는 것 같아요. 게다가 집에 가서 저녁 식사를 만들어야 하거든요. 여기 오래 있을 수가 없어요. 집에서 식사도 같이 해야 하고, 같이 먹으려 노력해야 해서요."

키샤가 용감무쌍하게 포크를 들고 작은 파인애플 조각을 찍습니다. 그녀가 몇 분이나 걸려 자극적인 과일을 씹는 동안 나는 크래커에 브리 치즈를 바릅니다. 강 위에서 태양이 윤곽을 잃고 서쪽 하늘 속으로, 이어진 산들 뒤로 녹아들어, 무언가 쏟아진 듯합니다.

내 질문들에 들쑤셔진(나는 이런 때 침묵의 진공이 질색인데, 다 내 탓입니다) 키샤는 자신에 대해 좀 더 들려주기 시작합니다. 그래요, 그녀는 헤론타운에서 태어났습니다. 헤론타운에서 학교를 다녔어요. 헤론타운에서 결혼을 두 번 했고요.

두 번? 나는 정중히 놀람과 관심을 표현합니다.

"열아홉에 처음 했어요. 뭐, 해야 했죠." 키샤가 용감하게 웃더니 마음을 바꾼 듯 입술을 깨뭅니다. "오래가지 못했죠. 슬픈 일이었어요. 그는 해병대에 지원했어요. 걸프전에 보내졌는데, 돌아왔을 때는 같은 사람이……." 키샤가 한숨을 쉬고 잘 찍히지 않는 콩코드 포도 한 알을 포크로 찍으려 애를 씁니다. "어쨌든 오래가지 않았죠. 우리에겐 아이가 셋 있었지만—"

"전남편과 잘 지내나요?"

순진한 질문! 나는 즉시 후회합니다.

키샤가 괴로운 표정으로 고개를 젓습니다. 어쨌든 7년 후에 다른 남편을 만났어요.

키샤가 힘없이 미소를 짓습니다. 이 여자가 나에게 털어놓고 싶어 하는 걸 알 수 있습니다. 이번 두 번째 결혼도 문제가 있으니까요. 하지만 그녀는 낯선 이에게 그런 사생활을 허심탄회하게 말할 수 없어요. '그 남편, 지금의 남편'인 남자에 대해 말할 수 없고, 그저 방어하고 변호할 수밖에요.

물론 나는 이해합니다. 현명한 연장자, 이해심 많은 신사니까요.

"어쨌든 아이들은 괜찮아요. 난 아이들 때문에 살죠. 신께서 보내주시는 건 받아들일 수 있어요. 아이들만 잘 자라면요. 그렇게 기도하며 살죠."

'남편이 난폭해도?'

여전히 괴로운 표정. 키샤는 진지하게 생각하고 있습니다. '가치 있는 미국인 상'이 한 줄기 빛을 비추어 그녀를 어지럽게 만듭니다.

갑자기 작은 목소리로 나에게 털어놓는 말이, 그녀 인생에서 '무서운 일'을 두 번 겪었다면서. 하나는 겨우 스물여섯 살 때 '낭종'을 제거해야 했던 일이고 두 번째는 지난가을에 암이 '더 많이 퍼진' 겁니다. 그녀는 눈을 훔치며 신께서 구해주셨노라고 말합니다.

수술을 받았다고. "유방 절'조'술"을. 그러고는 "항암"도.

신, 예수, 그리고 기도의 힘. 아이들, 가족. 그녀가 계속 살아갈, 포기하지 않을 이유. 때로는 그냥 포기하고 싶었지만. 그러나 살아 있음에 감사하며. 그리고 치료가 더 고통스럽지 않았던 것에 감사하며. 매일 무릎을 꿇고 감사를 드린다고. 받아들이기 힘들어한 건, 거의 그녀보다도 더 힘들어한 건, 남편. "내장을 걷어차인 것 같았대요."

키샤는 남편에 대해 더 말을 하려다가 마음을 바꿉니다.

"뭐, 누가 우리에게 이런 선물을 주는지 몰라도, 내 기도에 대한 응답인 것 같아요. 우린 타격이 컸으니까요. 재정적으로요. 당연히 내가 일도 쉬어야 했고. 당연히 식료품점에 의료보험이 있는 것도 아니고. 그만한 '이윤'이 남지 않는다고 매과이어 씨가 그래요. 영업을 계속하는 것만도 행운이라고. 일자리만 유지돼도 행운이라고. 그러니 이번 선물은, 신께서 협회의 손을 이끄신 것 같아요. 우리한테, 내 가족에게 돈이 얼마나 필요한지 알고. 훌륭한 분들이에요. 아마 기독교인들이겠죠." 갑자기 터져

나오는 키샤의 감격과 확신에 화들짝 놀라고.

'돈을 그 거머리들에게, 가족에게 주겠군. 당연히 자신을 위해 쓰지 않을 거야.'

침착하려 애쓰며. 그저 지적만 하며. "기독교인요? 정말요? 편지에는 그런 말이—"

"분명 기독교인들일 거예요. 아니면 이런 기도에 응답이 왔겠어요? '가치 있는 미국인 협회'라니, 무신론자들일 리 없죠."

키샤는 '무신론자'를 이상하게 발음합니다. 마치 의미는 잘 모르지만 역겹다는 건 아는 외국어처럼 발음했죠.

"이 '협회'가 누구인지는 몰라도, 좋은 사람들이에요. 신의 사람들이죠."

키샤는 압니다. 키샤는 확신합니다. 불명료함은 없어요. 설득도 불가능하죠.

갑자기 지겨움이 스르르 스며듭니다. 현기증 같은 무언가의 파동이 나의 두뇌를 통과합니다.

내 실험! 얼마나 시시한지. '구상'의 실행은 통제를 벗어나고.

내가 얼마나 이 사람과 가까워지길 염원했는데. 그녀가 친구 사이처럼 사정을 털어놓길 바랐는데. 이런 친밀감, 이렇게 쏟아 내는 말은 감히 예상도 못 했습니다. 그리고 지금, 1미터도 안 되는 거리를 두고 탁자 너머로 이 여자를 마주하며, 나는 당혹합니다. 양해를 구하고 떠나고 싶어요. 계산은 내 신용카드로 이미 치렀어요.

키샤가 천으로 된 핸드백에서 전화기를 꺼내 사진을 보여줍니다. 일련의 웃는 얼굴들. 그중 하나가 자전거 타던 건방진 애새끼라는 걸 나는 바로 알아봅니다.

"내 삶의 빛이에요." 키샤가 말하며 훌쩍입니다. "뭐, 주께서 '내 삶의 빛'이지만요. 딸아이 질이 열아홉인데 나는 그맘때 결혼을 해서—"

나는 이 대화를 어떻게 하면 예의 바르게 끝내고 도망칠 수 있을까 머리를 굴립니다. 계획대로 키샤에게 봉투를 줘야 할까요? 아니면, 주지 말까요?

키샤도 나도 식사를 끝냈습니다. 우리 둘 다 아주 배고프진 않았어요. 하지만 나는 두 번째 와인을 주문했지요.

이제 보니 어찌나 한심한지요. 이 여자에게 100만 달러를 증여하려 하다니! 고프닉이 나를 미친 사람 보듯 응시한 것도 당연해요.

'이 여자'. 나는 실망하며 그녀에게 화가 납니다. 나는 키샤가 누군지, 왜 여기 왔는지 잊은 듯해요.

'불쌍히 여겨야지. 그녀는 연민의 대상이지 경멸의 대상이 아니야.'

키샤가 포크를 내려놓습니다. 눈으로 손목을 흘금거리며 시간 때문에 불안해하죠.

재빨리 나는, 만남이 성공적이었던 것 같다며 그녀를 안심시킵니다. "약속대로 여기 우리 봉투가 있네요."

내 의자 옆에, 창문 옆 선반에 얌전히 두 개의 봉투가 놓여 있으니까요. '키샤 올런 귀하'라고 쓰인 하나에는 빳빳한 지폐 열 장이 들었고 가공의 이름이 쓰인 다른 한 개에는 그냥 부피를 위해 여러 번 접은 신문지가 들어 있습니다.

"아! 감사해요……."

키샤가 나에게서 봉투를 받아 가며 기대라기보다는 두려움에 가까운 표정을 짓습니다. "이건, 아무래도 나중에 열어볼까 봐요. 안에 뭐가 들었을지……. 좀 두려운 것 같아요."

나는 실망스럽습니다만, 돈은 그녀의 것이죠. 그녀가 원하는 대로 해야만 해요.

"나도요, 자기. 혼자 열어볼 거예요."

키샤가 봉투를 때가 좀 묻은 천 가방 깊숙이 넣자, 나도 봉투를 반으로 접어 낙타털 코트 안주머니에 넣습니다.

나는 좀이 쑤십니다. 키샤랑 수 시간 같이 있었던 것처럼 느껴져요. 실은 창가 자리에 앉은 지 한 시간도 안 되었는데요. 이렇게 금방 끝나다니! 하지만 내가 가장 강하게 느끼는 기분은 안도감입니다.

우리는 일어섭니다. 다시 한번 나는 키샤의 마른 팔다리와 연약함을 눈에 담습니다. 내가 준 돈이 그녀가 '번창'하는 데 어떻게든 도움이 되기를 희망합니다. 하지만 그녀가 그 돈을 자신보다 훨씬 가치가 없는 인간들을 위해 쓰리라는 가능성, 아니 확실성을 나는 감수합니다. 그게 키샤라는 인물이니까, 그리고 인물이란 '구상'이 통하지 않는 운명이니까.

식당에서 나오는 길에, 내가 넉넉하게 팁을 준 웨이터가 우리에게 좋은 저녁을 빌어줍니다. 지배인이 생각이 많은 표정으로 말합니다. "좋은 저녁 보내세요."

호텔 입구에서 우리는 작별 인사로 악수를 합니다. 키샤의 손은 충격적일 만큼 뼈가 작고 차갑습니다. 나는 그녀에게 만나서 너무 좋았고 그녀는 정말 상을 받을 만하다고 말합니다.

"감사합니다! 당신도요……."

키샤는 내 이름을 잊었군요. 상관없습니다. 은둔 천재 N__과 헷갈릴 가능성은 없는 가명이었으니까.

키샤에게서 뭔가 더 느끼고 싶지 않습니다. 주차장까지, 그녀의 차까지 바래다줄 기분도 아니고. 싫어요. 화장실에 가야 한다는 핑계를 댑니다.

그리고 아마 키샤도 간절히 혼자 있고 싶을 겁니다. 얼른 차에

타서, 봉투를 찢어 열고 싶어서. 기적적인 '세 번째 선물'을 발견하고 싶어서. 그녀는 남은 생애 동안 감사하겠죠.

결심했습니다. 다시는 키샤를 보지 않을 거예요.

11

이 초라한 사건 이후 얼마 지나지 않아, 2012년 이른 봄, 나는 펜실베이니아주 헤론타운을 떠났습니다.

키샤 올런이 어떻게 됐는지, 조금의 호기심도 없이. 다른 사람에 대한 호기심도 없지만.

그들에게 의미심장한 일이라곤 일어날 리가 없으니까.

키샤의 인생에서 의미심장했던 건 '나'였습니다. 그리고 나는 '나'에 대해 호기심이 없었어요.

왜요? 이 이야기의 갑작스러운 종료가 불쾌한가요? 만족스럽지는 않겠죠. 소설의 규칙에 위반되죠.

하지만 상기시켜드리자면, '이것은 허구의 소설이 아닙니다'. 그보다는 소설의 원천이라 할 수 있습니다. 소설의 (신비로운) 기원들. 여러분은 나와 달리 '호기심'에 가득 차 있습니다. 천진한 여러분은 이야기가 끝난 후 '인물들'이 어떻게 되었을까 궁금해합니다. 마치 인물들이 이야기 밖에서도 계속 존재하는 것처럼.

키샤 올런의 경우, 뚱한 우체국 직원 및 맵시 좋은 사서의 경우와 마찬가지로, 내가 더 큰 도시로 이사 간 후 그들이 어떻게 되었을지는 나에게 아무 관심의 대상이 되지 못합니다. 거의 즉시, 나는 그들에 대한 생각을 멈추었어요.

여러분의 (천진한) 질문, '어디서 아이디어를 얻나요?'를 듣기 전까지는 완전히 잊고 있었죠. 가축들이 어느 들판에서 풀을 뜯고 다른 곳으로 옮겨 가듯이, 작가는 어느 영토를 뜯어 먹고 나서 옮겨 갑니다. 풀을 뜯은 곳에 대해 향수를 느끼지는 않죠. 한입 가득 베어 문 맛있는 신선한 풀이란 교체 가능하며 '어디서' 난 풀인지는 상관없어요.

사실 여러분도 아마 이런 부분에서 나를 닮게 될 겁니다. 다른 부분에서도 그렇게 될 것이고, 언젠가 깨달을 거예요.

～

사실 나는 몇 년 후 헤론타운에 다시 갔어요. 내가 살던 강가의 집이 괴저에 걸린 팔다리처럼 황폐해져서 팔아야 했기 때문에요.

어쩌다 보니 험볼트와 디포 스트리트 모퉁이의 매콰이어 식료품점에 갔는데, 바뀐 게 많지 않았어요.

각오를 하고 우중충한 식료품점을 들어서고. 내부가 더 작아 보이네요. 계산대는 두 곳만 열렸고요.

하지만 키샤가 여전히 제자리에 있습니다! 찌르는 듯한 감정의 충격에 힘이 빠져요.

하지만 아니에요. 계산원은 키샤 올런이 아닙니다. 날씬한 젊은 여자가 청바지에 작업복을 입고 있죠. 소녀 같은 얼굴, 짧게 깎은 모랫빛 머리칼. 키샤의 현재 나이보다 한참 어려 보여요.

귓속이 윙윙 울리고. 이 젊은 여자가 키샤가 아님을 또렷이 알면서도. 가게 사장인 매콰이어는 예전보다 머리가 더 셌고 뚱뚱해졌지만 나를 알아보는 듯합니다. "안녕하세요! 다시 오셨네요!" 5, 6년이 흘렀으니 내가 누군지, 누구였는지는 잘 몰랐겠지만.

천천히, 어지러운 사람처럼, 나는 좁은 통로를 따라 걷습니다. 나의 브라운스톤 건물처럼 식료품점도 쇠락했어요. 목재 바닥이 닳아 해졌고 냉동식품이 부족하네요. 농산물도 신선하지 않고요. 차를 타고 읍내로 들어오며 세이프웨이 마트가 새로 들어선 걸 보았어요. 매콰이어는 얼마 못 가겠죠.

간절히 나가고 싶어서, 잠시 나는 망설여요. 몇 가지를 사려 했지만 들어온 게 후회가 되죠. 귓속의 울림이 점점 커집니다. 평소의 '우쭐거리던' 확신은 사라졌어요. 몇 분 쇼핑을 하고 계산대 쪽으로 가니, 매과이어가 나를 기다리고 있었던 듯합니다.

내 입에서 얼마나 절박하게 말이 나오던지. "키샤라는 계산원은 아직 여기서 일하나요? 조금 알고 지냈는데요. 밀런 스트리트에 살았, 살고……."

매과이어는 미소를 멈춥니다. 얼굴에 놀람, 괴로움이 서립니다.

말하기 주저되지만 말하게 되어 전율하는 사람처럼, 매과이어는 끔찍한 일이었다고 말합니다. "남편에게 살해당했어요. 집에서 때리다가 죽였지요. 애들도 집에 있었는데, 제대로 말리지 못했어요. 도박에다가 술도 마신 상태였죠. 키샤는 사이가 안 좋다는 말을 하곤 했는데, 남편이 걸프전 때문에 '신경'이 안 좋다고요. 키샤가 친구 사귀는 걸 끔찍하게 질투했어요." 매과이어가 눈을 마구 문지릅니다. "다들 그녀를 좋아했어요. 세상에 키샤 같은 사람은 없었어요……."

"언제, 언제 그랬어요?"

매과이어는 선반에 캔을 쌓던 통통한 금발 여성을 부릅니다. "셜리? 키샤가 언제 세상을 떠났지?"

"세상을 떠난 게 아니라 살해당했지!"

금발 여자가 이상하게 격하게 말합니다. 마치 비위가 약한 매과이어가 죽은 사람을 모욕하기라도 한 듯이.

매과이어의 수긋한 태도를 보니, 둘은 가까운 사이인가 봅니다.

"알았어, 하지만 언제였는데?"

"5, 6년 전."

기운차게 껌을 씹는 10대 계산원이 합계 금액을 알립니다. 우리의 대화는 그녀에게 아무 의미도 없습니다. 듣고 있지도 않습니다. 내 무릎에서 힘이 빠집니다. 계산대에 기대야 합니다. 껌 씹는 계산원이 나를 보고, 나는 그녀의 달팽이 같은 입이 움직이는 걸 보지만, 말이 들리지 않습니다. 그녀는 인내심을 가지고 되풀이합니다.

"종이봉투나 비닐봉지 드릴까요?"

자. 나는 여러분의 (멍청한) 질문에 대답했습니다. 또 다른 걸 묻진 말아주세요.

미스 골든 드림 1949

안녕하세요! 소더비에 어서 와요! 들어오세요.

보다시피 자리는 지정되어 있습니다. 오늘의 (비공개) 경매는 최고의 수집가들에 한정됩니다.

그리고 나는 제일 중요한 출품작이에요. '미스 골든 드림 1949'.

즉 유례를 찾기 힘든, 특별하고 하나뿐인, 3차원의 살아 숨 쉬며 플라스마가 주입된 '플라스티플루토늄럭스 미스 골든 드림 1949'.

대량생산된 게 아니고. '복제'된 것도 아니며. 그저 나일 뿐.

나의 진짜 DNA에서 (재)창조된.

미국 역사상 가장 유명한 미녀 사진이자 《플레이보이》 역사상 가장 유명한 화보. 그리고 20세기 최고의 섹스 심벌로 대중의 칭송을 받는.

의심스러워요, 대디? 연단으로 가까이 와봐요. (아니, 대디, 연단에 올라오지는 말고!) 직접 봐요.

내 눈이 '보고' 있어요. 이 목소리도 '나'한테서 나오는 거예요. 매릴린의 나직한 숨결 섞인 어린 소녀 목소리를 녹음한 으스스한 녹음본이 아니라 진짜라고요. '난 진짜야. 실물 크기에, 모든 핵심적인 면에서 해부학적으로 정확한.'

내가 어떻게 '작동'하느냐고요? 나는 작동하는 게 아니에요, 대디. 나는 '살아' 있어요.

사실 나는 원본 '미스 골든 드림'보다 우월합니다. 그녀는 그저 겁먹은 소녀였을 뿐이고 그녀의 (완벽하고 납작한) 배는 굶주림에 꼬르륵거렸죠. 한때 골치 아픈 기억들을 보유했던 내 두뇌의 어둑한 부분들은 (대부분) 도려내졌어요. 내 치아 상태는 1949년보다 확실히 더 좋아서, 더 하얗고 더 고르고 충치도 없지요. 가열된 붉은 액체가 내 정맥과 동맥을 순환하며 이중 기능을 수행합니다. 빈혈을 앓던 옛날 혈액보다 약 30퍼센트 더 효율적으로 산소를 두뇌로 나르며, 추가적인 혜택으로 최음제 역할도 합니다.

수표책을 가져오길 잘했어요, 대디.

나를 어떻게 소유하고 싶어요, 대디? 날 집으로 데려갈래요? 날 사랑할래요?

대디, 나도 당신을 사랑할 수 있어요.

당신은 그저, 대디, 미스 골든 드림에 입찰하면 돼요. 그리고 계속 입찰해요. 경매가를 계속 올려요. 올리고 올리고 올려서 경쟁자들이 떨어져 나가게, 헐떡이며 패배하게.

오늘 미스 골든 드림의 최저 구매 가능 가격은 2200만이에요. 최고가는, 이봐요, '최고가'라는 건 없어요.

사실 바로 오늘 우리가 소더비 기록을 세울 거라고 예상돼요. 여러분, 최고의 매릴린 수집가들과 나, 매릴린이 말이에요.

그래요, 미스 골든 드림은 원래 매릴린의 누드 사진이었어요. '그' 나체 사진. 여러분이 소년 시절 보고 잊지 못하는 그 사진. 모든 소녀들, 적어도 여러분이 알던 소녀들과 알게 될 여자들을 무의미하게 만들어버린 사진.

어찌나 어린지! (사실상 여러분 손녀딸만큼이나 어리지만, 그런 생각은 하지 말아요.)

재밌는 정보: 나는 50달러를 받고 이 사진을 찍었어요.

재밌는 정보: 나는 아직 '매릴린 먼로'가 아니었어요. 제작사가 내 이름을 붙여주기 전, 나는 노마 진 베이커였어요.

재밌는 정보: 이미 나는 남편에게 버림받고 이혼한 상태였어요.

재밌는 정보: '신인'이었지만 (벌써) 제작사가 포기한 직업 배우였어요.

70년도 더 전인 1949년 노마 진을 탐욕스레 훑어 올라가던 시선. 그때는 전무후무한 여성미의 시대였고 미스 골든 드림은 그 모두 가운데 가장 탐나는 우상, 그 옆에 서는 모든 여성이 모자라 보이는 성상이었습니다.

붉은 벨벳 위의 흠 없는 나체. 부드럽게 물결치는 벨벳은 심장의 붉은 내부 같고. 아기처럼 부드러운 하얀 크림색의 피부, 흠 없는 피부, 새빨간 립스틱 미소가 작고 완벽한 하얀 치아를 드러내고, (벌거벗은 하얀) 어깨 너머로 구불거리며 늘어진 금발.

인간 진화의 정점. 무한히 탐나지만 위협적이지는 않은 여성. 유아지만 성애화된 유아. 달콤하게 미소 짓는 보조개 팬 뺨. 반쯤 얼굴을 가리고 어린 소녀처럼 수줍게 '여러분'을 응시하는 반짝이는 눈. (이건 '말 잘 듣는 소녀'니까요. 하지만 말 잘 듣는 '음흉한' 소녀죠.)

21세기인 지금, 성교에 의한 번식만이 가능했던 지점을 넘어 인류는 진화했습니다. 다시 말해 이성 간의 강력한 매력에 의해서만 생물종이 재생산되는 건 아닙니다. 인공수정, 정자 기증, 대리모의 (그다지 낭만적이지는 않은) 시대에 눈부신 금발 여성은 더 이상 필수품이 아닌 사치품이 되었습니다. 비싼 스포츠

카, 요트, 태평양이 내려다보이는 방 30개짜리 주택 등등처럼. 이런 것들을 소유할 수 있다면, 대디는 '나'도 소유할 수 있어요.

내가 약속할 수 있는 건, 눈부신 금발에 나체면서, 즉 맨발이면서도, 결코 당신에게 평등을 요구하지는 않으리라는 것입니다. 나는 결코! 내 완벽한 여성 육체를 더럽혀서 당신처럼 되기를 원하지 않겠습니다. 소름 끼치는 수술을 받아 가슴을 제거하거나 비단처럼 붉은 질을 제거하고 다른 것으로 대체하지 않겠다고…….

윽! 알아요. 생각만 해도 구역질 나죠.

(그리고 사람들은 왜 그렇게 많은 성전환자가 역겨운 모습을 해서 강간당하고 살육당하고 버려지는지 의아해합니다. 불량 여성들이 여성성을 거부함으로써 여성 혐오의 표적이 되는 건 아닌데 말이에요.)

미스 골든 드림은 아니에요! 나는 아닙니다.

여기 여러분 앞에, 유아처럼 유순하게 벌거벗고, 한때 '여성성'으로 칭송되던 요소들이 신격화된 이상이 누워 있습니다.

그래요, 나는 내가 자랑스러워요. 이 '자아'가. 흠 없는 크림 같은 하얀 피부, 촉촉하고 푸른 눈, 뾰족하게 솟은 소녀의 가슴과 날씬한 허리(22인치!), 발가락을 움츠린 부드러운 맨발.

여러분을 위해 준비된 짜릿함이죠! (당신도, 당신도.)

특히나 저열한 짜릿함은, 그녀가 옷을 벗고 포즈를 취한, 자신의 명예를 실추한 '미스 골든 드림'의 제작에 너무나 적은 돈을 받았음을 알 때 느낄 수 있습니다. 그 이미지에서 21세기 로봇 기술의 기적으로 '플라스티플루토뉴럭스 미스 골든 드림'이 형상화되었습니다.

또 다른 짜릿함은, 부인하지 말아요, 형제들 간의 광포한 성적 경쟁에서 '당신'이 나를 소유하기 위해 수백만을 입찰할 때 느낄 수 있을 겁니다. 그리고 일단 나를 낙찰받아 집으로 데려가 문을 잠근 다음엔, 당신만이 남은 인생 동안 나를 독점하겠죠.

당신은 부유한 남자고 안목을 갖추었습니다. 르누아르, 마티스의 그림들을 획득했죠. 늙은 사티로스와 그를 꾀는, 언제까지나 젊고 요염한 여자아이들을 칭송하는 피카소 말년의 성애적 그림들도.

당신은 워홀의 실크스크린 작품들, 〈재키〉〈리즈〉〈매릴린〉도 소유했죠.

하지만 그것들은 평면, 2차원입니다. 워홀의 (못생긴) '매릴린'은 만화 인물입니다. 생명도, 숨도, 폭신한 하얀 팔도 없어서 당신이 울 때 안아주지 못합니다.

그러니 당신의 컬렉션은 완벽하지 못해요. '나'를 획득하지 못하면.

당신에게는 짜릿하겠죠, 대디, 당신은 부유하니까 50달러에 절박할 일도 없었고(압류된 닳아 빠진 중고차를 되찾기 위해 50달러가 필요했다죠), 거의 무일푼으로, '배우'나 '모델' 아니면 일자리가 없어서 남자들에게 휘둘리고, 팁도 없이 현금으로 급료를 받은 적도 없을 테니까. 당신은 내키면 금화를 뿌리고 거지들이 바닥을 기며 줍게 할 테니까. 당신은 특정 나이, 계급, 지위의 신사로, 매릴린이 젊은 모습 그대로 나이 들지 않는 한 예뻐해줄 테니까. 그리고 이런 형상으로, '플라스티플루토뉴럭스' 창조물로서, 매릴린은 영원한 청춘을 보장받았습니다.

당신을 비난할 순 없어요, 대디. 절대! '당신'을 비난하지 않습니다.

나이가 들어가더라도, 나이가 들어갈수록 (어떻게든) 당신이 여전히 젊다는 것을 상기시켜줄 매력적인 젊은 여성을 곁에 두는 것이 더욱 중요해지니까요. 정말이지 당신 나이가 별로 많지 않다고 상기시켜줄 여자, 남자의 정신적 거울이 되어줄 여자. 그렇지 않다면 누가 그녀에게 관심을 가질까? 뭐 하러 관심을 가질까?

아뇨! 난 비꼬는 게 아닙니다. '뾰족하게' 굴고 있는 것도 분명 아니에요.

난 숨도 쉬지 않고 숨소리를 섞어 말해요. 목소리가 어린 소녀처럼 보드랍게 하늘거리죠. 들으려면 고개를 숙여야 해요. 당신은 왕처럼 위풍당당하게 몸을 낮춰 나를, 변장한 거지 하녀를 일으켜줄 수 있어요. 당신 수준으로 올려줄 수 있어요.

아무도 당신을 비난하지 않아요! 당연히 아니죠. 아니에요.

매릴린은 이해했어요. 매릴린은 용서했어요. 매릴린은 절대 대디를 비난하지 않았어요. 그녀 자신의 알 수 없는 대디를 절대 비난하지 않았어요. 그는 그녀가 아기였던 1926년 어머니(와 그녀)를 버렸죠. 절대 씁쓸해하지 않고 미스 골든 드림은 씁쓸함과 정반대되는 이력을 쌓았어요. 남자들이 씁쓸함을 좋아하지 않으니까요. 누가 그들을 비난할 수 있겠어요? 매릴린은 아니에요!

타인을 위해, 자신이 아니라 남들을 위해 수백만 달러를 벌었다고 나는 씁쓸해하지 않아요. 내가 '우상'이자 '수집품'이 되었다고 씁쓸해하지 않아요. 그것도 '나'에겐 충분한 영광입니다.

내가 바로 《플레이보이》의 첫 화보였어요. 1953년 12월 호. 휴 헤프너는 내 사진들을 보고 그 잡지의 첫 번째 화보로 삼아야 했지요. 《플레이보이》의 성공은 당연했지만 그는 결국 나에게 보상을 하지 않았어요. 단 한 푼도.

(날 못 믿어요? 헤프너 씨가 나한테 한 푼도 안 줬다는 걸 못 믿어요? 그는 사진가에게서 500달러에 저작권을 샀어요. 나한테는 아무것도 줄 필요 없었죠.)

(그렇다고 휴 헤프너가 나한테 미치지 않았다는 건 아니에요. 그는 확실히 미쳐 있었죠.)

(아, 헤프너 씨는 낭만적이었어요! 내가 죽고서 내 묘지 바로 옆 자리를 구매하느라 7만 5000달러를 썼죠. 그리고 2017년 91세로 죽자 거기에, 바로 내 옆에 묻혔어요. '그의' 매릴린 옆에.)

(알아요, 이상하죠. 믿기 힘들죠. 휴 헤프너가 나한테 미쳐서, 내 옆에 묻히려고 7만 5000달러를 쓰면서 '매릴린'을 사용한 값으로 나한테는 한 푼도 주지 않다니. 여러분은 그저 고개를 저으며 생각에 잠깁니다. 남자들이란!)

뻐기려는 건 아니지만, 난 단순히 《플레이보이》의 첫 번째이자 가장 유명한 화보였던 게 아닙니다. 나는 또한 《플레이보이》의 첫 표지였어요. 미 전역 가판대에서 번쩍이는, 매릴린 먼로를 표지에 실은, 남자들을 위한 최신 잡지! 비록 누드는 아니었고, 깊이 파인 원피스를 입고 있었지만, 얼마나 매력적인가요. 그리고 얼마나 어린가요! 내 얼굴은 빨간 립스틱 바른 입술이 그리는 미소로 활짝 벌어졌고 그 미소는 절대, 결코 사라지지 않습니다.

봤죠, 대디? 바로 지금 내가 당신에게 짓는 미소와 똑같이.

몇 분 후 입찰이 시작될 거예요! (지정) 좌석에 앉으세요.

대디, 통로에 서서 나를 빤히 쳐다보지 마요. 내가 실제 매릴린, 그러니까 노마 진이라고 했잖아요. 그리고 나는 살아 있어요. 나는 '살아 있는 생물'이에요.

당신이 다른 손님들의 길을 막고 있어요, 대디. 일단 자리에 앉고 경매가 시작되면 날 응시할 시간은 많아요.

당신은 특별한 소더비 플래티넘 플러스 고객이에요, 대디. 그래서 의자에 당신 이름표도 있잖아요. 그래서 내가 '당신'한테 미소를 짓고 윙크를 하는 거고요.

날 사랑하고 싶어요? 날 집에 데려가고 싶어요? 그래요?

내 평생 사랑을 찾아 헤매며. 모델이자 배우가 되려고 애쓰던 노마 진이었을 때뿐 아니라. 내 생의 마지막 날 밤까지 평생. (그날 밤 이야기는 할 필요 없겠죠. 당신도 묻고 싶지 않을 거예요. 대디가 자신의 매릴린에 대해 알려 하지 않을 모든 사연 중에서도, 그녀의 비참했던 마지막 날들에 대해서는.) 왜냐하면 나의 (버림받은, 경멸당한) 어머니의 본보기로 가르침을 받았으니까. 여자가 사랑을 받지 못하면 아무것도 아니라고.

여자가 아름답고 탐스럽고 화려하고 '섹시'하지 않으면 사랑을 받지 못할 테고, 사랑을 받지 못하면 그녀는, 아무것도 아닙니다.

그리고 그녀가 아무것도 아니면 그녀는 아주, 아주 불행할 거예요. 내 어머니처럼 정신병원에 갇히겠죠. 그저 죽기만을 바라게 되는 곳에.

대디, 당신이 좋아할 게 하나 있어요. 저열하게 짜릿할 사실인데, 나는 열여섯, 고등학생 때 결혼을 했습니다. 굴곡진 몸매(하지만 처녀였어요!)에도 불구하고 나이에 비해서도 아주 어렸고 아주 외로웠죠. 비록 수년 동안 어머니가 나를 사랑해준 적이 몇 순간 없었으며 키스는 고사하고 억지로라도 안아주질 못했지만, 어머니가 나를 돌볼 수 없게 되어 고아원에 맡겨진 나는 어머니를 찾아 울고 또 울었어요. 그리고 (열아홉 군데) 위탁 가정에서 가끔, '늘'은 아니고 그저 '가끔' 성추행을 당하면서도요.

　뭐, 그 당시엔 그런 불쾌한 표현은 쓰지 않았어요. '성추행'이라니. 너무 저속하죠! '곤란한 일'이라고 했습니다. '원치 않는 남성의 관심'이라고도 했죠. '저 여자애 생긴 게, 열두 살에 벌써, 문제가 생길 게 뻔했어'라고도 했고요.

　로스앤젤레스의 마지막 위탁 가정에서 양어머니가 나를 딱하게 여겨서, 혹은 소년과 남자들이 '곤란하게' 굴 때마다 내가 끊임없이 놀라는 데 부아가 나서, 혹은 내 울음이 지긋지긋해서, 혹은 양아버지가 나를 흘긋거리는 게 마음에 안 들어서, 나보다 몇 살 많은 이웃집 소년에게 나를 소개했습니다. 그는 즉시 나에게 청혼했고 우리는 즉시 결혼했습니다. 다만 (나는 이유를 알 수 없었어요. 지금도 이해가 안 갑니다) 몇 달 되지 않아 나의 어린 남편 짐은 로스앤젤레스에서 최대한 멀리 떠나기 위해 상선에 취직해 나를 버렸어요.

왜냐고, 내가 짐에게 물었지요. 애걸했습니다. 그는 나를 사랑한다 했으면서 왜 떠났을까요. 왜 사랑한다고 말하고서 떠나죠? 줄 수 있는 것보다 더 많은 사랑을 요구해서? 능력보다 더 많은 사랑을 요구해서? 지속적인 사랑, 꺼지지 않는 라디오처럼? 지칠 줄 모르는 사랑, 가차 없는 사랑, 게걸스러운 사랑? 내가 원했던 건 그저 짐의 식사를 준비하고 그와 껴안는 것, 사랑을 나누고, 그의 목에 내 얼굴을 묻고 그의 팔 안에 숨는 것, 그리고 (아마도) 그는 내가 두려워졌을 겁니다. 스무 살밖에 안 된 그를 내가 대디라고 부르기 시작했거든요…….

당신에게는 짜릿할 텐데, 대디, 나는 '자멸적'이었어요. 10대였을 때도 나는, 남편이 오스트레일리아행 배를 타면 손목을 긋겠다고 위협했지요. 떠나기 전에 임신시켜달라고 애원했어요. 하지만 그는 거절했고 나를 버리고 떠나서 상처를 주었습니다.

'당신'은 나에게 상처 주지 않을 거죠? 약속해요?

남자들에게 상처를 입어왔다는 건, 이렇게 여러 번 당신들한테 상처를 입었다는 건, 내가 얼마나 순진한지, 순수한지 알려주는 징후예요.

그래요, 나는 내성적입니다. 모두가 그렇게 말했어요. 내가 내성적이었다고. (지금도 그래요.) 다만 나에게서 옷이 제거되면,

내향성도 사라지는 듯했습니다.

왜 그럴까요? 나도 모르겠습니다.

이렇게 나는 '당신'과 다릅니다. '당신'은 타인들의 눈앞에 벌거벗고 나서는 게 굴욕적일 테니까요. '당신'은 빤히 응시당하고 평가되고 가늠되는 걸 참지 못합니다.

나는 내 몸을 부끄러워해본 적이 없습니다. 사실 나는 그걸 '내' 몸이라고 생각하지 않아요. 나는 그걸 나의 '마법 친구'라고 부릅니다. 어디서 이런 생각이 났는지 모르겠어요.

물론 로봇 기술이 노마 진의 1946년 피부를 복제했습니다. (아마 심지어 원본보다 눈부시고 매끄러울 거예요! 당신에게는 또 다른 특혜죠.) 플라스티플루토뉴럭스 미스 골든 드림을 감싼 하얀 크림색 '플라스타표피'는 장갑처럼 딱 맞습니다.

나의 마법 친구는 절대 나를 실망시키지 않습니다. 그녀는 타인들이 나를 사랑하게 만드는 힘을 가졌어요. 나는 늘 알고 있었습니다. 여전히 믿고요. 만일 내 아버지가 나의 마법 친구를 보았다면 그도 그녀를 사랑했을 거라고, 그러니까 '나'를 사랑했을 거라고 믿습니다.

당신도 그녀를 얼마나 뚫어지게 쳐다보고 있는지, 참! 나라도 그럴 것 같긴 하지만요.

멋졌던 건, 당신이 나의 마법 친구가 벗은 걸 보았을 때, 당신은 '나'를 보지 않았다는 겁니다. 불쌍하고 슬픈 노마 진은 그녀 안에 숨을 수 있었어요.

그래서 기형과 추함은 나를 두렵게 합니다! 나는 늙고 싶지 않아요. 주름지고 쭈그러들고 추해지고 싶지 않아요. 늘 나는 '미스 골든 드림'이기를 원합니다. 지금의 나와 같은 모습이기를 원합니다.

(그리고 이게 '나'라는 건 사실이에요. 나의 실제, 진짜, 확인 된 시체의 '생체 잔여물', 즉 DNA에서 의학 기술의 기적을 통해 재창조되었고, 외설적이나 순수한 자세를 취한 매력적인 나체 소녀로 당신 앞 붉은 벨벳 위에 재구성되었으니.)

(그래요, 이해하기 힘들겠죠. '매릴린 먼로'는 1962년, 서른여 섯에 공식적으로 죽었어요. 지금 살아 있다면 아흔다섯이 되었을 거예요. 하지만 그건 지나간 세월의 옛 매릴린일 뿐이에요. 우리 는 지금 아주 다른 세상에 살고 있어서 경제적 여유만 있다면 '노 화 방지 시술'을 받으며 살고 죽은 후에는 '재구성'될 수 있어요.)

어쩐지, 나는 영원히 살 걸 거의 알았던 듯합니다. 어릴 때도 노마 진은 믿음을 가지고 있었습니다.

인터뷰를 할 때 나는 말하곤 했어요. (작은, 숨결 섞인 매릴린 목소리로, 청회색 눈을 크게 뜨고) "사랑이 있으면 어떤 섹스도 잘못이 아니에요."

그리고 말하곤 했습니다. "내가 아기를 가질 수 있다면 다시는 슬프지 않을 텐데."

'당신'은 나에게 아기를 줬을 거예요. 그렇지 않나요, 대디? 이젠 너무 늦었겠죠. 플라스티플루토늄럭스의 기적으로도 아기는 불가능하지만 최신 플라스타생식기 덕분에 그 밖의 (거의) 모든 걸 할 수 있다는 걸 알게 될 거예요.

어쨌든 나는 좋은 엄마가 되었을 거예요! 내 어머니가 저질렀던 모든 실수를 나는 저지르지 않았을 거예요. 매릴린은 아니죠!

작고 아름다운 천사 아기를 얼마나 소중히 여겼을까, 작은 여자 아기를 인형처럼 입혔을 텐데. 부둥켜안고 입 맞추고 포대기로 둘둘 싸고 요람에 파묻어서 우리 침대에서는 아기의 통곡이 들리지 않게.

아기의 머리칼이 나와 같은 금발이, 백금발이 아니라 갈색이라는 게 드러나면 그건 문제가 됐겠네요. 대중은 아기와 나를 번갈아 보며 내 머리칼이 '원래 금발'이 아니라는 걸 알아냈을 테고, 매체에선 히죽거리는 기사를 냈겠죠. (제일 쉬운 해법은 아기의 머리를 나의 금발과 같은 색으로 탈색하는 거였겠네요!)

하지만 주목적은 완벽한 작은 아기를 가져서 엄마가 되는 것이었어요. 노마 진의 엄마가. 예전의 엄마가 아니라 바람직한 엄마가.

뭐, 그런 일은 일어나지 않았죠, 대디. 걱정스러운 표정 할 필요 없어요. 앞으로도 그럴 일은 없을 테니.

아이를 질투할 필요 없어요, 대디. 그런 일은 없었으니.

당신이 나를 보는 게 나는 좋아요, 대디. 멈추지 말아요! 내가 하는 말 대부분이 그냥 농담이라는 걸, 당신도 알죠?

매릴린은 한 줄기 햇살이에요, 아주 재밌죠. 못되게 재밌거나 냉소적으로 재밌는 게 아니라 어린 소녀처럼 재밌어서, 당신이 세상을 좋게 느끼게 만들어요.

우리 함께 있으면 얼마나 재미있겠어요, 대디!

소문은 듣지 말아요, 대디. 어떤 사람들은, 질투하는 사람들은, 못되고 무지한 사람들은 말해요. 내가 소더비에서 여러 번 경매로 나왔다고, 이번이 처음이 아니라고. 나를 획득한 부유한 수집가들에게 치명적인 '사고'가 일어난다고 주장하는 이들이 있어요. 때로는 며칠도 안 돼 계단에서 굴러 목이 부러지고 척추가 끊어지고 격한 성교 중에 심정지가 오고, 동맥류, 종양, 알 수 없는 '유기' 독소가 간부전을 일으키고. 하지만 이런 것들은 가짜 소문이고 아주 실없는 소문이니 조금의 주의도 기울이지 말아요, 대디.

당신을, '당신'만을 귀애하겠다고 서약할게요. 맹세해요, 당신 이전엔 아무 남자도 없었다고요, 대디. '당신'은 유일해요.

136

붉은 벨벳 위에 유혹적인 포즈로 누워 완벽하게 빛나는 플라스타표피와 완벽하게 구불거리는 금발 플라스타머리칼을 선보이는 모습 그대로, 나는 당신 발아래 누울 겁니다. 당신 앞에 굴복할 겁니다. 당신의 아름다운 신부가 될 겁니다. 결코 비꼬는 말을 중얼거리지 않을 겁니다. 당신이 멍청하고 비실거리는 늙은이라 해도 답답해하지 않을 겁니다. 나는 당신을 존경할 겁니다. 애교꾼만이 부릴 수 있는 애교로 당신에게 애교 부릴 겁니다. (우리 애교꾼과 소녀들은 어려서부터 재주들을 배워 생존해야 했으니까요.)

맹세해요, 대디. 날 사랑하지 않는다고 절대 비난하지 않겠습니다. 나를 버렸다고 고발하지 않겠습니다. 착취하고 배신한다고 절대 탓하지 않겠습니다. 내 돈을 가져가 비밀 계좌에 숨겼다고 절대 의심하지 않겠습니다. 당신 앞에서 신경질적으로 울며 무너지지 않겠습니다. 꼴 보기 싫다고, 손대지 말라고, 당신 '냄새'도 역겹다고 소리 지르지 않겠습니다.

나는 미친 여자가 아닙니다. '추하게' 울지 않습니다. 나는 울 때도 아주 매력적입니다.

나는 못된 여자가 아닙니다. 당신과 동등해지길 원하지 않습니다. 나는 당신을 귀애할 겁니다.

나는 쓸쓸하지 않아요. 쓸쓸함은 내 입 안에서 녹지 않습니다.

부루퉁하고 눈물 많은《플레이보이》화보를 원하는 이는 없습니다. 그들을 탓할 순 없죠! 나도 그러지 않습니다.

예상할 수 있었을까요? 여기 이렇게 젊은 내가, 관능적인 붉은 벨벳 주름 위에 나체로 포즈를 취한 내가, 이렇게 달콤하게 미소 짓고 이렇게 평온하고 너그러운 내가, 10년도 안 돼 '세기의 섹스 심벌'이 되고, 그 후 몇 년 안에 죽으리라고…….

예상할 수 있었다고요? 그래요?

하지만 아뇨, '그' 생각은 하지 말아요. 아직은 아니에요. (당신은 아직 나를 집으로 데려가지도 않았잖아요. 우리의 밀월은 시작도 안 했어요.)

짜릿하긴 하지만, 안 그래요? '그' 생각을 해보면요.

남성의 짜릿한 복수, 여성이 너무나 쉽게 파괴된다는 것. 크리스털 컵을 발로 부술 때처럼. 수채 물감을 뭉갤 때처럼. 결코 다시 전과 같아질 순 없죠. 나비 날개를 움켜잡아 구길 때처럼.

미스 골든 드림의 아름다움은 사실 당신을 울렁거리게 만듭니다. 당신의 얼굴에 던져진 당신의 약점, 분개와 굴욕감과 수치. 오늘 오후 당신은 움직이는 플라스티플루토뉴럭스 인형에 수백만 달러를 입찰하는 광풍에 휩싸여 다른 수컷들과 맹렬하게 경쟁할 것이고 당신은 무능해서 실패할까 봐 두려운 겁니다. 여러분 중 한 명만이 가장 부유한 '대장 수컷'이고 그가 나를 '수

집'할 테니까.

매릴린은 최고가 입찰자에게 낙찰될, 팔릴 테니까. 의심의 여지가 있을 수 없는 약속, 매릴린이 최고가 입찰자의 소유가 된다는 약속.

돈은 매릴린이 아닌 타인들에게 가겠죠. 하지만 매릴린은 씁쓸해하지 않아요. 행복으로 빛나는 저 생기 넘치는 젊은 얼굴을 봐요. 일종의 순수입니다! 돈과는 관계가 없고, 타인들의 동기도 문제 삼지 않는.

'날 사랑해줘, 대디! 난 당신을 사랑할게.'

나를 사랑했던 남자들은 모두 나를 학대했죠. 씁쓸하지 않습니다! 그냥 사실일 뿐.

때로는 밀치고, 제치고, 때리고, 두들겼죠. 때로는 차갑고 악랄하게 소리치는 언어적 학대였죠. '탕녀!' '창녀!'

아, 그래요! 측은하죠. 하지만 '당신'은 예외가 될 거예요.

'당신'은 나를 학대하지 않겠죠, 그렇죠? '당신'은 아니죠.

'당신'은 술에 취해서 플라스티플루토뉴럭스 신부의 꽉 죄어드는 팔다리에 기겁해 도망치다가 계단에서 넘어져, 비명을 지르며 굴러, 바닥에 부딪혀 목을 부러뜨리지 않을 테니까요. '당신'은 우리 신혼 침대에서 팔다리가 구렁이처럼 꽉 죄어들어도 심장마비를 일으키지 않을 거고 눈부시게 붉은 립스틱 미소에서 나온 알 수 없는 유기 독소로 죽지 않을 거예요. '당신'은 특별하니까.

그래서 '당신'은 '나'를 가질 자격이 있습니다. 섹시한 금발 여성이자 평범한 동네 소녀. 1949년 그대로 영원히 살아 있도록 정확히 복제된 염색체. 아주 조그만 기관들까지 동일한 세포. 봐요! 나는 숨을 쉬고 눈꺼풀을 파닥거리며 시선을 '당신'에게 고정하고 있어요.

우리는 함께 행복할 거예요! 함께 즐거울 거예요! 당신이랑 나랑 단둘이.

가장 좋아하는 게 뭐죠? 내가 할게요. 하고 또 할게요. 그리고 또.

당신의 모든 비밀을 지켜줄게요. 난 당신을 쪽 빨아들여, 헐렁하게 너덜거리는 당신 가죽에서 내장을 뽑아내고, 당신의 메마른 뼈를 곤죽으로 만들 거예요. 그러면 당신은 황홀경의 비명을 지르겠죠. 내가 약속해요.

기억해요, 대디, 그냥 미스 골든 드림에 입찰만 하면 돼요. 계속 입찰해요. 입찰을 절대 멈추지 말아요. 높이, 높이, 높이 입찰해서 경쟁자들이 떨어져 나가게, 패배하게. 오늘 경매하는 미스 골든 드림의 최저 예상가는 겨우 2200만 달러입니다.

최고 예상가는? 대디, 그런 건 없어요.

원한다는 것

1

몹시 그녀는 남자를 원한다.

혹은, 그녀는 한 남자를 몹시 원한다.

혹은, 그녀는 한 남자를 '몹시' 원한다.

2

'욕구'가 얼굴에 뻔히 드러난 거다. 흑요석이 희미한 빛 속에서도 번득이듯이.

그는 느긋하게 그녀에게 다가간다. 강변 산책로의 난간 위로 팔꿈치를 기대며 그녀 옆에 선다. 콘크리트 제방에 부딪혀 정신

없이 철썩거리는 물결 위에 씨앗들이 둥둥 떠 있다.

친근한 웅얼거림. "안녕하세요!"

위협도 압박도 없는 인사지만 그녀는 대답하지 않는다. 이런 공공장소에서 접근하는 낯선 이에게 반응하지 않는 것은 그녀의 특권이니까.

그러나 재미있게도 남자보다 먼저, 남자의 (큼직한) 그림자가 강 위로, 난간의 수직 막대들 그림자 위로 입체파 미술품처럼 구부러진 모습이 먼저 보이고.

"저기, 혼자예요?"

L.K.는 그를 보지 않는다. 그녀는 성숙한 여성이고 평정을 유지하는 연습이 돼 있으며, 이런 방해에 느끼는 놀람, 경계심, 흥미를 누설하지 않을 것이다.

침입자에게 가볍게, 하지만 최후통첩 같은 분위기로 말하고. "아뇨. 그렇진 않아요."

이건 힐책의 의미다. 서늘하고 명확한. 하지만 침입자는 그녀가 뭔가 재치 있는 말을 한 것처럼 웃고, 이런 상황(공공장소, 매력적인 여자)에서 재치란 소녀스럽고 유혹적인 것을 의미한다.

"'그렇진 않아요'라니 무슨 뜻이죠?"

미소를 짓자 드러나는 큼직한 치아, 눅진하게 착색된 치아. 미소를 지으며 권하는 공모.

그의 옷이 풍기는 점토와 물감의 희미한 냄새. 테레빈유?

'정확히 그 말 그대로요' 하고 그녀는 말해줄까 고민한다. 하지만 아니다. 하지 않는 게 낫다.

적어도 그는 너무 가까이 서지는 않았다. 그들 사이엔 편안한 거리가 유지됐다. 그리고 근처 강변엔, 풀밭엔 다른 사람들도 있다. 필요하면 그녀를 구해주러 올 만한 어른들이다.

그는 끈질기다. "뭐, 혼자로 보이는데요. 현재로서는."

다시 웃는, 배 속에서 나오는 너털웃음을 웃는 그는 실제로 캥거루 주머니처럼 배가 나왔고, 늘어진 허리띠 아래 카키 작업 바지에는 물감 얼룩이 묻었다.

덧붙이는 애처로운 말투. "나도 그렇고."

그 역시, '혼자'라는 의미?

그렇게 자신만만한 인간으로선 뭔가 사무친 데가 있는 것 같은 고백이어서, 게다가 말투에도 어딘가 격식이 배어 있는데, 아무리 편하고 가벼운 척해도 '현재로서는'이라니.

그래, 평범한 말투는 아니다. 특유한 말투다. 뭔가 미묘한, 재치가 느껴진다. 교육의 흔적이. 인물 유형이.

비스듬히 그녀를 흘긋거리는 방식, 장난스러운 의문과 탐색. 그가 그녀를 안다고 그녀는 생각한다. 알아본 거라고.

수년 전, 오래전에 L.K.가 이 도시에 살 때 알던 사람일 수도…….

어쨌든 낯선 사람이 접근해온 건 그녀의 잘못이다. 벨섬의 이런 공공장소에 눈에 띄도록 혼자 서서.

정말 L.K.는 자신의 '존재감'을 만들어냈다. 큰 키에 침착한 태도, 베이지색 통원피스는 올이 굵고 옹이 진 직물이 치렁치렁 발목까지 늘어지고, 공단 재킷은 골동품처럼 세월에 바래고, 가는 손목에서 찰랑거리는 상아 팔찌들, 목에 걸린 동전 크기의 상아 구슬들. 어깨 부근에 풀어져 금속섬유처럼 반짝이는 은금발 머리칼.

창백한 좁은 얼굴엔 맵시 있는 짙은 선글라스가 꿰뚫어 볼 수 없는 이 같은 인상을 주며. 얼굴 반을 가리고.

이 남자, 침입자, 물감 묻은 옷을 입고 빙긋거리는 남자는 짙은 선글라스를 쓰지 않아 (흙갈색) 눈이 드러났고, 솔직하고 개방적인 표정을 짓는다. (열의인가?)

디트로이트강이 내려다보이는 다리 위 산책로에서 그녀 옆으로 슬그머니 다가온. 외로운 남자가 가벼운 대화 상대를 찾는 걸까? 포식자가 먹잇감을 찾는 걸까? 예술가가 소재를 찾는 걸까? 벨섬은 공공장소이니 그녀 옆 난간에 한가로이 기대어 서는 건 이 낯선 이의 특권이지만, 그녀는 날카로운 성적 경계심을 느낀다.

이러한 성적 경각심, 자극 혹은 반감, 흥미 혹은 경멸의 감정은 깊숙한 신체 부위에 쪼그라진 부드러운 흉터처럼 그녀에게 친숙했다. 마주친 남자들을 가늠하는 감각, 보통은 지금처럼 이런 공원에서 무작위로 마주친 이는 아니었지만, 일정 거리를 유지하며 경계하는 감각. 세련된 캔버스 가방이 그들 사이에 오도록 그쪽으로 메며, 혹시 모를 대비라도 하듯.

그가 이를 본다. 예리한 눈이다.

(기분이 상했을까, 짜증이 났을까? 모욕적일까?)

그는 궁금해하고 있을지도 모른다(고 그녀는 추측한다). 그녀가 누구일지, 어떤 사람일지. 디트로이트 방문자? 미술가/사진가? (가방이 크니 대형 카메라도 들어갈 거고 사실 종종 들어 있었다. 하지만 오늘 오후는 아니다.)

그녀는 그의 접근에 막연한 중얼거림 이상으로는 응답하지 않았지만, 거부의 몸짓을 보이지도 않았다.

종종 공공장소 같은 곳에서 남자들이 L.K.에게 접근했다. 사교 모임에서는 더 그랬다. 그녀는 나이보다 (훨씬) 어려 보인다. 자연스러운 부분도 있다. 그녀는 은금발 여성으로, 자연스레 아주 아름다우니까, 혹은 아름다웠으니까. 그러나 어느 정도는 꾸며진 것이다. 그녀는 예술가의 노련함과 심미안으로 화장을 했고, 특히 눈은 검은 마스카라로 주의 깊게 윤곽을 그리고 은청색으로 음영을 주었다. 너무 흐려서 보이지 않는 눈썹은 아이브로 펜슬을 칠했다. 길게 길러 공들여 다듬은 손톱에는 영롱한 진주색을 칠했다. 칙칙하게 세어가는 머리칼은 광범위한 시술에 맡겨 이렇게 출렁이는 인상적인 은금발로 만들어냈으며, 예술 작품 같은 의복과 장신구로 몸을 감쌌다. (L.K.의 실제 몸은 그녀에게 유령 같은 것이 되었다. 그녀의 몸은 어쩔 수 없이 나이 들어간다. 거울을 제대로 보지 않게 되었고 샤워 후 김 서린 거울을 선호하게 되었다. 다 벗은 자신을 보고 싶어 하지 않은 지 꽤 되었다.)

몹시 남자를 원한다는 건 모든 남자 혹은 아무 남자나 몹시, 혹은 약간이나마 원한다는 뜻이 아니다. L.K.는 까다로우니까, 그녀는 (아직) 절박하지 않으니까. 심지어 절박하다 해도 그녀는 (아직) 무모하게 굴 생각은 없다.

뭐, '무모하게' 굴 생각은 있다. 하지만 까다로울 것이다.

사실 몇 분 전부터 좀 떨어진 곳에서 저 남자가 그녀를 호기심 어린 눈으로 보고 있다는 걸 그녀는 알고 있었다. 그는 옛날 심령사진이 꾸며낸 흐릿한 형체처럼 그녀의 시야 구석을 맴돌았으며 그녀는 이를 무시할 수도 있었고 알은체할 수도 있었다. 이 형체, 이 인간이 상당히 강렬하게, 탐욕스럽고 게걸스레 그녀를 응시하는 동안 그녀는 난간에 팔을 기대고 서서 건너편 강가

(캐나다 온타리오주 윈저)를 바라보았고. 오염된 디트로이트강의 물결이 콘크리트 제방에 찰싹거리며 내는 소리를, 무례한 손뼉처럼 크고 날카로운 소리를 들었고.

얼룩진 옷의 남자가 강가의 (혼자인) 여자를 보는데 하필 그게 L.K.인 건지, 혹은 진정 그가 관심을 가지고 구체적으로 '그녀'를 보는 건지 분명치 않고.

'나를 아는 남자인가? 내가 아는 남자인가? 제발, 아니길' 하고 생각하며.

뭐, 너무 늦었다. 그녀는 자기도 모르게 예의 바른 미소를 짓는다. 예의 바르게 시선을 들어 그의 눈 쪽을 보지만 정말 마주치지는 않으려 주의하면서.

그녀가 받은 인상은, 정감 있는, 해바라기처럼 둥근, 주름진 얼굴.

턱에는 거친 회색 수염 자국이 숭숭하고. 입 양옆은 너무 잦은 미소로 깊은 주름이 팼고.

그리고 키가 커서 위압적이다. 전직 운동선수였다가 중년에 물러지고 있는 걸 수도. 여전한 근육질의 어깨와 상박. 누구와 닮았지? 중국의 반체제 미술가 아이웨이웨이? 그녀는 존경하는 용감한 예술가 웨이웨이를 생각하고 미소를 짓는다.

이 남자의 커다란 머리 위에 비뚜름하게 얹힌, 때 묻은 야구 모자. 그 아래 비어져 나온 회갈색 머리칼. 왼쪽 귓불에 동전만 한 크기의 금빛 피어싱.

그가 커다란(300밀리미터) 발에 신은 수제 가죽 샌들은 고급이지만 찌들었다. 샌들 앞부분에 보이는, 바깥쪽으로 벌어진 커다란 맨발가락들. 변형되고 변색된 발톱들. 그가 그녀의 남편이나 연인이었다면 그 지경인 발가락을, 발톱을 공공장소에서 드러낸 걸 보고 인상을 썼을 것이다.

현기증 같은 것이 밀려온다. 앉아 있는 그녀의 모습이, 그리고 미소 짓는 우락부락한 남자가 발을, 커다랗고 무거운 맨발을 그녀의 무릎에 올린 모습이 보인다…… 그녀가 그의 발톱을 다듬어주는 걸까? 손에 조그만 손톱깎이를 들고?

분명 모르는 남자다. 친숙한 느낌에도 불구하고 L.K.는 이 남자를 본 적이 없다. 하지만 혹시…….

그녀는 디트로이트에서 젊은 여성이자 젊은 아내로 격동의 11년을 살았고, 긴 시간이 흐른 후 돌아왔다. 얼마나 긴 시간이었는지 세어보지도 않았다.

금의환향은 아니다. 그렇다고 원한이나 회한에 찬 방문도 아니다.

그래, '불가피한' 방문이다. 그로스포인트 근처에 사는, 한때 사랑했던 오랜 친구가 위독해서.

그날 아침 그녀는 죽어가는 아름다운 친구 미아를 호스피스에서 만났다. 내일 아침에 다시 보러 갈 것이고, 그러고 나서 작별하고 집(뉴욕)으로 돌아갈 것이(라고 생각한)다. 그리고 일주일이나 2주 후, 혹은 더 일찍 다시 돌아와 장례식에 참석할 것이다. 장례식에 참석 안 할 수는 없으니까. 그러고 나서 또 몇 주 있다가 추도식이 있겠지…….

슬픔만큼이나 안타까움에 눈을 깜빡여 눈물을 참으며. 아, 가젤만큼 날렸던 소녀를 따라잡은 세월이라니!

그리고 콧구멍을 찌르는 강의 냄새, 얼굴로 훅 끼치는 썩은 냄새와 유독하지만 친숙하고 어딘가 위로를 주는, 수십 년 전과 다름없는 화학약품 냄새.

침입자, 그녀의 지금까지의 동반자는 때 묻은 야구 모자 챙 아래서 그녀를 응시하고 있는데, 그러고 보니 남색 바탕에 하얀 로고의 디트로이트 타이거스 모자다.

그녀는 기억한다. 디트로이트 타이거스, 디트로이트 라이언스. 야구 팀, 풋볼 팀.

그가 웃으며 눈가에 주름을 접는다. 아마도 그녀가 자비의 사명을 띠고 디트로이트에 돌아왔다는 걸 아는 듯하다. 비록 헛된 사명일지라도.

그녀는 왠지 목이 멘다, 감정이 요동치며 일어난다.

그녀는 웃는 남자가 어디서 왔는지 궁금하다. 아무래도 그가 걸어서 다리를 건넌 것 같다고, 근처에 살거나 디트로이트 쪽 다리에 차를 주차해둔 듯하다고 그녀는 생각한다.

그의 옷은 분명 작업복이다. 카키색 바지에는 목수나 배관공처럼 수많은 주머니가 달렸다. 셔츠는 헐렁한 저지 풀오버로 얼룩이 묻고 목이 늘어났다.

그녀가 처음 그를 봤을 때, 그는 기운차게 걷고 있었다. 벨섬으로 들어오는 좁은 다리를 건너는 데 익숙한 사람처럼. 그러더니 제방 위의 그녀를 발견하고 멈칫했다.

바람이 그녀의 옷을, 머리칼을 휘젓고. 그녀가 처음에 어떤 모습으로 보였을지 상상하니 짜릿하다.

암녹색으로 출렁이는 물 위를 유람선이 지나간다. 축제 분위기의 소음, 음악과 웃음소리. 이 거리에서는 하얀 뱃머리에 쓰인 이름만 알아볼 수 있다. '스피릿 오브 벨아일'.

예전에도 종종 강 위의 이 배를, 혹은 이 배의 전임자를 보았다. 벨섬에서 서쪽으로, 앰배서더 다리를 지나갔다가 다시 돌아오며 축제 분위기로 흥겨운 배를.

디트로이트강의 유람선을 누가 탈까? 관광객이겠지. 하지만 누가 황폐한 도시 디트로이트에 관광을 하러 올까?

야구 모자를 쓰고 미소 띤 남자가 '스피릿 오브 벨아일'을 가리키며 묻는다. 유람선을 탄 적이 있는지. 없다고?

그는 거의 평생을 디트로이트에서 살았지만 '스피릿 오브 벨 아일'에는 발도 들여놓은 적 없다고 한다. 하지만 며칠 전에 그는 저 배의 꿈을 꾸었단다.

"……하지만 저 배랑은 달랐죠. 그리고 디트로이트강이 아니라 나이아가라강이었어요. 배 위에서 얼마나 무서웠는지, 격류에 휩쓸려 폭포로 곤두박질치는 줄 알았어요."

남자는 생각에 잠겨 이 꿈 파편이 그녀에게 중대한 문제라도 되는 듯 말한다. 그녀는 그의 뻔뻔함이, 허영심이 의아하다. 자기만족적 수컷의 허영심! 아니면 이 남자는 그저 그녀의 흥미를 끌고 싶어 뭔가 그녀에게 자극이 될 만하다고 생각하는 말을 하는 걸까.

묘하게도 L.K.는 흥미를 느낀다. 그의 두꺼운 입술, 크고 뭉툭하고 착색된 치아, 해적 같은 데가 있는 몸짓이나 허세. 면도 안한 턱을 턱수염처럼 쓰다듬는 방식.

그녀는 웃는다. 그는 자신이 그녀를 즐겁게 하고 있음을 본다. 그녀를 즐겁게 하고 있다고 믿는다면, 그는 그녀가 더 좋아질 것이고, 그녀를 더 동경할 것이다.

"방문객이에요? 여기 사는 것 같진 않아 보여요……."

"네, 방문객이에요."

왜 왔느냐고, 누구를 만나러 왔느냐고 물을 거라 예상했지만, 대신 그는 이스턴 마켓의 벽화들을 봤느냐고 묻는다. 디트로이트 미술가들이 그린 벽화다.

그녀는 못 봤다고, 못 본 것 같다고 말한다. 버려진 건물들의 벽면에 그려진 색색의 벽화들을 전날 보았지만, 그때는 그게 뭔지 몰랐다.

"그냥 '색색'인 것이 아니에요. 내가 차량을 가지고 왔으면 우리가 타고……."

'차량'. 특이한 단어 선택. 미소 띤 남자의 말투에는, 다정하게 추저분한 외양과 다소 어울리지 않는 격식이 있어 그녀의 관심을 끈다.

그리고 '우리가 타고'라니…….

어찌나 아무렇지도 않게 대화에 '우리'를 끼워 넣는지. L.K.는 들었지만 대답하지 않는다.

마침내 그는 하려고 준비했던 듯한 말을 한다. 그의 작업실이 듀랜트 빌딩에 있다고.

중립적인 진술. '듀랜트 빌딩에 있는 그의 작업실.' 정확히 초대는 아니다.

"듀랜트가 어딘지 알아요?"

"알 것 같아요. 낯익은 이름이네요. 알죠."

그녀는 확실치 않다. 강변 근처, 디트로이트 쇠락 지역의, 젊은 신진 예술가들을 위한 센터……. 어쨌든 그녀는 상대가 일종의 예술가라 기쁘다. 자랑스럽게도 L.K.의 거의 즉각적 판단이 정확했다.

아이웨이웨이 같은 부류라고 그녀는 생각한다. 체구가 크고 큰 머리에, 큼직하고 표정이 풍부한 생김새.

이런 남자는 성적으로 탐욕스러워서. 황소 같은 남자. 올라타면 여자를 찌그러뜨릴 정도의 몸무게. L.K.의 호흡이 빨라진다.

그의 작업실이 여기서 걸어서 15분이라고 한다. 대체로 오후엔 벨섬까지 걸으며 스트레스를 덜어낸다고. 괴로움을 표현하듯 통통한 손가락들을 굽혔다 펴며.

'스트레스'라니. L.K.가 그 단어에 미소 짓는다. 이 남자, 금피어싱이 귀에서 반짝거리고 커다랗고 더러운 발가락들이 쫙 벌어진! 이런 남자가 '스트레스'에 취약할 것 같진 않은데.

'스트레스'라니. 좀 여성적인 질병 아닌가.

L.K.가 듀랜트 빌딩에 대해 생각하지 않은 지 수십 년이다. 그 이름을 듣는 게 좀 충격이고, 전적으로 즐거운 충격은 아니다.

"그래요. 듀랜트."

《디트로이트뉴스매거진》을 위해 어느 젊은 미술가의 작업실로 인터뷰를 하러 갔던 곳. 그의 이름은 이제 기억이 안 난다. 잘

생긴, 밝은 피부의 히스패닉 혹은 아프리카계 미국인……. 비유하자면 장미셸 바스키아, 엄청나게 유명해졌다가 20대에 헤로인 과용으로 죽은 미술가의 디트로이트 버전.

L.K.가 이름을 잊은 그 디트로이트 미술가는 한동안 지역에서 인기를 누렸다. 블룸필드힐스, 버밍햄, 그로스포인트 교외의 유복한 (백인) 여자들과 가까이 지냈고. 그러고 나서 무슨 일인지, 후원자 중 하나를 실망시켰기 때문인지, 아니면 실수를 저질렀기 때문인지, 아니면 그냥 그 부류가 많이 그러듯이 참신함이 시들해져서인지, 인터뷰 후 얼마 안 돼 그는 이력의 정점을 찍고 다시 전처럼 무명으로 전락했다.

L.K.는 그의 이름을 기억할 수도 있을 듯하다. 가슴이 꽉 죄는 기분이다.

이 남자, 꾀죄죄한 중년에, L.K.가 옛날에 만난 젊고 날씬한 미술가와는 너무나 다른 이 남자가 L.K.에게 듀랜트까지 걸어가겠느냐고 묻는다. 다리를 건너서. "듀랜트에서 보는 강 풍경이 환상적이에요……." 그는 주저하며 초대를 제안한다. L.K.가 원하면 타박을 줄 수도 있는 취약한 위치를 그가 스스로 택하고 있기에.

그녀는 말할 것이다. '고맙지만 괜찮아요.' 예의 바르게.

'아니, 지금은 아니에요.'

'어쩌면 다음에요.'

그럼에도 그에겐 뭔가 특별한 점이 있다. 정말 그런 것이, 그녀는 외로웠던 것이다.

만일 이 남자가 나중에 그녀를 사랑한다면. 동경한다면.

왜냐하면 얼굴에 드러난 열망의 표정으로 보아, 그는 동경할 이를 찾는 남자로 보이니까. 그의 눈빛에 담긴 갈망과 탐욕, 진솔하고 젠체하지 않는 태도……

한동안 L.K.를 동경하는 이가 아무도 없었다. 그녀는 몹시 동경받기를 열망한다. 거의, 그녀는 타협할 의사가 있다. (남성의) 동경을 받는 대가라면 기꺼이 그녀의 감정을 소모할 것이다.

그러나 웃긴 생각이다. 그녀도 안다.

그녀의 아름다운 대학 친구가 근처에서 죽어가고 있지 않았더라면. 다음 날 아침 다시 미아를 방문해야 하는 일이 두렵지 않았더라면. 의지가 더 강하고 덜 외로웠더라면……. 이런 웃긴 생각들에 흔들리지 않을 텐데.

이제 도망칠 시간. 안전한 호텔로 돌아가 지친 몸을 뜨거운 욕조에 뉘었다가 잠에 빠져들 시간…….

벨섬에 너무 오래 있었다. 짙은 선글라스를 끼고도 햇살에 눈이 부신데. (울어서 눈이 약해졌으니까. 충혈됐을 거다. 아무도 알아선 안 되는데.) 세찬 바람을 맞으며 너무 오래, 제방에 부딪는 물결의 찰싹 찰싹 찰싹 소리를 듣고 있었다.

낯선 이와, 디트로이트 타이거스 야구 모자를 쓴 덩치 큰 중년의 '예술가'와 가벼운 수작을 주고받았고.

예의 바르게 변명을 웅얼거리며 슬슬 물러나야 할 시간.

그러나 어쩐지 L.K.는 자기도 모르게 그러마고 대답한다.

충동적으로 그녀는 듀랜트에 있는 남자의 작업실이 너무나 보고 싶어진다. '네!'

3

24시간 전, 그녀가 디트로이트 공항에서 빌려 타고 교외 지역으로 들어온 눈부시게 하얀 혼다는 그녀와 젊은 남편이 처음 디트로이트에 살 때 몰던 (아담하고 경제적인) 차를 재현하기 위해 특별히 선택되었다.

수년 동안, 수십 년 동안 떠올리지 않던 존로지 고속도로의 출구를 지나가고.

'에이트마일 로드. 세븐마일 로드. 맥니컬스. 리버노이. 우드워드. 카스. 더퀸더. 존알보빈. 그랜드리버. 미시간 애비뉴. 그래싯. 그랜드 불러바드.'

4월. 노란 개나리가 아무렇게나 자라 황폐한 디트로이트 풍경에 만개하고.

세찬 바람, 뿔뿔이 흩어진 구름들, 어지러운 약속의 기류.

그들은 얼마나 행복했던가! 마치 다른 생애 같던 그때.

염려로 심장이 빨라진다. 그녀는 그로스포인트의 호스피스에서 보게 될 것을 두려워하지 않으려 애쓴다.

전화 통화 때 더듬거리며, '응, 물론 나는 가고 싶어……'.

하지만 그녀는 그로스포인트의 친구네 가족 집에 머물 생각이 없었다. 그들이 아무리 고집해도, 안 된다.

그들에게 부담을 주고 싶지 않다고. 그녀는 고집했다.

더구나 이럴 때. 안 된다.

그녀는 호텔에 머물 것이다. 예약을 했다. 그로스포인트에서 멀지 않은 르네상스 센터에.

마치 교전 지역 같은 교외 지구를 떠나기 위해 75번 고속도로를 탄 다음 에이트마일 로드를 지나며 디트로이트시에 들어서고. 부서진 목조 주택들, 무너진 석조 건물들이 보인다. 불탄 집들의 골조. 빈 부지에 쌓인 폐기물 더미 사이로 작은 밀림들이 반항하듯 요란하게 솟아났고. 고속도로 가의 3미터 높이 녹슨 철조망 앞에 쌓인 쓰레기들이 바람에 쓸려온 장식물처럼 굳어 석회화됐고.

그녀는 카메라를 가져왔으니 한때 위대했던 미국 도시의 폐

허를 찍을 것이다.

가망성 있는 제목은 '디트로이트: 상심의 도시'. '디트로이트: 내 마음속 도시'.

'디트로이트: 유령 도시'.

그녀는 진지한 사진가다. 혹은 한때는 그랬다. 그녀의 작업이 그녀의 인생처럼 손가락 사이로 빠져나가고.

예전보다 교통량이 줄어든 고속도로. 줄어든 승용차들, 줄어든 목재 운반 트럭들. 여전한 배기가스 냄새. 심각하게 깨지고 꺼진 보도. 서드 애비뉴 출구에서 차량 속도가 줄고 교통량이 많아진다. 왼쪽 차선에서 사고가 나서. 경찰차와 구급차가 차선 두 개를 막고.

'보지 마. 연민을 가지자. 나였을 수도 있어⋯⋯.'

평생 그녀는 위기의 순간에 그런 생각을 가져왔다. 타인의 죽음, 타인의 충격과 상처, 그녀는 상처 하나 없이 죄책감에 찔려 하며 지나치는 게 얼마나 불공평하고 부당한가. 확실히 곧 그녀의 차례가 되지 않겠는가?

위에는 경찰 헬리콥터. 귀청이 찢어질 듯.

물론 이건 그녀가 알던 디트로이트와는 아주 다른 디트로이트다. 그사이에 인구의 절반 이상이 사라졌다. 1960년대 말 거주자가 150만이었는데 지금은 70만도 안 되고. 그녀와 남편이 이사 나가기 전에도 이미 그들이 알던 수많은 이들이 떠났다. 1967년 7월 '소요 사태', 즉 3일간의 폭동, 약탈, 방화와 계엄령 이후 사실상 모든 '백인' 인구가 (더 안전하고 부유하리라고 기대되는) 교외 지역들로 이사했다. 아니면 아예 디트로이트와 작별했거나.

혹은 죽었다. L.K.는 이런 죽음들에 대해 그다지 알고 싶지 않았다.

그녀와 남편은 이 도시에서 11년 살았지만 도시 외곽, 북쪽 끝의 백인 자택 소유주들의 주거 지역에서였다. 차츰 그 동네도 '통합'되어 전문직 유색인들(인도계 미국인, 아시아인), 주택과 잔디에 까다로운 사람들, 이상적인 이웃들이 들어왔다.

그녀나 그녀가 잘 아는 사람들 사이에서 인종은 문제가 아니었다. 맹세를 할 수도 있었다. 우리는 '색맹'이라고.

많은 것이 바뀌었음에도, 표면 아래 옛 도시가 남아 있다는 것을 그녀는 감지한다. 피부 아래 조직, 혈액, 뼈가 그대로이듯이.

이제 차량들이 다시 움직인다. 타이거 경기장 방향 출구로 다가가며.

옛 시가지의 유물들 가운데 황폐화된 건물들에 지역 미술가들이 밝고 야성적인 색채로 벽화들을 그렸다. 원시적이고 강렬하다. 부리부리한 아즈텍의 거대한 얼굴들, 무아경으로 뒤틀린

코코아빛 육체들, 호소 혹은 경고로 쫙 펼쳐진 손가락들, 쫙 펼쳐진 팔다리들, 구불거리며 흘러내리는 검은 머리칼, 피 묻은 탯줄을 달고 솜털 붙은 씨처럼 유영하는 갈색 신생아들. 어느 불타고 남은 골조에 장식된, 피가 떨어지는 십자가, 검은 표범, 울부짖는 독수리 형상들. 건물 옥상들에 설치된 물탱크들을 뒤덮은 비잔틴풍 그라피티와 찌푸린 검은 얼굴들. 버려진 공동주택 건물 벽에 중세의 환영을 모방하는 놀라운 모자이크 벽화, 청록색 하늘로 승천하는 천사들. 검은 깃털의 너른 날개를 단 근육질의 검은 피부 천사들. 피카소의 '게르니카'에 나오는 투박한 여성들의 얼굴 같은 가면을 쓴 얼굴들. 그 아래, 시체 더미에서 솟아난 밀림의 꽃들.

시체들은 해변에 밀려온 잡물들처럼 마구잡이로 쌓여 있다. 피부색은 정확히 백인은 아니지만 창백한 베이지색. 얼굴은 얼룩져 알아볼 수 없고.

L.K.는 충격받지 않으려, 상처받지 않으려 애쓴다. 생각하지 않으려 애쓴다. '하지만 나는 '백인'은 아닌데, 저렇지는 않은……'

이 벽화 속 인종 혐오, 존로지 고속도로에 면한 공동주택 건물에 너무나 아무렇지 않게 전시된 혐오! 역겨움, 증오, 흉흉한 격노에서 L.K.가 시선을 돌리며 동요하고.

1967년 7월 폭동의 절정 때 그녀와 남편은 세븐마일 로드 근처 자택에서 웅크리고 있었다. 소방차와 사이렌 소리를 들으며. 고함과 비명, 총성을 들으며. 속으로 애원하며. '하지만 난 '백인'은 아닌데. 이 동네 사람들 같지는 않은데.'

전기가 끊겼다. 전화선이 불통이었다. 텔레비전도, 라디오도 안 됐다. 계엄령이 선포되었다. 약탈하는 젊은 흑인 남자와 소년들의 무리가 제방에서 범람하는 성난 물결처럼 무작위로 습격하며 돌아다니는 동안 그들 부부는 불을 끄고 방어벽을 쌓은 집 안에서 요행히 살아남았다. 그들이 살아남은 이유는, 집이 너무 많고 건물이 너무 많아서 폭도들이 다 부수고 방화할 수 없었기 때문이다. 부부에게 가장 무서웠던 순간은 집 앞에서 미시간주 방위군이 총을 쏘며 약탈자들을 쫓아갔을 때였다.

그때 그 감정으로 돌아가서, 이제 기억한다.

(그 젊은 흑인 약탈자들 중 누군가 총에 맞았을까? 죽었을까? 그녀와 남편은 알 수 없었다. 당시엔 그들의 안전밖에 생각할 수 없었다.)

그녀의 얼굴이 눈물에 젖는다. 아, 그때는, 끔찍했다……. 그럼에도 젊은 남편이 그녀의 손을 꼭 잡고 위로해주던 모습.

그녀는 그를 사랑했다! 그녀에 대한 그의 걱정을, 그녀를 보호하고자 하던 그의 소망을.

이제 그녀의 삶에서 그녀를 그렇게 중요하게 여길 사람은, 보호해주려 할 사람은 아무도 없다.

"나는 너무 외로워. 당신이 그리워, 자기. 너무, 너무 미안해."

가끔 혼자일 때면, 특히 차를 몰 때면 L.K.는 이런 식으로 말을 할 것이다. 아무도 듣지 못하는 걸, 아무도 모를 걸 알고 자신에게 허락하는 드문 사치다.

그리고 그녀 자신도 목적지에 도착하자마자 잊을 것이다.

이제 시청으로 빠져나간다. (백인) 기업의 나라 미국이 유감없이 발휘되는 곳. 은행들, 지자체 건물들, '디트로이트의 정신'으로 알려진 '영웅' 동상, 물을 뿜는 분수. 몇 구역 지나면 이 도시의 진열장이 펼쳐진다. 호화로운 호텔들과 상가 및 사무실, 주거층으로 이루어졌으면서 이상하게도 '르네상스 센터'라 불리는, 어두운 유리와 알루미늄 외장의 고층 대형 건물.

샤토 르네상스는 그녀가 아는 호텔이 아니다. 적어도 그 허세 가득한 이름은 낯설다.

예전에 이 자리에 있던 이전 호텔의 조용한 유리 엘리베이터를 타고 오르던 젊은 시절 자신의 흐릿한 모습을 그녀는 또렷한 정신으로 회상한다.

위로, 위로, 위로 오르는 엘리베이터 문 위의 하얀 숫자들이 깜빡이고.

23층에서 소심하게 한 번, 두 번, 세 번 노크한 그녀에게 문을 열어주는 남자에게 몸을 맡기고.

이 외도는 그녀에게 깊은 상처를 안기고 수치심을 주었고. 깊숙이 전율시켰고. 그 위태로운 몇 개월에서 비롯된 흉터들이 아직, 그녀의 몸 보이지 않는 부위들에 남아 있다.

이 외도가 그녀의 결혼을 앞당겨 끝장낸 것은 아니었다. (남편은 끝까지 몰랐다.)

물론, 이 외도는 그녀의 결혼을 앞당겨 끝장냈다.

L.K.가 이틀만 예약한 곳은 샤토 르네상스였다.

표면의 현란한 반짝임, 그 아래 오래된 구조.

그래, 그녀는 확신한다. 옛날 호텔을 리모델링하고 이름을 다시 지은 거라고. 네모난 금장식의 옛날 높은 천장이 남아 있고, 묘하게 졸졸거리는 옛 분수, 금박으로 장식된 엘리베이터들.

23층에는 동일한 방이 기다린다. 다시 칠하고, 리모델링한.

다만 샤토 르네상스는 '소생한' 디트로이트에 한발 양보했다. 복도에는 지역 미술가들의 회화, 콜라주, 조각들이 전시되었다. 가장 두드러지는 소재들로 보아 대부분의 미술가들이 아프리카계 미국인이고 많은 수가 여성이다. 미묘하거나 명상적이거나 미니멀한 작품들이 아니라 라우션버그, 올든버그, 워홀처럼 시각적으로 자극적인 스타일이다. 울룩불룩한 그림, 팝아트 상징들의 콜라주, 고철, 플라스틱, 스티로폼 등을 대강 조합한 조각 작품. 조각 작품 하나는 실제보다 훨씬 큰 크기의 주홍 입술이 살짝 벌어져 남근적 받침 위에 놓여 있다. 또 다른 조각 작품은 원시적인 십자가 위, 기분 나쁘게 사실적인 손과 발을 못이 꿰뚫었다.

L.K.는 조각 작품의 피 묻은 손톱과 발톱을 들여다본다. 분명 플라스틱으로 만든 것 같은데 어찌나 실제 같은지……

가장 오싹하게 눈길을 끄는 작품은 '금발 비너스'라는 제목의 콜라주다. 허술한 캔버스에 끈적이는 붉은 물감을 바르고 물감 위엔 조그만 까만 (플라스틱?) 파리들을 붙였다. 그 위로 흘러내린 꼬불꼬불한 머리칼은 1미터 가량의 은금발 포니테일이다.

정말 인간의 머리칼일까? L.K.는 이렇게 조야한 작품이라 해도 예술 작품에 손을 대는 사람은 아니지만, 이 바싹 마른 머리칼을 쓰다듬으려 손을 뻗지 않을 수가 없다. 인조모라고 생각하면서.

자세히 들여다보니 머리칼에 조그만 모근들이 붙어 있고 피까지 점점이 묻었다. 그녀는 응시하다가 부르르 떨고 물러선다.

"부인? 도와드릴까요?" 제복 입은 호텔 직원이 지켜보다가 재빨리 다가온다.

현기증을 느끼며. 순간 당황해서 이 끔찍한 곳이 어디인지 생각이 안 나고.

그러고는, 그렇지. 예약을 했고, 체크인을 하러 왔다는 게 기억난다.

'만일 내가 사라지고 다시 나타나지 않는다면 여기 내 서명이 내가 한때 존재했던 증거가 되겠구나' 생각하며.

4

그의 이름은 밴(Vann)이라고 한다. 작품에는 Vnn이라고 서명한다.

그녀도 그에게 이름 하나를 말한다. 정확히 그녀의 이름은 아니지만, 머리글자 L.K.는 그녀 이름과 동일하다.

그녀가 그의 작업실을 보겠다며 초대를 수락해서 그는 놀랐다(고 그녀는 생각한다). 정말 놀라고 기뻐한다.

L.K.와 같은 외모의 여자가! Vnn과 동행하다니.

조금의 불안도 드러나지 않는 밝고 거리낌 없는 음성으로 L.K.는 밴에게 르네상스 센터에서 벨섬까지 걸어왔다고, 렌터카를 가져오지 않았다고 말한다. 그와 함께 돌아가게 돼서 좋다고.

세찬 바람이 그녀의 머리칼을 휘젓고. 물결을 넘실거리게 만들고.

L.K.는 다리를 건너며 강에서 무수하게 번뜩이는 눈들을 본
다. 깜박이고, 번쩍인다. 거친 파도 속에 수영하는 사람들의 환
영. 팔을 마구 휘젓는 모습. 빠져 죽지 않으려는 분투를 목격하
는 게 괴롭다……

'모든 인생이 빠져 죽지 않으려는 분투 아닌가?' 생각하며.

'밴'은 계속 그녀를 호기심 어린 눈으로, 탐욕스러운 눈으로
흘금거린다.

그가 묻는다. 그녀는 (혹시) 기사를 쓰고 있는 기자인가? 사
진기자인가?

아니. 그렇지 않다.

그는 그녀의 가방에 (혹시) 카메라가 들어 있지 않을까 생각
했다.

하지만 아니다. 없다.

'지금은 아니지. 여기엔 없어.'

L.K.는 사진기자는 아니지만 사진가이기는 하다. 혹은, 사진
가였다. 사진가가 된다는 건 사진을 찍는 게 아니라 희망을, 목
표를 가지는 거다.

그녀의 카메라는 호텔 방에 있다. 꺼내지 않았다. 아직은 손에
들 기력이 없었다.

그녀가 사진 찍히는 쪽의 사람으로 보인다고 밴이 말한다.

아첨에 그녀가 웃는다. 머리 굴리는 게 보이는 남자가 이유 없이 아첨할 것 같지 않다.

그녀가 말한다. "당신도요. 당신도 사진 찍히는 쪽으로 보여요."

이 말을 밴은 어깨를 으쓱하며 받는다. (으쓱임은 무슨 의미인가? 긍정? 부정?) 만일 L.K.가 비꼬는 거라면 밴은 알아채지 못하는 쪽을 선택했다.

그가 그녀에게 또 묻는다. 디트로이트에 누구를 만나러 방문한 거냐고.

처음엔 대답하지 않는다. 그녀는 사적인 부분에 대해서는 가능한 한 말하지 않을 생각이었다. 남자들과의 관계에서는 약점을 노출하지 않는 편이 현명하(다고 생각했)다. 즉 적에게, 새로 만난 남자에게 그녀에 대한 어떠한 정보도 확실히 쥐여주지 않는 편이. (볼링공 구멍들에 엄지와 손가락들을 쑤셔 넣어 꽉 잡는 이미지가 불쑥 떠오른다.) 그러나 L.K.의 귀에는 많이 아픈 친구를 보러 왔다고 말하는 자신의 목소리가 들린다. 수년간 못 보았던 친구라고. 미아라는 친구라고. 대학 때 룸메이트였으며 한때는 자매처럼 가까웠다고.

진중하게 밴이 고개를 끄덕이며 듣는다. 적절한 말과 적절한 음색으로 이 남자와의 정서적 연결을 이토록 쉽게 조종할 수 있다는 게 그녀는 마음에 든다.

이 경우에 그녀는 진실을 말하고 있다. 거의 진실을.

"……미아는 차도를 보이고 있었는데, 이제는 차도가 없고 항암 치료도 소용없는 듯해요. 그리고 이제, 이제는……. 그래서 내가, 우리는 한때 아주 가까웠는데……. 미아네 가족의 초대를 거절한 게, 그 집에 머물지 않기로 한 게 거북했어요. 예전엔 그 집에 머물렀으니까요. 집도 크고, 그로스포인트에 있는데……. 거기 머물 수가, 그걸 견딜 수가 없었어요. 미아의 불치병이 그 집에 만연할 거고 빠져나갈 곳은 없겠죠."

밴이 들으며 연민에 고개를 숙인다. 세찬 바람이 야구 모자 아래 흩어진 회색 머리칼을 휘젓는다.

그녀는 생각한다. '당연히 난 이 남자를 알지! 우린 친구인걸.'

그녀는 생각한다. '여자가 원하는 건 남자가, 어떤 남자든, 이렇게 들어주는 것뿐.'

"아직 시내를 많이 못 봤어요. 더 많이 보고 싶어요. 공항에서 나와 호스피스까지 차를 타고 간 것밖에 없으니까. 호스피스에 들어가는데 너무 무섭더라고요……. 오늘 아침에 미아를 보았어요. 간호사가 미아가 쉴 수 있도록 그만 가달라고 할 때까지 있었죠. 내일 아침에도 보러 갈 거예요. 오늘은 벨섬에 바람 쐬러 나와야 했어요. 벨섬이 어떤 곳일지 몰랐는데, 황폐하고 위험한 곳일지 어떨지……. 그 이야기가 생각나요, 1940년대 '인종 폭동' 때 '벨섬의 잔디가 피로 붉었다'고……. 늘 그건, 그 말은 기억했어요. 사실이 아닐 수도 있죠. 아니었을 수도 있죠. '잔디가 피로 붉었다'니. 시간이 나한테서 빠져나가는 느낌이에요. 내 손가락 사이로 빠져나가는 것처럼."

왜 낯선 이에게 두서없고 성급한 상념을 늘어놓는 걸까? 그녀는 도무지 알 수가 없다. (아마도) 그의 자비에 자신을 던지고 싶은 심정인 것이 아니라면.

벨섬으로 향하는 디트로이트 경찰 보트가 지나간다. 그녀가 곤경에 처했다면, 위험에 빠졌다면, 그저 손을 들어 올려서, 마구 손을 흔들어서 경찰들의 주의를 끌면 되었다. 그들은 즉시 보트를 멈추고 도우러 올 것이다. 잘 차려입은 (백인) 여성이 벨섬 다리에서 디트로이트 경찰의 도움을 요청하는데 무시당할 리 없다.

L.K.가 경찰선을 쳐다보기만 하고 손을 올리지 않는다는 것이, 위험에 처하지 않았다는 증거로 보일 것이었다.

정말 밴과 L.K.는 커플로 보일 수 있다. 무심히 보면, 벨섬 다리를 함께 산책하는 약간 어울리지 않는 커플.

갑작스러운 짜릿한 행복감에 그녀는 생각한다. '이제 내 손을

잡겠지. 부드럽게 감쌀 거야.'

밴은 손을 잡지 않는다. 어쩌면 아주 잡고 싶을지도 모르지만,
그러지 않는다.

그리고 밴이 걸으며 옆으로 다가올 때, 우연히든 의도적이든
슬쩍 건드릴 수 있을 정도로 가까이 붙을 때, L.K.는 몸을 빼며
자신의 캔버스 가방을 움켜쥔다.

다리를 반쯤 건너서. 경찰선은 사라졌다. 지금 다리를 건너는
보행자는 별로 없다. L.K.는 기억한다. 이건 벨섬 다리가 아니라
맥아더 다리다. 하지만 디트로이트에 살고 벨섬에 놀러 온 사람
누구도 이 다리를 맥아더 다리라고 부를 것 같지 않다.

밴이 L.K.에게 예지력 같은 거 믿지 않는다고 말한다. "그게
대체 뭔진 몰라도 말입니다." 하지만 그는 얼마 전 밤에 여자가
나오는 꿈을 꾸었다. "당신 같은 여자가 내 작업실에 와서 새 작
업을 보고 싶어 하기에 보여주었는데……."

L.K.는 화가 난다. '당신 같은 여자'라니. 얼마나 오만한지! 모
욕적인지! 이 겸손한 척하는 남자는 '그녀 같은' 여자는 없다는
걸, '그녀'가 있을 뿐이라는 걸 모르는 걸까?

"그래요? '그 여자'는 당신 작품을 어떻게 생각했는데요, 밴?"

L.K.의 목소리는 아주 차갑고 밴은 큰 실책을 저질렀음을 깨
닫는다.

그녀는 결국 듀랜트 빌딩까지 그와 함께 가지 않으리라 생각한다. 다리를 건너고 나선 그에게 작별을 고할 것이다. 그녀는 재빨리 가버릴 것이다. 그는 따라오지 않을 것이다. 감히 그녀를 따라오지 못할 것이다. 그녀는 이 남자에 대한 성적 혐오, 반감이 덮쳐오는 것을 느낀다. 퉁퉁한 얼굴, 착색된 치아, 역한 입내, 허리띠 위로 늘어진 지방층, 흉한 발가락. 자기가 어떻다고 생각하고 감히 '그녀'에게 접근한 걸까?

포식자 지망생. 분명 실패한 예술가. 황량한 디트로이트에서도 주변적인 인물에게 순전한 운으로 걸려든 그녀는 디트로이트에 다시는 돌아오지 않을 것이다.

5

그는 부드럽게 그녀의 팔을 잡는다. "여기요. 여기서 들어갑니다."

강가의 그랜드 불러바드 동쪽, 창고 구역까지 놀랄 만큼 오래 걸었다. 그랜드 불러바드와 교차하는, 듀랜트라는 낮은 건물 지역에 듀랜트 빌딩이 위치했던 게 이제야 기억났다.

그녀는 염려가 된다. 왜 낯선, 꾀죄죄한 남자와 디트로이트의

원한다는 것 173

황폐한 지역까지 왔을까.

멀리 보이는 고층 사무실 건물들은 이 배경과 어울리지 않고. 단도 모양 프리덤 타워의 흐릿한 잿빛 유리.

아까는 아주 조짐이 좋던 4월 하늘이 회색으로 찌푸려진다. 기온이 곤두박질친다. 그럼에도 L.K.는 들뜨고 무모한 기분이 들기 시작한다.

'그가 술을 주겠지. 나는 받지 않을 거야.'

밴이 앞장서 들어가는 개조된 창고 건물은 언제 저렇게 원시풍 모자이크로 풍성하게 장식되었나 모르겠지만, 그녀에게 짓궂게도 낯익다. 파운드 오브젝트 조각가 협회, 푸른 멧돼지 갤러리, 듀랜트 예술가 연합 등이 여기 있다. 옥상에는 의기양양한 신화 속 존재, 몸의 일부는 날개 달린 사자이고 일부는 악마인 키메라가 사나운 표정으로 이를 드러냈다.

누구나 자연히 시선을 들어 날개 달린 사자를 보게 된다. 그러고는 뒤늦게야 그 사자가 혀 모양 주홍색 꽃들에 파묻힌 두개골 더미에 둘러싸여 있다는 것을 발견하는 것이다.

"창조한다는 건 파괴하는 거라고 하죠." 밴이 L.K.를 위해 통역하듯 말한다. "파괴하는 게 늘 창조하는 건 아니지만요."

누가 한 말이지? 자기 자신을 인용하는 건가? L.K.가 알아야 하는 말인 것 같다. 피카소, 칸딘스키, 고야, 만 레이 같은 예술가들이 한 말일까. 모르겠다.

잔디가 없는 앞마당에는 바람으로 움직이는 3미터 높이의 작품이 있는데, 창백한 (흰 피부의) 인간 가면들로 장식된 날개들이 불규칙하게 돌아가고 있다.

밴은 자랑스레, 저 작품이 그의 것이라고 말한다.

L.K.는 (흰 피부의) 가면들이 미묘하게 기분 나쁘다. Vnn이 '백인'이 아니라 피부색이 밝은 유색인일까, 그녀는 궁금하다.

L.K.는 저 작품이 "아주 인상적"이라고 말한다. 그녀는 (흰 피부의) 가면들에 대해서는 아무 말도 않고, 밴과 건물에 들어가면서도 뒤돌아서 이 창고 건물에서 도망치고 싶은데, 들어서자마자 바닥이 기우뚱거리는 듯한 현기증을 느낀다.

'안 돼. 이건 실수야. 돌아가자.'

디트로이트의 옛날 건물 다수에서 석면이 검출되었다는 점이 떠오르고. 듀랜트와 강변의 다른 창고 건물들에서도 분명.

떠오르는 사실들. 석면 섬유는 인간의 머리카락보다 가늘다. 치명적인 폐암과 혈액암의 원인. 특정 시대, 특정 유형의 건물들에 흔히 쓰인. 지붕재, 단열재. 그 치명적 결과는 수십 년 후에 나타나기도 한다.

도시 전역에서 석면을 제거하는 대규모 작업이 진행되었던 게 기억난다. 오염된 환경을 정화하자는 캠페인도. 상태가 너무 안 좋은 건물들은 밀어버리고. 처음에는 지역 상인들이 저항했다. 소송과 합의, 수많은 죽음이 있었다.

듀랜트 한쪽에 버려진 창고가 있다. 다른 쪽에는 폐기물이 흩어진 빈 부지.

듀랜트 내부는 천장 일부가 제거된 것처럼 헐벗고 탁 트인 공간이다. 창백한 빛이 눈부시게 들어오는 채광창의 통유리 위에 씨앗과 잡물들이 흩어졌다. 2층 발코니에는 네온이 번뜩이는 작품들이 전시되어 있다.

건물 내부의 입구들을 통해 이어지는 푸른 멧돼지 갤러리, 듀랜트 예술가 협동조합, 디트로이트 조각가 연합, 더퀸더 루즈. 로비에서 이어지는 작은 갤러리들에서 전시하는 직물, 도자기, 회화, 뜨개 작품들. 대부분의 갤러리가 영업이 끝나 어둡다. 관람객도 구매자도 안 보인다. 둘의 발소리만 심란하게 울린다. 그래도 푸른 멧돼지 갤러리 입구를 통해 여자 하나가 보인다. 젊지는 않지만 이례적일 정도로 나이가 든 건 아니고, 너무 낯익어 보여서 L.K.는 가던 길을 우뚝 멈추고 여자의 이름을 생각해내려 애쓴다…….

'하지만 지금 살아 있을 리가?'

L.K.가 알던 여자, 이 여자를 닮은 여자는 수년 전에 유방암으로 죽었다. L.K.는 똑똑히 기억한다.

아니. 누구로 착각한 것이든 저 여자는 아니다.

게다가 또 다른 작은 갤러리, 밀색 매듭 작품이 전시된 갤러리를 지나가며 L.K.는 안을 흘금거리다가 놀랍도록 낯익은 흰머리 여자의 뒷모습을 본다⋯⋯.

"왜 그래요, 자기?" 밴이 걱정스레 묻는다.

L.K.는 재빨리 아무것도 아니라고 답한다.

"자기 아는 사람이에요? 안에 들어가서 인사하고 싶어요?"

"아, 아뇨. 지금은 말고요."

바로 그 가능성에 겁이 난다. 아니야!

'이 장소에 그들이 보존돼 있어. 여기 대체 뭐지!'

에딜스틴 갤러리는 더 세련된 작품을 전시하는 더 큰 갤러리다. 심지어 마스든 하틀리, 필립 거스턴, 루이즈 니벨슨, 앤디 워홀, 벤 샨, 록웰 켄트의 석판화와 목판화도 있어서 L.K.는 놀란다. 이 갤러리 예전에는 유서 깊은 피셔 빌딩에 있지 않았나?

처음엔 에딜스틴 갤러리의 불도 꺼진 듯했지만 창문을 들여다보니 열려 있긴 하다. 그리고 보니 멋진 검은 옷의 깡마르고 젊은 여자가 책상에 앉아 전화 통화를 하고 있다. 구식 다이얼 전화기다. 여자가 눈을 들어 창문 너머 밴을 보더니 (음흉하게?) 미소 짓고 손을 흔들지만 밴(과 여자가 무시한 L.K.)은 지나가버린다. 이 여자는 확실히 L.K.가 모르는 얼굴이다. 여자애는 아주 젊고 아시아인의 생김에 아주 까맣고 매끄러운 머리칼을 허리까지 길렀으니까.

L.K.는 찌르는 듯한 질투심을 느낀다. 여자애와 밴이 인사를 주고받는 방식이……

나이 많고 육체적으로 매력적이지 않은 남자지만 자신에 대한 지각, 남성성에서 비롯되는 성적 매력을 뿜는다. 같은 나이대의 여자는 불리하다.

"자기가 원하면 에덜스틴 갤러리는 나중에, 나가면서 같이 가 봐요."

'자기'라니. L.K.는 이 호칭이 불편하다. 하지만 이의를 제기하지 않는다.

그에게 아니라고, 에덜스틴 갤러리를 가보지 않아도 상관없다고 말한다.

미술가들의 작업실은 더 높은 층에 있다고 밴이 말한다. 거기임대료가 더 싸니까. 화물 엘리베이터를 타도 괜찮을지?

창고 건물 내부는 L.K.가 기대했던 것보다, 혹은 기억하는 것보다 훨씬 크다. 저쪽 벽은 빛이 닿지 않아서 보이지 않을 정도다.

화물 엘리베이터는 아주 깨끗하진 않아서 먼지와 때의 냄새가 난다. 심하게 더러운 바닥의 방수포는 무심코 보기엔 마치 작은 아이가 누운 크기의 뭔가를 덮고 있는 듯이 보인다.

이렇게 비좁고 닫힌 공간에서 L.K.는 새로 만난 동행이 의식되고, 그 역시 어색한 듯 작게 휘파람을 분다.

엘리베이터 문 위에는 숫자가 넷이다. 1, 2, 3, 4. 그런데 엘리베이터가 끼익 덜컹거리며 올라가는데도 아무 숫자에도 불이 들어오지 않는다.

의무감인지 밴이 L.K.에게 듀랜트에 대해 열심히 들려준다. 그가 20대 젊은 예술가일 때, 형편없는 임시 일자리를 전전하며 갈 곳이 없던 때, 여기서 작업할 수 있게 된 것이 '그의 인생을 구했다'고 말한다. 그는 그 시절 웨인 주립대를 중퇴하고 한동안 디트로이트 종합병원에서 잡역부로 일하며 악몽 같은 나날을 보냈다고 한다.

"그 일을 할 때 유일하게 좋았던 게, 생명이 얼마나 빨리 죽음으로 변하는지 보고 배운 겁니다. 거기엔 수수께끼도 없어요. 그냥 스위치가 꺼지는 거죠." 밴이 말한다.

하지만 그건 사실이 아니라고 L.K.는 생각한다. 죽음은 그렇게 빨리 오지 않는다. 그리고 죽음의 그림자는 빨리 희미해지지 않는다. 전혀 희미해지지 않는다.

엘리베이터가 얼마나 느린지! 갑자기 덜컥 멈출까 봐 오싹한 불안을 느낀다. 둘이 함께 이 안에, 층 사이에 갇히는 것이다.

남자의 시선이 떠돌다가 그녀에게 멎는다. 그는 그의 말이 그

녀를 동요시켰을지도 모른다는 걸 알아챈다. 그럴 의도가 아니
었다.

듀랜트로 걸어오면서 그는 L.K.와 몇 번이나 몸이 스쳤는데,
우연이거나 혹은 우연으로 보였다. 여기 엘리베이터 안에서 그
는 뻣뻣하게 떨어져 섰고 그녀도 그와 조금 거리를 벌리고 섰다.
그녀의 심장이 흥분으로 빨라진다. 그는 그녀가 두려울까?

그가 L.K.에게 '가족'이 있는지 묻는다. 즉 결혼했는지 묻는 거
라고 그녀는 짐작한다.

"아뇨."

대답이 너무 퉁명스럽게 나와서 그녀는 정정할 필요를 느낀
다. "이제는 아니에요."

그러고 나서 갈라지려는 목소리를 가다듬으며. "좀 됐어요."

결혼을 했거나 가족이 있는지를 그녀가 물어주길 그는 기다
리지만 L.K.는 묻지 못한다. 꽤 고의적으로 그녀는 묻지 않는다.
왜일까? (상관없어서? 혹은 상관없어한다는 인상을 주고 싶어
서?)

그래서 밴은 자진해서 말한다. 그동안 여러 여자랑 살았고 근
방에 ("아마도") 자녀들이 흩어져 있다고. 하지만 결혼한 적은
없고 그를 보고 아빠라고 부른 아이는 없었다고.

L.K.는 웃는다. 하지만 이 이상한 고백이 웃기려는 거였나? 밴

은 자신이 모르는, 자신을 모르는 아이들을 두었다고 뻐기는 듯하다.

'그것 참 안타깝네. 좋은 아버지가 되었을 텐데' 하는 말을 해주어야 할까.

아마도 사실이 아닐 것이다. 예술가는 진지할수록, 열의가 클수록 좋은 아버지가 되지 못한다.

이제 L.K.도 밝혀야 할 때인지도 모른다. 남편이, 즉 전남편이 그녀의 삶에서 돌이킬 수 없이 떠나갔다고. '남편이 죽었어'라고 차마 말을 할 수가 없다. '남편이 세상에 없어'라는 말을 할 생각만 해도 입술이 굳는다.

그녀는 차마 분노로 흐느끼며 이런 말을 할 수가 없다. '나는 과부가 아니야. 위로하려고 하지 마. 산 남자든 죽은 남자든, 나는 남자로 정의되는 사람이 아니야.'

입술이 떨린다. 울까 봐 겁이 난다. 울음을 터뜨리려 하는 유아적 얼굴이라니, 얼마나 굴욕적인가……

그러나 밴은 끈질기다. "좀 됐다니, 안 보고 지낸다는 뜻입니까?"

그래. 그런 뜻이다.

"그럼 아이는, 아이는 없어요?"

L.K.는 짜증이 나고 당황스럽다. 저 단순한 질문이 그녀를 흔

든다. 그토록 내밀한 질문을 낯선 이가 던져도 된다고, 그럴 권리가 있다고 느꼈다니.

그녀의 얼굴에 홍조가 올라온다. '그래. 없어. 그리고 왜 없는지는 당신이 상관할 일이 아니지.'

"만약 주제넘었다면 미안합니다⋯⋯."

말꼬리가 흐려진다. L.K.는 '만약'에 분노한다.

마침내 어색한 침묵 속에 엘리베이터가 덜컥 멈춰 선다. 철거덩, 차르랑거리며 밴이 힘주어 문을 연다.

L.K.가 소리 내어 웃으며 안도감에 휩싸인다.

다시는 저 엘리베이터 안 타. 나갈 때는 계단을 찾겠다.

최상층, 4층이다. 이곳은 리모델링이 조잡하다. 발아래 모래 같은 게 밟힌다.

밴이 앞장서 복도로 들어서며, 그녀는 예술가들의 작업실들을 지나간다. 그중 몇몇은 열려 있어서 들여다볼 수 있다. 점토, 물감, 방수포의 냄새가 강하다. 작업실 한 곳에선 라디오를 틀어 톡톡 튀는 랩 음악이 나온다. 어느 이젤에는 반쯤 완성된, 노후화된 재스퍼 존스 같은 추상화가 놓여 있다.

L.K.는 밴이 짜증스럽기도 했지만 지금은 그가 마음에 든다는 생각이 든다. 더 정확히는, 그에게 끌린다. Vnn에게.

(그 이름이 막연히 낯이 익다. 최근 어디서 본 적이 있던가?

샤토 르네상스 호텔에 전시된 흉측한 콜라주 작품들 중 하나에서?)

L.K.가 어떤 남자에게든 성적 끌림 비슷한 걸 느낀 적은 오랜만이다. 그 남자가 '그녀'에게 매력을 느끼는 듯해서 흥분된다.

밴은 L.K.를 좀 떨어진 곳으로, 창고 건물의 구석진 구역으로 안내한다. 발아래 모래는 더욱 많아진다. 약쟁이들이 듀랜트 내부로 들어와 4층까지 길을 찾아올 거라고는 생각도 못 했다고 대수롭지 않게 말하며 "우리 모두 한 번씩은 도둑질을 당했죠." 밴은 질색하며 한탄한다.

'약쟁이'라니. 밴 같은 남자 입에서 나오는 놀라운 단어.

"……가끔 아래층에 침입해서 밤을 보내요. 그 정도는 괜찮다고 다들 생각하지만, 겨울에는 불을 내서……."

그가 자산 소유주가 되었다고 L.K.는 생각한다. 부르주아가 되었다고. 자기 작품의 안전을 염려하는.

'약쟁이들'에 대해 씩씩대는 밴이 L.K.는 이상하게 정겹다.

그가 만지면 피하지 않겠다고 그녀는 생각한다. 어쩌면 그녀가 만질 수도 있을 것이다. 손가락으로 그의 손목을, 팔을 쓸어서 그녀가 그를 어떻게 생각하는지 알리며.

(하지만 L.K.가 그를 정확히 어떻게 생각하지? 눈이 반쯤 감긴 몽유병자처럼 여기가 어딘지, 어디로 가는지도 잘 모르면서.)

만일 밴이 키스하면 그녀의 뇌에서 안개가 솟을 것이다. 수동성의 안개, 망각의 안개. 망각의 약속.

그녀는 그에게 맹목적으로 응할 것이다. 키스를 돌려줄 것이다. 본능에 사로잡혀서 생각은 할 필요 없을 것이다.

영화 화면의 페이드아웃. 막이 내려지고.

하지만 삶은 예술처럼 미학적이지 않다. 그녀는 남자를 가까이서 보아야 할 것이다. 그리고 그는 그녀를 직시할 것이다.

정말이지 L.K.는 이 남자와 육체적으로, '성적으로' 관계한다는 가망성에 약한 혐오감을 느낀다. 그녀는 남자가 옷을 벗은, '벌거벗은' 모습을 보고 싶지 않다. 만일 그들이 내밀한 시간을 함께 보낸다면 그녀는 그가 기침하고 목을 가다듬는 소리를 듣게 될 것이다. 힘겹게 숨 쉬는 소리를. 그렁거리는 소리를.

화장실 소리, 변기 내리는 소리. 그녀는 이제 혼자 산 지 아주 오래라서, 타인과, 남자와 밀접한 공간에 있는 건 신경을 쪼개놓을 일이다.

밴이 작업실 문의 잠금장치를 열었다. 안으로 들어선 L.K.는 놀란다. 공간의 크기, 높은 천장, 채광창들, 윤나는 목재 바닥, 섬뜩한 백열광을 내뿜는, 천장에서 바닥까지 트인 창문들에 놀라는 것 이상으로 경탄한다. 일부는 생활공간이고 일부는 작업실이다. 아주 인상적이다.

L.K.는 남자를 과소평가한 게 분하다. 낯선 이와의 경험에서 처음 있는 일은 아니지만 그녀가 오만했던 것이다.

확실히 Vnn은 성공적인 작가다. 혹은 작품이 아닌 다른 돈의 출처가 있든지.

혹은 마찬가지로 가능성이 있는 건, 이 미술가가 아주 좋은 안목을 지녔고 거친 창고 공간을 예술 작품에 가깝게 변모시켰다는 것이다.

"이거 참, 아름답네요."

"그렇죠? 그렇게 생각해줘서 기쁘네요."

밴의 얼굴이 기쁨으로 물든다. 그녀에게 깊은 인상을 주고 싶었고, 성공했다.

이 꼭대기 층은 커다랗게 트인 공간으로 4.5미터 높이의 천장을 금속 보가 가로지른다. 생활공간에는 검은 가죽 소파, 예닐곱 개의 가죽 의자, 삼나무를 통으로 매끄럽게 가공한 낮은 탁자가 놓여 있다. 목재를 조각한 램프들에 반투명한 갓을 씌웠다. 천장에서 좁은 기둥을 그리며 내려오거나 바닥에서 올라오는 조명도 있다. 바닥 여기저기엔 모로코산 카펫이 깔려 있다. 한쪽 벽에 쑥 들어간 공간은 작은 주방 같다. 검게 옻칠한 병풍들 뒤가 예술가의 작업 공간이다.

거친 벽은 부드러운 연회색으로 칠해, 작품의 배경이 되기에 이상적이다. 야성적으로 완성된 밝은 색조의 캔버스와 콜라주가 대부분이다. Vnn이 다작 작가이며 성실한 작가라는 게 보인다. 제일 큰 캔버스는 폭이 2미터, 높이가 1.5미터가량 되며, 생기 있고 아른거리는 색채의 모리스 루이스와 헬렌 프랑켄탈러풍이다. 커다란 인간 형체들도 있는데, 조지 시걸 느낌으로 붕대같은 하얀 거즈에 싸여 있고, 찡그린, 괴로운 얼굴에 유리 눈을하고 있다. 더 독창적인 작품은 천장에 매달린 연들로, 거대한 말벌이나 박쥐처럼 뾰족한 모양에 역시 아주 다채롭다. 가장 멋진 작품은 커다란 나비로, 가까이 가보니 수백의 작은 나비들로이루어졌다. (진짜 나비들인가? 잡아서 방부 처리한? L.K.는 그중 많은 나비들이 멸종위기종인 왕나비라는 걸 알아본다.) "이거 기발하네요." L.K.가 거대한 나비를 보며 말하지만, 이 작품에찬성하는지는 모르겠다.

"이런 자기야, 이 나비들은 '진짜'가 아니에요."

"잘 모르겠어서……." L.K.는 믿지 못하고 의심한다.

"이렇게 많은 나비를 잡으려면 시간이 얼마나 들겠어요." 밴이 장난꾸러기 소년처럼 찡그리며 미소 짓는다. "하나하나 클로로폼으로 마취해야 할 거고요. 날개를 안 찢으려면 엄청 주의해야 했겠죠."

정말로 저 섬세한 주황과 검정 점박이 날개들 중 일부가 찢긴

게 보인다. 뭔가 달짝지근한 화학약품 냄새가 나는 것 같기도 하다. (에테르? 클로로폼?)

밴의 꼭대기 층 작업실은 매우 인상적이라고 L.K.는 시인할 수밖에 없다. 예상했던 바가 아니다. (하지만 뭘 예상했지? 뭔가 작고 덜 야심 찬? 돼지우리 같은 곳? 그냥 그런 곳?) 그녀는 그의 작품이 진부하거나 평범한, 그저 또 다른 팝아트의 변주이리라 예상했지만 정말이지 훨씬 미묘했고, 회화 작품들은 붓질 하나하나가 복잡하게 그려졌다. 그녀는 이제 그에 대해 우월감을 가지지 않는다.

모든 진정한 예술가들이 그렇듯, 밴은 낡은 옷처럼, 진정 예술가의 작업복처럼 후줄근한 개성 아래 가장 깊숙한 본질을 감추고 있었다. 그는 꾀죄죄하지만 사람만 그렇지 작품은 그렇지 않다.

진정 L.K.는 이 신비한 인물, Vnn에게 끌린다.

"한잔할래요, 자기?"

"아뇨, 괜찮아요."

"한잔합시다. 우리 만난 기념으로."

'우리'. L.K.는 불편하지만 감동한다. '우리'라니 무슨 의미일까?

그녀는 감사를 표하며 탄산수나 클럽 소다가 좋겠다고 말한다. 혹시 있다면, 얼음도.

"없으면 말고요, 밴! 신경 쓸 필요 없어요."

"배니라고 불러요."

'배니'. L.K.는 갑자기 심장 부근이 약해지는 감각을 느낀다. 두서없는 생각이 밀려든다. '그는, 배니는 내 애인이 될 거야.'

밴이 주방 쪽에서 작게 휘파람을 불며 음료를 따르는 동안, L.K.는 생활공간을 더 구경한다. 그 자체로 예술 작품이다. 전시된 물건들, 예술 서적들, 사진책들, 액자에 넣은 석판화들. (그중에는 L.K.가 소유한 것과 거의 동일한 샤갈의 석판화도 하나 있다. 벤 샨의 작품도 있다.) 도자기, 직물 작품들. 골동품 단지 하나는 심하게 금이 갔는데, 유서 깊은 파머파크 맨션들 중 하나에서 열리는 경매에서 샀을 것 같고. 거대 나방 같은 조각들, 탄 나무, 채색된 면화, 삼베로 만든 작품들. 오랫동안 수집해온 다른 작가들의 작품과 자신의 작품으로, 이 꾀죄죄한 남자가 이런 아름다움을 만들어냈다는 생각을 하면 놀랍고.

L.K.는 반성하며, 생각한다. '아름다움은 그 창조자를 살펴본다고 해서 추론될 수 있는 게 아냐.'

그녀가 이런 꼭대기 층에서 살 수 있을까? 혹은, 이런 꼭대기 층과 비슷한 가까운 곳에 살 수 있을까?

미소 짓는 집주인이 가져다주는 잔에 호박색 액체가 반쯤 차 있다. 이게 뭘까?

싱글몰트 위스키.

하지만 아니, 그녀는 '위스키'를 원하지 않는다. 이런 시간, 한 낮에는…….

"마셔봐요, 자기. 좋아할 거예요."

웃으며 그녀는 저항한다. "아뇨, 난……."

"마셔보라니까."

"탄산수는 없어요? 클럽 소다나……."

"미안해요. 없네요."

"와인이나……."

"이걸 마셔봐요."

그가 그녀의 잔, 지나치게 무겁게 느껴지는 그녀의 잔에 자신의 잔을 부딪고.

아, 이거 짜증 나네! 고집스럽고 공격적이다.

이 남자, 이 마초 같은 태도가 싫고.

예의상 L.K.는 조금 홀짝인다. 무슨 싱글몰트 위스키인지는 모르겠다.

갑작스러운 열기! 호박색 액체가 그녀의 입으로, 목구멍으로 밀려드는 감각에 사로잡히고.

"우리를 위해, 자기. 벨섬에서의 우연한 만남을 위해."

얄궂은 말이 아닌가? 아니면 낭만적인 말인가?

밴은 미소를 띠고 그녀를 바라본다. 호감 어린 미소인가? 생각에 잠긴 미소? 음흉한 미소? 성적 갈망의 미소? 욕망? 공격? 위협?

그는 그녀에게 위협적이지 않다고, 그녀는 확신한다. 그는 그녀에게 해를 끼칠 의도가 없고, 오히려 그 반대인 게 분명하다. 이제 덜컹거리던 화물 엘리베이터에서도 벗어났으니.

하지만 둘이 '우연히' 만난 게 맞나? L.K.는 자신이 우연을 믿는다는 확신이 없다.

'우연'으로 보이는 것은 그냥 모호함일지도 모른다. 거미줄에 걸려드는 파리가 아무것도 모르고 걸려들듯이, 상황들 사이의 관계는 알 수 없는 것이다.

파리에게는 '우연'. 거미에게는 '운명'.

밴이 마신다. L.K.가 주저하며 한 입 더 마신다. 이렇게 독한 음료는 너무 오랜만이라 순수한 고양감, 무모함을 느낀다. 안 될 게 뭔가?

그녀의 친구는 호스피스에서 죽어간다. 그녀는 눈앞에서 친구가 죽어가는 것을 보기가 겁이 났다. 남편이 죽은 후 그를, 그의 시신을 보기가 겁이 나서 그가 그녀를 필요로 할 때 버렸던 것처럼.

밴이 그녀에게 듀랜트 빌딩의 역사를 들려준다. 수십 년간 아웃사이더 미술의 메카였다고.

(밴이 몇 살일까? Vnn의 경력이 얼마나 되지? 남자는 적어도 50대 중반 혹은 후반으로 보인다. '그녀'가 열 살은 많을 수도 있다.)

L.K.가 다정한 집주인을 관찰할수록, 남자는 '백인'이 아닌 듯하다. 완전 백인은 아닌 것이다. (부분적으로) 라틴아메리카계일 수도 있을까? 중동계? (디트로이트엔 레바논 출신 천주교도가 많다.) 하지만 아무래도 부분적 아프리카계 미국인일 가능성이 더 높은 것이, 흙갈색 눈, 저 넓적한 코, 육감적으로 다듬어진 입술…….

그녀는 그의 입술을 쳐다보고 있었다. '그가 만일 키스해오면 나는……' 하고 생각하면서. 자신이 무엇을 할지 전혀 모르겠다. 기대감으로 팔다리에 힘이 없어지는 듯하다.

L.K.에게는 자신과 다른 인종의 연인들이 있었다. 그녀는 평생 '색맹'이었다.

이제 연인을 기억하려 해보며. 감정적이었던 그 젊은 화가는 후에 헤로인 과용으로 자살, 혹은 사고사 했다.

거의, 그녀는 그를 기억할 수 있다. 이름이 레스터였던가? 에스드라였지. 파리한 올리브색 얼굴. 빽빽한 검은 머리칼. 진지하고 음울한 태도. 주저하던 손길.

몇 달이 지나서야 에스드라의 사망 소식을 들었다. 그래서인지 그의 죽음이 그다지 절박하지 않고 비현실적으로 느껴졌다.

그녀는 울었고 가슴이 찢어졌다. 하지만 그러고 나서 눈물을 닦고 서둘러 차로 갔다……. 그녀 삶의 그 시기에는 늘 사람들이 그녀를 기다렸으니까.

디트로이트가 아직도 마약의 중심지냐고 자기도 모르게 묻고.

기분 나쁜 질문이라는 건 L.K.도 안다. 밴은 부드러운 눈빛으로 그녀를 열심히 살피고 있었는데.

"어떤 마약이냐에 따라 다르죠. 중서부의 여느 곳과 비슷해요."

그녀는 그럴 리 없다고 의심한다. 호황기의 디트로이트는 마약에 포위당했었다. 크랙 코카인이 최악. 그리고 지금은, 읽고 들은 바에 따르면 황폐한 시내, 듀랜트 빌딩 주변의 낡은 건물들 같은 곳에서 불법으로 대량 제조된 메스암페타민이 주류다.

"사람들은 왜 스스로 독을 먹기를 고집할까요? 난 늘 궁금했어요."

"난 아닙니다." 밴이 코웃음 친다. 그는 경험이 있는 자이고 답을 다 안다. "전혀 궁금하지 않아요."

"알았어요. 하지만 왜 그러는 걸까요?" L.K.가 재차 묻는다.

"약에 취하면 '원하지' 않게 돼요. 아무것도. 그리고 취하지 않은 때면 취하기를 기다리게 되죠. 그걸 '원하는' 거예요. 어떤 다른 것도 아닌 그걸."

그 말에 L.K.는 퇴짜 맞은 기분이다.

지혜의 말이라고, 그녀는 생각한다.

정말 그렇다. 그녀 삶의 큰 약점이 그것이다. '원한다는 것'.

여자와 남자, 둘 사이 잠시의 경직.

어느 창문에서 L.K.는 디트로이트강을 볼 수 있다. 이 멀리서는 그다지 번쩍거리지 않는 납회색이다. 벨섬은 건물들에 가려졌다. 세인트클레어 호수는 보이지 않는다. 하지만 캐나다 온타리오주 윈저의 스카이라인은 약간 볼 수 있다.

디트로이트에 살며 그녀는 캐나다에서 사는 평행 우주를 상상했었다. 디트로이트보다 훨씬 작은 도시에서 더 작지만 더 고결하고 건전한 삶, 무명의 삶을 살았을 것이다. 남편 하나, 자녀 한둘. 창조와 혁신이 없는 삶, 그래서 막대한 만족이 있는 삶.

옛날에 에스드라와 함께, 그의 덜덜거리는 픽업트럭을 타고 국경을 넘다가 의심도 받으며, 그녀는 캐나다로, 윈저 같은 작은 도시가 아니라 그 도시 동남쪽의 거대한 국립공원 포인트필리로 갔다. 에스드라가 철새 사진을 찍고 싶어 했지만, 그의 무거운 나이키 카메라가 고장 났다. (L.K.의 카메라는 아주 잘 기능했다.) 바람이 몰아치는 앰배서더 다리를 건너, 늦게 디트로이트로 돌아오던 기억이 떠오른다. 하늘에선 폭풍 구름이 번개로 번뜩이고.

단호하게 남편에게 그래, 그를 사랑하지만 그의 곁에 남을 수 없다고 말하기로 결심한 채. 그녀의 영혼은 찢기듯 괴로웠다. 왜냐하면 그녀가 사랑에 빠진 이는⋯⋯.

그녀는 고개를 흔들어 비워낸다. 아, 여기가 어디더라.

너무나 많은 삶을 그녀는 잃었다. 매일, 더 많은 것이 흩어진다. 너덜너덜 풀린다. 물감, 점토, 테레빈유, 위스키 냄새가, 달콤한 부패의 악취가 나는 이 낯선 곳에서 그녀의 심장이 세게 뛴다.

밴은 본다. 밴은 이해한다. 그도 많이 잃었다. 처진 어깨, 흐늘거리는 배. 충혈된 눈.

재빠르지는 않지만 주의 깊게 그가 그녀에게 다가간다. 꽃에 앉은 나비에게 다가가듯이.

"속상해 보이네, 자기. 뭔가 슬픈 일이 기억났어요?"

"아, 아뇨."

밴이 계속 쳐다봐서 설명을 덧붙여야 할 필요를 느끼고. "그런 건 아니에요."

"아픈 대학 친구가 있다고요."

"내 친구?" 하지만 그녀가 이 낯선 이에게 미아에 대해 말했던가? 자신을 Vnn이라고 부르는 예술가와 어줍은 추파를 주고받다가 미아의 병에 대해 떠벌릴 정도로 정말 그렇게 우둔했나? 그렇진 않을 것이다.

밴이 대화의 분위기를 바꾸기로 마음먹는다. 강변 지역이 개발되는 중이라고 말한다. 강가에 주상복합건물이 들어설 거라고. 사무실들이.《아트인디트로이트》라는 간행물이.

"투자하기에 아주 좋은 시기죠. 투자자들에겐."

이에 대해서 L.K.는 할 말이 없다. (듀랜트 예술가들에게 돈을 투자하라는 것일까? '그'에게?)

"듀랜트에 대해 기사를 써도 좋겠네요. 나랑 친구들에 대해서. 사진도 찍고. 우리가 사진이 잘 받아요."

농담을 하려는 거라면, 재미없는 농담이다. 무례하고.

마치 L.K.가 별로 할 일이 없는 사람, 디트로이트 지역 예술계에 대해 글을 쓰는 것보다 더 중요한 일이 없는 사람이라는 듯. 전위적 예술가들에게 빠진 나이 든 여자라는 듯.

과거라면 그녀도 디트로이트의 '재기'에 대해 글을 썼으리라. '오래되고 위대한 미국 도시 디트로이트' 같은 제목으로.

그녀가 그런 일을, 프리랜서 사진기자를 했던 건 사실이다. 모든 사람을 알았고 모든 곳을 다녔으며, 겁도 없었고 위험에 처한 적도 없었다. 위험을 스쳐 지나간 적은 있었더라도.

하지만 이제 그런 기사를, 반쯤 문화 비평이자 반쯤 홍보 광고인 기사를 실을 지역 잡지들은 사라졌다. 오래전에 문을 닫았다.

그녀는 카메라를 호텔에 두고 왔다. 아마도 가방에서 꺼내지 않으리라. 한때 그녀에게 카메라는 영혼의 확장이었는데, 이제는 단순한 장비가, 손에서 무겁게 느껴지는 방해물이 되었다. 허세처럼, 헛되게 느껴지는.

그래도 여전히, 카메라가 그녀의 시각을 고정해준다. 시각을 재단해준다.

시각 예술가는 영원/무한을 가늠할 수 없다. 뷰파인더가 예술을 가능케 해준다.

그녀는 위치를 옮겨 천장에 철사로 매달린 연들 중 하나 앞에 선다. 새 작품인가? 이 예술가가 최근 작업 중인 작품인가? Vnn의 작품 중 많은 것이 미완성으로, 설익어 보인다. 결여와 공백의 캔버스들. 말해지지 않은, 정의되지 않은 것들. L.K.가 시도해왔던 종류의 예술은 넘치게 채워진 것이었다. 그녀는 너무 많이 설명해야 한다고 느껴왔다. 그녀의 예술은 숨이 막히고 숨 쉴 곳이 없었다.

자연은 진공을 싫어한다. 많은 것을 열린 채로, 손대지 않은 채로 두려면 어느 정도의 대담성이 필요하다.

"한 잔 더 할래요, 자기?" 상냥한 집주인 밴이 미소 짓는다. L.K.가 알려준 이름을 그가 한 번도 입에 올리지 않는 데에 그녀는 주목한다. 마치 진짜 이름이 아님을 눈치챈 것처럼.

자기도 모르게 L.K.는 싱글몰트 위스키 잔을 비웠다. 하지만 말한다. "아뇨, 고맙지만 이제 그만!"

밴이 그녀의 잔에 호박색 액체를 손가락 한두 마디만큼 더 붓는다.

미칠 노릇이다. 이 남자는 그녀의 바람을 거의 무시한다. 바짝 다가와 눈을 찡긋거리면서. '알죠, 자기. 나도 당신도.'

이제는 그녀를 작업실 안쪽으로 인도하며. 검게 옻칠한 병풍 너머로.

즉시 점토, 물감, 테레빈유 냄새가 짙어진다. 뭔가 들큼하게 썩은, 고약한 악취. 여기, 장중한 검은 병풍 너머는 훨씬 정리가 안 되어 있다. 벽에 기댄 캔버스들엔 물감이 문대어졌다. 연필과 목탄 스케치들. 바닥이 솔직히 더럽다. 뭉친 걸레, 굴러다니는 휴지. 병풍 뒤. 예술가의 진짜 삶.

그러니까 여기가 예술가의 '작업' 공간이다. 즉 예술가의 영혼이 '사는' 곳.

여기 작품 중 일부는 아주 좋다고 L.K.는 생각한다. 머릿속을 뒤적여봐도 Vnn이 어떤 작가에게 영향을 받았는지 딱 짚을 수가 없다. 루치안 프로이트? 프랜시스 베이컨? 고야? 원시적 미술과 다소 투박하게 혼합된, 워홀의 패러디. 맹렬하고 무모한 느낌의, 폴록. 더 큰 캔버스들에 마구 뻗어 나간 유사 추상주의 나신들과 콜라주들, 조각 작품들은 위압적인 크기다.

새들, 새들의 해골로 만든, 2미터에 달하는 나무. 조그만 눈구멍들은 텅 빈.

"'생명의 나무'인데, 미완성이죠." 밴이 자신의 작품에 눈살을 찌푸린다. 마치 다른 사람의 눈을 통해 보는 것처럼.

나무는 한때 '진짜' 나무, 어린 자작나무였다. 저 새들은?

L.K.가 부르르 떨며 작고 완벽한 새 해골들을 감상한다. 크기로 보아 참새 같은 소형 조류들이다.

그녀의 반응을 보고 밴이 다시 말한다. "미완성이에요. 여기 있는 작품들은 전부 '작업 중'이죠."

그는 그녀 가까이 서 있다. 귀에 들어오는 목소리가 친밀하고 유혹적이다.

그러다가 작업실 뒤쪽에 쌓인 마네킹들을 발견한다. 몇 개는 지친 듯 벽에 기대 있고 몇 개는 바닥에 버려진 것처럼 쌓여 있다. 몇 개는 고리와 도르래에 걸려 있어 으스스해 보인다.

밴은 방문객이 이곳을 돌아다니는 게 내키지 않는 듯하다.

"이제 다 봤죠, 자기. 그만 돌아가는 게……."

섬뜩하다고 생각하면서도 L.K.는 더 보고 싶어진다.

"……제작 중인 작품들이에요. 일단은 치워놨는데……."

L.K.가 가까이 가본다. 마네킹이 전부 여성이다. 물론 생식기는 없지만 작고 완벽한 원뿔형 가슴, 날씬한 허리와 엉덩이가 있

198

다. 얼굴은 매끈하고 이음매가 없다. 어떤 것들엔 화려한 가발이 씌워졌고 어떤 것들은 대머리다. 모두 '백인', 즉 '코카서스 인종'으로 윤기 없이 창백한 색이다. 몇몇은 훼손되었다. 두개골이 깨져 벌어졌고 내부의 스펀지는 인간의 뇌를 뜻한다. 눈구멍으로는 플라스틱 꽃이 튀어나왔다. 콧구멍과 입에서도. 촉수처럼.

마네킹 하나는 다리 사이 '음모'에 둘러싸인 곳에서 피 흐르는 붉은 상처를 과시한다.

L.K.는 부르르 떤다. 당연히 이 낯선 이의 영역에 들어온 건 실수였다. 화물 엘리베이터에 탔을 때부터 알고 있었다.

'서둘러! 지금이야.'

하지만 그녀는 침착하게, 진짜 예술 전문가처럼 묻는다. "이거, 이 작품들은 어느 정도에 팔려요?"

"이 '작품들'은 미완성이에요."

"하지만 완성되면—"

"가격은 다 달라요. 천차만별이죠."

"그럼, 예를 들어 이거요. 가격을 매긴다면요." 고리에 걸린 마네킹, 스펀지 뇌가 든 것들 중 하나. 다리 사이엔 가짜 피를 흘리는 상처. 마네킹의 '음모'도, 머리의 가발도 L.K.의 것과 닮았다. 물론 인간의 털이 아니라 인조털일 테지만 말이다.

밴이 가격을 말한다. L.K.가 놀라 움찔한다.

"정말 그런 가격을 받아요? 이런 것에요?"

"그때그때 다르죠."

'것'이라는 단어는 고의적이다. 밴도 그녀 목소리에 담긴 경멸을 들었을 것이다.

L.K.는 다른 제작 중인 작품들에서 눈을 떼지 못한 채, 여기 어두운 곳에 갇혀 있다.

캔버스 중에는 물감을 덕지덕지 칠하고, 손톱과 발톱, 귓불, 머리털 등 '인간'의 물건들로 장식한 것들이 있다. 특히 머리털이 많다.

온갖 색과 결의 털들. 구불구불한 털, 매끄러운 털, 곱슬머리, 직모. 은금발, 칙칙한 금발, 밤색, 마호가니색, 적갈색 머리, 흰머리 섞인 검은색 머리.

가발들이 놓인 선반. L.K.는 이 가발들이 인간의 머리털을 잘라낸 것은 아니라고 생각한다.

(하지만 냄새가 독하다! 화학 용제로 처리된, 일종의 저지된 부패.)

"말했잖아요, 자기. 여기 있는 건 다 미완성이에요. 보여줄 만한 게 아니죠."

"그래요. 그래 보이네요."

밴이 선반에서 가발 하나를 든다. 장난스럽게, 아마도 약간은

200

짓궂게, L.K.에게 써보라고 한다.

"고맙지만 사양할게요."

"하지만 어울릴 거예요. 써봐요."

밴이 가발을 L.K.에게 건네고 L.K.는 주저하며 받는다. 빽빽한 검은 가발이고, 다소 헝클어졌고 거칠다. 뭐라 말할 수 없는 독한 냄새가 난다. L.K.는 전혀 머리에 얹을 생각은 없지만 자세히 관찰하고, 피가 묻은 모근을, 실제 머리털을 발견한다. 혹은 발견했다고 생각한다.

기겁하며 가발을 떨어뜨린 그녀가 심하게 떤다.

밴이 웃으며 바닥에서 가발을 집어 든다.

"냄새나요. 끔찍하네요. 제발 치워요."

냉장 진열장으로 보이는 것 안에서 L.K.는 멍 들고 얻어터진 머리들, 누렇게 뜬 얼굴들을 발견한다. 눈꺼풀이 거의 감겨 있는, 멍 든 눈들. 헝클어진 머리.

역겹고 고약한 냄새가 난다. 창문 하나가 약간 열려 있어 환기가 된다.

한쪽 벽에는 하얗고 매끄러운 냉동고가 작게 윙윙거리며 가동 중임을 알린다. L.K.는 생각한다. '포획물들을, 자기 '작품들'을 저기 보관하는구나.'

머리 위 채광창은 얼룩덜룩 불투명하다. L.K.는 무기력하고 불안하다. 밴이 그녀를 작업실에서 내보내 생활공간으로 데리고 간다. L.K.는 비틀거리다가 가죽 의자 하나에 털썩 앉는다. 캔버스 가방에서 전화기를 꺼내고, 화면이 꺼진 걸 깨닫는다. 배터리가 다 된 것이다.

지금 나는 냄새는 포름알데히드라고 그녀는 확신한다.

6

"나 모르겠지, 자기?"

이렇게 황량한 건물의 4층, 고립되고 사적인 장소에서 듣고 싶지는 않을 말들.

흠칫하며 그녀는 그렇다고 말한다. 아는 사람 같지는 않다고……

"생각해봐. 기억날지도 모르지, 자기."

반복되는 '자기'. 달래는 말일까 빈정대는 말일까.

탐색하듯 그를 응시하며. 해바라기만큼 커다랗고 둥근, 온화하게 주름진 얼굴? 충혈된 흙갈색 눈?

물론 이 남자는 '유색인'이다. 피부색에서는 (분명히) 드러나지 않더라도 혈통적으로는.

그가 타이거스 야구 모자를 벗는다. 기름 낀, 세어가는 검은 머리. 벗겨져가며 툭 튀어나온 이마를 드러내고 이 머리는 한때 빽빽하고 곱슬곱슬했을 거(라고 L.K.는 생각한)다.

"예전엔 사람들이 배니라고 불렀지. 당신도 그랬고, 자기."

"배니……."

낯익은 이름인가? L.K.는 한 남자가 기억난다. 밴브루라는 젊은 남자……. 이 사람이 밴브루인가?

"그리고 당신, 당신은 러비니어였지." 고저 없는 억양으로 조롱기를 띠고 그가 그녀의 이름을 정확히 댄다.

L.K.는 그의 적대감에 충격받는다. 강한 술을 너무 마신 것 역시 실수였음을 깨달으며.

"러비니어 콜. 그렇지?"

얼마나 사람을 작아지게 만드는지. 발견되고, '호명'된다는 것이.

"마, 맞아……. 어떻게 날 알아?"

"어떻게 아느냐고? 물론 난 당신을 알지. 내내 알고 있었고. 미워했어."

"미워해? 왜?"

"내가 죽든 말든 떠났으니까. 내가 죽은 줄 알았겠지."

"뭐? 아, 아니……. 그럴 리가 없어."

"내 작업실에 당신이 왔었지. 그때는 1층이었고. 바닥에 쓰러진 나를 보고 당신은 도망쳤어."

희미하게 L.K.는 기억이 난다. 듀랜트 빌딩 1층에 작업실이 있던 젊은 예술가. 잠깐 애인이었던. 애인들 중 하나였던. 그렇게 중요하진 않았다. 그렇지 않았을까? 그렇게 스치는 관계는 아무도 기억하지 않는다.

하지만 이 남자, 자신을 Vnn이라 부르는 이 중년의 건장한 남자는 그 인간이 아니다. 확실히.

"당신이 왔었지, 러비니어 콜. 작업실로 혼자 들어왔고, 바닥에 쓰러진 나를 봤어. 기겁해서 나가더니 누굴 부르지도 않았어. 죽든 말든 떠난 거야. 사실상 난 죽었지."

L.K.의 얼굴에 서린 당혹감을 보고 밴이 웃는다.

"하지만 그러다 나는 소생했어. 다른 누가 발견하고 구급차를 불렀으니까."

밴이 L.K. 옆에 앉는다. 몸을 붙인다. 그녀에겐 멀어질 힘이 없다.

"내 심장은 정지되었다가 전기 충격을 받고 다시 뛰기 시작했어. '당신' 덕은 아냐."

L.K.가 애원하듯 밴을 본다. 그의 날카로운 비난의 냄새에 그녀의 콧구멍이 찔리는 듯하다. 그는 무슨 말을 하는 걸까?

"당신은 엮이길 원하지 않았어. 결혼했으니까. 당신의 가정을 생각했던 거야. 당신의 안전한 '백인의 삶'을. 내가 쓰러진 걸 봤고, 몇 분 내로 죽을지도 모르는데, 당신은 그냥 도망쳐서 아무에게도 말하지 않았어. 내가 전혀 모를 줄 알았겠지. 의식이 없었으니까. 되살아난다고 해도 당신이 한 짓을 모를 거라고. 하지만 난 알아. 이야기를 들었지. 나를 발견한, 같은 층의 다른 예술가한테서. 당신이 도망쳐 나오는 걸 그녀가 봤어. 당신 얼굴을 봤다고 하더군. 얼마나 겁에 질렸는지. 얼마나 죄책감 어린 표정이었는지."

이건 악몽이다. 이 기억은 악몽이다. 어쩌면 기억이 아니고 그저 악몽인지도 모른다.

"결코 당신을 용서하지 못할 거라고 생각했어, 러비니어. 하지만 오늘, 당신을 보고, 당신을 알아보고, 당신 역시 얼마나 변했는지 보고 나니, 용서하겠어."

"날 용서한다고?"

"에스드라를 대신해서. 에스드라의 영혼의 아량으로."

"에스드라? 하지만 당신 이름은……."

"에스드라는 내 친구였어. 형제였지. 난 그의 대역을 하는 거야."

"하지만 이런 일 같은 건 절대 없었어. 난, 난 누구를 죽게 내버려둔 적이 없어. 내가 아니야. 날 누구랑 헷갈린 거……."

"또 다른 러비니어가 있다고? 그럴 리가."

밴이 호탕하게 웃고 위스키를 마신다.

L.K.가 떨리는 다리로 일어나려 한다. "난 이제 갈래, 밴. 난 갈 거야……." 그녀의 목소리는 애처롭고 애원조다. 위스키 때문에 너무 힘이 없다.

"어디로 가려고? 이 동네에서 혼자 다닐 순 없어. 호텔에 어떻게 돌아가려고? 수 킬로미터는 가야 돼. 걸을 순 없어. 여긴 택시도 없고."

"전, 전화를 하면……."

"여기선 핸드폰이 안 돼. 당신 전화가 '죽지' 않았더라도."

L.K.는 소리 지를 힘이 없다. 창문으로 달려가더라도, 여긴 꼭대기 층, 4층이니 뛰어내릴 수 없다. 창문 앞에서 비명을 지르고 팔을 내저어도 밴이 금방 쉽게 제압할 것이다.

"창문에서 뛰어내릴 수 없어. 여긴 4층이라고."

L.K.는 어지럽다. 겁을 집어먹었다. (취했나? 감각도 혼란스럽다.) 예전 듀랜트, 예전 1층 작업실을 기억해내려 애쓰며. 젊은이, 거의 소년이었던 에스드라. 그게 그의 이름이었나? 그녀는 미술가 몇 명을 알았다. 그중 하나가 밴브루였을 수 있다. 그들이 그녀의 호감을 얻으려 경쟁하지 않았던가? 그녀 관심을 얻으려 다투고? 하지만 아마도, 당시 그녀는 생각하고 싶지 않았

지만, 그들은 자기들끼리는 그녀를 비웃었을 것이다. 다른 특권층 백인 여성들을 비웃었던 것처럼.

"좀 있어봐. 자기는 여기서 나가는 모험을 할 만한 상태가 아니야. Vnn이 돌봐줄게."

순진하게 그녀는 생각하고 싶다. '그는 나를 용서했어. 그가 나를 보호해줄 거야.'

밴이 뭉툭한 손가락들로 L.K.의 손목을 문지른다. 그의 손가락은 강하다. 손톱이 물감과 때로 껄끄럽다.

L.K.는 떤다. 팔을 빼려 하지만 밴이 재빨리 잡는다. 그녀 쪽에서 어떤 저항을 하면 강압에 맞닥뜨리리라는 예감이 든다.

"러비니어, 자기, 여기 왜 왔지? 먼 길을 떠났다가 고작 '여기'로 돌아왔잖아."

L.K.는 부정하지 않는다. 돌이켜보니, 사실이니까. 그녀의 여행은 오래전에 시작됐다.

"자발적으로 말이야. 아무도 강요하지 않았지. 여기 나에게로 돌아왔어."

그는 그녀를 보호할 거라고, 그녀는 생각한다. 그는 그녀를 용서했다고, 자비심을 가질 거라고 말했다.

그가 팔을 그녀의 어깨에 두르고. 그의 무거운 팔, L.K.의 마른 어깨. L.K.는 더욱 작아질 수 있다면, 하고 생각한다.

그녀는 지쳤다. 눈꺼풀을 들어 올리기 힘들고. 뭘 마시라고 준 것인가! 그녀는 포름알데히드에 보존된 수천 마리 나비 중 하나가 될 것이다! 그녀의 은금발, 금속섬유 같은 머리칼이 보존되어 모두의 찬탄을 받을 것이다.

함께, 그녀와 그녀의 남성 상대는 잠에 빠져들 것이다. 위스키가 그들을 덮혀주었다. 그녀의 손이 그의 손을 움켜잡는다. 애를 써도 그녀의 손가락들로 그의 손목을 감쌀 수는 없을 것이다.

사후 삶에서 그녀에게 가장 행복한 순간이었다.

7

하지만 아니다. 잠은 오지 않는다.

행복감만, 하지만 행복감은 잠시뿐이었다.

몇 초의 껌뻑거림 이상으로는 눈이 감기지 않고, 그녀가 문득 깨어나 눈을 번쩍 뜨니, Vnn이 '미술 도구'를 가지러 간 게 보였다.

예술가는 (수염 자란) 턱 위에 흰 거즈로 된 마스크를, 의료 종사자들이 감염을 막으려고 쓰는 종류의 마스크를 썼다.

커다랗고 굵은 손을 수술 장갑에 억지로 끼워 넣었다.

내용물이 안 보이는 1리터짜리 시판 음료병에서 독한 냄새가 나는 투명한 액체를 세수수건 크기의 흰 천 뭉치에 붓는다. 액체가 천을 적시는 동안 찌푸리며.

아, 그게 뭐야? 에테르?

클로로폼.

위스키가 그녀를 졸리게 만들었다. 클로로폼의 냄새, 지독한 냄새가 더욱 졸리게 만든다.

저항하고 싶다. '하지만 난 죄가 없어! 자비를.'

그러나 가장 의아한 점은, 이제 일어나려는 일에 대해 L.K.가 정말 그렇게 공포에 질린 것 같지는 않다는 것이다. 어쩌면 이미 일어난 일이고, 그녀는 이제 겨우 기억이 나는 건지도 모르기 때문에.

조심스레 하얀 마스크의 남자가 그녀에게 말을 건다. 참을성 있게.

그의 원한은 그녀에게 너무나 상처가 되었지만, 지나간 일처럼 느껴진다.

"상아 팔찌를 벗어요, 자기. 목걸이도."

더듬거리며 명령에 따르고. 분해서 얼굴이 붉어진다. 그녀는 저항하고 싶다. '하지만 이 상아 장신구들은 새것이 아니야! 다 중고를 샀다고.'

Vnn이 아름다운 팔찌와 목걸이를 받아서 한쪽에 조심스레 내려놓는다. 그가 그녀의 손목을 흘긋 보기만 했는데도 L.K.는 시계를 푼다.

"아주 좋아, 자기! 이제 이 천을 받아. 입과 코에 대고 최대한 오래 누르는 거야. 당신이 눈을 감는 데 도움이 될지도 모르지. 깊이 들이마셔."

그가 젖은 천을 건네고 그녀는 주저하며 받아 든다.

무슨 지시였지? 천으로, 입과 코를 막으라고?

"당신은 자신의 운명을 직접 주관하도록 허락받은, 드문 피사체 중 하나야. 즉 '스스로를 재우도록' 허락을 받았지. 그러면 고통이 없어."

Vnn이 상냥하게 말한다. 그의 흐트러진 외양과 귓불에서 반짝이는 금피어싱에도 불구하고 그는 신사적이며 그녀를 해치지 않을 것이다.

"당신은 당신 정신의 얄팍함 때문에 비난을 받는 게 아니야. 당신 부류의 누구도 비난받아선 안 되지. 멸종되기는 해야 하지만 벌을 받아서가 아니라, 그게 타당해서야. 그러니 이제, 지시받은 대로 스스로를 재우면 돼."

재능 있고 독창적이며 야성적인 상상력을 지닌 예술가가 '신사적'이기도 하다니 드문 일이어서. L.K.는 운이 좋다.

"당신은 '불사'가 될 거야. 어느 정도는. 일부가 수확되어 Vnn의 콜라주에 사용될 거야."

L.K.는 손에 든, 독한 냄새의 천 뭉치를 노려본다. 이걸로 뭘 하라고? 눈에서 눈물이 마구 솟는다.

"우리 자기? 마음에서 잡념을 비워봐……."

근처 탁자에 관심 끄는 물건이 있다. 커터 칼? L.K.는 커터 칼에 대해 아는 게 별로 없지만 그 날이 극히 날카롭다는 건 안다.

결과가 너저분하기 때문에 미술가가 선호하는 칼이 아니라는 것도. 커터 칼은 클로로폼이 실패할 경우 유용한 대안일 뿐이다.

하지만 클로로폼이 왜 '실패'한다는 말인가? 그게 자비로운 선택지인데.

"마음을 비워야 해. 더러워져 막힌 관을 뚫을 때처럼. 저열하고 쩨쩨하고 천박한 모든 것으로부터 정신을 정화해야 해."

'그래' 하고 그녀는 끄덕인다. '정화해야……'

그녀는 늘 '정화'되기를 원해왔다. 그래. 그게 정신적 목표였어.

입 안의 혀가 이상하게 부었다. 그녀는 바싹 마른 입술을 어색하게 핥는다. 입술도 너무 이상하게 느껴져서 자신의 것인가 의심될 정도다.

예술가가 벌써 그녀의 얼굴 일부를 차지한 걸까? 혀, 입술. 오뚝한 귀족적인 코. 눈.

L.K.는 Vnn에게 그녀를 보내줄 거냐고 묻는다. 이미 대답은 알고 있지만, 물어야 한다고, 그러길 그가 바란다고 느낀다.

"……당신에게 상처 줄 생각은 전혀 없었어."

"'나'는 상처받지 않았어, 자기."

"내가 부주의해서 누군가에게 상처를 줬더라도, 그럴 의도는……."

"당신이 죽게 놔둔 건 다른 사람, 내 형제였지."

"하지만, 아무도 죽게 놔두려던 게 아니야! 난 겁에 질리고 너무 당황해서……."

L.K.가 클로로폼 적신 천을 두 손으로 꽉 쥔다. Vnn이 무슨 말을 하는지 잘 모르겠다.

흐느적거리며 일어서려 애쓰고. 일단 일어서면, 일단 무릎에 힘이 다시 흘러들면, 괜찮을 거라고, 그녀는 믿는다. 지금 그녀가 원하는 건 그것뿐이고 더 이상은 원하지 않는다. 괜찮아지기를 원하며.

그녀는 모든 행복을 포기할 것이다. 삶의 모든 의미를 포기할 것이다. 불면증 환자의 지혜다. 24시간 불면의 주기를 횡단하고 나면, 세상에서 모든 의미가 희미해졌음을 이해하게 된다. 그렇게, 가장 커다란 소망은 그저 '괜찮아지는' 것이 된다.

그러나 애원하는 여자의 목소리가 들린다. 애걸하는. 자존심도 없이. 수치스럽게.

아, 왜 디트로이트 경찰들에게 신호를 보내지 않았을까, 그녀가 다리를 건널 때 지나가던 경찰선에게? 너무나 쉽게 목숨을 구할 수 있었을 텐데, 그 대신 부주의하게, 공주가 강에 금화를 던지듯 목숨을 던져버렸다.

그녀는 '원한다는 것' 때문에 망했다. 그러나 '원하는 것'이 없다면 그녀의 삶은 무엇이 되었을까?

"내가 당신을 보내줄 수 없다는 거 알잖아, 자기. 내가 원하더라도. 우린 그 시점을 넘어섰어. 그리고 그런 관대한 태도는 Vnn의 스타일이 아니야."

담담하게, 엄숙하게, Vnn이 말한다. 이러한 상황에서 합리적인 여성답게 협력하기를 권하며. '우리는 중력장을 벗어났고 되돌아갈 수 없어.'

L.K.는 떨리는 손을 가누려 양손으로 천 뭉치를 들었다. 냄새 때문에 눈물이 고인다.

충동적으로 그녀는 Vnn에게 다른 이들에게 친절한 적이 있었는지 묻는다.

"다른 이들?"

"나 이전 사람들."

그녀가 마네킹들을, 캔버스와 콜라주들을 가리킨다. 예술가의 트로피들.

Vnn이 미소 짓는다. 마치 작은 기만을 행하다가 들킨 것처럼. 부정했던 애인, 남편처럼.

"응, 인정해야겠네."

그리고 덧붙이는 "그럼 이제, 마음을 비워냈으면……."

L.K.가 젖은 천을 얼굴로 들어 올린다. 일단 할 수 있는지 보려고.

클로로폼이 에테르처럼 신속하게 작용할까? 아니면 그녀가 먼저 질겁할까?

"좋아, 자기! 계속해."

"나, 난 못 하겠……."

"당연히 할 수 있어. 해봐."

"하지만—"

"해봐."

기분 탓일까, 아니면 정말 Vnn이 인내심을 잃어가는 것일까?

떨리는 숨을 깊이 들이마시고. 클로로폼이 너무 독해서 그녀의 감각 기관들이 질겁한다.

어릴 적 그녀는 다이빙을 배웠다. 수영장 가장자리에서 무릎을 굽히고 팔을 들어 손을 뾰족하게 만들고 고개를 숙이고 발을 차며 떨어지는 방법. 언제 다시 숨을 쉴지 모르니까 깊이, 깊이 숨을 쉬는 법.

유치한 꾀가 생각난다. 클로로폼을 깊이 들이마시고 기절한 척하는 거다. 그녀를 납치한 남자가 충분히 가까이 오면 벼락같이 달려들어 싸울 것이다. 그의 목을 이로 물어뜯고 날카로운 손톱으로 눈을 찌를 것이다. 그녀는 준비가 됐다!

하지만 아니, 너무 깊이 들이마셨다. 축축한 천이 손가락에서 떨어진다. 눈을 뜨고 있을 수가 없다. 손이 무릎으로 떨어지고 팔이 축 늘어진다. 심장박동이 느려진다. 고개가 가슴을 향해 고꾸라지며 토기처럼 무겁게 텅 비워진다. 평생 '생각! 생각!'으로 들어찼던 벌집 같은 두뇌가 마침내 비워진다. 어깨가 무너지고, 더 이상 직립할 수 없어 옆으로, 소파 위에 쓰러진다. 소파도 그녀 아래서 무너지고 녹아내려서, 그녀는 더러운 마루 판자에 난 구멍을 통과해, 추락하고, 추락해서…….

추락의 끝에 도달했을 때, 저 끔찍한 '원한다는 것'이 멈췄다.

가석방 공청회,
캘리포니아주 치노 여자 교도소

왜 또 가석방을 신청하느냐고요? 참회하고 있으니까요.

내가 무고한 사람들에게 저지른 잘못들을 후회하니까요.

나는 변했으니까요.

수감된 매일, 매시간, 매분 나 자신을 벌주었으니까요.

간수가 나를 위해 증언하겠지만, 나는 '모범수'였으니까요.

목사가 나를 위해 증언하겠지만, 나는 예수 그리스도를 마음에 받아들였으니까요.

나는 51년을 복역했으니까요. 가석방을 열다섯 번 거부당했으니까요.

나는 일흔 살이니까요. 더 이상 열아홉이 아니에요.

열아홉이었을 때 내가 어땠는지 지금의 나는 기억하지 못하니까요.

1969년 8월 명령을 받고 한 모든 일을 후회하니까요.

그 끔찍한 시간 동안 내가 가장 해친 사람은, 나 자신이었으니까요.

◡

왜 가석방을 신청하느냐고요? '사회에 진 빚'이랄 것을 다 갚았(다고 믿)으니까요.

감옥에 있는 동안 대학을 마쳤으니까요. 치노밸리 전문대에서 전문학사 학위를 받았어요.

수십 년 동안 수감자들에게 읽기와 쓰기를 가르쳐왔으니까요.

예술과 공예 강사들을 보조해왔고 그들에게 칭찬도 받았으니까요.

(나는 권력의 짜릿함을, 저급한 존재들을 내 노예로 만드는 전율을 사랑합니다.)

내 마음속 선함을 세상에 풀어놓기를 갈망하니까요.

'속죄'를 할 테니까요.

젊은 여성들에게 모범이 되니까요.

나는 캘리포니아에서 가장 나이 많은 여성 죄수고, 그건 이곳의 수치니까요.

다른 죄수들은 모두 나보다 어리고 나를 불쌍히 여기니까요.

나는 '사회에 위협'이 되지 않으니까요.

나는 내가 '학대당한 여성'이었음을 몰랐으니까요.

1969년에 일어난 모든 일은 그래서 일어났으니까요.

그건 부당한 상황이었고, 지금도 부당하니까요.

내가 가장 해친 사람은, 나 자신이었니까요.

⌒

왜 가석방을 신청하느냐고요? 예수께서 내 마음에 들어와 용
서해주셨으니까요.

사악한 의도로 무고한 자를 치도록 내 손을 이끈 것은 악마였
음을 예수께서 이해하시니까요.

'나쁜 짓을 하라!'고 악마가 우리에게 속삭였으니까요.

나는 어쩔 수 없이 복종해야 했으니까요.

하지 않으면 '그'가 벌을 주었을 테니까요.

하지 않으면 '그'가 나를 사랑해주지 않았을 테니까요.

'그'는 이제 세상을 떠났고 내 이마에 이 (갈고리 십자가) 흉
터를 남겼으니까요.

51년간 지녀온 이 흉터를 보고 여러분은 나를 가혹하게 판단할 테니까요.

'그'가 가장 해친 사람은, 나였으니까요.

～

나는 학대당했으니까요.

타인을 진심으로 믿으려 했기에 학대당했으니까요.

'그'에게 학대당했으니까요.

나는 의지가 약하니까요. 심리치료사 말대로 '낮은 자존감'의 희생자니까요.

나는 굶주렸었고 '그'가 양분을 주었으니까요.

그가 나에게 물었으니까요. "내가 누군지 몰라?"

그의 그런 말에 내가 허물어져 눈물을 흘렸으니까요. 내 평생 그런 말을 기다려왔으니까요.

'그'의 명령에 '가족'이 나를 환영해주었으니까요.

곧 그들이 나를 '빅 패티'라고 불렀으니까요. '여드름 얼굴'이라고 불렀으니까요. 내가 쭈그리고 앉아 개 밥그릇에 먹게 했으니까요.

그들이 나를 비웃었으니까요.

'그'가 그들로부터 나를 보호해주지 않았으니까요.

내 영혼을 '그'에게 주었으니까요.

내가 여러분에게 이해와 용서를 구걸하고 있으니까요. 무릎을 꿇고서.

나는 마음속이 착한 사람이니까요.

마음속은 좋은 사람이라는 걸, 여러분이 볼 수 있으니까요. 그렇지 않나요?

나에게 최면을 걸기는 쉬웠으니까요.

나를 약에 취하게 만들기는 쉬웠으니까요.

나는 '싫다'고 말할 수 없었으니까요.

아주 약하게 싫다고, 싫다고 말하긴 했지만, '그'가 비웃고는, 내가 무릎을 꿇고 그에게 봉사하도록 했으니까요.

나는 사랑에, '접촉'에 굶주려 있었으니까요.

희생자들을 찌른 것은, 나 스스로를 찌른 것이었으니까요.

희생자들의 상처에 손을 집어넣고 조롱하고 모욕한 것은, 나 스스로를 조롱하고 모욕한 것이었으니까요.

그들의 '따뜻하고 끈적이는' 피를 맛본 것은, 벽으로 천장으로 카펫으로 뿜어 나온 나의 피를 맛본 것이었으니까요.

재판 때 편견을 가진 배심원들이 나를 '일곱 건의 살인'에 대해 유죄라고 생각한 이유는, 내가 '그'의 도구였을 뿐임을 몰랐기 때문이니까요.

나를 판정하러 앉은 여러분은, 내가 가장 내밀한 마음속에서 어떤 존재인지 전혀 모르니까요.

여러분은 나를 내려다보며 동정심과 혐오감을 품고 '와 이 여자 괴물이구나! "나"랑은 전혀 다르네' 생각하니까요.

하지만 나는 여러분과 같아요. 동정심이 없는 내 마음속에서 나는 '여러분'입니다.

어떤 끔찍한 일들을 내 손으로 저질렀지만, 그 손은 '그의 손'이었던 게 진실이니까요.

'그'가 안배한 대로, 그것들은 끔찍한 행동이었지만 즐거웠던 게 진실이니까요.

무릎을 꿇고 목숨을 구걸했던 이들에게 내가 자비를 보이지 않았던 게 진실이니까요.

평생 무릎을 꿇어도 나는 자비를 받지 못했고, 그래서 내어줄 자비가 없었어요.

뭐, 그래요, 그녀를 열여섯 번 찌른 게 진실입니다. 그 아름다운 '영화배우'를요.

그리고 매번 찌를 때마다 순수한 기쁨의 비명을 질렀던 게 진실입니다.

그리고 정신없이 날뛰다가 그녀 배 속의 8개월 5주 된 아기도 찌른 게 진실입니다. 잠깐 스쳐 간 생각은, 날카로운 정육용 칼이니 그 아기를 제왕절개로 '출산'시킬 수도 있겠다는 것이었지요. 그래서 아기를 찰리에게 가져다주었다면……. 하지만 그 생각을 이어갈 수 없었고 찰리가 칭찬을 할지 욕을 할지 알 수 없어서 위험을 무릅쓸 수도 없었죠.

그 이름 없는 아기에게도 나는 자비를 보이지 않았어요. 아무도 나에게 자비를 보이지 않았기 때문이죠.

여러분 눈에 너무나 끔찍해 보일 이런 행동들을, 나는 뉘우쳐 왔으니까요.

이런 행동들과 다른 것들도, 나는 뉘우쳐왔습니다.

∾

이 감옥에서 나는 백인 여성이니까요.

진흙탕 속 진주. 돼지 앞에 던져진 진주.

갈색과 검은색 피부들 가운데서 나의 피부는 빛이 납니다. 너무나 순수하죠.

'그'가 우리에게 헬터스켈터의 첫 번째 전투를 맡겼습니다.

'그'가 우리에게 '인종 전쟁'의 첫 전투를 개시하라는 임무를 주어 보냈죠.

'그'가 내 이마에 키스했어요. '그'가 나에게 말했어요. "너는 아름다워."

내가 그걸 몰랐었으니까요! 내심 나는 내가 추악하다고 믿었어요.

학교에서, 내가 다닌 모든 학교에서 시선으로 조롱당하고 잔혹하게 비웃음당했으니까요.

열두 살도 안 되었을 때 벌써 검고 거친 털이 머리와 겨드랑이와 아랫배에 빽빽하게 났으니까요. 만지면 죄가 되는 다리 사이 그곳에도. 남자애처럼 근육질인 내 다리에도, 팔뚝에도. 가슴에도 억센 털이 자라서 젖꼭지를 간지럽히고.

그런 내 몸에 대해 찰리는 선언했어요. "너는 아름다워."

다만 피, 허벅지 사이에서 질질 흐르는 진창 같은 피만 제외하고. 몸에서 나는 고약한 냄새도 제외하고.

저리 가. 역겨워. 찰리가 말했죠.

여러분이 말하니까요. "불쌍한 여자! 학대받고 최면에 걸렸지."

여러분이 말하니까요. "제정신이 아니었어."

그중 아무것도 진실이 아니었으니까요. 사랑은 일종의 최면이지만, 내가 선택한 것이었으니까요.

그렇더라도, 찰리는 예쁜 애들을 선호했으니까요.

나는 그 애들을 증오했으니까요. 난 늘 아름다운 소녀와 여자들을 증오했으니까요.

걸레인 어떤 애들은 샤론 테이트처럼 아름답고, 어떤 애들은 나처럼 추한 건 불공평하니까요.

우리가 일을 끝내고 나니, 그녀는 그렇게 아름답지 않았으니까요.

나는 다시는 안 그럴 거니까요! 약속해요.

나는 남자의 뱃살에 포크를 꽂고 나서 덜렁거리는 모습에 웃었지만, 거의 기억을 못 하니까요.

그런 죄들을 예수의 은총을 통해 깨끗이 씻어냈으니까요.

나는 기독교도이고, 내 구원자는 내 마음속에 거주하니까요.

사악했던 게 아니라 나약했던 거니까요.

법 앞에 '죄인'이었지만 신 앞에 '희생양'이었으니까요.

내 눈 사이 갈고리 십자가 흉터가 시선을 끄니까요. 공청회에서 여러분은 생각할 테니까요. '저 여자는 망가졌어! 악마의 표지를 지녔으니 절대 가석방되어서는 안 돼.'

이제 흉터는 희미해졌으니까요. 미리 알지 못했다면 알아보지 못할 테니까요.

내가 '학대당한 여성'이었으니까요. 심리치료사가 말해줬어요.

내 재판은 다시 열려야 하니까요. 내 수감이 끝나야 하니까요. 난 복역을 충분히 했으니까요.

죄가 나의 기억에서 희미해졌으니까요.

'악마'가 있던 곳에 이제 '사랑'이 있으니까요.

～

죽어가던 자들의 피로 그 멋진 집 벽에 썼으니까요. '돼지들에게 죽음을 힐터스켈터.'

내가 아기를 낳을 것도 아니었으니까, '그녀'도 아기를 낳을 수 없는 게 알맞았죠.

그렇게 큰 배라니! 커다랗고 하얀 북 같은 배라니! 소위 돼지를 잡을 때처럼 비명을 꽥꽥 지르며 기어 도망치려 하면, 올라타야 하고, 미끈거리는 그녀의 벗은 등을 허벅지로 꽉 조여서 숙원을 갚아야 하죠.

그녀가 너무 아름다워서, 그 얼굴에서 태양이 빛나는 듯했으니까요.

그녀가 너무 아름다워서, 살 자격이 없었으니까요.

그들 모두, 우리에겐 이방인들이라 살 자격이 없었습니다.

"섬뜩하게 해치워." 찰리가 명령했어요.

그가 그날 밤에 우리에게 준 주소가 그 구불구불한 협곡 도로 위의 집이었으니까요. '거기 아무도 살려두지 마.'

우리는 의문을 제기하지 않았으니까요. (우리가 왜 의문을 제기하겠어요?)

유순한 자들에겐 분노가 정의니까요.

"유순한 자들에게 축복 있으라, 대지가 그들에게 상속되리니" 라고 했으니까요.

내 안에서 불꽃이 타오를 때, 구원받았다는 것을 아니까요.

내가 가석방되어야 할 때니까, 예수가 명령하니까요. "내 권속을 놓아주라!"

여러분은 바보라서, 눈앞에 허연 피부의 늙고 평범한 여자, 무너진 얼굴에 가슴이 허리까지 처진, 무해한 노파가 죄수복을 입고 고개를 조아린다고 생각하니까요. 여러분은 내가 누군지 볼 눈이 없습니다. 찰리는 그 레이저 같은 눈으로 단박에 알아보았는데요. "너는 아름다워."

찰리는 나를 본 지 몇 분 만에 내가 신의 검일지 모른다고 인지했으니까요.

내가 적들의 천벌이 될지도 모르는 일이었으니까요.

나는 수녀가 되고 싶었지만 수녀들이 나를 거부했으니까요.

수녀들이 '나를' 거부한 대가를, 여러분이 모두 치를 테니까요.

여러분이 나를 풀어주면, 나는 더 많은 정의를 실현할 테니까요.

여러분이 감옥의 열쇠를 들고 있지만, 언젠가 여러분도 우리처럼 지옥의 불구덩이에서 고통받을 테니까요.

여러분은 나를 이해할 방법을 찾으려 애쓰는 중이니까요. 그래서 나를 동정할 수 있도록. 나보다 우월해질 수 있도록. '저 여자는 세뇌되었어. 저 여자에게는 책임이 없어. 환각제를, LSD를 먹였어. 정신이 나약해서 광인의 주문에 걸려들었어.'

여러분은 틀렸으니까요. 내 마음속에 무엇이 들었는지 알지 못하니까요.

우리의 아름다운 그리스도였던 찰리에 비하면 여러분은 해충이니까요.

'그'가 여러분을 짓밟아 으깼을 겁니다.

우리가 그녀, '샤론 테이트'를 유명하게 만들었으니까요.

우리가 유명하게 만들지 않았더라면 그 걸레는 지금쯤 잊혔을 테니까요.

그녀의 뜨겁게 맥박 치는 피에 내 손을 담갔으니까요. 그녀의 커다란 배 속에 내 손을 처넣었으니까요. "창자를 꺼내"라고 찰리가 명령했어요.

보이죠? 내가 여러분과 눈을 맞추고 시선을 피하지 않으니까요.

가석방 위원회 앞에서 유순한 척하는 다른 죄수들과 달리 나는 비굴하지 않으니까요.

나는 긍지 높은 여성이니까요. 찰리의 사랑으로 채워진 내 영혼을 감옥이 꺾지 못했으니까요.

여러분이 나에 대한 혐오로 가득 찼음을 나도 볼 수 있으니까요. 내가 여러분에 대한 혐오로 가득 찼듯이.

죽고 나서도 그녀의 눈은 녹은 설탕 색이었고, 피부는 흠 하나 없이 너무나 부드러웠으니까요……. 난 찰리에게 가서 말할 생각이었어요. '그 집에 다시 가서 그녀의 가죽을 벗길 거야! 돌아가서 가죽을 벗겨야 할까!'

찰리는 웃으며 이렇게 말했을 거라고 확신했으니까요. '그래! 돌아가서 그 걸레의 가죽을 벗기고 그걸 입고 나한테 돌아와. 그러면 누구보다 아름다울 테니 난 누구보다 너를 사랑할 거야.'

그렇게 되진 않았지만 이후 일어난 많은 일들보다 나한테는 그게 훨씬 진짜처럼 느껴지니까요.

나에게는 여러분 중 누구보다 찰리가 진짜처럼 느껴지듯이요.

그럴 수만 있다면 우리는 이로 여러분의 목을 물어뜯을 테니까요.

이제 끝났으니까요. 나의 (마지막) 가석방 공청회가.

내가 여러분에게 저주를 남기고 떠나니까요. '돼지들에게 죽음을.'

친밀감

그가 너의 괴로움을 소망한다고 믿을 이유는 없어. 네가 위험에 처했다고 믿을 이유도 없고.

네가 그에게 조심스레, 정중하게 말하는데, '친절한 미소'를 지으며 말하는데, 그가 제대로 듣고 있지 않는다고, 말없이 분노의 표정으로 너의 입 움직임만 노려보고 있다고 생각할 이유는 없어.

그가 무기를 가지고 다닌다고, 헐렁한 옷 안에, 반쯤 지퍼를 올린 파카 안에, 카키 작업 바지의 수많은 주머니 안에, 무릎 위 때 묻은 캔버스 백팩 안에, 무기 같은 걸 가지고 다닌다고 믿을 이유는 없어.

그럼에도, 너는 경계하지. 긴장하지. '아냐, 그럴 리 없어. 바보처럼 굴지 마' 하고 스스로를 다독이면서도.

너는 스스로가 깨어 있는 사람이라는 데, 침착하고 균형 잡히고 타협과 중재 성향이 강한 인간이라는 데 자부심을 가졌지. 분란주의자가 아니라는 것에.

불안한 건 상황의 친밀함이야.

친밀함. 두 사람 사이 밀접함. 중년의 (여성) 교수와 20대 후반 (남성) 학생이자 작가이며 군 복무자, 두 타인 사이 밀접함. 어쩌다 좁은 공간, 20제곱미터의 지하 대학 사무실에 함께 있게 된 밀접함.

친밀감이 고조된 때는 어느 11월 평일, 꾸물거리는 날씨의 늦은 오후, 그래서 5시 15분이 되자 사무실의 지저분한 창문 밖은 어둑해졌고, 오래되고 검박한 석조 건물, 라이먼 어학관은 황량해졌어.

그 밀접함이 너에게 너무 스트레스여서, 심장박동이 빨라지고 옷 아래 상체에서 땀이 솟아나지만. 사무실 공기는 잘 맞지 않는 창틀에서 새어 들어오는 웃풍 때문에 차가워.

그럼에도 (그가 원고에 밝힌 작가 이름에 따르면) 개* **프가 너에게 딱히 적대적이라고, 더구나 적대적으로 행동할 거라고 믿을 이유는 없지만. 네가 본 개* **프의 산문 작품들은 폭력, 잔혹, 가학성에 깊이 잠겼고, 라이먼관 3층 너의 세미나실 밖 복도

236

에서 이전에 대화할 때 그가 이렇게 내비치긴 했어. '뭔가 일을, 자랑스럽지 않은 충동적인 일들을 저질렀어요, 교-수-님.'

∽

'교-수-님.' 나지막이 끄는 호칭, 미소 비슷한 것을 만들려는 비틀린 입술, 그리고 너의 얼굴로 이동하는 호전적인 시선.

그리고 뒤늦게 생각난 것처럼 이따금 덧붙이는 '부인'.

∽

면담 시간에 20분 늦은. 그래서 너는 아이처럼 천진하게 생각했지. '안 올지도 몰라……'

크로프는 이전 면담도 어긴 적 있어. 최근 수업도 빠졌지. 사는 게 복잡하다고, 책임져야 할 것들이 있다고 내비친 적이 있어. (크로프가 결혼했을까? 크로프가 남편, 아버지일 수 있을까?) 그런 것들로부터 쉽게 놓여날 수가 없다고. 그러니까 그가 등록한 소설 쓰기 워크숍이 목요일 오후에 모이는데, 일부 시간이 겹치는 다른 일을 하고 있다는, 혹은 해야 한다는 거고 그 일은 아마 군 복무자인 입장과 관련이 있는 듯해. (재향군인 병원

치료? 재활?)

그럼 개빈 크로프는 출석하기 힘든 수업을 왜 들을까?

퉁명스레 나온 대답은, 생각에 잠긴 연푸른 눈과 비뚜름한 미소와 '당신 때문에요, 교-수-님'.

～

(열린) 사무실 문에서 날카로운 노크 소리.

"안녕하세요! 들어와요……."

너의 인사는 친절하지만 사무적이야. 교수와 학생 간의 관습적 거리를 무너뜨리는 데만, 경계선을 지우고 '친밀감'을 다지는 데만 관심 있다는 걸 여러 가지로 드러내는 이 공격적인 젊은 남자와 거리를 유지하는 데 꼭 필요한 인사.

그럼에도 개빈 크로프는 복도에서 머뭇거리며 구부정하게 서서 응시해. 문에 노크도 했고 문은 면담 시간 중에 늘 그렇듯이 열려 있음에도, 네가 그에게 인사를 했으며 들어오라고 했는데도, 여전히 그는 망설이며 수줍어 보여. 그의 얼굴, 멀리서 보면 매력적으로도 보이지만 가까이서 보면 찌푸리며 의심하는 표정. 마치 '내가 너무 일찍 왔나? 시간을 잘못 맞춘 거야? 정말 들어가도 돼?' 생각하는 듯.

"어서 들어와요. 개빈."

너는 억지로 목소리를 높이며. 더 크게 미소를 지으며. 그의 이름을 불러. 개빈.

입 안에서 이상하게, 혀가 부푼 듯 느껴지는 이름, 개빈.

역사적으로 대학에서 교수가 학생을 성으로, '미스터', '미스'로 부를 때도 있었지만 지금은 그런 시대가 아니니까. 이 외견상 민주적인 시대에 호칭은 이름으로.

인상 쓴 젊은 남자에게 맞아요, 약속 시간 됐네요, 하고 안심시키며. 빠르지는 않았고 (아주) 늦지도 않았지.

신중하게 개빈이 사무실로 들어와. 키가 커서 180은 훌쩍 넘어 보이지만 고개를 숙이고 어깨를 웅크린 구부정한 자세로 움직이며 마치 그를 쫓아내려는 힘의 장 속에 들어와서 경계를 하는 듯해.

(참전 군인이기 때문에? 전투 후유증에서 완전히 회복 못 했기 때문에? 주변을 불신하고 두려워하는 것이 제2의 천성이 되었기 때문에? 군대에 들어가 아프가니스탄에 파병되기 전부터도 늘 그런 불안과 의심을 가지고 행동하는 것이 개빈 크로프의 천성이 아니었다면 말이지.)

웅얼거리는 소리가 "감사합니다, 교-수-님. 부인"과 비슷하게 들려.

이것이 조롱이라도 아는 체하지 않아. 진실로 너는 이 면담에 대해 희망과 낙관을 느껴.

'면담'이란 단어가 선택됐어. 학생들이 사무실에 들러 교수와 '면담' 약속을 잡아. 전주에 수업에서 당황스러운 대화를 나눈 후 개빈 크로프는 꼭 집어서 오늘 오후에 면담을 요청했어.

희미한, 미세한 편두통이 소뇌 어딘가에서 팔딱거리기 시작한 건, 몇 분 전 켜야 했던 추한 형광등 불빛 때문이야. 그러지 않았으면 너와 개빈 크로프는 땅거미가 내리는 대학 건물의 음산한 고요 속에서, 어둑한 사무실에서 면담을 해야 했을 테니까.

때 묻은 (뭔가 무거운 게 담긴 듯한) 백팩을 껴안고 크로프는 들어와 네 책상 옆 의자에 앉아. 짐을 내려놓듯 한숨을 쉬어. 불가해한 미소 안에 변색되고 고르지 않은 치아가 드러나.

너무나 갑자기, 너무나 가까이, 책상 모서리 너머 겨우 10여 센티미터 떨어진 곳에. 흠칫하며 보지 않으려 해도 어쩔 수 없이 보이는 젊은 남자의 얼룩덜룩한 피부, 뻣뻣한 다갈색 머리칼이 듬성해진 관자놀이, 면도 안 한 턱, 되바라진 황갈색 눈은 금 간 유리 같아.

그의 입 왼쪽에는 굵은 흰 벌레 같은 흉터. 어쩔 수 없이 빤히 보게 되고, 그것이 너를 마주 노려보는 듯해.

크로프의 산문 한 편에 보면, 형이 동생을 밀쳐서 동생이 어떤

240

정교한 기계에 다치는 사고를 당해. 특히 얼굴이 훼손되지. 자전적 내용이라고 추측할 권리는 없다는 걸 알지만, 크로프 얼굴에 흉터가 남은 건 그 사고 때문이 아닐까 다소간 짐작돼.

전쟁 때의 부상이 아니라면 말이야.

전쟁 때문이라면 개빈 크로프의 옷 안 다른 곳에도 흉터가 있을까 궁금해져.

'감춰진 흉터들은 어떨까? 그것들이 가장 추하겠지.'

지하 사무실이 더 컸더라면 알루미늄 책상이 다른 방향으로 놓였을 테고 너는 책상 뒤에, 학생은 책상 앞에 앉았겠지. 1, 2미터 정도의 적당한 거리가 둘 사이에 벌어졌을 거고. 하지만 사무실은 크지 않고 쓸데없이 큰 책상 두 개가 대부분 공간을 차지해. 너는 객원교수라서, 아무리 '특임' 직위여도 임시직이며, 문에 더 가까운 책상을 배정받았어. 방문한 학생은 너와 직각으로 앉아서 너랑 비스듬히 마주 보아야 해.

사무실을 같이 쓰는 전임 교수, 네가 아직 못 만난 교수의 책상은 뒤쪽에, 웃풍 센 창문 옆의 좋은 자리에 있어. 이 인간은 르네상스 관련 책들과 대학 자료들로 책장을 채웠고 대부분 몇 년 지난 것들이야. 먼지 쌓인 창턱에 놓인, 작은 고양이 크기의 셰익스피어 흉상은 스트랫퍼드어폰에이번의 싸구려 기념품 가게에서 샀을 법하고, 한쪽 벽에 붙은, 영화 〈셰익스피어 인 러브〉

의 발랄한 포스터가 바래가고.

너의 일터라 생각되는 곳. 이 건물 3층의 세미나실 하나와 함께 배정받은 이 삭막한 지하 사무실.

물론 이 푸대접의 '일터'에서는 '일'을 하지 않아. 여기는 학생 면담에만 사용해.

이번 학기에는 지금까지 면담이 거의 없었어. 대학에서, 너에게서 최대한 뽑아먹으려고 결심한 듯 보이는 개빈 크로프를 제외하면.

황혼이 아닌 낮이었다면! 이렇게 불안하진 않았을 텐데. 라이먼관이 이렇게 조용하지 않았다면…….

오래된 건물이지만 낮에는 생기로 부글거려. 시체에도 전류를 흘리면 부르르 떨듯이. 천둥 같은 젊은 발걸음들에 나무 계단이 부르르 떨며 그토록 젊은 에너지를, 무게를 받아내고. 드높은 목소리와 웃음들. 그런 시간엔 인간이라는 종족의 황량한 익명성도 누그러지고, 셰익스피어의 괴상한 싸구려 흉상과 빛바랜 포스터가 드러내는 인간적 소망들의 허영심도 거리를 두고 볼 수 있어.

네가 참을성 있게 기다리는 동안(선택의 여지가 어디 있어? 여기 갇혀 있는데) 크로프가 백팩을 뒤져. 그는 고개를 숙이고 시끄럽게 입으로 숨을 쉬지. 울긋불긋한 이마에 옅은 땀이 번들거리고.

너는 우려의 전율을 느껴. 터무니없는 우려라고 확신하지만. 저 백팩에, 혹은 크로프가 품속에, 무기를 숨기고 있다고 우려하는 거야.

총, 나이프. 그의 관절 굵은 손은 둘 다에 능숙할 거라고.

그의 인상주의적 산문 한 편에는 1미터 길이 와이어가.

'그런 길이의 와이어는 용도가 뭐지?' 네가 그에게 물었어.

크로프는 으쓱하며 웃었어. 얼굴에 기분 좋아 보이는 홍조가 번졌고 눈엔 물기가 돌았어.

'긴 와이어의 용도가 대체 뭐냐고요, 교-수-님?'

'문학이란 독자에게 '상상'을 불어넣는 거 아닌가요?'

(몇 주 전 면담 때 이 대화를 했어.)

크로프한테 주눅 들지 않을 거라고, 너는 생각해. 안 되지.

예의 바르게, '친절한 미소'를 띠고, 뭘 도와줄까 젊은 작가에게 질문을 던져. 형식적 질문이지만 그는 마치 수수께끼라도 되는 듯 고민해.

"고마워요, 교-수-님! 하지만 아실 거라고 생각해요."

"……내가 안다고?"

이건 놀라워. 이건 엷게 가려진 위협이야. (그런가?) (하지만 크로프는 계속 미소를 지어.) 직각의 위치에서 크로프는 목을 필요 이상으로 비틀어, 마치 진짜로 무슨 기계에 걸려서 불구가 되기 직전의 사람처럼. 여전히 헐떡거리고 입으로 숨을 쉬면서. 약을 먹었나, 너는 생각하지. 약이 그를 진정시켰는지 아니면 집중력을 높였는지. 스테로이드? 코르티손? 피부에 열기가 보여. 마치 세미나에서 그의 작품을 다른 젊은 작가들이 (주의 깊게, 신중하게) 평할 때처럼, 그러고 나서 마지막으로 네가 평을 할 때처럼, 피부에 열기를 띠며 크로프는 깨진 유리 같은 황갈색 눈으로 대담하게 시선을 너에게 고정해. 유리 눈의 인형 같은 시선을.

뻔뻔한 친근함의 몸짓을 너는 무시하려 노력할 뿐이야. 그저 크로프가 자신의 모습을, 광기 어린 응시가 어떻게 보이는지, 잘 의식하지 못해서 그런다고 너는 스스로를 다독일 뿐이야.

너를 대하는 그의 방식에 내포된 '친밀감'.

네가 인정하지 않으려 노력하는 '친밀감'.

타인에 대해 본질적인 것은 알지 못하면서도 너무 많이 안다는 것. '친밀감'.

정말 크로프는 세미나실에 들어올 때처럼 사무실에 들어올 때도 비딱하게 힐끗거리며, 눈이 머리 양쪽에 달린 동물처럼 두 방향을 동시에 보는 듯한 태도였어. 혹시 뇌신경에 문제가 있는 건 아닌가 싶었지. 그냥 평범한 서투름, 일종의 버릇일 수도 있지만. '난 이래! 받아들이든지 꺼지든지.'

(돌이켜보면) 고등학교에 흔한 유형, 보통은 남성, 어색함이

흘러나와 인근 타인들에게까지 넘치는, 마치 들고 다니는 그릇에서 지독한 액체를 쏟아 주변 사람들이 피해 다니게 만드는 듯한 인간형. 혹은 그보다, 크로프는 너에게 이런 공격적 은유에 대한 영감을 주는데, 코와 입을 가리지 않고 마음껏 재채기를 해서 공기 중에 세균 폭탄을 터뜨리고 특정 범위의 모두를 감염시키는 인간 같은 유형.

그러고 보면 그의 이런 어색함은 계산된 것이라는 인상이 들어. 그는 어떻게 해선지 보통 다른 (열네) 학생들이 긴 탁자 둘레에 자리를 잡은 후에야 세미나실에 들어오고, 그래서 남은 자리가 교수 바로 옆자리뿐이곤 하니까. (학생들은 암묵적 합의 같은 것에 의해 가능하면 교수 가까이에 앉지 않아. 권위의 인물에게 너무 가까이 가는 것은 금기 위반이니까. 약한 금기이긴 해도.)

중립적 관찰자가 보기엔 덤벙거리고 갈팡질팡해 보일 수도 있는 모습으로, 그렇게 교묘히 크로프는 네 옆에 앉아 세 시간 동안 워크숍에 참석해. 네 옆으로 의자를 직직 끌며. (하지만 너무 가깝지는 않게. 크로프라도 감히 교수의 개인 영역으로 너무 노골적인 침입은 못 해.)

세 시간 동안! 마치 초등학교에서 교사 뒤쪽에 선 아이가 까불거리며 온갖 표정을 지어 다른 아이들의 웃음보를 자극하는 기분 나쁜 장면이 떠오를 정도야.

하지만 크로프는 그렇게 유치하지 않아. 동급생들에게도 별 관심이 없어.

다른 학생들도, 다들 꽤 진지한 작가이며 한둘은 진정한 재능을 지녔는데(너는 그렇게 생각하고 싶어), 이런 크로프의 무례를 좋게 보지 않을 거야.

크로프가 세미나실에서 네 옆에 앉는 건 너의 권위를 나눠 받고 싶어서일 가능성이 더 커. 학생들이 네 쪽을 보니까 '그'도 살피게 되겠지.

그리고 너는 인정하기 싫겠지만 크로프는 너에게서 눈을 못 떼는 듯해…….

'보이지? 내가 당신 옆에 앉았어. 손을 뻗으면 만질 수도 있어. 네 손목을, 팔을, 머리칼을, 뺨을.'

그렇게 크로프가 바싹 붙어 앉아, 네 옆얼굴을 응시하고 흘금거리고 깜빡이고 노려보는 매주 목요일 오후 세 시간, 한 해가 저물어가며 하늘이 매번 더 일찍 어두워져서, 워크숍이 해산할 때쯤엔 땅거미가 깔려. 네가 말하고 있으면 그는 종종 동의한다며 고개를 끄덕이고 때로는 격렬하게 끄덕이지만, 이따금(너는 추측만 해. 되도록 그를 보지 않으려고 고개를 돌리지 않으니까) 동의하지 않으며 고개를 젓기도 해. 심지어 그는 혼자 중얼거리고 인상을 쓰면서 의자에서 불안하게 들썩이고, 네 모든 언급이 귀중하다는 듯 열렬히 필기를 하거나 뾰족한 표정으로 필기를 중단하기도 해. 심지어 눈을 뜨고 입을 헤벌리고 마비와도 같은 몽환 상태에 빠져들기도 하지. (지루함 때문이 아니라고 그가 설명했어. 아뇨! 수면 부족 때문이에요.)

크로프의 작품이 토의되는 동안 그는 꼼짝도 안 해. 가만두지 못하던 다리도 뻣뻣해져. 자신을 위장하려던 조치, 원고의 저자를 개* **프라고 한 것 등은 다 장난이었던 거야. (아마도.) (하지만 그게 재미있나? 아무도 웃지 않았어.) 한번은 학생 작가들 중 하나가 성실하며 괴로운 방식으로 뭔가 '친절하고 고무적이며 공격적이지 않은 말'을 하려 할 때 옆을 흘긋 보니 그의 얼굴이 분노로 팽팽하게 당겨져 있었어. 어금니 갈리는 소리가 들렸다고 장담할 수도 있어. 그야말로 가장 친밀한 소리, 밤에 잠들지 못하고 누워 깨어 있을 때 옆에 누운 연인에게서나 들을 법한 이가는 소리였지.

내키지 않는 생각이 떠올라. '그는 우리 모두의 목을 찢어버리고 싶나 보다.'

∽

이곳은 미국에서는 오래된 (도심의) 대학이야. 미국인들의 상상 속에서 신화가, '위엄 있는' 존재가 된 강의 강변에 있는.

　정부에서 무상으로 토지를 받은 공립대학으로, 아주 크지는 않지만 최고의 명문 중 하나야. 혹은 최근까지는 그랬지. 현재의 공화당 주지사와 공화당 주의회는 수백만 달러의 주 교육예산을 삭감해서 '교수들의 목을 옥죄었다'고 뻐겨. 언론에서 재미있다고 써먹은 표현이야.

　중년(에 가까운) 나이에 너는 여기서 가을 학기 동안 객원교수를 맡게 되었어. 정식 명칭은 인문학부 초빙 특임교수.

　네가 여기 처음 왔고 창작을 가르치는 강사도 거의 없어서, 겨우 열다섯 명 정원인 너의 '상급 소설 창작 워크숍'에 백 명 이상의 학생이 지원했어.

　너는 아주 주의 깊게 지원서와 첨부된 소설 견본을 통독했어. 읽고 또 읽었지. 냉정한 일 처리의 너는 안 뽑히면 큰일 난다는 학생들의 읍소를 무시했어. 졸업반이라든가, 네 작품의 오랜 팬이라든가 하는 사례들이었지. 그런데 나이가 좀 많은 교양학부 학생, 첨부한 견본 작품이 거의 모호함에 가까웠던 개빈 크로프에 대해서는 망설였어. 자신의 정체성을 군 복무자로 설정한 그에게, 주고 싶었으니까. 누가 물으면 '호의 우선의 원칙'이라고 답할 만한 혜택을.

　그러니 이제 한탄해야 할지도. '네가 자초한 거야. 클리셰에

빠지다니. 누구 탓을 하겠어!'

∽

　크로프가 떨리는 목소리로 말을 꺼내. 솔직하게 이야기하고
싶다고.

　그래서 자연스레 너도 동의해. 물론이라고.

　"내 생각에는, 교-수-님, 우리 세미나에서, 다른 작가들이 나
를 정당히 대우해주지 않는 것 같아요. 당신도 마찬가지로."

　이 퉁명스러운 고발에 아무 대답도 생각나지 않아. 정당하지
않다니! 예상치 못한 불평.

　크로프에 대해 최상급 찬사를 보류했던 건 사실이야. 너는 원
칙적으로 창작 수업 학생들에게 과도한 칭찬을 남발하지 않아.
그러나 네가 누구 작품을 우월하다고 생각하는지, 학생들은 그
리 어렵지 않게 판단할 수 있(다고 너는 생각하)고 그건 보통 다
른 이들도 우월하다고 보는 작품이야. 그렇다고 크로프의 작품
을 너는 비난하지는 않아. 너는 누구의 작품도 '비난'하지 않으
니까. 하지만 그의 작품을 칭찬하지도 않아. 너의 평은 짤막하고
외교적이야. 문장과 문단에 머물러. 칭찬의 경우엔, 크로프가 보
여주는 특정한 언어의 '독창성'에 대해서.

그런데 지금 크로프는 격앙돼 있어. '세계적으로 유명한 교수'의 세미나에 받아들여진 게 우라지게 감사했다고 하면서. 너무나 의미 깊은 기회였기에 (거의) 무릎을 꿇고 감사를 했다고. 마치 네가 손을 뻗어 그의 심장을, 박동하는 기관을 만져준 것 같았다고.

이제 그의 기분이 달라졌어. 실망했어. 환상에서 깨어났어. 세미나에 처음 제출한 작품부터, 평가에 일종의…… 편견 같은 것이 있었다고 이야기해. "거의 인종차별과도 같은" 편견이라고 하지.

'인종차별?'

"그러니까, 나는 백인 남자죠. 지금 이 나라에선 일종의 소수자예요……."

너는 조용히 지적하려 해. 워크숍의 학생 다수는 '백인'이라고. 열다섯 중에 적어도 열한 명.

하지만 크로프는 손을 내저어 이를 일축해. 격하게 표정을 구기며.

"그러니까, '백인' 여자는 그들 편을 들잖아요. 그건 분명하죠. 당신네 모두 나를 공격하고."

'그들 편을 들어? 누구의 편을?'

너는 개빈에게 무슨 말인지 잘 모르겠다고 말해. 하지만, "미안한데……."

"미안하다고 하지 말아요! 그걸로는 안 돼요."

"하지만 내가 뭘 안다는 건지……."

"그럼 들어봐요! 내가 하는 말을 들으라고요. 말을 막지 말고, 제발, 교-수-님."

크로프의 떨리는 목소리에 담긴 것은, 분노? 원한? 입 옆의 하얀 벌레가 꿈틀거려.

너는 책상 앞에 꼼짝 않고 앉아서 격노가 지나가길 소망해.

네가 침착하면 이 인간의 격앙도 가라앉을 거야. 네가 정상적으로 호흡하면 이 인간도 정상적으로 호흡할 거야. 그렇게 스스로에게 말하지.

(머릿속으로 재빨리 계산해. 크로프에게 잡히지 않고 문으로 나갈 수 있을까? 불가능해.)

(근처 사무실에 누가 있을까? 오후 5시 55분에 라이먼관 지하에 누가 있을까?)

눈이 붉어진 크로프가 누그러져. (어쩌면) 네 놀란, 겁먹은 표정을 보고.

"좋아요, 무의식적인 것이었을 수 있죠. 의식적이지는 않았을지도 몰라요. 내 글에 대한 무지하고 편견 가득한 그 애들의 발언, 랭보나 릴케의 산문시에 대해서도 편협하고 진부한 말을 했을 거예요. 윌리엄 버로스에 대해서도 그랬겠죠. 비트겐슈타인에 대해서도. 그 애들은 작가가, 예술가가 아니니까요. 서넛만 빼고 다 나보다 어려요. 오랫동안 '어린' 건 나였는데."

크로프가 콧김을 뿜으며 분개해. "그러니 그 애들이 내 글에 대해 한 말은 온전히 의식적이지 않을 수도 있다고 봐요. 진짜 창작이 뭔지 모르는 거죠."

거칠고 상처받은 목소리로 크로프가 수업에서 자신의 작품에 조준된 '편협한 비평'의 사례들을 나열해. 설령 주저했거나 아무리 악의가 없었어도 모든 언급을 기억하고 있어. 그가 어떤 작품을 쓰는지 이해하려 시도조차 하는 이가 없었다고 주장해. '동정'하는 이도 없었고.

"자기들이 나보다 낫다고 생각하는 거죠. 내가 군 복무를 했으니까. 나라를 위해 봉사하고 부상당하고 한 것이 지금 미국에 있는 놈팡이들을 위해서였으니까."

재빨리 너는 부정해. 저항해. 그건 사실이, 아니라고…….

크로프가 책상 위의 원고를 당신에게 밀치며 봐달라고 해. 여기저기 구겨지고 찢겼어. 마치 쓰레기통에서 꺼낸 것처럼.

(네가 이 산문 작품들을 다시 볼 필요는 사실 없어. 이미 한 번 이상, 두 번 이상 읽었어. 크로프에게 도움이 될 논평도 달았으니 그것으로 충분해.)

'산문시'라고 그는 불러. 소설이 아니라, 시가 아니라. 실제 있었던 일이 아니라, 지어낸 게 아니라.

크로프가 진짜 분노한 것인지 냉정하게 계산된 태도인지 판정하기 어렵고. 장광설 중간에 그는 잠깐 물러나 자신의 말이, 열띤 태도가 너에게 어떤 영향을 끼치는지 관찰하는 듯해.

'교-수-님. 부인.'

그는 너에게 화가 난 것일까? 배신감을 느끼는 것일까? 이것은 (아니라고 너는 확신하지만) 일종의 성적인 악의일까? 아니면 크로프는 단순히 너를 조종하고 싶은 것일까?

그가 너에게 바라는 게 있나? 혹은 아무것도 바라지 않나?

(그래, 라이먼관에서 수업이 끝난 후 너는 크로프를 보았거나 그와 아주 닮은 누군가를 보았어. 좀 떨어진 복도에서 음흉하게 너를 관찰하는 그를 보았어. 아마 3층 남자 화장실에 숨어 있다가 네가 아래층으로 내려가기 시작하면 서두르지 않고 소리 없이 너를 쫓아 내려오는 걸 거야. 크로프가 수업 후 다른 학생들을 피하는 것도 너는 보았어. 다른 학생들이 그를 피하는 걸 수도 있지만. 그러고 나서 아마 그는 지하층까지, 심지어 이 사무실까지 너를 쫓아왔을 거야. 또한 너를 따라 건물을 나와서 주차장까지도, 높은 기둥들 위에서 조명이 빛나는 곳까지도 쫓아왔을지도 몰라……)

(어쩌면 이 모든 관찰은, 이것이 관찰이라면, 우연의 일치일 뿐인지도 모르지. 네가 우려할 일은 전혀 없고, 혼자 사는 여성에게 그다지 우호적이지 않은 세상에서 혼자 사는 여성의 걱정일 뿐인지도 모르지. '혼자 사는 것'이 뻔뻔하고 여자답지 못한 선택이라도 되는 듯한 세상이지만 선동에 나서는 성향이 아니니, 너는 항변하지 않을 거야.)

(또한 크로프가 너에게 매혹되었다고 너는 믿어. 그의 무례, 오만에도 불구하고. 너의 소설 하나가 수업에서 사용되는 인기 미국 문학 선집 하나에 포함되었다는 것은 '아주 인상적!'이니. 크로프가 네 작품을 읽었거나 네가 그의 개별 글들에 붙인 조언을 고려할 정도로 관심이 있는 것은 아니고, 그보다는 거꾸로, 인문학부 초빙 특임교수라는 직위를 숭배해서, 그 영예가 자신에게도 묻어나기를, 자신이 너의 가장 재능 있고 대담한 학생이 되기를 희망하는 거지.)

워크숍에서 크로프는 자주 고립되어 침묵해. 그의 키, 태도, 아프가니스탄 참전 군인이라는 지위 같은 것들은 그의 산문시에 주변적으로만 암시되었으나 다른 학생들이 그를 존중하면서도 방어적으로 경계하게 만들었어. 크로프가 친근하게 굴었다면 그들은 녹아내리며 호감을 흘려댔을 거야. 그의 글이 다른 학생들과 본성적으로 너무나 다르다는 점을 무시했을, 혹은 무시하려고 노력했을 거야. 하지만 그들과 달리, 그리고 그들의 교수와 달리, 크로프는 선뜻 '미소'를 짓지 않아.

우리 부류 중 누가 '미소'를 짓지 않으면 우리는 혼란스러워. 어디를 봐야 할지 몰라 하며 위협을 느껴.

워크숍에서 크로프는 다른 학생들의 작품을 평하는 일이 드물어. 그의 반응은 오만한 으쓱거림, 무관심. '괜찮아요.' '나쁘지 않아요.'

정말, 크로프는 워크숍에서 나이 많은 학생들 중 하나인 데다 (지금까지 알기론) 유일한 군 복무자야. 그리고 '인문대학'이 아닌, 주 거주자라면 누구나 등록할 수 있는 '교양과정'이라는 잡다한 분과에 소속된 유일한 학생이야. 크로프는 군 복무자니까 수업료를 내지 않고 심지어 장학금을 받을 거라고 추측돼.

이따금씩 불가해한 이유로 크로프는 수업 중에 벌떡 일어나 알아들을 수 없는 변명을 중얼거리고 백팩을 움켜쥔 다음 세미나실을 휙 나가버려. (그는 절대 그 커다란 백팩을 곁에서 떼어 놓지 않으니까. 목숨 걸고 지키는 듯하니까.) 그는 최대 40분까지 자리를 비우기도 하지만 결국은 돌아오며, 또 다른 알 수 없는 변명을 중얼거리고는 요란하게 의자 끄는 소리를 내며 다시 자리에 앉아. '간신히 제정신을 유지하고 있는 거야' 하고 너는 생각하기 쉽지. 그리고 '외상 후 스트레스 장애로군' 하고 생각해.

그런 말을 네가 개빈 크로프에게 할 리는 없어. 그는 '지겨운 옛날 클리셰'들을 비웃으니까.

(하지만 '지겨운 옛날 클리셰'라는 말도 '클리셰' 아닌가? '지겨운' 그리고 '옛날'이라고 하는 게 더 클리셰 아닌가?)

워크숍 첫 번째 모임 때 크로프가 진지한 작가라는 건 분명해졌어. 다른 학생들과 달리 그는 한 뭉텅이의 원고를 가져왔고, 그의 말에 따르면 그건 어디를 가든 가지고 다니며 절대 '시야 밖으로' 내보내지 않는 원고였으니까.

크로프는 때 묻고 라벨 붙인 폴더 안에 든 원고를 끌어안고 잔다고 해. 다른 학생들처럼 이메일로 과제를 제출했으니 크로프의 작품도 컴퓨터 파일이 있겠지. 하지만 그가 '작업 방식'에 대해 하는 말을 들으니 전자 기기는 믿을 수가 없고 인쇄된 종이만 믿는 모양이었어.

"전 세계적 정전이 일어난다면 싹 잃고 망연자실하는 사람들이 있을 겁니다. 미리 대비를 해둔 사람도 있겠죠. 다람쥐가 식량을 묻어두듯이. '적자생존'의 상황이 되겠네요. 나는 그 범주에 속한 사람, '적자'가 되려고요"라고 하면서.

크로프는 자신이 제출한 작품에 만족하는 법이 없는 듯하면서도 남의 비평을 받아들이지 않아. 너에게서는 일부 편집상의 제안을 수용하며 마지못해 감사하다고 하지만 다른 학생들이 제안을 하면 분개해서 돌처럼 굳은 얼굴이 돼. 다른 학생들은 '앞으로 기대된다'고 조심스럽게 말했어. '강력한 소재', '이해하기 힘든', '논란의 여지가 있는'. 그들은 불편한 표정으로 말하면서 적합한 단어를 애써 골랐어.

아무도 우리 모두가 생각하는 단어를 말하지 않았어. '잔혹한', '무서운', '외설적인'. '읽기 힘든'. '이제 그만!'

'회고록'을 조합하고 있다고 크로프는 말해. 하지만 동시에 그건 허구라고. 그의 테마는 일상 현실을 습격한 허구, 그리고 허구를 습격한 일상 현실. "군인일 때는, 예전의 자아, '진짜 자아'의 절반만 남죠. 그리고 뭔가 다른, '낯선 자아'가 절반을 채우고." 그의 산문이 신빙성을 의심받으면 크로프는 의기양양하게 말해. '미안합니다! 정말 이랬어요.' 혹은 '미안해요! 이건 허구잖아요? 지어냈다고요' 하고 의기양양하게 말하지.

이제 그는 고집을 부리며 가장 최근 산문 작품을, 지난주 워크숍 때 제출했던 글을 큰 소리로 읽어. 너는 경악하고 거의 포기해. 이 단편은 가장 이해하기 힘든 작품 중 하나야. 숨도 못 쉬게 뻗어나가는 의식의 흐름과 환상은 어느 인간(아이?)의 헛된 고군분투를 그려내는 듯해. 그는 성적으로 폭행(?)당하는 동시에 목이 졸리고 있어. (어떤 것도 확정적이지 않아. 크로프가 자신을 릴케, 랭보와 같은 반열에 올려 '진부한 구체적 사실'에 얽매이지 않으려 하니까.) 차분히 감내하며 너는 손을 마주 잡고 책상 앞에 앉아 있어. 고개는 살짝 숙여서 형광등에 자극받은 편두통의 임박을 피하는 동시에, 크로프의 격앙된 목소리를 진중하게 듣고 있다는 티를 내려 애써. 고통을 느끼지 않으려, 얼굴 표정에서 내보이지 않으려 애써. 선생으로서의 우려, 배려 중 하나야. 안면경련 같은 '친절한 미소'도 지어.

사실 너는 그에게 몹시 화가 나. 겁을 먹었어. 혼자 남을 때까지는 편두통 발작을 막아보고 싶어. (크로프의 연민, 더구나 위로는 절대 피하고 싶어. 기절할까 봐, 더러운 바닥에 쓰러져 크로프가 일으켜주는 무기력한 상황이 될까 봐 두려워.) 마치 크로프가 너를 불시에 밀친 것 같아. 힘껏은 아니더라도 깜짝 놀라 굳어버릴 정도로는 세게.

크로프의 주요 소재는 장기간에 걸친 아동 학대인 듯해. 가죽 띠로 하는 매질이 나오고 철사로 묶는 게 나오고 정교한 장치들이 나와. (때로는 승강기 같은 장치, 부품들이 노출된 그 장치 안으로 아이를 밀어 넣어.) 때로는 개빈 크로프가 학대받는 아이 같고, 때로는 더욱 오싹하게도, 크로프의 남동생이 학대를 받는 아이이고 그 학대가 '과거 시제'가 아니라 '현재, 진행 중'인 듯해.

오늘 저녁 너의 사무실에서 크로프는 네가 아는 부분, 최근 수업에 제출했지만 다른 학생들의 언급을 많이 끌어내지는 못했던 부분을 지나서 계속 읽어. 고문받는 아이에 대해, 그런 모호한 '시적' 산문에 대해 뭐라고 할까? 아무도 그 글의 진지함을, 내용에 대한 글쓴이의 헌신을 의심할 수 없어. 하지만 아무도 어떻게 반응해야 할지 알 수 없어서, 그저 이미 워크숍에서 되풀이 되었던 말들을 또 사용할 뿐. '이해하기 어려워요', '모든 문장을 따라가기가 힘들어요', '무슨 일이 벌어지는지 누가 누군지 알 수가 없어요'…….

새 원고, 크로프가 숨도 제대로 못 쉬고 흥분해서 읽는 글은 평소보다 더욱 생생하고 고통스러워. 시적인 단문의, 목을 조르는 묘사, 마치 사드, 윌리엄 버로스, 장 주네가 협업한 것처럼. 여덟 살짜리 피해자의 목소리로 무시무시한 고문 장면을, 쥠쇠에 의한 목 조르기를 자세히 설명해. 소년(크로프?)이 의식을 잃을 때마다 목 조르는 사람(크로프?)이 쥠쇠를 풀고, 소년이 다시 의식을 찾으면 목 조르는 사람이 다시 쥠쇠를 조이고……. 계속 또 계속, 극도의 괴로운 '시적' 언어로 이어지다가, 어느 정도 시간이 지나면 고문당하는 아이가 (실제로) 있는 건지 아니면 이 산문 작품이 순전한 환상인지 명확하지 않아. 혹은 (크로프가 암시했듯) '비유'의 탐구일까?

내용이 '실제'로 해석되기를 의도한 건지 아니면 '초현실'로 해석되기를 의도한 건지 크로프에게 물어봐야 소용없어. 이런 질문을 받으면 그는 비웃으며 자신의 우상들(비트겐슈타인, 데리다, 베른하르트) 중 하나를 인용해, 자신은 개* **프라는 가명의 자아를 창조하여 '텍스트'를 창조한 것이며 '텍스트'는 페이지 위에 전시된 글자, 단어, 문장 이외의 어떤 존재론적 실체도 가지지 않는다는 식으로 대답할 거야.

(하지만 이 작은 소년이 너무 안타까워! 워크숍의 젊은 여성들 중 하나인 케이틀린이 탄식했어. 크로프가 쓴 것이 그냥 '텍스트'일 수도 있지만 그녀를 두렵게 만드는, 그녀에게서 눈물이 솟게 만드는 힘을 가졌어.)

물론 이 모든 건 충분히 진실이야. 작가로서, '텍스트'의 창조자로서 너는 동의하지 않을 수 없어. 크로프는 자연스러운 분석적 정신의 소유자이며 또한 비틀린, 가학적, 피학적 상상력도 타고난 것으로 보여. 그리고 그가 산문에 사용하는 불경, 외설, 인종적 색채의 모욕이 단순히 '텍스트적'이듯이, 그가 주장하는 모든 것이 충분히 설득력 있어. 산문의 무아지경적 비상이 무엇보다 '텍스트'로, 단어들의 조립으로 이루어져. 종종, 단어들이 또렷이 파악되지 않고 내용이 불편한 것도 사실이지만 그게 최우선 문제점은 아닐 거야.

그런 작가를 어떻게 '비판'할까? 크로프가 원하면, (아마) 그는 수업 내 다른 학생들만큼 명확하고 매력적으로, 다른 덜 불편한 소재에 대해 쓸 수 있을 거야. 그러나 그는 현실을 복제하는 데 관심이 없어 보이고, 그가 군대에 대한, 동료 군인들과 아프가니스탄에 대한 글을 쓰는 데 너무나 관심을 보이지 않는다는 점이 워크숍에서 놀라움의 대상이 돼. (학생들은 크로프에게 직접 표현하지는 않고 너에게 말했어.) 그의 산문들은 에드거 앨런 포의 단편들처럼 알 수 없는 곳이 배경이고 '인물'들은 심리 상태의 인상주의적 묘사를 담는 수단 이상으로 존재감을 가지는 일이 드물어. 모든 것이 (미치도록, 지치도록) 내면적이고 내향적이며 심리적 깊이와 대화가 결여되었어. 크로프의 산문에 비명, 신음, 한숨, 탄성은 있어도 대사는 없어. 식별되는 줄거리도 이야기도 없고 긴박한 실존적 상황들뿐이야.

크로프의 글 안에서 시간은 흐르지 않는 듯, 피고문자의 신체와 고문자의 순간적 감정들로만 포착돼. 진정 그의 전형적 작품에서 '시간은 납작하고, 멈춰 있다'. 최악은 이미 일어났어. 아이와 고문자 둘 다 이미 존재가 중단되었으나 동시에 막 그들의 조우가 시작되려 해.

아이는 늘 여덟 살이야. 고문자는 정해진 나이가 없지만 내부 증거로 볼 때 아프가니스탄에 두 번 파견된 후 제대한 20대 후반으로 보여.

크로프가 수업에 처음 작품을 내놓았을 때 동료 학생들이 충격받고 불편해하는 건 분명했어. 젊은 여성 작가 하나는 양해를 구하고 세미나실을 나갔다가 크로프의 작품에 대한 토론이 끝나기에 넉넉한, 한 시간 후 돌아왔어. (워크숍의 누구도 너에게 크로프의 글에 대해 불만을 제기하지 않았고 네가 아는 한 학과장이나 학장에게도 문제를 제기하지 않았어. 아마도, 네가 생각하기에, 학생들이 여성 교수인, 객원교수인 너를 딱하게 여겨서일 거야.)

그러나 크로프가 그렇게 강박적으로 창조한 저항적 세계에 대해 다른 학생들이 품은 어느 정도의 존경을 너는 알아볼 수 있어. 그의 산문은 다른 누구와도 같지 않아. 다른 언어에서 번역된 텍스트 같아. 부적절해 보이는 단어들, 거미줄처럼 강퍅한 문장 구조, 한 문단을 구성하는 강압적으로 많은 쉼표, 세미콜론, 콜론. 진을 빼는 산문은 마치 내려가는 에스컬레이터의 계단을 달려 올라가는 듯해. (크로프의 비유 중 하나를 빌리자면.) 그렇게 달리면 앞으로 나아가는 것은 가능하지만 쉬운 진전은 아니고, 달리기를 멈추자마자 급속히 하강하게 돼.

너는 개빈 크로프에게 많은 생각을 할애했고 12년간의 간헐적 강의 경험 중 그 어느 학생에 대해서보다 많이 생각하게 됐어. 그래서 너는 그에게 화가 나고 그를 잊지 못할 것 같아. 그가 순진하지 않다고 너는 생각하지만 그는 본능적이야. 그의 두뇌는 잘못 프로그래밍된 기기 같아. 독자들이 그의 작품을 '현실'이 아니라 단순히 텍스트적으로 해석해야 한다는 고집은 너를 미치게 만들지만, 글쓰기 강사로서 너는 그에 반박할 권리를(의무는 당연히 아니겠지만) 어느 정도 가지는지 확신이 안 서.

"부인?"

크로프가 너를 보며 기대해. 그가 질문을 했거나 문제를 제기했으니 너는 대답해야 해.

"그래서 개빈, 작업의 주제가 '비유'라고 했죠?

"아뇨. 작업 '방식'이 '비유'입니다."

경멸, 혐오를 담고 너를 보면서. 마치 네가 일부러 멍청한 척한다는 (걸 안다는) 듯이.

"이 아이에 대한 고문의 탐구는, 뭐죠? 뭘 탐색……."

(너는 반어법 없이 말한다. 편두통의 위협이 반어법을 앗아갔다.)

"……'인식'의 탐색이요."

크로프가 화난 미소를 지어. 혹은 입을 비틀어 일그러진 미소를 만들어.

크로프는 열이 올랐는지 파카 지퍼를 내리고, 너는 흠칫 떨어. 짙고 거친 남성 신체의 냄새, 최근 세탁하지 않은 옷의 냄새가 너의 후각에 확 끼쳐.

친밀감. 타인의 냄새.

친밀감. 원치 않을 때는 참을 수 없는 것이 될 뿐.

"……그러니까 회고록에 들어갈 장면들이죠. 실제 삶에서 소재를 끌어온. 반 고흐가 풍경을 보고 자신의 눈이 본 것, 평범한 사람들의 눈이 볼 만한 것을 그리지 않고 자신의 반 고흐 두뇌가 본 풍경을 그린 것처럼."

너는 바로 대답하지 못해. '반 고흐 두뇌'라니 효과적인 문구다.

(크로프는 자신을 반 고흐의 반열에 올리는 건가? 천재니까? 혹은 천재의 광기 때문에?)

"보세요, 교-수-님. 수업받는 애들이 기본적으로 무지해서 내 작업을 '이해'하지 못하는 건 받아들일 수 있어요. 하지만 당신, 교-수-님은, 부인은 이해해야죠. 누구보다 당신은."

너는 사과하고 싶은 충동을 참아. 사과할 이유가 없어.

크로프에게 이제 가야 한다고 말하며……. 시계를 흘긋거려 눈치를 주고. '제발! 제발 가라.'

그에게서 벗어나고 싶어서. 이 끔찍한 친밀감에서.

그래서 여자 화장실로 달려가 손에 물을 받아서 강력한 편두통 약 두 알을 삼킬 수 있게. 어서!

"그래요, 교-수-님. 가야겠네요……."

크로프가 원고를 다시 백팩에 쑤셔 넣어.

그러고서 천천히 일어나. 이제 그는 너를 내려다봐.

다시 그 몸 냄새. 이상하게 일그러지는 그 미소.

너는 떨어. 미소 짓지 않아. 힘없고 예의 바른 미소조차. 그저 그가 나가길 기다릴 뿐.

'제발 제발 제발 제발. 좀 나가.'

그러자 크로프가 말한다. 방금 생각났다는 듯이. "실은, 수업을 철회하는 게 어떨까 하고 있어요."

너는 대답하지 않아. 본능적으로는 안 된다고 하고 싶어. '왜 그러지?' 하지만 너는 아무 말 하지 않아.

"그래요. 그런 생각이 들었어요. 내가 교-수-님을 찾아온 이유가 그거였어요."

너를 내려다보며. 너를 압박하고, 위협하고 있다는 것을 알면서. 어떻게 모르겠나? 그리고 너도 일어선다. 다급하지만 침착하려 노력하며.

"어떤 결정을 내리든 그건, 그건 개빈이 결정할 일이에요……. 그리고 나는 이제 가야 해서요. 아무래도……."

'개빈'. 그 이름. 너의 목소리가 힘없이 흐려지고.

"그게 조언이에요? 수업을 포기하라고요? 수업료도 돌려받지 못하는데요? 그렇죠? 너무 늦었어요. 철회하기 너무 늦었다고요. 난 쓰레기 취급을 받았어. 당신들, 민간인들이 우릴 쓰레기 취급할 순 없어."

멍하니 너는 매우 미안하다고 흥분한 크로프에게 말해. 아마도 네가 학장에게 그런 배려를 부탁할 수 있을지도…….

크로프가 끼어들어. "당신이 워크숍 첫날 우리한테 말했어요. '기억할 만한 작품'을 쓰도록 노력해야 한다고. 그렇죠? 그래서 내가 썼어요. 아무도 못 했는데. 그런데 당신이 나한테 자꾸 그러네요, 자꾸 그러려 하는 것 같아요. 내 작품이 '기억할 만하지' 않다고."

"글쎄요, 아닙니다. 난 그렇게 말하지 않았어요, 개빈. 그런 말을 하려는 게 아니에요. 개빈의 작품은, 그건, '기억할 만'해요. 그럼요."

"그럼, 뭐가 문제죠? 당신은……" (멈추는 건, 상처의 말을, 고통스러운 말을 뱉을 수가 없어서. '당신은 날 칭찬하지 않아.') "……'이해'를 못 하는 거, 맞죠?"

"그럴지도 몰라요, 개빈. 시도는 해보았지만……."

"노력하지는 않았죠. 내가 남동생에 대해 쓴 게 '실제'라고 생각했어요? 아니면 '실제가 아니'라고 생각했어요?"

무슨 말을 해야 할지 알 수 없고. 이 화가 난, 분개한 젊은이에게. (아프가니스탄에서 살인을 해봤나? 그게 그의 비밀일까? 살인자가 되었고 그걸 참을 수 없는 것이?) 이 사무실 밖 복도에 누가, 누구라도 있어서 도와달라고 외치면 들을까 궁금하고.

"그 애는 여덟 살이 아니에요. 지금은 아니죠. 나이가 들었고 죽지 않았어요. 내가 훈련했죠. 주먹을 들면 오줌을 싸요. 그 정도로 겁을 먹어. 아직 어릴 때, 나한테 맞서지 않으면 절대 용감해질 수 없다고 말해줬지만 그 애는 한 번도 맞서지 않았어요. 그럴 수 없었죠. 아름다운 아이라고들 했지만, 이제는 아니에요."

크로프가 일어나며 씩 웃어. 그의 말 때문에 괴로워하는 네 모습을 보지. 그의 말은 누설 혹은 자백일 수 있지만, 한층 심한 교란일 수도.

"그 애의 이름은 루크예요. 소위 학습 장애가 있죠. 그는 나를 사랑하고 모두 용서했어요. 농담 같지만, 나는 그 애에게 신이에요."

크로프가 말을 멈추고 소리 내어 숨을 쉬어. "또, 그거 알아요, 부인? 난 그 애 보호자예요. 우린 아홉 살 차이일 뿐이지만 내가 그 애 '보호자'입니다. 그 애는 내 '처분'하에 있어요."

끙 하며 크로프가 백팩을 메. 분명 그는 너의 괴로움을 즐기고 있어. "나에 대해서 쓴 거라고 생각했어요? 교-수-님? 나랑 남동생에 대해서 쓴 거라고? 당신이랑 나머지 멍청이들이 믿은 걸 보면 꽤 그럴듯했나 보네."

그가 나가기를 기다리며. 차분히 응시하며, 너의 눈 뒤에서 모이는 통증에 굴복하지 않으려 노력하며.

"있죠, 워크숍에 다시 안 갈 거 같아요. 완전 시간 낭비. 랭보가 워크숍에 참가했을 거 같아요? 니체는! 젠장, 웃기는 일이지."

문간에서 크로프가 미적거리며 네가 불러 세우길 기대하는 듯해.

"……실망이야. 시간 낭비였어. '당신'이 실망이야. 쪼르르 서점으로 가서 쓰레기 같은 '부인'의 책 안 산 게 우라지게 다행이네. 당신과 그 짜증 나는 작가들."

그가 나가기를 기다리며. 이 수난이 끝나기를 기다리며.

그가 나가기 전까지 거의 매초를 너는 세고 있어.

공포로 전율하며 생각하고. '그에겐 아직 시간이 있어. 백팩에 뭐가 들었든 꺼내서 쓸 수 있지.'

"망할 나쁜 년. 다 마찬가지야."

크로프가 사무실 밖으로 나가더니 문밖에서 멈춰 서. 씩씩대는 소리가 들려. 너는 숨을 죽이고 그가 갑자기 돌아오지 않기를 빌어.

하지만 잠시 후 크로프가 가버려……. 너는 꼼짝 않고 서서 네 심장박동 소리 너머 그가 걸어 나가는 소리에 귀를 기울여.

'이건 함정이야. 그는 간 게 아냐. 기다리고 있는 거야.'

그가 듣고 있을지 모르니 너는 전화기를 꺼내 통화를 하는 척해. 크고 밝은 목소리로 말해. "지금 나가, 좀 늦었지. 아니, 괜찮아. 20분이면 집에 도착할 거야……."

조심스레 문간으로 가서. 침침한 조명의 복도를 내다보고. 시야가 흐릿해 보여. 또렷이 안 보여. 하지만 신께 감사하게도 크로프의 흔적은 없어.

그래서 너는 떨리는 손으로 물건을 챙기고 천장 조명을 꺼. 심장이 아직도 고통스럽게 뛰어.

나오기 전에 황량한 지하 사무실 여기저기를 훑어봐. 두 개의 알루미늄 책상, 책이 빽빽한 책장, 빛바랜 〈셰익스피어 인 러브〉 포스터. 이 음울한 일터를 나눠 쓰는 사람을 너는 결코 만나지 못할 거야.

이곳의 불쾌한 냄새는 곰팡이 핀 낡은 책들과 열 오른 젊은 남자의 살갗, 너 자신의 동물적 공포 때문이야. 너는 다시 돌아오지 않을 거라고 생각해. 면담 시간이 있으면 워크숍 직후 세미나실을 사용할 거라고.

문을 닫자 자동으로 잠기고. 여자 화장실로 향하고. 화장실 쓰레기통이 넘치고 있어. 하수구 냄새. 너는 소심하게 손을 오므려 수도에 댔다가 편두통 약을 두 알 삼켜. 눈 뒤에서 이미 황홀경 같은 통증이 피어나기 시작해.

'영혼의 질환'. 두뇌 깊숙한 내부의 편두통.

언젠가 너는 크로프가 군 복무자가 아니라는 사실을 알아낼 거야. 조사해서 알아낼 거야. 네 영혼 깊은 곳에 (곧) 크로프의 분노가 새겨질 테니까. 아무도 들어온 적 없는, 편두통의 고통이 시작되는 (비밀스러운) 장소에 크로프가 (곧) 들어올 테니까. 너는 그가 서른두 살임을 알게 될 거야. 아프가니스탄에 두 차례 파견된 적 없다는 것도 알게 될 거야. 그는 어디서도 전투를 경험하지 못했어. 사우스캐롤라이나주 컬럼비아에 기본 훈련을 받으러 간 지 12일 만에 개빈 크로프는 의병제대하고 미네소타의 집으로 돌아왔다는 것도 알게 될 거야.

하지만 지금, 용기를 내서 화장실을 나서다가, 어느 계단에서 발소리를 듣고 너는 공포에, 터무니없는(이라고 생각해) 공포에 기겁해. 하지만 그저 어느 젊은 여성, 학생일 뿐이었고 그녀는 너를 의식하지도 못해.

그리고 다른 곳에서도 목소리들이 들려. 라이먼관이 텅 비지는 않았던 거지. 7시에 수업들이 있었어.

'혼자가 아니야. 위험하지 않아.' 너는 자신을 책망해.

순전히 여성의 것인 곤경. 두려움에 떨고 조심하고 교묘하게 굴고 예민하게 자신을 보호해야 하는. (가끔은) 과보호도 하면서. 또는 남자라면 했을 (것이라 짐작되는) 행동을 하면서. 두려움을 모른다기보다는 두려움이 필요하지 않은 듯 행동을 하면서.

그럼에도 주차장으로 가는 길에 너는 재빨리 걸어. 두렵지 않지만, 빨리 걸어.

서두르느라 코트 단추도 잠그지 않았어. 머리에 모자도 쓰지 않았고 눈은 눈물로 젖었어. 도망치고 싶은 어린애 같은 충동과 싸워. 하지만 도망치면 어디로 갈까? 너의 차는 좀 떨어져 있고 열쇠를 꺼내야 하지만 멈춰서 가방을 뒤지느라 시간을 쓰고 싶지 않아…….

그렇게 가는 길에 난데없이 나타난, 너를 기다리는 키 큰 형체.

"부인, 안녕하세요! 차까지 바래다줄게요. 이 근방이 안전하지 않을지도 모른다는 생각이 들어서요. 당신처럼 혼자인 여자한테요."

고행

'무죄'라고 그는 항변했다. 그랬으니까. 그의 영혼은 죄가 없으니까.

사실 공식 재판 전 사전 심리 때 그는 침묵했다. 그의 (젊고 경험 없는) 변호인은 서랍 안에서 덜걱이는 칼들처럼 날카로운 목소리로 결백을 변론했다. '의뢰인은 무죄를 주장합니다, 판사님.'

'내 발이나 핥아, 판사님.' 그는 그렇게 말하고 싶었다.

나중에는 유죄를 인정하고 선처를 호소하는 것으로 바뀌었다. 변호인이 양형 거래를 설명했고 그는 어깨를 으쓱하고 수락했다.

그가 보기에 유죄여서는 아니었다. 무슨 일이 벌어졌는지는 아무도 모르고 그만이 알기에. 하지만 예수는 그의 마음을, 그가 부끄러운 남자이자 아버지가 되어버렸음을 알았다.

～

'교차의 시간', 낮이 끝나고 땅거미가 질 때, 아이들이 아빠에게 다가가 대담하게 팔을 건드린다.

그는 부르르 떤다. 맨살에 닿는 아이들의 손가락이 불타는 석탄 같다.

아이들의 끔찍한 눈으로부터 얼굴을 숨기고. 그들의 작은 어깨에서 낫 모양의 천사 날개가 솟았다. 날개의 깃털은 거칠고 금속성을 띤다.

성토요일은 속죄의 날이다. 자기 훈육이 목표다. 그는 자신과 약속했다. 무릎을 꿇고 훈육을 시작한다. 맨살에, 회초리로.

(등에 난 매질 자국을 볼 수가 없어서. 등 뒤로 팔을 억지로 틀고, 회초리에 맞은 곳을 만지려 애쓰고. 얕은 상처를 더듬으며. 피를 만지며. 손가락이 피로 미끈거리며.)

(통증이라기보다는. 얼얼함. 실망스럽다. 거의 1년 내내 이런 식이었다. 혀가 부풀고 둔해졌고, 심장은 마른 자두처럼 쪼그라들었다. 남은 영혼은 찢긴 수건처럼 지저분하게 조각조각 늘어졌다.)

'무기수'. 그는 무기수가 되었다.

하지만 '무기수'가 '영원'을 의미하지는 않는다. 그는 배웠다.

혼자 중얼거려보는 단어. '무기수!'

25년 형. 평생을 감옥에서 보내야 한다는 뜻은 아니었다(한 번 이상 설명을 들었다). 그보다는 수감 생활 평가에 따라 25년만 복역하면 가석방될 수도 있다는 의미였다.

그에게는 2500년만큼이나 이해가 불가능한 기간이어서. 그는 일 단위로만, 주 단위로만 생각할 수 있으니까. 단 하루를, 단 하룻밤을 헤쳐나가는 것도 충분히 힘들어서.

하지만 '착하게 행동'하면 '조기 가석방'이 가능하다고 들었다.

비록 '무기수'라면 처음 몇 차례는 가석방 신청을 해도 위원회에서 받아들여지지 않을 테지만(이 또한 들었다).

어쨌든 그가 가면 어디로 가겠나? 고향으로 돌아가면 사람들이 그를 알고, 그는 그 앎을, 혐오와 경악의 시선을 견딜 수 없었을 것이다. 그 밖의 다른 곳에서는 아무도 그를 알지 못할 것이고, 그는 길을 잃을 것이다.

심지어 가족도. 그의 가족이. 그리고 그녀의 가족이, 비첨 카운티 여기저기로 흩어졌고.

고교를 같이 다닌 또래들이 평생을 따라다니기 마련이다. 당신에겐 그들이 필요하고 그들에겐 당신이 필요하다. 비록 그들 눈에 당신이 부끄럽더라도, 그게 '당신' 아닌가.

문제는, '후회'였다.

그를 바라보던 판사. 숨죽인 재판정. 기다림.

선고 전에 젊은 변호인이 그에게 설명하려 했던 것. '얼, 죄책 감을 보여주면, 저지른 일을 후회하는 모습을 보여주면……'

하지만 그는 아무 짓도 저지르지 않았다! 어떤 결정도 내리지 않았다.

결정을 내린 건 '그녀'였다. 하지만 '그녀'를 괴롭히는 이는 없 었다.

∽

남자 구치소의 (춥고 냄새나는) 감방에서 몇 주. 격리 감방 에서.

고양이처럼 불안해하며 두리번거리고, 누가 다가오는 소리가 들려서. 혹은 누가 다가오는 소리가 들린다고 믿어서. 하늘을 밝 히는 번개처럼 번뜩이는 생각. '나를 내보내주러 오는구나. 실수 였다고, 아무도 다치지 않았다고 하겠지.'

혹은 그가 지금 다른 감옥에, 중범죄자를 수감하는 주립 교도소에 있다는 생각이 들었고. 그것도 사형수 감방에. 그래서 누군가 온다면, 극약을 그의 핏줄에 주사하러 오는 것일 터였다.

'네가 쓰레기라는 걸 너도 알지. 재는 재로, 흙은 흙으로. 그게 너야.'

아무도 오지 않았다. 아무도 그를 내보내주지 않았고 사형하러 오지도 않았다.

그에게 후회가 없지는 않았지만 후회의 분위기를 내비치지는 않았다.

남자는 굽실거리지 않는다. 남자는 무릎 꿇지 않는다. 남자는 벌벌 기지 않는다.

변호사가 준 하얀 종이에 그가 주의 깊게 써 내려간 진술서.

'미안합니다. 재 아들 루커스와 재 딸 에스더가 그 모양이 되게 만들어서. 미안합니다. 그 애들 어머니인 여자에게 화를 내고 말았는데, 그녀 때문에 화가 나서 내가 그렇게 하게 되었습니다. 미안합니다. 그 여자가 태어난 거 자체가.'

잘난 척하는 변호사가 맞춤법을 고쳐주려 해서 그를 열 받게 했고. '재'는 '제'로 써야 했다. '에스더'는 '에스터'로 써야 했다.

진술서의 나머지 부분은 변호사가 받아들이지 않으려 했고 판사에게 전달하기를 거부했다. 변호사에게 그럴 권리가 있는 것처럼.

　종이를 다시 가져와서 구겨버렸고. 그럼 집어치워!

　그를 무너뜨리기 위해 그들은 무슨 일이든 할 수 있었고, 모욕도 줄 수 있었다. 광대 같은 주황색 통옷. 무슨 동물처럼 발에 채운 족쇄. 얼마나 무식하면 딸 이름 철자도 모르냐고 냉소하고.

　물론 그도 후회를 느낀다. 자유로웠을 때, 잡히기 전에 했으면 좋았을 그 모든 많고 많은 일에 대한 후회를 느낄 수 있었으면 싶어서 미치겠고.

　　　　　　　　　　∽

　매질 자국에 뒤덮여. 피를 흘리며.

　좋은 감각. '어린양의 피로 씻은 듯한.'

　그는 예수를 믿는다. 신은 믿지 않는다. 신에겐 쥐뿔도 관심없고.

　신도 그에게 쥐뿔도 관심 없으리라 확신하고.

　신을 생각하면, 법원 앞의 오래된 동상이 떠오른다. 보행로 위에 설치된, 말을 타고 검을 들고 눈을 가린 채 찌푸린 얼굴. 웃을수밖에, 장군이 하얀 새똥을 온몸에, 모자에, 어깨에 묻힌 꼬락서니라니. 심지어 검에도.

새똥은 왜 '하얀색'이지? 잘난 변호사에게 물었더니 노려본다.

그냥. 어떤 것들은 그냥 그런 겁니다.

하지만 예수를 생각하면, 자신과 비슷한 남자라는 생각이 든다.

고발당하고. 적들이 들고일어나고.

매질 자국, 상처. 주르륵 흘러내리는 피.

스스로의 등을 회초리로 때리고. 꼴사납지만 그럭저럭 해낼 수 있으니. 불법 반입한 금속으로 만든 회초리.

보기에는 (어쩌면) '회초리'가 아니다. 그냥 보기에는 '회초리'라고 생각 못 하는 것이다.

그러나 고통이 유발된다. 심한 고통에, 괴로움에, 고뇌에, 그의 얼굴이 (말없이) 뒤틀린다.

뱀처럼 질긴 여자의 몸에 휘감겼을 때처럼, 여자의 강인한 팔, 다리, 허벅지에 옥죄였을 때처럼, 그는 수없이 죽음을 겪었다.

익사하듯이. 고개를 들 수 없고, 오물 밖으로 입을 내밀어 숨을 쉴 수가 없고. 그녀 안으로 그를 빨아들이며. 발아래서 모래가 꺼지고 물웅덩이에 빠져 검은 물이 그를 덮치듯이.

그가 그 여자를 처음 봤을 때부터 그 여자의 잘못. 그 여자가 어떤 여자인지도 모르고. 건방진 눈, 몸의 굴곡, 끈끈이주걱 같은 여자, 그리고 무기력한 파리처럼 걸려든 그.

～

생각하고 돌이켜볼 시간이 넘쳐나는 감방 안. 그가 저지른 실수들, 그 여자를 따라가서 또 다른 남자랑 밤을 보내는 모습을 본 것. 그리고 그를 보고서도, 보도록 그냥 놔두는 그녀.

섹스로 그를 꾀어낸 그녀. 미끼는 섹스. 그는 (그때는) 몰랐다. (그 이후로) 배웠다.

그는 성적 권력이 그에게 있다고 생각했다. 자신에게 깃들어 있다고. 여자에게가 아니라 그에게. 과거에 어린 소녀들과, 고교 소녀들과 그랬듯이. 하지만 그녀와의 관계에서는 착각이었다.

이후로 계속 그 실수의 대가를 치르고 있고.

그런 혐오의 시선을 받아야 하는 것. 비웃음을 견뎌야 하는 것. 그 자체로 처벌이었지만 정화시키는 종류의 처벌은 아니었다.

카운티 구치소에 있을 때처럼 주립 교도소에서도 격리된 건, 아동이 관련된 특수 범주의 수감자로 지정되었기 때문이고, 이것이 알려질 것이었다. 죄목이 알려지지 않을 방법이 없었기 때문에. 일단 체포되고 나면 그의 인생은 그의 것이 아니기 때문에.

사방이 그처럼 '격리된' 수감자들. 모두 백인은 아니지만 그래도 대부분은 백인.

그러나 전혀 그와 같지는 않은.

그의 감방을 수색하러 왔다. 또다시.

그는 그들을 막을 수 없으니까. 그들은 여럿인데 그는 혼자 니까.

그의 감방엔 아무것도 숨길 곳이 없는데. (그렇게 생각하겠지만.) 그럼에도 비웃는 얼굴로 그들은 감방을 수색했다.

그리고 장갑 낀 손가락으로 하체 속까지 지독하게, 그를 무릎 꿇리고.

그럼에도 불법 반입품은 발견할 수 없었다. 여기엔 없었으니까.

어디 숨겼지, 얼? 씨발아, 네가 뭔가 숨긴 걸 우리가 아는데.

그를 고문하며 그들이 느끼는 열락. 홍조 띤 얼굴들, 번득이는 눈빛, 그의 비명이 그들의 기쁨이 된다.

그는 비록 여기 갇혔지만 그의 마음속 자유로운 남자는 가둘 수 없다.

어떤 감옥도, 어떤 격리 공간도. 어떤 감방도, 어떤 속박도, 어떤 구속복도, 그의 목구멍에 강제로 들어가거나 그의 동맥에 주사된 어떤 약물도 그를 가둘 순 없고.

쓰러진 그를, 더러운 바닥에서 신음하는 그를 그대로 내버려두고. 몸에, 가장 약한 신체 부위에 처넣었던 (숟가락 같은) 금속 도구를 너무나 거칠게 제거해서 피가 줄줄 흐르는 유린된 살점도 같이 가지고 갔다.

'감사합니다, 예수여. 어린양의 피로 깨끗이 씻기는 것이 이 지상에서 소멸하기 전에 참을 수 있는 가장 큰 수치.'

성토요일 밤, 그는 혼자 무릎 꿇고 십자가의 길 일곱 처를 보며 고행자가 자기 훈육을 시작한다.

벗은 등에 매를 한 대 때릴 때마다 속죄가 찾아오고.

엎드려 기면서. 혀를 빼물고. 자신을 연필처럼 가늘게 만들어, 뱀처럼 미끄러지며.

하지만, 크기를 조절할 수 있는 뱀.

균열에서 단단함으로.

손을 긁혀 피부가 벗겨지고, 피가 나고.

스트라우츠밀 로드 옆 철책이 복구되었고.

아내(전처)의 집, 쫓겨났던 그의 집으로 돌아가며.

그는 흐르듯 움직인다. 그는 벽을 통과할 수 있는 힘을 가졌다. 매질로 피거품이 되었으니까. 매질을 통해 보이지 않게 되었으니까.

(아직 일어나지 않은 일인데? 곧 일어나리라는 건 알지만.) 그러니 이번엔 다르게 이루어질 것이다. 예수가 적들을 피했으니 바라는 대로 자유롭게 세상을 떠돌 것이다. 격노한 신의 저주를 받지 않은 야생동물들처럼.

루커스와 에스터를 잠옷 입은 채 데리고 나올 것이다. 아주 조용히 그들을 두 팔로 안아 들 것이다. 아빠! 아빠! 아이들이 기억보다 더 조그마해서 그는 깜짝 놀라고 어리둥절하다. 아이들에게선 몸 냄새가 나고 잠옷은 더럽다. 애들 엄마가 애들한테도 약을 먹여 재웠나 싶다.

아빠를 보고 애들이 기뻐한다. 그가 안전한 곳으로 데려갈 것이다. 문제는 애들이 배가 고파서 칭얼대는 것. 그 여자가 애들을 먹이지도 않고 재웠다. 아빠! 차 타고 버거킹 가요. 그렇게 할 것이다. 그는 애들 아빠니까. 그 여자 모르게 빠져나왔다. 그 여자는 벌거벗은 채 술 냄새를 풍기며 침대에 뻗어 있다.

그렇게 두고 나오면 그에게 힘을 휘두르지 못할 거라고 생각했는데 그게 실수가 될 것이다.

액셀을 세게 밟으며. 아빠 역시 굶주림이 심해 고속도로가 흐릿해 보이고. 목마름도 심해서. 세븐일레븐에서 맥주 여섯 개들이를 사고. 가게 안에서 캔 하나를 따자 차가운 맥주가 손가락을 적시고. 그 모습이 감시 카메라에 담길 것이다. 아빠가 먹지 못

했다는 것이, 그리고 아빠가 48시간 동안 잠을 못 잤다는 것이. 아빠의 양분은 아이들에 대한 사랑뿐이다.

빼빼 마른 소나무 숲 사이로 차를 몰며. 얼음 깔린 도로. 미끄러운 아스팔트, 검은 얼음이라 불리는 현상. '너희 엄마가 나빠. 거짓말쟁이 창녀가 우리 가족을 파괴했어.'

지금까지 그 여자가 줄을 잡고 조종했다. 아버지와 아이들은 그녀의 꼭두각시였다.

이제는 아니다.

∽

그 '교차의 시간'에. 어둠에 잠긴 집에서.

어릴 때 그는 배웠다. 알고 싶지 않았지만 알게 되었다.

십자가의 길은 일곱 처다. 그리스도는 자신의 십자가를 견뎌야 한다. 그리스도는 비틀거리다가 다시 똑바로 서야 한다. 그리스도는 가슴, 등, 머리 상처에서 피를 흘린다. 곧, 못이 그리스도의 손과 발을 뚫을 것이다. 그리스도는 거칠게 만든 십자가 위에 눕혀져 못이 박혔다고 한다. 그리스도는 기록된 대로 십자가형에 따를 것이다. 그리스도는 사람으로 죽어 지옥으로 추락할 것이다. 그리고 그리스도는 사흘날 다시 일어나 천국에 들어갈 것이고 거기서 영원히 아버지와 거주할 것이다.

'그'는 그 밖의 것은 거의 생각할 수 없다. 잠을 자려 해도 소용없고 밤의 가장 어두운 때에 참회의 고행을 해야 한다. 감방의 더러운 바닥에 무릎을 꿇고. 지시받은 대로.

'고행자'는 아무도 소리 내어 말하지 않는 단어다. 그래도 속죄를 위해 스스로를 매질하는 고행자는 많다.

아이들의 얼굴! 루커스, 에스터. 종종 잊어버리는데, 아이들의 얼굴은 정말 조그맣다.

아이들의 머리는 작다. 달걀 껍데기만큼 연약하다. 팔다리는 가늘다. 그들의 뼈는 어른 뼈보다 가벼운 물질로 구성된 것처럼 쉽게 부러진다.

잠옷을 입은 루커스와 에스터. 그들을 침대에서 살며시 들어 올린다. 떨리던 그의 손이 아이들의 무게로 다소 안정된다. 배의 바닥짐처럼 좋은 묵직함이다.

그의 손이 떨리는 건 그 여자 탓이다. 그가 잠들지 못하는 게 그 여자 탓이고, 그는 자가 치료를 해야 하며, 약은 그를 멍하고 무기력하게 만드니까, 그리고 다른 약들은 가슴이 두근거리고 끈끈한 땀이 줄줄 흐르게 만드니까. 그 여자가 그녀의 삶에서 그를 몰아내고 그를 자신의 가정에서 추방자로 만들었다. 그 작은 집의 벽을 페인트칠한 게 그인데, 입에 문 담배에서 재를 떨어뜨리며 리놀륨 타일을 깐 게 그인데. 몸을 구부리고 망할 등을 혹사했다. 우라지게 일을 잘 해놨다. 주방 바닥도, 욕실 바닥도. 타일을 할인가로 구해서 깔았고, 그녀는 정말 예쁘다고, 우리 집을 위해 이렇게 애쓰다니 사랑한다고 말했다.

오늘 밤 그는 아이들을 안아 든다. 루커스 먼저, 그리고 에스터. 이 작은 소년은 세 살이고 작은 소녀는 한 살이다. 그 한 해 동안 얼마나 많은 일이 일어났는지! 하지만 그는 둘 다 비난하지 않는다. 그가 비난하는 것은 아이들의 엄마다. 어머니로서 아이들의 아버지보다 아이들을 더 사랑하다니 잘못됐다.

옷 밖에 묻어나도록 젖을 흘리고. 역겹기도 하고 흥분도 되는, 그 어떤 냄새와도 다른 젖 냄새.

근육질 팔로 아이들을 안는다. 그는 그의 몸이 자랑스럽다. 혹은 자랑스러웠다. 운동하고 역기를 들고, 체육관에서 허튼짓하지 않자, 고등학교 때부터 알던 놈들이 놀라워했다. 이 아이들을 그는 자신의 목숨보다 사랑했다.

망할, 그는 자신의 삶을 미워하게 되었다.

아이들을 사랑한 것보다 아이들의 엄마를 더 미워했다. 그 점을 그는 부정하지 않았다. 예수는 이해했다. 예수의 얼굴은 강력한 빛 때문에 똑바로 바라볼 수 없었지만 예수가 이해한다는 건 알 수 있었다.

졸린 아이들을 태우고 운전하며. 작은 여자애는 뒷좌석에, 작은 남자애는 앞좌석에. 망할 아동용 카 시트는 없고. 그 여자의 차에서 아동용 카 시트를 꺼내어 픽업트럭에 설치할 시간이 없어서. 루커스는 어른처럼 앞좌석에 앉을 수 있었다. 에스터는 어차피 잠들었으니 뒷좌석에 눕히면 된다. '아빠 우리 어디 가?' 걱정스럽고 혼란스러운 루커스가 이래도 되는지 알 수 없어하며 물었다. 아빠가 손을 뻗어 작은 어깨를 치며 설명해줄 때까지.

'아빠랑 가는 곳은 어디든 가면 되는 거야.'

'아빠가 너랑 동생을 돌봐줄 거야. 벌써 아빠가 그러고 있잖아.'

더욱 빨리 차를 몰며. 머릿속에서 울리는, 난리를 치는 여자의 목소리. 못된 년이 잔소리를 해대고. 앞창을 때리는 싸락눈에 그의 머리도 욱신거리고.

루커스가 칭얼거린다. '아빠! 아빠…….'

타이어 마찰음. 픽업트럭이 검은 얼음에 미끄러진다. 도로 철책을 들이받고, 철책이 플라스틱처럼 찌그러진다. 이제 차는 뒤집혔고 아이들의 비명이 뚝 멎는다.

그가 차에서 기어 나온다. 가진 힘을 다 끌어내야 한다. '어서 나와! 아빠 따라 나와!' 아이들에게 고함치며.

아이들에게 고함은 쳐도 망할 차 안으로 다시 들어갈 순 없고.

애를 써보지만 들어갈 수 없고. 문손잡이를 당기고. (금이 간) 차
창을 주먹으로 치면서. 그래봤자 소용없다는 걸 어렴풋이 안다.

'끝났어. 희망이 없어. 넌 망했어.'

∽

아이들을 원한 건 그녀였다. '아이들이 우리를 바꿔놓을 거야,
얼. 기다려봐. 우리에게 살 이유를 줄 거야. 우리만을 위한 게 아
닌 삶을.' 그녀는 맑은 정신으로 말했고.

그녀가 애걸했다. 호소했다. 차갑고 축축한 혀로, 그를 위아래
로 핥으면서. 돌이켜보면 뜨겁고 델 것 같던 혀로.

'아이들이 우리의 천국이 될 거야, 얼. 우리 같은 사람들은 천
국에 못 들어가. 우리 앞에서 문이 닫힐 거야. 하지만 우리도 안
을 슬쩍 엿볼 수는 있겠지? 그게 아이들이야.'

그런 말을 한 그녀를 그는 결코 용서할 수 없었다.

그들 둘만으로는 부족했다는 듯. 그녀에게 느꼈던 감정은, 그
의 인생에서 유례없던, 사막으로 밀려드는 강물처럼 죽은 대지
를 다시 살아나게 만드는 것이었는데, 그녀에겐 아무것도 아니
었다.

그를 부르며 쫓아오고. 어둠 속에서 비틀거리며. 술에 절거나

약에 취해. 누워서 고개도 못 들던 그녀. 열 시간, 열두 시간을. 오전 내내 그리고 오후와 초저녁까지. 편두통이 찾아와 두개골을 꿰뚫을 때면 제멋대로 약을 먹던 그녀.

'더 이상 안 되겠어, 얼. 날 왜 그렇게 보는 거야' 말하며.

'산소가 없는 것 같아. 도무지, 나도 노력은 했지만…….'

직장에 있어야 할 때도 그녀를 쫓아다니고. 그녀의 차가 집에 주차돼 있는지 확인하고. 하루에도 수십 번 전화하고. 그녀의 친구들에게도 전화하고. 그와 결혼 전에 그녀가 상사와 자는 사이였는지 의심이 됐고, 생각할수록, 결혼 후에도 가능성이 있어 보였다.

그가 느낀 광기. 피가 끓는 열기. C형 간염처럼 떨쳐낼 수 없는 감염.

그럼에도 어이가 없던 그 여자의 말은, 오래 준비한 것처럼 들렸다. 아니면 누가 도와주었거나. 무슨 말을 하는 거냐고 그가 물었던 건. 농담이어야 했으니까. 그녀를 위해 SUV 차량을 막 계약하지 않았던가? 그녀가 다시 웃는 걸 보고 싶어서. 그에게 웃어주는 걸 보고 싶어서. 그리고 아이들이 아빠를 자랑스럽게 생각하길 바라서.

아이들을 학교에 데려다주고, 집으로 데려오고. 고급스러운 실버그린색 차량. 사용 전이라 새것 같은 차를 싸게 사며, 망할 은퇴를 하거나 죽을 때까지 대금을 치러야 할 거라고 딜러와 농담도 했다.

아이들이 자랑스러워하는 건 중요해서. 아이들이 아빠를 자랑스러워할 뭔가를 주고.

그랬는데 그 여자가 뒤통수를 쳤고. 배신했고. 그가 선을 넘도록 몰아붙인 것은 '접근 금지 명령'이었다.

집에서 100미터 이내로 접근이 금지되고 아이들에게 100미터 이내로 접근이 금지되고 그 여자에게 100미터 이내로 접근이 금지되는 명령을 그 여자가 신청해서.

'아내'였지, 그 여자는. 앞으로는 '전처'라고 적히겠지.

아빠의 비밀, 아빠는 아이를 원한 적이 없다. 아이들이 아빠를 심판한다. 아이들은 너무 가깝다. 그러고 나서는 아빠보다 더 오래 산다. 아이들은 아빠 때문에 울거나 아빠를 실망시킨다. 소년의 얼굴에 나타나는 움츠러드는 표정, 아빠를 피하는 표정. 젠장! 얼은 그 조그만 자식을 붙잡고 마구 흔들어 뇌가 구슬처럼 덜그럭거리게 만들고 싶은 걸 간신히 참았고.

하지만 아니. 아니었다. 그러려던 건 아니었다, 젠장.

몸을 숙여 아이의 (하얗게 질린) 얼굴에 대고 소리쳤을 뿐. 입을 쫙 벌리고, 얼굴이 추하게 변하는 것을 느끼며, 소리쳤을 뿐. '도망칠 생각 하지 마라, 이 조그만 자식.'

그러려던 건 아니었다. 그 어떤 것도. 심리상담사들이 위로했다. 누구나 욱한다고. 부모도 성질을 부린다. 완벽한 사람은 없다. 완벽한 아빠는 존재하지 않는다.

자신을 용서하는 게 힘들다고, 천주교 신부가 말했다. 우리는 사랑과 증오 사이에서, 사랑을 선택하는 게 두려워 증오를 선택하기도 한다고.

우리는 죄를 사랑해서 용서를 바라지 않기도 한다고.

그런 말을 들으며 그는 울 뻔했다. 진실이었으니까. 그가 사랑한 건 그의 죄고, 그 밖에 의미가 있는 게 없었다.

'그녀' 말고는 아무도. 하지만 못된 년.

스트라우츠밀 로드를 빠르게, 그러고 나서 더 빠르게 운전해 지나가며. 안와 속의 눈알은 움직이지 않고. 운전대도 올바로 잡고 있었다. 운전대가 살아서 도망치기라도 할 것처럼 움켜쥐고 있었다.

그는 눈을 뜬 채 기도했다. 아무것도 숨길 게 없었다. 눈이 모든 걸 담았다. 그는 자신을 아끼지 않았다. 목숨보다 아이들을 더 사랑했지만, 자신을, 혹은 아이들을 사랑하는 것보다 아이들 엄마를 더 미워했고 그것은 그가 감내하고 살아야 하는 진실이었다.

그는 예수를 두려워했다. 예수 안의 사랑을. 예수의 사랑은 넘쳐흘러 남자를 익사시킬 수 있는 웅덩이였다.

그는 비열함을 이해할 수 있었다. 사람들이 서로에게 잔인한 이유를 알 수 있었다. 하지만 용서와 사랑은 이해할 수 없었다.

그가 저지른 범죄에 대해서는 미안했다. 예수가 그는 용서하겠지만, '아내(전처)가 그와 아이들에게 범한 죄는 용서하지 않을 것'이라고 그는 믿었다.

그녀는 그가 떠나야 한다고 말했다. 그가 떠나면 모두가 행복해질 거라고. '행복! 우리가 이 망할 지구에 행복하려 온 줄 알아?' 하고 그는 말했다.

그는 그녀를 때리지 않았다. 때린 적이 없다. 직접적으로, 고의로 때리지는 않았다. 그녀의 머리 옆 허공을 가격했다. 벽을 쳐서 그녀의 머리 옆 벽을 망가뜨렸지만, 그녀를 때린 적은 없다.

'우리가 지금 끝내는 게, 모두를 위해서 좋아. 너, 나, 애들. 지금 당장 말이야.'

몸을 움츠리다가, 머리 옆 허공을 가르는 주먹을 피해 웅크리다가 여자가 균형을 잃고 비틀거리며 넘어졌는데, 그게 어떻게 그의 잘못인가? 그의 잘못이 아니고. 그녀가 주정뱅이, 약쟁이라는 건 다들 알았다. 첫 임신 후로 늘어난 몸무게, 두꺼운 발목, 아픈 혈관, 그 어느 것도 그의 잘못은 아니고. 그가 사랑에 빠져서 결혼한 아름다운 여자가 아니고. 그녀가 그를 속였다. 아이들은 '그녀의 것'이 아니니, 그에게서 빼앗아 갈 수 없었다. 그는 눈을 뜬 채 기도하고 있었다. 천국에 있을 루커스와 에스터, 그들에게 기도했다. 죄 없는 아이들이 천국에서 우리를 굽어본다. 우리 지구는 사실 지옥이다. 그걸 너희는 천국에서 내려다본다. 이 장면이 그의 꿈에 나타났다.

성토요일은 해방의 날이다. 그가 만든 조잡한 회초리로 등의 살이 찢어지도록 매질하며. 벌어진 상처에서 피가 흐르고 개미가 지나가는 것처럼 근질거리고.

감사합니다, 예수여! 나를 용서해요.

또다시 그 일이 일어나고, 검은 얼음 위에서 미끄러지는 타이어, 충돌.

또다시 멈출 방법이 없고.

트럭이 아이들 장난감처럼 뒤집혀 바퀴가 돈다. 계곡으로 굴러떨어져 계곡의 진창으로 처박히고, 아이들의 비명과 그의 비명이 기름, 가솔린, 오줌 악취에 뒤섞이고.

또다시 비명들과 이후의 정적.

뭐, 아이들은 아빠에 대한 사랑을 멈춘 적이 없었다고 그는 확신한다. 아이들은 아빠를 탓한 적이 없다. 그들은 이제 천국에 있고 첫 번째 돌을 던지지 않을 것이다. 첫 번째 돌을 던지는 아이는 없다. 그 여자가 첫 번째 돌을 던졌다. 많은 돌을 던졌다. 그녀는 지옥에 갈 것이다. 그와 그녀는 지옥에서 만날 것이다. 지옥에서 손을 맞잡을 것이다. 상처 입은 육신을 함께 지옥에 던질 것이다. 그들의 눈은 지옥에서 바짝 타버려 볼 수 없게 될 것이며 그들의 영혼은 무자비한 태양 아래 잎사귀들처럼 쪼그라들 것이며 그 잎사귀들이 깨진 포장길 위에서 함께 쓸려 갈 것이다.

'교차의 시간'에 그런 상념들이 떠오른다. 낮과 밤 사이에.

이 시간에는 더러운 감방에 갇혀 있지 않고 스트라우츠밀 로드를 따라 자유롭게 나아가고 있으니까. 그는 픽업트럭을 몰고 있지 않다. 축축한 풀밭에 엎드려 있다. 포획자들을 따돌렸으며, 그는 그들이 생각하는 그런 게 아니다. 뱀의 교활함은 여성적 교활함이었지만 이제는 그의 것이 되었다.

힘이 그에게 돌아올 것이고, 남자가 으레 그렇듯, 그는 곧 우뚝 일어서리라 약속돼 있다.

물론 그는 '무기수'라는 말을 들어본 적 있다. 본인에게 닥치기 전까지는 정확한 의미를 몰랐을 뿐. '암'도 닥치기 전까지는 정확히 어떤 건지 모르듯이.

닥치고 나서도 정확히 알게 된 건 아니었다. 죄목은 살인이 아니라 과실치사였다. 차량에 의한 과실치사. 음주 운전. 법원 금지 명령 위반. 주거 침입. 놈들이 미성년자 납치죄까지 씌우려 했지만 기각되었다.

이것들에 대해 그는 '유죄'를 인정했다. 마음속에서는 아니었지만, 재판정의 판사 앞에서는, 혐오감을 숨기지 않고 내려다보는 판사 앞에서는, 인간 이하 동물이 직립한 모습을 내려다보는 듯한 판사 앞에서는.

유죄를 인정하고 나서 그는 입을 뒤틀었다. 분노에 찬 웃음으로 유인원 같은 치아를 드러내며, 꼴통들의 목을 물어뜯고 싶다는 듯.

그렇게 해서 그는 '25년 이상 무기징역'을 선고받았다. 즉 '__년 있으면 여길 나간다'고 말할 수 없다는 뜻이었다. '곧 끝날 거야, __년 있으면 풀려날 거야' 하고 말할 수 없게 되었다. 이 중 어떤 것도 확실하게 말할 수 없었다. 주황색 통옷을 입고 족쇄 찬 다리로는 존엄성조차 부정당하니까.

그는 젊은 변호사를 오랫동안 보지 못했다. 마지막 상담은 짧았고 돌발적으로 끝났다.

그가 목소리를 높이며 국선변호인을 위협했고.

망할 변호사. 그놈이 무슨 필요가 있단 말인가. 그는 아무 변호사도 필요 없었다.

이번에는 집행유예가 아니라 구금. 그가 가석방을 신청하면, 오랫동안 못 하겠지만, 전처가 영향력을 행사할 수 있다고 다른 수감자 하나가 설명해줬다. 그의 전처이자 피해 아동의 엄마로서 원하면 매번 의견을 내놓을 수 있다고. 그녀에게 위협이 가해졌다면 절차에 따라 컴퓨터에 기록되고 절대 지워지지 않을 것이었다.

그는 알 수 있었다. 앞으로도 계속 그 여자는 그들의 증오를 키워낼 것이었다.

이런 식으로 계속 그들의 결혼은 유지될 것이었다.

～

문제는, 후회다.

'진심으로 나의 죄들을 뉘우치니. 이제와 나 죽을 때에, 아멘.'

그에게 후회가 없지는 않았다. 하지만 후회의 분위기를 내비치지는 않았다.

그 점이 재판정에서 인지되었다. 판사가 인지했다. 심지어 꼴통 변호사도 인지했다. 후회가 있다면, 아이들 대신 그 여자를 데리고 나와서, 기회가 있을 때 죽여야 했다는 후회다. 둘이 함께 픽업트럭에 타고 스트라우츠밀 로드를 질주하며.

위층 그녀의 침대에서. 그의 침대였던 그녀의 침대에서. 그녀가 그를 쫓아낸 그의 침대에서. 이런 식으로 그와 아이들을 망가뜨릴 줄, 당시에는 알지 못했다.

이 더러운 곳에서 깨어나, 그 여자가 아직 살아 있는지도, 그가 아직 살아 있는지도 알지 못하고. 혹은 둘 다 이미 죽었는지도.

'너는 자신에게 저지른 해악을 용서받았다. 하지만 다른 이들에게 저지른 해악은 용서받지 못하리라. 네가 영원히 저주받은 자임을 알라.'

이것이 그에게 그리스도의 말로 설명되었다. 그리스도의 피문은 얼굴과 몸 그리고 그의 눈과 닮은 눈.

지옥에서 그들은 함께다. 한때는 너무나 아름다웠지만 이제는 추억 속에서만 아름다운 서로의 몸을 문대며, 지옥에서 그들의 아름답고 매끄럽던 젊은 신체가 복원된다. 가장 강렬한 열망이 차갑고 끔찍한 공포로 뒤덮이는 꿈에서처럼 그들은 이를 드러내며 서로를 찢어발기고 그들의 신체가 똬리 튼 뱀들처럼 함께 몸부림칠 것이다. 그들은 서로를 향한 욕망의 끝에 결코 도달하지 못하고, 서로에게서 풀려나지도 못할 것이다.

이 안에 행복을 넘어서는 감각이 있다. 이 안에 스스로를 매질

하는 고행자의 속죄가 있다.

이제 고행자의 등이 매질로 찢어졌다. 그는 헐떡이며 늘어진다.

성토요일의 희열. 그리고 그에게 내려진 약속은, 성토요일이
아닌 날이 없으리라는 것이다.

흡입 사용 설명서

오전 6시 40분, 첫 전자담배 흡입.

어휴! 심장 찌그러지는 줄.

∽

천-천-히 엄마가 계단을 내려오게 도우며.

'놓지 마라, 제이시…….' 엄마의 손가락이 꽉 움켜잡는 게 싫지만.

흡입 덕분에 괜찮아. 짜릿해지는 뇌!

'괜찮아, 엄마. 내가 잡고 있어.'

아직도 이렇게 어두운 게 이상해. 오전 6시 55분인데. 밤새 깨어 있었던 것 같아. 엄마는 엄마 방에서, 나는 내 방에서. 어둠 속을 떠다니는 말미잘 같은 눈알들.

엄마가 기침하고 껵껵대며 공기를 찾아 헐떡이는 소리가 벽 너머 들렸어.

오전 4시에 엄마에게 천식 흡입기를 가져다주고. 앉혀서, 등에 베개를 대주며, 엄마가 그 자세로 자도록/자려고 해보도록.

발작이 심해져. 4월부터.

아침에 엄마가 옷 입는 걸 돕고. 휘청이며 홀쭉한 다리 한 짝을 검은 스웨이드 바지 속으로, 그리고 또 한 짝을, 엄마가 넘어질 듯 당황하며 내 팔을 잡고. (어휴!)

암 센터에 가면서도 어머니는 멋져 보여야 하지. '노력'은 해야 하지. 옷장 가득한 옷들, 일부는 입어보지도 않은, 비싼. 게다가 굽 높은 구두들.

하지만 오늘은 아냐. 오늘은 납작한 굽의 구두.

다음은 저 (지긋지긋한) 보행기. 계단 밑에. 엄마가 사용할 수 있게 놔줘야 하지만 엄마는 지독하게 무서워해. 엄마, 봐봐, 나한테 매달리면 안 돼. 우리 둘 다 넘어질 거야.

엄마는 망할 보행기를 쓰다가 넘어진 후로는 보행기를 믿지 못하고. 호되게 넘어져서. 집 앞이었고 겨우 1분 시선을 뗐을 뿐인데, 짜증 나게 넘어졌어.

됐어, 엄마, 이제 안 흔들려.

괜찮아, 엄마, 이제 날 '봐'.

엄마가 예전엔 아름다운 여자였다는 걸 모르겠지. 몇 년 전만 해도.

멋진 금발 섞인 머리였는데. 이제는 백발이 섞이고 듬성해져서.

홍채 주변의 흰자위가 얇은 초승달 같아.

(엄마가 몇 살이지? '노인'은 아닌데, 어휴. 마흔셋?)

예약은 오전 7시 45분이지만 우리는 일찍 출발해. 뭔가 지랄 같은 일이 생길 경우에 대비해서. 아빠가 말하듯 '늘 지랄 요인을 염두에 두어야 해'.

지난 화학 치료 때는 유료 고속도로에 사고가 나서 교통 체증이 수 킬로미터나 이어졌어. 차로를 가로질러 미끄러진 타이어 자국들 위로 기름이 갓 흘린 피처럼 번들거렸고.

하늘이 검은 돌벽 갈라지듯 밝아져. 지평선의 태양 때문에 망할 도시에 불이 붙은 듯해!

전자담배 흡입이 뇌에 끼치는 효능, '볼 수 있게' 해줘. 평상시 뇌로는 절대 '볼' 수 없는 온갖 종류의 괴상하고 아름다운 쓰레기들을.

천-천-히 운전해서 가는 암 센터. 머서 스트리트 방향의 출구까지 5.9킬로미터. 벌써 오전 7시 10분이고, 똥으로 막힌 창자처럼 막히는 길.

엄마는 내 옆에 경직된 채 앉아서. 앞을 노려보고. (뭘 보는 거지? 무슨 생각을 할까?)

4월 전에는 엄마도 말을 하곤 했어. 방에 내가 없어도 엄마는 나에게 말을 하며, 거미줄처럼 목소리를 던져서 내가 거기 있는지, '연결'돼 있는지 확인했어. 좀 짜증 나게도 내가 듣고 있다가 대답하기를 바라며, 하지만 지금 엄마는 말이 없고, 입이 꿰매지기라도 한 것 같아서, 속상해.

그리고 엄마를 봐도 엄마는 예전처럼 미소 지어주지 않아. 심지어 쳐다보지도 않는 듯해. 공포에 잠겨 자기 내면만 응시하지.

'이혼이 암의 원인이 됐나? 아니면 (드러나지 않던) 암적인 상태가 이혼의 원인이 됐나?'

인터넷의 낚시성 글. 엄마의 잡지들 중 하나에 실린 한심한 기사.

그래, 이판사판이야. 고속도로 출구에 늘어선 줄을 무시하고 오른쪽으로 빠져나오고. 갓길을 덜컹이며 질주하는 우리를 보고 머저리들이 입을 딱 벌리고, 차량 열 대, 열두 대를 지나치고.

미친, 이건 '긴급 상황'이야. 엄마를 병원에 데려가야 해.

잡석들, 녹슨 울타리 조각, 깨진 유리 위를 달리고. 엄마가 조그만 죽은 생쥐처럼 비명을 내질러. 나는 그저 웃어.

'전자담배 흡입은 진정을 시켜. 그저 웃게 되지.'

매달 첫 주 목요일 이른 오전 나의 어머니는 세 시간 동안 감마글로불린 주사를 맞는다. 감마 고블린이라고? 웃을 수밖에.

엄마의 백혈구가, 면역계가 뭔가 잘못됐기 때문이야.

전자담배가 주는 최고의 효능은 '면역'이 되는 것. 최고의 마비.

그런 날에 주어지는, 학교에 늦게 가도 되는 특별 허가. 나의 어머니의 주 보호자. '네가 필요해 제이시, 제발 나를 버리지 마.'

어휴! 끔찍하게 당황스러워. 망할 남편이 그랬던 것처럼 버리지 말라고 나에게 애원하는 엄마. 누가 그 남자를 쏴 죽여야 하는데.

하루의 첫 모금, 최고의 한 모금. 가슴에 손을 대고 흉곽을 쿵 쿵 쿵 주먹처럼 두드리는 심장을 느끼며.

차 안에서 기분이 좋고. 운전대를 잡은 끝내주는 감각. 아빠가 엄마에게 남긴 렉서스를 내가 몰아.

누가 운전하는지 그자가 알면 뚜껑이 열리겠지.

엄마에게 운전면허가 있고 나에게는 연습자용 면허가 있으니 괜찮지. 불법이 아냐. 다행히 나오면서 엄마 지갑을 잊지 않았지. 운전면허, 신용카드, 현금이 든 지갑.

(엄마 지갑의 지폐들. 지난번에 보니 20달러들, 50달러 지폐가 둘. 10달러들, 5달러들. 마음대로 20달러 한 장과 50달러 한 장을 가져갔는데, 그거 알아? 진통제를 먹은 엄마는 짐작도 못 해.)

짜릿한 채, 정신없이 출발!

벌통처럼 울리는 뇌. 다 좋아.

'자, 엄마. 이제 눈 떠, 다 왔어.'

ᔦ

짜릿함이 빠져나가면 기분이 똥 같아서. 공기가 새는 풍선처럼. '내' 크기의 풍선. 172센티미터, 55킬로그램, 어깨 근육, 팔 근육 괜찮은. 수영 팀, 육상 팀, 풋볼 2군, 하지만 전자담배 피우는 다른 애들처럼 요즘은 호흡이 좀 달려.

그러니까, 엄청나게 헐떡여.

코치가 우리를 노려보며 짜증 내. 스티브, 칼리, 레너드, 제이시. 코치가 우리 헐떡임을 듣고, 아마 우리 냄새도 맡을지 몰라. (하지만 전자담배는 망할 담배처럼 냄새가 나지는 않잖아?) 그러니까, 코치는 아무도, 아무것도 적발하지 못할 텐데. 코치가 안 볼 때 우리가 무슨 짓을 하는지 짐작하더라도. '성난 부모들' 한테 고소당할 수도 있다는 걸 아니까.

명예훼손법. 비방죄, 모욕죄. 학교 분쟁 전문 변호사들.

그러니 짜증 나는 코치는 꺼지라지. 엄마는 이제 면담하러 올 상태가 아니고 아빠는 오래전에 관심을 껐어. 아빠가 학교에 왔을 때도 내내 통화나 하던데. 내가 400미터 달리기 카운티 기록을 세우는 동안.

'아들, 아빠는 자랑스럽다.'

'그래, 아빠.'

'정말로! 엄청 자랑스러워.'

'그래, 아빠. 좋네.'

내가 신경이나 쓸 줄 알고. 아빠가 쓰다듬으면 내가 헐떡이며 변변찮은 똥개처럼 꼬리를 흔들 줄 알고.

그때 경기가 내 최고 기록이었어. 여전히 카운티 기록이고.

전자담배가 이렇게 기분 좋은 이유. 모두를 침묵시키니까.

전자담배가 최고의 발명품인 이유. 냄새나고 이를 착색시키고 짜증 나는 연기까지 보이는 짜증 나는 궐련 담배랑 전혀 다르니까.

(나이 든) 꼴통들만 '담배'를 피워. 아빠는 끊었다고 자랑하지만 망할 거짓말쟁이라 아무도 안 믿어.

교사들의 입이 그렇게 진지하게 움직이는 것을 보면 웃을 수밖에 없는데, 무슨 말을 씨부렁대는지 알아들을 수가 없어. 재미는, 있네!

'제이시, 뭐가 그렇게 재밌지? 우리한테 말해주겠니?'

무표정을 유지하려 애쓰고. 말을 더듬으며 얼굴이 뜨거워지고. 교실의 친구들은 나를 보며 입을 가리고 웃어 보이고.

'아뇨. 괜찮아요.'

'네가 '괜찮다'고? 정말?'

어른들이 마지막 말을 하게 돼. 빈정대는 말투도 상관없어. 어른들 생각을 누가 신경 쓴다고.

우스워 보이는 건 교사들인데. 쥐뿔도 모르고.

툭하면 파업하기로 투표하고. 그러고 나서 뭔가 일이 생겨서 파업 안 하고. 교사들이 봉급으로 받는 푼돈, 그거나 받으라지.

작년에, 처음엔 전자담배 피우는 애들이 몇 없었어. 수업 중에는 아예 없었고.

이제는 절반이 수업 중에도 피워. (여자애들도.) 교사가 등을 돌리면 재빨리 한 모금 빨지.

들이마시고, 내뱉고. 구름이 서늘해. 웃고. 기침하고. 갑자기 빙빙 도는 머리, 너무나 달콤한.

아몬드 니코틴. 굉장해!

아무리 비싸도 값어치를 해. 머릿속 슬프고 역겨운 쓰레기를 '파워 워시'처럼 청소하니까.

'전자담배 경보.'

건물에 들어서자마자. 전자담배를 들키지 않고 흡입할 수 있는 곳을 재빨리 살피고.

병원이면 다 사방에 '흡연 금지' 표시.

암 센터에도.

'흡입' 금지 표시는 없어. 전자담배 금지 표시도 없어.

일단은 복도의 화장실(1인용).

두 번째는 남자 화장실, 개별 칸.

(그래, 전자담배를 가지고 왔어. 사용하려는 건 아니지만, 뭐랄까, 자제력 같은 걸 시험하기 위해서.)

미친, 주사 치료실 간호사가 엄마 팔에서 핏줄을 못 찾아. 질긴 고무 밴드를 팔 위쪽에 묶고 팔뚝을 더듬으며 핏줄을 찾고. 내가 질색하는 광경. 메스껍고 섬뜩해. 부르르 떨려. 엄마가 정말 너무 안쓰럽지만 동시에 지긋지긋해. 결국은 탓하게 되지. '피해자들'을.

학교에서 남자애들한테 쓰레기 취급 받는 여자애들. 그 애들도 안쓰럽게 생각해야 하는데, 어휴, 그렇게 안 돼.

엄마는 신음하지 않으려 애써. 울지 않으려 애써. 팔은 멍 들고, 열 받게 간호사들은 엉뚱한 데서 핏줄을 찾아. '왼팔을 보라고. 미친. 팔꿈치 안쪽을.' 어린 간호사가 계속 엄마를 찌르고, 사과하고, 더 엉망으로 만들고.

'헛되이 찾는 혈관.

그들은 찾았지, 헛되이 혈관을.'

그래, 난 주사 치료실을 나가야겠어. 맞아. 나가야 해. 지켜만 보느니 나가는 게 낫지. 점점 흥분하며, 간호사에게 제대로 하는 사람 좀 불러오라고 말하지만, 지금 상황에 도움 안 되는 일이야. 내 목소리가 커서 다들 쳐다봐. 의자에서 주사를 맞던 다른 환자들. 다른 간호사들. 내가 집어치우라고, 미친, 다들 꺼지라고 소리치면 저번처럼 경비원이 창문으로 들여다보고 눈을 부라릴 거야. 내가 진정하지 않으면 암 센터에서 쫓겨날 거야. 그럼 엄마는 어떻게 될까?

그래, 이건 엄마 잘못이 아냐. 어느 것도 엄마 잘못이 아냐.

그래도 엄마가 원망스러워. 나에게 이렇게 무겁게 기대는 엄마에게 항의하고 싶어. 난 겨우 열다섯이라고!

미친, 3년은 지나야 내가 집을 떠날 수 있어. 그것도 운이 좋으면. 대학에 들어갈 수 있으면. 그리고 아빠가 등록금을 내주면. 망할 '가능성'들.

그러고 나서 입 안에 들어차는 더러운 물처럼 닥치는 가능성.

'엄마가 심각하게 아프면, 죽으면 어쩌지?'

다행히 다른 간호사가 도와주러 와. 덩치 크고 물렁해 보이는 남자야. 앤디라는 이름표를 달고 있어. 남자 간호사라니 이상해! 하지만 몇몇은 꽤 괜찮아.

서툴러 보이는 앤디. 하지만 엄마의 팔꿈치 안쪽에 바늘을 비스듬히 집어넣어. 따끔합니다, 부인. 죄송, 해요. 하지만 앤디는 첫 시도에 혈관을 찾아서, 꽤 인상적이야.

이때쯤엔 내 심장이 너무 심하게 뛰고 있어. 흡입도 안 했는데 아드레날린이 솟구친 거야.

～

두 시간 후 주사 치료실로 돌아가니 암 전문의가 나를 기다리고 있어. 엄마 상태가 안 좋은 듯해. 얼굴이 하얗게 떴어.

설명을 들었지. 엄마의 혈압이 '위험할 정도로 낮다'고. 혈액 검사 결과 '백혈구 수치가 비정상적으로 높다'고.

산소 포화도가 비정상적으로 낮은, 83.

헉! 100 중에 83?

게다가 엄마는 '오른쪽 하복부 통증'을 계속 호소했어. 그래서 암 전문의가 응급실에 전화할 거라고, 엄마를 응급실로 옮길 준비를 하겠대. 지금 당장 가는 게 좋겠대. 집에 가지 말고 응급실로 가라고, 이곳 직원이 바이털, 주사 기록, 혈액검사 결과 등을 팩스로 보내줄 거라고. 하지만 엄마는 아니, 아니라고, 응급실로 '가고 싶지 않다'고 애원해. 그냥 좀 힘들어서 그렇다고 말해. 주사 치료실에서는 혈압이 높아진다고. 맥박이 빠른데, 주사 치료실에서 제대로 숨을 안 쉬어서 그렇다고. 밖에 나가서 신선한 바람 좀 쐬면 괜찮아질 거라고. 엄마가 애걸해.

그럴 수도 있지만, 혈액검사 결과 수치들이 있어. 신부전? 크레아티닌 수치가 높아.

얼마나 높냐고 내가 물어.

3점 얼마. 미친, 엄청 높은 거야.

엄마가 구급차를 거부해. 나에게 기대서 걷다가 그다음에는 보행기를 잡고, 비틀거리며 미끄러지며 두꺼운 유리 자동문을 나가. 술 취한 여자처럼.

그냥 집에 데려다줘, 엄마가 말해. 응급실은 안 돼!

그래서 난 알았어, 엄마, 하지만 먼저 응급실에서 검사를 받아야 해, 그러고 나서 괜찮으면 집에 갈 수 있어, 하고 말해. 그렇게 나는 엄마를 진료 센터로 데려가서 응급실에 접수하고 절차를 시작해. 엄마의 혈액검사 결과는 꽤 나쁜 걸로 나와. 빈혈에다가 다른 문제들도 있어. '만성 복통'이라며 암 전문의가 정밀 검사

314

를 추천해.

엄마가 칸막이 중 하나에 들어가 (젊은, 아시아인처럼 보이는) 의사에게 검사를 받는 동안, 난 정말 안절부절못하기 시작해. 금단증상인지도. (벌써?)

내가 결심한 건 열두 시간쯤 흡입을 안 하는 거였어.

문제는, 흡입했을 때는 흡입하지 않으면 어떤 상태가 되는지 잊어버린다는 거야.

흡입했을 때는 약발이 떨어진 중독자 사정에 아무 관심 없으니까.

∽

절대 담배 피우지 마라, 제이시. 나랑 약속해.

알았어, 엄마. 약속할게.

······담배가 허파, 심장에 일으키는 문제에다가, 숨도 가쁘게 만들고, 입 냄새도 나게 만들고, 치아를 착색시키고. 게다가 비싸. 게다가 역겹잖아. 몸속으로 연기를 빨아들인 다음 내뱉어서 남들이 숨 쉴 공기를 오염시킨다는 게.

알았어, 엄마. 이해했다고.

지난주 학교에서. 나의 자제력을 시험하기로 결심하고, 전자담배를 집에, 책상 서랍에 숨겨두고 왔는데.

내가 무슨 '중독자'는 아니니까. (그저 전자담배 액상 맛을 좋아할 뿐.)

하루의 첫 모금, 이른 아침 욕실에서. 환상적이야!

서늘한 구름, '화학 과일' 냄새. 무슨 공상과학처럼.

실제 과일은, 딸기, 파인애플, 멜론 같은 과일은 냄새가 역해. 썩은 냄새가 나지. 그러니까, 다가오는 부패의 냄새를 맡을 수 있어. 하지만 증기, 과일 향 증기는 순수해. 절대 썩지 않아, 영원히.

하지만 정오쯤 되면 맛이 가서 미쳐버리겠고. 교실 시계를 노려보며. 입이 너무 말라서 강박적으로 침을 삼켜. 미친 미친 미친 미친. 점심을 먹는 대신 자전거를 타고 집으로 가야 했고, 엄마 모르게 몰래 집으로 들어가 한 대 빨고, 한 모금 두 모금 세 모금, 도취감을 음미하며 자전거를 타고 최고 속도로, 스파이더맨처럼 빠르게 학교로 돌아오는데, 망할, 시더 스트리트 오르막길에서 숨이 달려서 눈앞이 얼룩덜룩해지고 휘청거렸지만, 무사히 도착해서 망할 종이 울릴 때 기하학 수업에 걸어 들어갔고, 날아갈 듯 제시간에 돌아갈 수 있었고. 물론.

그 주 내내 전자담배를 집에 두고 갔어. 학교에 가져가지 않기로 아주 단단히 결심을 하고. '자제력'을 훈련하기로 아주 단

316

단히 결심을 하고. 그리고 그 주 내내, 한낮이 되면 미쳐버리겠어서 망할 4.2킬로미터를 자전거를 타고 달려 짜증 나는 언덕을 올라가 집으로 돌아가야 했지.

금요일에는 너무 맛이 가서, 지쳐서, 포기했어. 그냥 칼리의 전자담배를 빌렸고.

야, 내가 빚진 거다. 알았지?

괜찮아, 제이시. 안 그래도 돼.

애들이 날 보고, 그러니까, 당황스러워해. 전자담배는 중독성이 없는 걸 다들 아니까, 그런데 왜 저렇게 난리지?

우리가 '약쟁이'도 아니고. 한심한 저급 '중독자'들.

학교에서 먼저 전자담배 피우던 애들은 기분 나쁜 애들, 한심한 애들이었어. 그러고 나서 나중엔 내가 아는 애들, 나랑 놀던 애들. 그러고 나선 운동 팀 애들.

지난여름에 어쩌다 보니 나도. 수영장에서 다른 안전 요원들과. 그들이 빨아들이는 걸 지켜보니. 전자담배랑, 괴상한 혼합액, 니코틴과 과일 향의 혼합이라니! 딸기 증기를, 연기가 아니라 증기를 빨아들이고, 그런 다음 내뱉고, 증발시키고.

신기한 마법처럼 연기가 눈앞에서 증발하다니, 정말 멋져서.

그리고 벤 마더가 야, 제이시, 해볼래? 물어서 피식 웃으며 '아니, 내가 그딴 걸 왜 하냐?' 했는데.

담배는 피워봤지, 아빠가 재떨이에 남긴 꽁초로.

'니코틴 각성'은커녕 숨이 막히고 기침이 나고 토할 것 같았고. 끔찍한 맛이 나는 담배 쓰레기.

하지만 그러다가 나중에 칼리가 진짜 좋다고 해보라고 줬고, 그래서 난 알겠다고, 그쯤 되자 그 화학 구름 냄새를 하도 맡아서 시샘 같은 것도 생겼던 듯. 딱 한 번만 해보자 싶어서.

칼리가 전자담배 사용법을 알려줬어. '불을 붙이는' 게 아니라 배터리로 작동해. 그러니까, 첨단 기술이지. 담배처럼 조잡한 쓰레기가 아니라.

사실 아주 간단해. 하나 둘 '셋'.

으악, 뭐야! 머리가 미친······.

애들이 비웃고. 내가 얼빠진 표정을 지었는지. 어휴!

그러다가 이렇게 좋은 게 없다는 걸 알게 돼서. 이렇게 멋진 게 없어서, 아직까지는.

섹스보다 낫고. (그렇다고들 하는데. 나야 모르지만.) 섹스보다 훨씬 쉽고. 그리고 짜증 나게 다른 사람이 필요 없으니, 섹스보다 훨씬 근사하고.

'남'을, 의존하던 다른 사람을, 필요하던 타인을 없앨 수 있다는 건 덤이지.

전자담배 흡입이 근사한 이유, 스파이더맨처럼 강하게 만들어주니까.

전자담배가 근사한 이유, 들키지 않으니까.

엉성한 연초 담배랑 다르게. 연초 담배를 피우고 나면 입김, 머리, 옷에서 나는 연기 냄새 때문에 근처만 지나가도 어른들이 알아채. 전자담배처럼 비밀로 할 수가 없어.

게다가 전자담배는 최고야. 훨씬 더 근사해.

얼마냐고? 묻지 말자.

얼마든 그 값을 하니까.

얼마든, 살 돈이 있든 없든, 돈 구할 방법은 생기기 마련이니까. (예를 들어) 엄마의 신용카드처럼. 엄마가 아파서 병원에 있으니, 7층으로 갔으니, 어차피 (많이) 사용하지 못할 테니까.

∾

엄마가 입원 절차를 밟고 있다고 휴대전화로 연락이 왔고. 들 것에 실려 7층, 7731호로.

그래서 난 안내 데스크에서, 저기, 왜 7이 하나 더 있는 거예요, 하고. 그러자 직원은 이런 황당한 백인 남자애는 처음 본다는 듯 나를 봐.

설명하려 노력하면서, 저기 봐요, 방 번호에 7이 하나 더 있잖아요, 7731호가 아니라 그냥 731호여야 하는 거 아니에요? 그랬더니 드디어 그녀가 농담인 걸 알고 웃어. 웃기려 애쓰는 얼간이를 본 여자들이 웃듯이. (어쩌면) 내가 약간 긴장하고 불안해(한다는 걸 감지)하니까, 그러면 여자들은 안쓰러워하고 맞춰주려 하기 마련이니까.

특히 간호사들, 간호조무사들은. 어휴! '온갖' 걸 다 봐야 하는 사람들인데.

'방문자분에게 환자가 어떻게 되죠? 가족인가요?' (나를 훑어보며, 내 나이대의, 나처럼 생긴, 가족이 아닌 누군가 엄마를 방문할 수도 있다는 듯이.)

'예, 내 어머니예요.'

('내가 아들이에요'라고 하면 될 걸, 괴상하게 말해야 하다니.)

(나에게 엄마는 하나뿐이니까. 하지만 엄마에겐 아들이 더 있을 수 있지. 그래서일까?)

출입증을 주며, '좋은 하루 되세요' 하고. 내가 잘 몰랐으면 안내 직원이 비웃는다고 생각했겠지.

방문객 출입증이 있으면 병원을 막 돌아다닐 수 있다는 걸 알게 됐어. 출입증을 달고 있으면 아무도 자세히 보거나 의심하지 않아. 병원은, 특히 아침엔 미친 듯 바쁜 곳이니까.

엄마의 병실은 미치게 우울하고. 창문에서 시내의 고층빌딩들 전망이 보이는 1인실이지만. 하늘에는 구름들도 보이지만. 불쌍한 엄마는 양쪽 팔에 링거를 꽂고 아침에는 신장 생검을 받기로 했어.

오늘은 전자담배를 집에 두고 오지 않은 게, 여기선 스트레스가 이럴 거 같아서, 한 모금 꼭 빨아야 할 것 같아서. 아니면 두 모금. 병실에 화장실이 따로 있고, 문을 닫을 수 있어서. 병원에서 흡연은 금지지만, 흡입은? 알면 쫓아내려나?

다행히 냄새도 몇 초 이상 안 나고. 재도 안 생기고!

간호사가 작은 카트를 밀며 엄마 병실에 들어와 바이털(산호포화도, 혈압, 맥박)을 확인해. 하지만 나는 화장실에서 만면에 웃음을 띠고 거울을 보다가 연기가 증발하고 나서 밖으로 나오면 완벽히 멀끔해, 확실해.

너무 짜릿해서 간호사의 말도 들리지 않아. 산소 포화도가 좋아졌다든가 나빠졌다든가. 맥박이 빠르다든가. 혈압이 낮나? 높나? 엄마의 상처받고 겁먹은 눈이 나를 보지만 나는 눈치도 못 채.

문틀에 붙은 하얀 종이들에 인쇄된 단풍잎. 무슨 뜻이지?

복도 끝 엘리베이터 옆 방문객 휴게 공간에서 좀 쉬며. 여기 서너 명이 있는데 그중 하나가 울고, 그중 둘이 울고, 굵고 갈라진 목소리의 누군가는 아이를 달래려 노력하지만 그 어느 것도 나에겐 조금의 감흥도 주지 않는 것이, 마치 TV 같아. 환상적인 도시 경관을 감상하며, 늦은 오후 태양은 깨진 달걀노른자 같아. 머릿속이 뼈처럼 건조하게 느껴지지만 입 안에서 느껴지는 맛은 좋아.

창밖으로 고속도로를 응시하며. 천-천-히 퇴근길 차량들이 좀비처럼 도시를 빠져나가고. 죽은 자들의 땅. 어휴! 내가 저 좀비들 중 하나가 아니라 그 위로 높이 나는 스파이더맨이어서 좋아.

그 위로. 짜릿하게 날아가는.

～

'흡입의 꿈속'.

장기 계획은, 인터넷에서 총 구매하기. 엄마 카드로.

아빠가 사는 곳 조사하기. 구글 지도로 뉴저지주 베이리지 로슬린서클 54. 아빠를 따라가기, 그러니까, 베이리지 쇼핑몰 같은 데로. 그 꼴통도 가끔은 쇼핑몰에 가야 할 테니까.

뭐, 내가 렉서스를 모는 걸 아빠가 보면. 끝이겠지.

(자동차 번호판 같은 걸 보면 알아보겠지. 난 후드티 입고 선글라스를 쓸 거고.)

그 애가 같이 있으면, 새 아내의 아이, 타일러라는 얼간이 같은 이름에 여덟 살이라고 엄마가 그랬나, 그러면 짜증 나게 유감이겠지만. '부수적 피해'겠지.

엄마한테 전해 들은 말, 아버지는 나와는 실패했다고 생각한다고. 나에게 '닿을 수 없다'고 느낀다고. 하지만 새 아들과는 다시 시작할 수 있다고.

내가 어릴 때 그가 저지른 실수들. 그도 어렸으니까, 어린 아버지였고 지금 같은 식견이 없었으니까.

'꺼지라 그래!' 엄마의 얼굴에 떠오른 표정. 난 방을 뛰쳐나왔고.

(그래 엄마는 좋아했어. 분명 그랬어.)

(엄마한테 아빠 욕을 하면, 친척이나 어떤 친구들이나 내가 하면, 엄마는 동의하지는 않는 듯해도 분명 시원해한다.)

계획은, 짜증 나는 위장복 없이. 후드티와 배낭만. 콜럼바인의 그 얼간이들처럼 검은 코트 같은 것도 없이. 야구 모자를 눈 바로 위까지 눌러쓰고. '미국을 다시 가짜로'라는 문구의 빨간 모자를 쓰고.

계획은, 흡입하기. 아주 짜릿해지기. 깊이 들이마시고 천천히 내뱉기. 뇌가 알딸딸하도록. 온몸의 땀구멍에 불이 붙은 듯 넘쳐흐르는 힘 느끼기.

자세를 잡고. 표적을 확인하고. 그러고 난 다음엔 빨리, 아빠가 날 발견하기 전에 빨리.

하나, 둘, 셋, 군중에 총알을 뿌리고. 내 손에 들린 건, AK-47. 칼라시니코프 자동소총. 멋져! 군중 속 한 명이 목표였다는 건 아무도 모를 거야. 서른 명쯤 살육할 수 있으면, '벤저민 파울러, 마흔일곱, 로즐린 파크 공인회계사'는 사망자 중 하나일 뿐.

잡히지 않고 발각되지 않는다면. '대량 학살범'과 '피해자들' 사이 관련성은 없어. 현장에 '연속 사격'을 재빨리 퍼붓고 신속히 퇴각, 계획된 도주로를 따라서, 범죄 증거물은 버리고, 사라진다면.

⌒

완벽하게 흡입하면 짜릿하게 '사라져'.
더 이상 '나'는 없어. 그저 화학적인 과일 향, 증기 구름이
증-발-하-며
바로 눈앞에서.

⌒

'(합법적으로) 총은 어디서 사지?'
인터넷 총 판매처. 암스리스트, 크레이그스리스트, 건스아메

리카, 치퍼댄더트. 이런 사이트는 위장 경찰이 감시하고 있을 테니, 좋은 생각이 아닐 수도. 소아성애자들을 감시할 때처럼.

애들한테 물어보고, 어디서 총을 구할 수 있는지 아는지? '그러니까, 합법적으로.'

그랬더니 애들이 나를 보지도 않으며 고개를 젓고. 그러니까, 애들은 우리 아빠가 떠난 걸 알고, 그리고 (어쩌면) 그 꼴통한테 내가 어떻게 하려는지 들었어. 그래서 애들은 모른다고 하면서 하는 말이 '인터넷 아냐? 이베이?'

픽이나. 잡히기 딱 쉽지. 주 정부 자격 요건이 열여덟 살 이상인데. 전과가 없어야 하고. AK-47이라고 치는 순간 망하는 거다. '아동 포르노'라고 치는 거나 마찬가지. 그래서 물어보길 포기했어. 흡입했을 때는 쟤들 망할 이빨을 뽑아버리고 비웃어주고 싶지만, 흡입하지 않았을 때는, 약발이 떨어지면, 그래서 기분이 아주 더럽게 늘어지면, 누가 이빨로 내 목을 찢어발겨줘서 이 비참을 끝내줬으면 하고.

⟡

'그럼 아빠랑 살 거야?' 애들이 물어. 즉 엄마한테 뭔 일이 생기면 말이지.

'그래. 그렇겠지.'

'아빠가 어디 사는데?'

난 어깨를 으쓱하고, 미친, 말하고 싶겠느냐고. 젠장!

흡입이 좋은 이유. 꼴통들이 질문을 하고, 난 쥐뿔도 신경 안 쓰고 대충 넘길 수 있어서. '그래, 그럼, 뭐라 지껄이든지. 그래.'

문제는, 약발이 예전처럼 오래가지 않는다는 것. 몇 주 전만큼도. 천천히, 풍선 바람 빠지듯, 망할 '쉬익' 소리가 들릴 것처럼.

그래, 비싼 편이지. 전자담배랑 액상은 싸지 않아.

액상 한 병이 담배 한 갑과 맞먹어. 아니, 담배 100개비인가. 하지만 100개비를 피우는 데 얼마나 걸리지? 전자담배는 훨씬 빨리 닳는데.

니코틴이 훨씬 농축된 거야. 대단해!

나랑 비슷하게, 아빠가 집을 나간 애한테는 말할 수 있어. '우리 아빤 나한테 아무 관심 없어. 인정해야지. 재혼했고, 어린애가 있고, 나한텐 이복동생이 되는 애 말이야. 새 아내의 애도 둘 있고. 난 '남'이야.'

그러면 그 애는 '그래. 그렇겠지.'

'난 어떤가 하면, 죽이고 싶어. 그냥, 없애버리는 거야.'

'그래, 나도.'

하지만 그 애는 관심 없어 보여. 마치, 본인도 아빠를 치워버리고 싶지만 너무 짜증 나게 힘들 것 같아서 안 한다는 것처럼.

내가 베이리지의 아빠 집을 딱 한 번 방문했을 때, 섹시한 새 아내는 내가 '냄새난다'며 투덜댔어. 겨드랑이에서, 가랑이에서. 내 옷차림도 싫어했고. 운동화도 '한심하다'며.

내가 그녀를 도발한다며. (농담이었는데!)

(내 짐작엔) 샤워할 때 머리에서 비누를 다 씻어내지 못해서, '물귀신' 같아서.

(나쁜 년이 '물귀신'이 어떻게 생겼는지는 잘도 알아서.)

(어쩌면 전부 죽여야, 쥐똥만 한 타일러도 포함해서. '부수적 피해'.)

망할 화장실에 숨어서 스피어민트 액상을 흡입하고. 끝냈을 때는 눈이 돌아서, 같이 식사는 미친, 뭘 같이해도 입맛 떨어지는데, 어차피 너무 흥분해서 가만히 앉아 있을 수도 없었고.

뭐, 어쩌면 뭔가 좀 깨졌는지도. 어쩌면 작고 소중한 쥐새끼 타일러가 겁을 먹고 울기 시작했는지도. (아빠의 우버 계정을 사용해) 집에 돌아왔을 즈음엔 입이 너무 말라 침도 삼킬 수 없었어. 가슴에도 괴상한 느낌, 뭔가 안에서 갉아 먹으며 밖으로 나오는 듯.

'다음에는 뭘 해야 할지 알겠어. AK-47을 구해야지.'

∽

　　어느 아침 엄마 병실에 가보니 단풍잎들이 문밖에 붙어 있고.

　　무슨 뜻인지 간호사에게 물어보니 '환자가 넘어질 위험이 있다'는 뜻이라고.

　　그러니까 부축 없이 환자가 침대 밖으로 나오면 안 된다는 뜻. 환자가 혼자 침대 밖으로 '나오려 하면 안 된다'는 뜻.

　　그럼, 엄마가 더 약해지고 있는 건가? 열 받네.

　　 ∽

　　'내가 할 수 있는 일이 있으면 뭐든지, 제이시, 알려줘.'

　　'저런! 네 엄마가 얼마나 사랑스러운 사람인데.'

　　입들이 슬퍼해. 눈들이 동정해.

　　처음엔 그냥 감사했어. '예. 알았어요.' 그들이 엄마에 대해 안다는 것이, 그들이 엄마에게 관심 있(어 보인)다는 게 당황스럽다는 듯.

　　'릴리언을 위해 할 수 있는 일이 있으면 뭐든지, 제이시, 알려줘.'

　　그런 다음 어느 날 학교 앞에서, 연습 후 빌리를 태우러 온 빌리 어머니에게 내일 아침 병원에 태워다 줄 수 있는지 묻고, 그녀는 망설이다가 우버를 불러주겠다고 해. 아침에 다른 곳에서 약속이 있다고.

'내가 할 수 있는 일을 알려줘, 제이시.' 렌의 어머니가 말해서, 가끔 병원을 방문해주면 고마울 거라고 말하고 렌의 어머니는 재빨리 그러겠다고, 너무 릴리언을 방문하고 싶다고, 내일 아니면 모레 가보겠다고, 하지만 지금은 이런저런 일이 너무 많아서, '솔직히 정말 정신이 없구나'.

그래도 엄마에게 카드, 꽃들이 와. 전남편으로부터 온 베고니아 화분.

카드에는 '빠른 쾌유를 빕니다. 당신의, 벤'.

'빠른 쾌유'라니! 무슨, 농담하는 건가?

'당신의'. 이건 농담이고.

너무 화가 나서, 머릿속에서 고동이 둥둥 울린다. 한 모금 빨고 싶어 죽겠고!

하지만 미친, 돈이 부족해. 마치 누가 내 발목을 잡고 거꾸로 들어 올린 것처럼 망할 주머니에서 돈을 탈탈 털어봐도.

악몽. 흡혈박쥐가 내 목을 빨아. 경동맥을.

다만, 내 피를 빨고 빨고 빠는 박쥐가 동시에 내 핏속에 달콤한 화학적인 과일 맛을 역류시키고 시원한 구름을 풀어 우리를 숨겨.

가슴 속에 웃긴 감각. 폐? (기흉? 연초 담배 업계가 겁을 주기 위해 퍼뜨리는 말/가짜 뉴스 같아.)

(전자담배에 얼마를 써도 연초 담배에 쓰는 만큼은 아냐. 그리고 연초 담배가 아니면 '암에 안 걸려'.)

아빠가 내 흡입에 대해 알면 난리 날 거다. 내 육상 성과가 그렇게 좋지 않다는 걸 알면. 아빤 꺼지라지, 뭘 안다고.

전화해서 물어. '어떻게 지내니, 제이시?' 죄책감 느껴지는 목소리로, 그럼 내가 웅얼거리며 '그냥' 대답하고. (아빠라고 부르지 않고. 뭐로도 부르지 않고.) 그리고 침묵이 이어지자, 가짜 아빠 같은 목소리로 '너 괜찮니, 제이시?' 묻고 그럼 나는 '응, 그럼' 하고. 그리고 아빠는 '엄마는 어떠니, 제이시?' 묻는데, 이건 함정이 있는 질문이어서, 나는 그저 '엄마는 괜찮아' 대답하고. 눈을 굴리면서. 이 꼴통은 자기 말이 어떻게 들리는지 전혀 모르지만, 이번엔 나한테 아직 약발이 남아서, 아직 기분이 좋은 상태고 기분이 뭐 같아지기 전이라서, 보통은 아빠가 기분을 뭐 같게 망치지만 지금은 아니고, 지금 난 스파이더맨 의상 안에서 아빠를 비웃으며. '웃기네, 관심이나 있고?' 그러자 아빠는 너무 충격받아서 처음엔 대답도 못 하다가 결국 더듬거리며 '말버릇이 그게 뭐야, 이놈아. 너 이래도 되는 거냐? 아빠가 진지하게 묻는데. 네 엄마를 걱정해서, 널 걱정해서'.

비웃으며 말하고. '우리가 아빠한테 신경이나 쓸 줄 알아? 엄마도 집어치우래.'

그러자 아빠가 충격받아. 자기 아내/내 어머니가 그런 말을 했다는 걸 믿을 수 없어 하다니 웃기지만 아빠는 자기 합리화를 할 것이고 새 아내는 믿어줄 거야. 당연히.

자기 행동을 정당화하기 위해 모든 걸 왜곡하겠지.

당연히. 난 알아.

'쳇, 네놈은 죽을 거야. 스파이더맨이 곧 덮칠 테니까!'

⌒

병원을 배회하며. 스파이더맨처럼, 보이지 않는 실로 활공하며. 다들 앞섶의 출입증만 흘긋 보고 말아. 충혈된 눈도, 콘크리트의 균열처럼 좀비 같은 미소도 쳐다보지 않아.

돈이 떨어져가. 배고파 미치겠는 사람처럼 잠시도 가만있지 못하겠지만 먹을 게 고픈 건 아냐.

아래층으로 계단을 내려가. 가기 쉬워. 아래층 카페테리아에서 오는 것처럼 쟁반을 들고. 분주한 복도, 직원 교대, 오후 7시. 방문객들과 섞이고, 병실에 들어가고, 안에 사람 있으면 다시 나오고, 의도치 않은 실수처럼, 병원에서 저지르기 쉬운 실수처럼. ("어, 미안요. 층을 착각했나 보네요!") 하지만 병실에 아무도 없거나 잠든/의식 없는 환자만 있으면 침대 옆 탁자로 가서 서랍에 지갑이 있는지 살피고, 안경, 보청기, 빨리 지갑을 꺼내, 빨리 현금을 꺼내, 지갑을 돌려놓고, 아무도 모르고.

가슴에 전자 주사를 놓은 것처럼 심장이 뛰고. 좋아.

첫 시도에 73달러.

흡입 덕분에 용기가 생겼고. 뇌가 빙빙. 계단을 한 번에 두 개, 세 개씩 오르다가, 날아. 스파이더맨!

흡입 액상을 사려면 헤매고 모아야 해. 하지만 헤매고 모으려면 흡입을 해야 해.

두 번째 시도, 110달러. 거기다 웬 노인의 침대 옆 서랍에서 틀니, 보청기와 함께 고급스러운 손목시계. (침대 위 환자는 입을 벌리고 늘어져 피부는 노란 가죽 같고, 멍 든 팔 안으론 링거액이.)

(그를 보지 않으려 노력해. 재빨리 시선을 돌려.)

나중에 들어간 4층 방에는 서랍에 돈이 없어. (지갑도 없고.) 하지만 묵주 하나를 꺼내서 배낭에 쑤셔 넣고.

(침대 위 인물을 봤더니. 으악! 여자인지 남자인지 구분이 안 가는 괴상한 얼굴.)

두려움 없이. 침착하게. 스파이더맨처럼 재빨리 탈출.

비결은, 어디로 가는지 완전 아는 것처럼 보이기. 방문객을 신경 쓰는 사람은 아무도 없어.

그런데 갑자기, '실례합니다. 누구시고, 어디 가는 길이죠?'

검푸른 제복 입은 여자, 간호사일 텐데. 중년에 뾰족한 얼굴, 미소도 없고 허튼소리도 하지 않는. 의심스럽게 노려보는 엑스레이 시선이 내 배낭을 꿰뚫는 듯, 오늘 밤 내가 무엇을 뒤져 가져왔는지 정확히 아는 듯.

더듬지 않으려 노력하며. 7771호에 입원한 어머니를 방문했다고 말하며.

'그래요? 여긴 7층이 아닌데. 여긴 8층이에요.'

놀란 척하며. 8층요? 7층인 줄 알았는데…….

엘리베이터에서 잘못 내린 듯하다고.

미소를 지으며 땀을 흘리지 않으려 노력하고. 전자 액상의 침착함. 레몬 향.

하지만 간호사는 납득하지 않아. 억세 보이는 팔, 키도 나보다 크고. 나를 둘러멜 수 있을 듯한. 허튼짓은 통하지 않을 듯한 (짙은 아몬드색 피부의) 여성이 눈을 가늘게 뜨고 출입증을 노려보고. 이름과 얼굴을 외우려는 듯. 하지만 그러는 척할 뿐인 게 분명해. 아니면 배낭에 뭐가 들었느냐고, 주머니에 뭐가 들었느냐고 물었을 테니까. 경비원을 불렀을 테니까. 하지만 어쩌면 지금이 늦은 시간이니까, 밤 11시가 넘었으니까, 그녀도 깊이 엮이고 싶지 않은 건지도. 경찰에 신고해야 할지도, 정식으로 서류를 작성하고 재판에 나가야 할지도 모르고. 그럴 만한 가치를 못 느끼는지도. 현금은 훔쳐도 추적이 안 돼. 손목시계도 이 녀석 것일 수 있지. 시계가 없어진 곳을 찾으려면 한 병실 한 병실을 뒤져야 할 테니. 더구나 낱장 지폐들은. 짜증 나네, 그녀는 생각할 거야, 제기랄, 이 특권층 백인 남자애를 조질 만한 가치가 없어.

그래서 간호사는 눈을 부라리며 혐오의 표정과 경멸의 목소리로 나를 어머니 병실까지 데려다줘야겠다고 말해.

그래서 좋다고, 상냥하고 순진하게 대답해. 그러고는 둘이 엘리베이터를 타고 한 층 내려가 (문밖에 망할 단풍잎이 붙은) 엄마 병실까지 같이 가고, 이 시간의 병실은 밤샘이라도 하듯 어둑한 불이 켜져 있어. 그리고 침대에 누운 엄마의 만신창이 팔로 링거액이 똑똑 떨어져. 당직자가 엄마의 생체 기능을, 심장, 혈압, 산소 포화도를 재고 있어서, 엄마는 약간 멍하지만 깨어 있다가, 나를 보자 피로한 얼굴에 밝은 미소를 띠어. '제이시! 집에 안 갔구나, 여기 있었어……'

주사 치료실 이후 처음으로 엄마가 미소를 지어.

이렇게 의심을 면했어. 몽유병자처럼 아들을 향해 손을 뻗는 엄마를 보고 간호사는 누그러져. 다른 아이들처럼 당황하거나 겁을 내며 움츠리지 않고 엄마의 손을 잡는 걸 보고.

그래, 좋아. 비록 목을 졸라 죽일 마음의 준비를 하고 있었지만. 엄마 말고, 간호사의 목을 조르려 했어. 울룩불룩한 시체는 '세탁물' 표시가 붙은 다용도실에 처넣으려고.

~

병실에 엄마랑 둘만 남아. 텅 빈 검은 창문들엔 병실 내부의 광경만 비치고. 오목거울에 비친 듯 살짝 뒤틀려 보여. 하지만 안전해!

엄마의 (차갑고 힘없고 마른) 손을 움켜쥐어, 엄마는 (여전히 창백한 미소를 지으며) 잠에 빠져든 듯하지만. 젠장! 미친 생각이 떠올라. 주머니 속 전자담배를 켜고 엄마 입에 갖다 대는 거야. 환자의 뇌에 전기 충격처럼 자극을 주는 거야.

'일어나, 엄마! 엄마는 죽긴 너무 젊어. 내가 구해줄게.'

~

이렇게 하자. 엄마가 살면, 아빠도 살아.

엄마가 죽으면, 아빠도 죽어.

못 할 것 같아? 두고 봐.

'맙소사! 그 애가 완전범죄를 꾸몄네.'

'인정해줘야겠지. 그런 머리가 있을 줄이야. 혹은 그런 용기가.'

'그-으-래- 대단해. 그런 걸 할 수 있을 줄 전혀……'

'그러게. '어떻게' 해냈는지 모르겠어. 아마 약발이겠지.'

'망할 흡입! 요즘 애들은.'

'그래도 확실한 건, 그 총을 인터넷에서 가짜 신분증 같은 걸로 샀으리라는 거야……'

'그러게, 놀랄 일도 아니지, 엄마 신용카드를 썼겠지. (처음도 아니었을 거야. 아이를 제대로 단속했겠어? 아-니겠지.)'

'그런 다음엔 내 차로 나를 따라온 거야. 토요일 오전에. 쇼핑몰에 가서 전자제품 할인매장으로 올라가느라 1층에서 에스컬레이터를 탔는데, 다른 사람도 많이 탔는데, 소리가 터졌어. '총기 난사'의 소리가, '테러 장면'의 소리가. 사람들이 비명을 지르고 에스컬레이터에서 벗어나려고 난리를 치다가, 누가 넘어지고, 또 누가 넘어지고, 피가 튀고, 피가 흐르고, 공포에 질려 정신나간 부상자들이 서로의 몸 위로 기어오르고, 나는 에스컬레이터 아래 무릎을 꿇고 머리를 감싼 채 기어서 벽 뒤 안전한 곳으로 가려고 하는데, 다른 사람들한테 가로막히고, 이런 일이 '나'에게도 일어나다니 믿을 수가 없고, '대량 학살'의 피해자가 되어, 총알들이 내 몸에 꽂히고, 순식간에 척추를 가르며, 잔혹하게 당겨지는 줄에 매인 꼭두각시처럼 나를 춤추게 만들고, 그러다가 내 뒤통수가 날아가고……'

'그래, 그런 거지.'

'그러고 나서 애가 도망쳤어.'

'너무 맛이 가서 그래, 어쩌면 그 애는 그냥 날아가버린 건지도. 아빠는 저 아래, 자기 피에 익사하며 호박처럼 두개골이 터져 뇌수를 흘리는데, 아빠가 짐작이나 했겠어, 애가 뭘 할지.'

밤, 네온

1

어스름, 가슴 아픈 시간. 강물 위에서 천천히 기울던 빛이 눈처럼 녹아내린다.

'네온'이 시작되는 시간. 갑작스럽게, 미묘하게. 길고 눈부신 낮 내내 기다린 사람이 아니면 알아채는 사람은 거의 없다.

그리고 '네온' 중에서 가장 흥분되는 게 '푸른 네온'이다.

운전하며 '푸른 달 카페'를 지나가고. 그녀는 한 시간 내에 집에 도착해야 하니까, 푸른 달 카페를 지나갈 이유는 없지만…….

다만, '푸른 네온'이 강력한 자극제처럼 그녀의 혈류에 들어온다. 감각이 퍼뜩, 고통스러울 정도로 살아난다. 빨라지는 심장박동을, 기대의 쾌감을 느낀다.

감각의 쇄도, 깊숙한 갈증. 그 갈증을 해갈할 기대.

"딱 한 잔만. 축배 삼아."

이 모험의 공모자인 패트릭과 함께 축하하는 게 (분명히) 더 좋을 테지만.

혼자 축배를 들지 않는 게 (확실히) 현명하겠지만.

"딱 한 번만."

'푸른 달, 푸른 네온'. 눈에 띈 것만으로도 심장에 아드레날린이 차고.

그녀는 오래 있지 않을 것이다. 상황을 복잡하게 만들지 않을 것이다. 흘긋거리지도 않고. 누구와 시선을 얽지도 않고.

'혼자예요?' 누가 물어오면 대답은 '네. 남편이 오기 전까지는요'.

푸른 달 카페에서는 아는 사람이 없는 게 좋고. 익명이면 네온 속에서 자리를 잡기가 더 편하고.

시선을 얽지 않으면 더 편하고. 바텐더 뒤의 거울 벽면에서도 시선이 마주치지 않도록, 거기로 시선을 마주치는 건 진짜가 아니(라고 생각하고 싶)지만.

그녀가 들고 다니는 요란한 스팽글 가방, 재미있으면서도 화려한, 커다란 손가방이 드러내는 건 '유희 감각을 지닌 여자, 너무 심각하지는 않은 여자'지만, 실은 가방 안에 자기방어를 위한 수단이 감춰져 있다.

'공격'을 위한 도구는 아니다. 그녀가 먼저 폭력을 사용하는 일은 결코 없을 것이다. 다만 '자기방어'는 계산된 '공격'처럼 신속하고 치명적으로 적중할 테다.

이 가방에는 지갑, 차 열쇠, 휴대전화, 아이패드, 이어버드, 립스틱, 머리빗, 티슈, 그 외에도 많은 자잘한 것들이 가득 들었고, 맨 밑바닥에는 하늘거리는 얇은 천에 싸인, 20센티미터 길이의 얼음송곳이 날카롭게 벼려지고 반짝이도록 닦인 채 들어 있지만, 줄리애너가 남몰래 가지고 다닌 지 수개월, 아마도 수년이 되도록 아직 사용된 적은 없다.

그리고 줄리애너의 또 다른 비밀, 그녀는 드디어 임신했다.

한 시간도 안 된 비밀. 드러나고 싶어 안달이 난 비밀.

'마침내.' 이것은 승리다, 동화 같은 결말이다. 줄리애너가 결혼하길 망설여서 패트릭은 상처받았고, 줄리애너가 사랑한다고 주장하면서도 결혼하기를 망설여서 패트릭은 어쩔 줄 몰라 했다. 그녀는 '남자를 사랑하는 것'과 '남자와 사랑에 빠지는 것' 사이 구분을 조심스레 (비밀스레) 지켰다. 뭐, 이제 줄리애너는 패트릭에게 달려가 좋은 소식을 전하며 기쁨에, 술 취한 기쁨이 아니라 (아마도) 취한 듯 보이는 기쁨에 들떠서 마음 편히 그를 껴안을 것이고, 그렇게 마르고 긴 팔다리에 귀여운 괴짜인 줄리애너를, 그녀의 솔직함을, 진실됨을 사랑하는 패트릭이 가끔, 특히 겨울철에 우울해질 때, 그녀의 밝고 건강한 정신이 그의 기운을 북돋울 것이다.

하지만, '우울증은 아냐'.

줄리애너는 주장한다. '울적한' 거야.

왜냐하면, 둘 다 동의하듯, 둘 중 더 복잡하고 더 '꼬여' 있는 건 패트릭이라서.

그녀는 연인의 입에 세게 키스하며 깜짝 놀란 그의 표정에 웃을 것이다. '맞혀봐! 엄청난 소식이야!' 그럼 패트릭은 눈을 가늘게 뜨고 어리둥절해하며, '뭐야, 뭐야? 무슨 일이야, 줄리애너?'

그러면 그의 귀에 대고 속삭일지도. 은근한 말을. '예정일이 언제일 거 같아?'

줄리애너는 이미 품격 있고 신중하게 행동하고 있다. 그녀의 가족 중에, 친지 중에 그녀의 행복을 예상하지 못한 인간들이 있다. 이제 그들에게 보여줄 수 있다. 그녀의 몸이 반증할 것이다.

내부에 불이 붙은 듯 빛이 나며, 풍만한 살구색 초의 심지에 불이 붙어 밀랍 초 안으로 파고들면서 신비롭고 아름다운 빛을 따스하게 발하듯이. 조심스레 운전하며 병원에서 집으로 가는 길, 전날엔 대수롭잖게 무시했을 노란불에서 브레이크를 밟고. 분명 무시했던 주택가의 멈춤 표지판에서 아무도 안 보여도 멈추고.

절대 풍만하다고는 할 수 없는 몸, 팔다리가 길고 마른 소년 같은 몸이 이제 '여성적'이 되는 게 느껴지는 것만 같다. 작은 가슴이 부풀어 부드러워지고 묵직해지며 유두가 섬세하게 예민해져서 그녀는 당혹스러움에 자기도 모르게 크게 웃음을 터뜨린다.

'아, 이게 나, 줄리애너란 말이야? 이건 내가 아니야!'

그녀의 애정이 연인을 압도할 것이다. 그동안 패트릭이 은근히 열망해왔으나 줄리애너가 미처 주지 못했던, 신경질적이지 않고 직설적이며 포유동물적인 애정이.

'임신한 여성이 가장 아름다운 여성이야.'

'난 세상에서 가장 행복한 남자야.'

그의 말이 들리는 듯하다. 패트릭만의 말투가.

패트릭의 입에서 나오면 가장 흔하고 진부한 말도 새로운 의미를 띠는 이유는, 그가 자신이 믿는 말만을 하기 때문이다.

(대부분의) 다른 남자들과 달리.

줄리애너가 알던 (대부분의) 다른 남자들과 달리.

아, 그녀는 흥분했다! 서서히 불안으로 물드는, 너무 날 선 흥분.

프런트 스트리트에서, 평상시엔 별 특징 없던 거리에서, 상점들의 어두운 창유리에 비친 태양이 지평선 너머로 사라지며 원즐로 호머의 그림에서처럼 절묘한 주홍 수채 물감으로 물들 때.

그리고 첫 전조등! 건물들, 집들 내부에 조명이 들어오고. 그리고 머리 위 하늘은 아직 환하게 빛나고. 황혼의 시간.

이 구역 건물의 그림자 끝에 푸른 네온, '푸른 달 카페'.

낮에는 너저분한 싸구려로 보이는 네온이다. 낮에는 눈길도 안 가는 네온이다.

하지만 지금처럼 어스름이면, 더욱 조잡한 맥주 네온 광고판과 경쟁하는 카페 창의 우중충한 푸른 네온이 심장에 들어와 걸린다.

"아, 세상에."

그녀는 입이 마르고 갈망을 느낀다. 너무 외로웠구나, 깨닫는다.

패트릭과 사는 건, 줄리애너에게 너무나 잘해주지만 그녀가 어떤 사람인지 알지도 못하는 그와 사는 건 너무 외로웠구나.

뭘 한 거지? 그녀는 이 구역을 한 바퀴 돌았다.

푸른 달 카페를 그냥 지나가지 못하고, 푸른 달 카페로 다시 가기 위해 이 구역을 빙 돌았다.

하지만 그러지 않는 게, 기다렸다가 아기 아버지랑 축하하는 게 좋겠고. 그게 지각 있는 행동이고 줄리애너는 지각 있는 젊은 여성이다.

이 도시에서 프런트 스트리트는 그녀에게 여전히 낯선 지역이다. 그녀와 패트릭은 한 달 전에 밀 스트리트로 이사했다. 일부 젠트리피케이션을 거친 그 거리의 오래된 붉은 벽돌 연립주택을 구매한 것이다.

황폐한 델라웨어강 수변 지역. 창고들, 문 닫은 작은 공장들, 제분소들. 버려진 화물차들이 공예 같은 그라피티에 뒤덮였고. 하지만 사우스메인 스트리트와 프런트 스트리트에는 개조된 연립주택들이 있다. 20세기 초에 제분소 노동자들이 살던 집이다. 골동품 가게들과 중고 가구점들, 의류 위탁판매점들, 자선 매장, 표구점, 화랑들.

줄리애너는 패트릭보다 모험심이 강하다. 중고 가구점과 천가게들을 둘러보고. 자선 매장의 버려진 물건들도 뒤적이고, 탁월한 취향의 그녀가 헐값에 발견해서 의기양양하게 가져와 사포질하고 페인트칠하는 물건들에 패트릭은 감탄한다.

2층 침실 옆의 작은 방 하나. (딸이면) 장미 같은 분홍색, (아들이면) 새알 같은 청록색으로 칠할 것이다.

천장에는 별들을 그릴 것이다. 줄리애너의 가방에 달린 것과 같은 반짝이는 장식도 몇 개 박을지 모른다.

세심하고 다정한 업무, 돌보는 일을 줄리애너가 얼마나 잘하는지. 그녀는 다짐한다.

물론 임신을 예상했더랬다. 짐작하고 나서 약국 테스터를 두 번이나 몰래 했는데 '양성'이었다. 그럼에도 확답이 필요해서 제대로 된 검사를 했고 '예정일'을 받았다. 7월 11일.

패트릭에게 말하기 전에는 실감이 나지 않을 것이다. '언제일 것 같아? 우리 예정일!'

사람들을 놀라게 할 특별한 일.

줄리애너는 입이 마르고 안절부절못한다. 벌써 옷이 꽉 낄 수도 있을까? 운전하는 그녀 옆 조수석에는 에비앙 생수병이 있지만 그녀의 갈증은 물 때문이 아니다. 아아아니다.

백미러에 보이는 놀란 눈. 줄리애너는 지금 자신에게 놀라고 있다. 어머니와 자매들을 놀라게 해줄 생각을 (만족스럽게) 하고 있기 때문이다. 줄리애너가 불행할 거라고, 한 남자에게 충실하지 못하고 나쁜 버릇에 다시 빠져서 불행해질 거라고 예견했던 어머니와 자매들을······.

놀랍게도 출산일이 예정되었다. 병원의 간호사가 알려준 실제 날짜. 예비 아기는 쉼표만 한 크기다······.

패트릭과 줄리애너 사이 암묵적이었던, 그녀가 임신하면 결혼할 거라는 합의. 그들은 서로를 깊이 사랑하고 (적어도 패트릭은 그렇게 생각하고) 패트릭은 아이를 원한다고 했다. 그리고 줄리애너도, 물론 줄리애너도 아이를 원한다. 그녀는 자신이 그렇게 말하는 소리를 들었다.

결혼은 필연적 귀결이며 실용적이다. 둘 다 그다지 젊지 않다. 줄리애너는 스물아홉이고 패트릭은 서른하나다. 줄리애너는 서른을 일종의 폭포로 생각한다. 한 번 뛰어내리면 끝이다. '끝'으로 가는 길에서. 그녀는 확실함을, 결혼의 안정을 간절히 원한다. 계단을 내려오면서 계단 하나하나가 견고하게 몸무게를 지탱하리라는 것을, 무너지지 않으리라는 것을 알아야 하고.

정말, 그들 인생의 다음 단계. 유적 같은 도심의 건물로 이사 가는 것이 그때 인생의 다음 단계였듯이. 위층 방들에서 잡다한 쓰레기를 쓸어내 가파른 층계로 내려보내다가 먼지가 엄청나게 솟아서 재채기하고 웃고. 부풀고 얼룩진 벽지를 벗겨내어 던졌더니 텐트처럼 삐죽삐죽 쌓이고. 주방에서 바래고 더러운 장판을 뜯어내고. 덜렁거리는 전깃줄, 망가진 벽 스위치, 누가 철조망을 끌고 다닌 듯한 원목 마루. 전 세입자들의 흔적을 집에서 벗겨내고픈 열기가, 일종의 광기가 그들을 사로잡았다. 전 세입자들이 이토록 쇠락하게 만든 덕에, 거의 무일푼의 젊은 커플이 친지들에게서 빌린 돈과 담보대출로 이 집을 획득할 수 있었다.

'이것 봐! 우리가 이 집을 소유했어.'

지난겨울 그녀는 피임을 중단했다. 그녀는 자신이 아기를 원하나 보다 생각했다. 술을 끊은 뒤로 너무 외로웠다. 입에서 시작되는 외로움, 끔찍한 갈증과 허기인데, 이해 못 하는 이에게는 말하기도 불가능한 외로움이다.

'아이'를, '임신'을 갈망해서가 아니다. 작은 위업을 달성하고 싶은, 수천수만 년 인류의 역사 내내 그렇게 많은 이가 노력 하나 들이지 않고 성취해온 사소한 위업을 이룩하고 싶은 갈망이다. '증식하고 번성하고' 싶은 것이다.

아직 6시가 아니다. 귀가에 늦지 않았고, 적어도 한 시간은 여유가 있다. 어차피 패트릭이 집에 오기 전까지, 주방에 들어가기 전까지, 그녀는 늦은 것이 아니다. 그는 저녁 식사를 맡으며 늘 뭔가를 즉흥적으로 만들어냈고, 그 공동 작업은 밤마다의 의례가 되었다. 풍부한 이탈리아식 소스, 특별한 올리브유, 케이퍼, 잘게 자른 양파, 신선한 토마토, 이탈리아 식료품점에서 산 파스타 생면.

'푸른 달 카페'. 밤의 모든 네온은 줄리애너를 흥분시키지만 푸른 네온이 가장 그렇다.

줄리애너에게 최초의 네온. 그녀가 어릴 때.

그 카페 이름 역시 '푸른 달'.

물론, 우스운 일이다. 줄리애너는 감상적인 사람이 아니고 줄리애너는 어리석은 사람이 아니니까.

정말 그녀는 한잔하러 들를 시간이 없다. 물론 얼음송곳을

(남몰래) 가지고 있지만 더 이상 사용할 의사가 전혀 없다.

그녀의 예전 생활, '그 당시' 그녀의 생활, 그 생활은 끝냈다.

그녀는 이제 패트릭과 산다. 그녀는 이제 임신했다.

그래도, 몇 구역 떨어진 새집으로 이사한 이래로, 줄리애너는 푸른 달 카페가 궁금했다. 정통 바 같은 곳일까, 새 단장 한 오래된 동네 술집일까, 혹은 대충 급조된 얄팍한 가게라서, 고급 채소로 만든 샐러드, 일본 요리, 케일 스무디, 무가당 탄산수, 와인 몇 가지와 수제 맥주 같은 것은 팔면서 독주는 팔지 않는 곳일까.

실내장식은 고광택의 원목 마루일까 혹은 낡고 닳은 타일이나 장판일까. 침침한 조명에 촛불은 없을까. 환할까 어둑할까, 지나치게 밝지 않고 네온만으로 충분한 곳일까.

제대로 된 바는 '밝음'과 '지나친 밝음' 사이에서 균형을 잡는다.

또 다른 바 혹은 술집이 1, 2킬로미터 떨어진 델라웨어강변에 있어서 줄리애너의 흥미를 끌었지만 (물론) 가본 적은 없다. 그러려면 집으로 가는 경로에서 한참 벗어나야 하니까.

푸른 달 카페는 '집으로 가는 길'에 있다. 프런트 스트리트에.

줄리애너는 최근 그 다른 술집에서 열아홉 살 여성에게 일어난 일을 들은 기억을 떠올린다. 실종되었다고.

어쨌든 푸른 달 카페에서 일어난 일은 아니다.

프런트 스트리트에서 줄리애너는 멈춰, 차를 공회전시킨다.

카페 내부는 어둑하고 자욱해 보인다. 그래, 바 테이블이 있다. 보인다. 노동자들이 가는 곳, 동네 술집이다. 그녀의 고향에 있던 푸른 달 카페, 시내 외곽 고속도로변의 저층 쇼핑몰 안에 있던 그곳과 다르다. 그 카페보다 크기도 작고 붐비지도 않지만, 평일 저녁이고 아직 이르다(고 그녀는 생각한다). 밤 11시쯤엔 푸른 달 카페의 분위기도 북적이며 달아오를 것이다.

밤 11시쯤엔 그녀는 자고 있을 것이다. 그녀의 하루는 일찍 시작되고, 지금 시기에는 해도 뜨기 전에 시작된다. 그녀의 일은 패트릭과 달리 일정이 불규칙하다. 그는 강 건너 교외 지역 법률사무소의 정규직 변호사이고 줄리애너는 뉴저지주 법률지원센터에서 비상근으로 일한다.

패트릭과 줄리애너 둘 다 뉴어크의 러트거스 로스쿨을 졸업했다.

'그'는 정규직이고 종신 계약의 가능성이 높다. 줄리애너는 그보다 좀 조건이 안 좋은 직장이지만 불만은 없다.

프런트 스트리트에 주차하는 건 어쨌든 어려울 것이다. 좁은 거리 양쪽으로 차들이 주차돼 있고 푸른 달 카페 주변에는 (보이는) 빈 자리가 없다.

운전을 계속하며. 그녀는 유혹당하지 않는다. 행복에 둥실 떠간다. 빠른 흐름에 떠밀려 가는 사람처럼, 자신의 위치를, 정체성을, 존재 이유를 파악할 수 없는 사람처럼, 심란한 꿈에서 깨어났을 때 그래도 한 남자와, 그녀를 몰라도 그녀를 사랑해주는 동반자와 함께라는 사실에서 위안을 구하는 사람처럼.

'내가 원하는 건 그것뿐이야. 더 이상은 필요 없어' 생각하며.

그녀는 이제 자신이 자랑스럽다. 굴복하지 않고, 마시지 않고. 한 잔도 마시지 않은 지 얼마나 되었더라? 거의 18개월. 그리고 이제 공식적으로 '예정일'을 받았으니, 당연히 안 된다.

2

다른 주에 있는 '푸른 달'. 펜실베이니아주. 다른 삶. 그녀는 열여섯의 고교생이었다. 그때의 줄리애너 리건에게 무슨 말을 해도 듣지 않았을 것이고. 월요일 아침이면 푸른 달에 대한 갖가지 이야기를 듣곤 했다. 그곳은 카페 같은 게 아니고 그냥 33번 도로변의 술집이었다. 푸른 달과 다른 호숫가 술집들에서 20대 남자들과 노는 10대 소녀들의 이야기를 들으며 질투하고 꿈꾸고.

그러다가 어느 여름밤, 토요일 밤, 줄리애너는 그중 하나가 되었다.

계획한 것은 아니었다. 정말 아니었다. 그보다는 어쩌다 보니 어떤 일이 일어나고 또 다음 일, 그다음 일이 일어나게 된, 사고에 가까웠고. 하지만 첫 번째 사건이 어떻게 일련의 연쇄를 거쳐 마지막 사건까지 이어질 수 있는지, 생각도 못 했다. 어쨌든 줄리애너는 계획을 세우는 편이 아니었고, 그녀에게는 차가 없어서 직접 이동할 수단이 없었다. 그녀의 (여자) 친구들에게 차가 있거나 차를 쓸 방법이 있었지만, 때로 그 친구들은 가버리고 줄리(라고 그때는 불렸다)만 남는 경우도 있었다. 혹은 줄리가 조심성 없이 떨어져 나와 혼자 남겨지기도 했다. 푸른 달 주점에는 거친 자갈 주차장이 있어서 샌들에, 발가락 사이에 돌이 끼어 무지 아팠던 기억이 난다. 차 문이 쾅쾅 닫히며 자동차 라디오 소리가 확 꺼지고. 8월이었고 그녀는 친구들과 호수 한 곳에 다녀왔다. 홀터넥, 핫팬츠, 드러낸 배, 샌들. 밤색 머리를 하나로 묶어 등 뒤로 치렁치렁 늘어뜨리고. 몇 년 먼저 고교를 졸업한 나이 든 남자애들, 그녀는 그들의 이름과 얼굴을 알지만 그들은 그녀를 몰랐다.

콜게이트 대학에 다니는 카슨이라는 남자애. 물개처럼 미끈하게 머리를 빗어 넘겨 높은 이마를 드러내고 앞니를 번뜩이던 그는 디크 남학생 클럽 소속이었다. 줄리는 너무 어려서 맥주도 마실 수 없었지만 어수선한 중에 아무도 눈치를 채거나 신경을 쓰지 않는 듯했다.

푸른 달 주점에 있기에는 너무 어린 줄리였지만 디크 소속 남학생이 대단한 건 알았다.

대학의 남학생 클럽들이 주말 파티에 고등학교 여자애들을 초대한다는 이야기를 들었고. 휘황한 이야기들, 꿈같은 이야기들, 줄리는 부러워 미칠 지경이어서, 붉은 립스틱을 아낌없이 바르고 화장실 거울 속 자신의 모습을 꼼꼼히 검사했다.

또한 그들은 대마를 피웠다. 주차장에서 피웠지만 (한동안은) 술집 안에서도 피웠다. 줄리는 담배보다 강한 것에는 익숙하지 않았다. 어지럽고 흥분됐다. '취한다'는 게 뭘까? 꿈꾸는/졸린 느낌. 껴안고 싶고 키스하고 싶고. 남자의 품에 안기고 싶은 기분. 강한 팔에 보호받고 싶은. 그녀의 얼굴은 붉었고 볕에 그을렸다. 물에 들어갔다 나와서 망할 선크림이 씻겨 나갔다. 미적지근한 맥주 둘. 트림하지 않으려 노력하며 킬킬거리고. 간지러워! 카슨이 줄리를 '부축'해 옮기려고 잡은 겨드랑이 밑이. 그가 어딘가로 데려갔고 그녀는 몽롱한 중에 키스하도록 놔두었다. 사람 없는 곳으로 가야겠다고 그가 말했다. 다른 여자애들은 나이가 좀 더 많았고 줄리에게 무관심했다. 줄리의 친구들이 아니었고. 줄리를 못마땅해했고. 줄리의 친구들은 어디 있는지, 줄리를 푸른 달 주점에 데려와놓고는 버려두고 가다니. 키스하는 법도 모르는 아기처럼 그냥 하게 내버려두고, 디크인지 누군지, 어쨌든 자신이 디크라고 하는 그가 키스하며 그녀의 입을 빨아들이며 맥주 맛 혀를 입에 넣으려 했지만, 그녀는 뒷걸음치며 킥킥대고 구역질하고. 술집 밖 누군가의 차 안에서 그녀를 세게 만지는 그의 손이 느껴졌다. 그가 하는 말이 들리고. '진정 좀 해. 겁낼 필요 없어, 진정하라고, 주니.' 그녀의 이름이 그의 입 속에서 잘못되지만, 그녀의 이름이든 그녀 자체든 별 상관 없다는 듯이 웅얼거리는 '주니'.

그러더니 그는 뒷좌석에서 그녀 위로 올라타려 애쓰고, 반바지를 잡아당기며 맥주 입김을 그녀 얼굴에 뿜었다. 얼마나 빨리 일이 진행되는지. 줄리는 겁에 질려 그의 손을 밀어내며 울고. 간신히 차 문을 열고 반쯤 굴러 나와서 도망치고, 아이처럼 눈물범벅에 코를 질질 흘리며 달리고, 그가 쫓아오며 분노해 욕을 하고 짜증을 내고, 주차장을 가로질러 뒤쫓고, 그녀는 샌들 한 짝을 잃어버리고. 아, 발을 다치고! 헐떡이며 냄새나는 '쓰레기통' 옆에 웅크리고. 푸른 달 주점 뒤 골목으로 달려가 숨어서, 차고 뒤 겁먹은 동물처럼 숨어서, 흐느끼지 않으려 애쓰며 바들바들 떨고.

뒤쪽에서 남자애는 술에 취해 씨근대면서도 목소리를 낮춰 불렀다. '준! 주-니! 이봐, 왜 그래, 다치게 안 해, 주-니.'

그의 친구들이 따라와서 진정하라고 말했다. 고성이, 욕설이 오갔다. 쿵쿵대는 포식자 앞에서 토끼처럼 꼼짝 않고 그녀는 기다렸다. 하지만 그녀는 불어오는 바람을 마주하고 있었다. 그는 그녀의 냄새를 맡을 수 없었다. 공포에 질린 땀내도, 겨드랑이 암내도 맡을 수 없었다. 미친 듯 뛰는 심장. '집에 돌아갈 수 있다면. 이번 한 번만. 무사히, 제발' 생각하며.

나중에 그녀는 생각했다. '무기가 없었어. 아무것도……'

남자들이 고함치며 난리 치다가 차를 몰고 간 한참 후에도 그녀는 '쓰레기통' 뒤에 숨어 있었다. 내내 쪼그리고. 진득하게 흐르는 차가운 수치의 땀에 온몸이 덮이고 다리는 욱신거리며 아팠다. 그러다가 마침내 절뚝이며 집으로 돌아왔다. 3킬로미터를. 한 발에만 샌들을 신고. 혈관으로 치솟은 아드레날린 덕에, 그녀는 이 짓을 해낼 것이었다. 집으로 돌아갈 것이고, 자신을 구할 것이고, 그리고 아무도 모를 것이었다. 거의 아무도. 뒷문으로 집에 몰래 들어가고. 가족들은 아래층 지하실에서 텔레비전을 보고 있었다. 위층 그녀의 방에서 피로와 수치심에 헐떡거리고 휘청대며. 뜨거운 물로 목욕하고. 줄리가 해본 적 없는 일, 욕조에 물을 받아 몸을 담그기. 샤워는 일주일에 세 번쯤 하지만. 물을 아껴라, 샴푸를 아껴라, 우리가 부자인 줄 아니? 목욕물에서 나와 조심스레 욕조를 닦아서 아무도 모르게. 아무도 짐작

못 하게. 그가 잡았던 가슴이 아팠고 창백한 피부에 멍이 돋고 있었다. 거울 속 자신을 응시하며, 그날 처음엔 어떤 모습이었던가 좀 그립게 돌이켜보고, 재빠른 밝은 미소, 희망찬 미소, 늘 그렇게 희망차고 순진한. 아까 오후에 그녀의 친구들이 데리러 왔을 때, 길가에 댄 차가 경적을 빵빵 울리던 때를 돌이켜보며. 혹은 어쩌면 그들은 그녀의 친구가 아니었는지도. 그녀가 다시 그소녀가 될 수 있다면. 하지만 그럴 수 없고. 하지만 그 남자, 콜게이트의 디크는 그녀를 강간하지 못했다. 비록 뭔가, 떠벌리긴 하겠지만. 그는 그녀의 다리 사이를 움켜잡았고, 그녀는 맹렬하게 미친 듯 걷어차 빠져나왔다. 그는 물러나며 욕설을 뱉어야 했다. 아까 와자지껄한 술집에서 대마와 맥주에 취한 그녀가 어린 애처럼 재잘거린, 아빠의 사랑을 받은 목소리로 재잘거린 실없는 말에도 그는 웃어주었지만, 남자들이 웃으면 그녀는 다칠 수 있음을 알아야 했다. 남자들의 웃음은 짖음과 비슷하다. 귀를 아프게 하는 일종의 경고다. 그녀는 조심해서 골목길들만을 택해 집으로 왔다. 들키지 않으려 최대한 노력하며. 차를 얻어 타지도 않고. 토요일 밤, 산발을 하고 멍한 채로 차를 얻어 타려고 했다가는 경찰한테 걸릴 수도 있다. '제발, 무사히만 돌아가면. 꼭······.'

절박한 상상, 뭔가 몸에 지녔더라면. 자신을 보호할 수 있도록 칼이나, 얼음송곳. 끝이 날카로운 드라이버라도.

집에서 찾은 거라도. 주방이나 연장 상자에서.

집 안에서처럼 머릿속에서도 윙윙거리는 잡음이. 거칠게 뒤흔들린 침묵 같은 잡음이. 그녀의 어머니와 아버지는 이 시간엔 서로 말을 안 하고, 둘 사이 침묵은 그녀의 친구들 부모의 고성보다 더 날카로워. 아버지의 음주가 다툼의 원인. 혹은 음주가 아니라 음주가 의미하는 것이, 그녀의 어머니가 싸워야 하는 대상. 그래서 (어쩌면) 아버지는 집에 없었다. 어머니와 남동생뿐, 그리고 (어쩌면) 남동생도 집에 없었고 친구들과 비디오게임을 하러 가거나 했을 것이다.

그래서 아래층에서 텔레비전을 보는 것은 어머니와 언니뿐이었다. 어머니는 줄리애너가 돌아오는 소리를 못 들었지만 결국 위층으로 올라왔다가 딸이 갓 목욕해 미끈하게 젖은 머리인 것을 보고 놀랐다. 예상과 달리 헝클어진 머리에 햇볕에 그을고 냄새나는 몸이 아니라서 말이다. 그리고 줄리애너는 호수에서 몸이 좋지 않아 일찍 집에 왔다고, (아주, 아주 당황스럽게도) 생리통이 시작된 것 같기도 하다고, 다행히 친구 아이린도 더 있고 싶어 하지 않아서 여자애 둘이 차를 얻어 타고 집으로 돌아왔다고, 능숙하게 거짓말이 나오며, 그래서 집에 일찍 와서 이부프로펜(생리통에 늘 어머니가 주는 약)을 먹고 나서 그대로 침대에 쓰러져 자다가 방금 깨서 목욕을 했다고, 호수에서, 모래 때문에, 햇빛에 땀을 흘려서 너무 지저분하게 느껴져서 그랬다고. 팽창된 동공을 어머니는 알아채지만 (아마도) 디크의 땀 냄새는 맡을 수 없도록 박박 씻어낸 후다. 디크가 딸아이에게 사정(맞나? 뭔가 추한 말이었는데)을 했더라도 그 냄새도 맡을 수 없다. 딸아이 어깨, 팔, 허벅지에 올라오기 시작하는 멍도 볼 수 없다. 딸아이는 잠옷을 입었고 새끼 고양이가 그려진 면 잠옷이 볕에 탄 피부에 시원하게 닿는다. 어머니는 딸의 얼굴에서 당혹과 아픔을 보지만 토요일 여름밤에 몇 시간이나 일찍 집에 왔다는 딸의 주장을 믿기로 한다.

아버지라면 잠시도 믿지 않았을 것이다. 디크의 땀 냄새나 젊은 남자 몸의 다른 어떤 냄새를 맡을 필요도 없었을 것이다. 아버지는 솟아나는 멍들을 볼 필요도 없이 자기 딸 같은 여자애들에게 남자애들이 어떻게 손을 대려 하는지 알았을 것이다. 하지만 아버지는 집에 없었다. 그날 밤도 그리고 다른 밤들도. 아버지는 아이들과 거리를 유지하기 시작했고 왜 그런지는 몰랐다. '왜' 가까이하지 않으려 했을까? '왜' 더 이상 줄리애너를 그렇게 사랑하지 않게 되었을까? 그녀가 열여섯이라서? 더 이상 어린 소녀가 아니라서? 어머니도 술을 마셨다. 냉장고의 차가운 맥주를 마시며 말하고. '결혼 후 삶은 외로운 거야. 여자 친구들은 거의 못 봐. 다들 결혼했으니까. 남편에, 아이에. 시댁에. 필요할 때 볼 수 없고 대화도 못 나누고. 친한 자매나 사촌이 있어도 끝이라고 봐야지. 일 끝나고 술집에서 한바탕 어울리는 남자들처럼 저녁에 나갈 수도 없어. 여자가 그러면 결혼은 끝나. 여자가 망가지고 끝장나지' 하면서 어머니는 자신의 말에 놀란 듯, 충격받은 듯 딸꾹질을 했다. 줄리애너는 잠든 척했다. 듣는 티를 낼 필요는 없었다. 어두운 침실에서 어머니의 몸무게 때문에 침대 용수철이 삐걱댔고, 줄리애너가 진짜 잠이 들 때까지 어머니는 침대 가장자리에 앉아 있었다.

밤새도록 따끔거리는 그녀의 눈꺼풀 안에서 깜빡이는 푸른 네온⋯⋯.

푸른 달   푸른 달   푸른 달

∽

그 후 오래지 않아 한 소녀에게 안 좋은 일이 일어났지만 줄리애너는 아니었다.

열일곱 소녀가 심하게 얻어맞고 강간당한 채 푸른 달 주점 주차장 인근에 의식을 잃은 채 버려졌고, 지역 언론은 소녀의 이름을, 미성년 소녀의 이름을 밝히지 않았지만, 옆 동네의 소녀로 알려졌으며, 줄리애너의 고등학교 학생이 아니라서 줄리애너도 친구들도 아는 사람은 아니었다. 이름은 소문으로 알게 됐지만 더럽혀지고 경멸당하고 심지어 비웃음까지 당해서, 소녀는 옷이 찢기고 알몸으로 의식도 없는 채 발견되어 무슨 일이 있었는지 기억도 잃어서, 체포당한 사람도 없어서.

푸른 달 주점은 문을 닫고 미성년자들에게 술을 판 혐의로 조사를 받다가 결국 새 주인과 새 이름으로 다시 문을 열었지만 줄리애너는 다시는 가지 않았다.

3

고동치는 붉은 네온, '더 샌드 바'.

저지 해안의 오션 애비뉴, 번화가를 돌아다니며. 대학 2학년이 시작되기 전 여름. 해가 진 후 반짝이며 이어지는 술집, 카페, 모텔들. 남쪽으로 애틀랜틱시티까지 구불거리며 20킬로미터를 뻗어나간 길에 빨강, 파랑, 보라, 초록으로 번쩍대는 네온들. 밤에, 자정 가까운 시간에 하버섬 번화가를 보기 위해, 폭포처럼 멈추지 않는 전조등 불빛들, 꽝꽝 울리는 자동차 라디오들, 해변에 철썩이는 파도, 대서양 위 하늘에 들쭉날쭉 잔물결 치는 반투명한 구름들 사이를 통과해 항해하는 술 취한 달…….

고용주의 아이들이 잠이 든 후, 끝없던 줄리애너의 낮 업무가 끝나면, 새 친구들과 더 샌드 바에서 놀 기대에 부풀어 서둘러 나가곤 했다.

대부분 또래 여자애들. 이따금 남자애들도. 가끔은 나이 든 남자들도 있고.

차츰 익숙해지는 생활, 고향에서 떠나와 어머니의 단속에서 벗어난 생활이었다. (뉴어크의 러트거스 대학에 다니며 몇 명과 카풀로 통학했다.) 어머니의 보살핌을 받는 데 질렸고 숨을 쉴 수 없었다. 아빠는 집을 나갔다. 줄리애너는 고향이 그립지 않았고 어머니에게 전화하는 데 소홀해졌다. 그리움의 대상이 되는 것보다 따분한 일은 없어서. 나는 그립지 않다면 상대에게 무슨 말을 해줄 수 있을까?

줄리애너의 삶에 나타난 새로운 어머니 같은 존재는 허먼 부인이었다. 그녀는 세 아이를 위한 입주 보모로 줄리애너를 고용했지만 다른 일도 하기를 기대했다. 식사 준비, 주방 청소, 집 청소, 10미터 떨어진 곳으로 쓰레기 버리러 가기. 줄리애너는 왠지 허먼 부인이 거슬렸는데, 침착한 목소리가, 자기만족적이고 자신감 있는 여성의 낮고 확신에 찬 목소리가 거슬렸다. 허먼 부인은 명령을 내리는 데 익숙해서 실망시킬 엄두를 내기가 쉽지 않았는데, 예를 들면 비싼 와인잔이나 물잔을 식기세척기 대신 손으로 섬세하게 "반짝일 때까지" 닦는 데 말도 안 되는 양의 시간을 써야 했다.

"너희 집에서도 섬세한 유리잔들은 손으로 닦지, 줄리애너?" 허먼 부인이 물으며, 보모 아이가 그렇게 비싸고 섬세한 유리잔이 있는 가정에서 자랐을 가능성이 조금이라도 있다는 듯, 줄리애너에게 준엄한 미소를 지으며, 비꼬는 기색도, 놀리는 기색도 없이, 터무니없는 일을 당연하게 말해서, 줄리애너도 억지로 미소 지으며 바보처럼 고개를 끄덕였다. '예, 물론이죠, 허먼 부인.'

줄리애너의 방은 3층 저택의 1층 하녀용 방이었는데, 저택은 하버섬 수로들 중 가장 아름다운 곳에 있었고 바다에 너무 가까워서 밤에 가만히 누워 귀를 곤두세우면 파도가 철썩이는 소리를 들을 수 있었다. 방에는 문이 두 개였는데, 그중 하나는 수로가 있는 바깥으로 바로 열려서 집 안을 통해 나갈 필요가 없었고, 9시가 지난 늦은 저녁이면 줄리애너는 자유로움에 현기증을 느끼며 숨이 차도록 서둘러, 오션 애비뉴로 같은 처지의 새 친구들을, 섬에 별장을 소유한 부유한 여름 거주민들이 고용한 친구들을 만나러 나갔다. 그게 행복이었다! 그게 '가능성'이었다.

탱크톱, 반바지 혹은 청바지로 재빨리 옷을 갈아입고, 화장을 하고, 거울 속 모습을 점검하고, 비친 모습을 마음에 들어 하거나 그럭저럭 괜찮아하고.

아이들을 맡는 일은 힘들어서. 얼굴이 아플 정도로 열심히 미소 짓느라, 버럭 하지 않도록 참느라, 고향의 가족들에게처럼 빈정대는 말을 하지 않느라. 여기는 또 다른 어머니의 영역이었고 줄리애너는 그 가족의 임시 구성원이어서 언제든 어떤 구실로든 방출될 수 있었다. 그래서 그녀는 열심히, 아주 열심히 노력했다. 그 집의 어린 소녀는 진심으로 좋아했지만 막돼먹은 좀 큰 소년은 진심으로 미워하게 되었고, 가끔 그녀에게 주먹을 휘두르며 정말로 때리려고 하던 소년은 한번은 텔레비전에 나오는 버릇없는 자식(이름이 뭐더라? 브래드 심프슨?)처럼 그녀에게 침을 뱉기도 했는데, 허먼 부인은 심지어 아이들끼리 싸워도 줄리애너를 탓했고 허먼 씨는 무관심하고 냉담하게 손바닥으로 귀를 막으며 그들 모두를 탓했다.

어쨌든 오션 애비뉴로 서둘러 가는 줄리애너는 행복, 희망으로 가득하다. 반짝이며 쏟아지는 전조등 불빛들, 유혹적인 네온 사인들이 술집, 카페, 음식점들을 알리고, 그중 최고는 더 샌드 바였다. 요트를 타고 항해나 낚시를 나갔던 짙게 그을린 남자들이 새벽 2시에 문 닫을 때까지 노는 곳. 자주, 마법처럼 술잔들이 여자애들 자리에 나타나곤 했다. 그런 남자들이 보내준 "계산 끝난" 술잔들이.

허먼 씨는 필라델피아의 사업가였고 줄리애너는 그들 부부에게 돈과 '가진 것들'이 있다는 것 이외에는 그들에 대해 아는 게 거의 없었다. 허먼 가족의 '가진 것들'을 경멸할 수도 있겠지만, 가까이서 보고 그 품질을 살펴본다면 그럴 수 없었다. 진회색의 고급스러운 벤츠, 눈부시게 하얀 요트, 줄리애너가 계산해보기로는 200만 달러는 들었을 '여름 별장'. 그런 가족의 보모가 된 건 요행이었다. 친구의 친구가 줄리애너를 추천했는데 말을 잘해주었는지 애즈버리파크의 다른 여름 일자리들보다 보수가 두 배 많았다. 게다가 이곳은 부유한 하버섬의 저지 해안이었다.

허먼 부부는 매력적인 사람들이었지만 퉁명스럽고 거만했다. 둘 다 키가 작고 탄탄한 체구였다. 허먼 씨는 170센티미터인 줄리애너와 키가 비슷했다. 그들 부부가 딱정벌레처럼 딱딱하고 반들거리는 부유한 겉껍데기 속에서 경계하고 조심하며 불안해한다는 생각이 들었다. 또한 어딘가 취약한 면이, 그러면서도 위험한 면이 있었다. 뒤집혀 배를 드러낸 딱정벌레처럼 취약하면서도 위험할 수 있는, 유독할 수 있는 어떤 면이 있었다. 허먼 부인의 머리는 비싼 스타일리스트가 '탈색한' 것이었다. 손톱은 완벽하게 관리되었으며 화장은 흠잡을 데 없었고, 깐깐한 딱정벌레 눈으로 쏘아보거나 좁은 이마를 팽팽히 경직시키며 명령을 내리는 그녀를 줄리애너는 두려워하게 되었다. '자, 그럼 오늘

아침에 해줬으면 하는 일은, 줄리애너…….'

그 여자의 입에서 나오는 '줄리애너'라는 이름은 조롱, 비웃음처럼 들렸다. '줄리-애-너.' 커다랗고 굶주린 입이 두꺼운 화장 속에서 주홍색으로 찢어졌다. 하지만 늘 줄리애너는 미소를 지었다. 연상의 여자들에게 그녀가 착한 아이임을, 냉소적이거나 비꼬는 아이가 아니라 믿을 수 있는 아이임을 알리는 미소를 짓는 데 능숙해졌다.

아이들을 믿고 맡길 수 있는 여자애. 남편을 믿고 맡길 수 있는 여자애.

줄리애너에게 실질적 권위는 없고 의무만 있었지만 말이다. 아이들도 알았다. 어린 소녀조차도 알았다. 줄리애너는 욕하는 대신 웃는 법을 터득했다. 그 가정에서는 그녀의 욕설을 들은 사람이 없었다. 큰 소리로 한숨을 내쉬거나 짜증스럽게 숨을 들이켜는 것조차. 줄리애너는 허먼 부인이 불편했지만 부인이 친구들에게 줄리애너를 칭찬하면 눈에 띄게 허물어졌고, 허먼 부인은 주눅 든 웨이터를 위해 보란 듯이 탁자에 지폐를 놔두는 사람처럼 칭찬을 아낌없이 퍼붓는 경향이 있었다. 허먼 부인은 심지어 하버섬 요트 클럽의 옥빛 수영장에서 한가로운 시간을 보낼 때 다른 사람들에게, 자기처럼 매력적으로 잘 꾸민 40대 부인들에게 줄리애너를 자랑했을지도 모른다. 혹은 줄리애너에게 주홍색으로 찢어진 입을 들이대며, 뜻밖의 미소를 지으며, 너그러운 텔레비전 사회자처럼 말하기도 했다.

"와, 줄-리-애-너! 우리 굉장한 하루였네. 완전 지쳤겠어. 수척해 보이네. 남은 시간은 쉬어. 내일도 일이 많으니까……."

줄리애너는 다행히 허먼 씨와는 그다지 접촉할 일이 없었다. 그렇게나 바쁘고 '중요한' 남자라니, 허먼 부인의 자랑 섞인 불평을 엿듣자면, 남편은 어떤 부하에게도 사업을 믿고 맡길 수 없어서 망할 여름 내내 필라델피아에서 4일을 보내고 금요일 밤에 하버섬까지 운전해서 온 다음 월요일 아침 일찍 돌아간다는 듯했다.

허먼 씨의 이름은 어빙이었다. '어빙'이라는 이름을 가진 사람은 처음 만나보았다. 고등학교 때도, 고향 마을에서도 어빙이라는 이름은 없었다. 줄리애너는 확신했다.

어빙 허먼은 가무잡잡한 피부를 짙게 태운 남자였다. 검고 구불거리는 머리는 거칠었지만 요란스레 이발했다. 눈빛은 뭐라 단정할 수 없는 강렬함으로 번들거렸다. 땅딸한 남자가 다른 이와 시선을 마주하려면 올려다봐야 하는 울분을 위세 부리기로 표출하는 듯했다. (허먼 씨가 자주 입는) 하얀 셔츠도 빛이 나는 듯했다. 또한 기묘하게도, 더위에도 불구하고 늘 입는 긴소매 셔츠에 금커프스단추를 찼고 털이 난 손가락에는 피라미드 모양의 인장이 새겨진 반지를 꼈다. 허먼 씨는 꼼꼼하게 옷을 입었고 자의식과 허영심이 강했다. 시어서커 바지를 입었고 요트 클럽에 갈 때는 시어서커 재킷을 입기도 했다. 남색 줄무늬가 있는 흰색 옷. 넥타이는 없이 하얀 셔츠 목 부근 단추를 풀어 검은 털 가닥들이 보이게. 그에게는 신경질적인 특유의 버릇이, 셔츠 소매를 팔꿈치까지 걷어 올려 검은 털에 뒤덮인 근육질 팔뚝을 드러내는 버릇이 있었고 그것이 마치 날카로운 향수병처럼 줄리애너의 주의를 끌었다(하지만 셔츠 소매를 걷는 버릇이 아버지나 그녀가 알던 다른 어떤 남성에게 있었는지는 기억이 안 났다). 줄리애너가 저녁 늦게 더 샌드 바에서 허먼 씨, 혹은 그와 아주 닮은 남자를 우연히 보게 되는 일이 점점 더 잦아지는 듯했다. 어린 손님들이 죽치고 시끄럽게 떠드는 바 테이블 부근에서는 아니고 라운지에서, 촛불이 켜진 부스 자리 중 하나에서 줄리애너는 고용주, 혹은 그를 닮은 남자가 여자랑, 종종 꽤 젊은 여자랑 있는 모습을 언뜻 본 듯했다. 줄리애너가 아는 여자는 아니었다.

(하지만 매번 같은 여자였을까, 서너 명의 다른 여자였을까? 줄리애너는 빤히 쳐다보면 안 된다는 걸 알고 있었다.)

어째서 이런 밤들에 허먼 부인은 수로 옆 저택에 남아, 멜론 가슴이 흘러넘치는 실크 잠옷을 입고 킹사이즈 침대에 비스듬히 누워서 와인을 홀짝이며 거대한 평면 텔레비전을 보는 걸까? 그것이 수수께끼였다. 허먼 씨가 하버섬에 있을 때 대부분의 밤은 자신의 요트나 친구의 요트, 혹은 요트 클럽에서 지냈고, 허먼 부인도 이런 경우에 맞게 옷을 차려입고 화려하게 화장을 하고 즐기는 듯했다. 하지만 그렇지 않은 밤에는 의아하게도, 허먼 부인은 집에 남아 있는데 허먼 씨는 자정 전에 누군가를 동반하여 더 샌드 바에 나타났다…….

귀중한 비밀이라도 떠맡은 듯, 줄리애너는 같이 술 마시던 친구들에게 말하지 않았다. 대화가 그들의 고용주들에 대해 흘러가도, 줄리애너는 나서서 그녀의 고용주 허먼 씨, 혹은 그와 매우 닮은 누군가가 현재 더 샌드 바에 있다고 말하지 않았다.

더 샌드 바에서의 밤들은 줄리애너에게 좋은 추억이었다. 좋은 품질의 맥주, 와인이 들어간 음료를 음미할 줄 알게 되었고, 와인 및 칵테일에 대한 취향도 얻었고. 경험이 필요했고 어느 정도의 자세가 되어야 했다.

새로 사귄 친구들과의 술자리, 모두 아주 재미있는 친구들이었다. 줄리애너 역시 배꼽 빠지게 웃겼고. 비슷한 또래의, 그다지 다르지 않은 배경의 소녀들, 노동 계급의 소녀들, 부모가 이혼한 소녀들, 그녀처럼 대학 갈 돈이 필요한, (세탁, 화장실 청소 등) 육체노동을 할 의사가 있는, 어쨌거나 해야 하는. 그들은 소

370

문을 퍼뜨리고 마구 웃었다. 근무시간 후에는 하버섬에서 좋은 시간을 보내기로 작정했으니까. 기울어지는 갑판에서처럼 축제 분위기였다. 줄리애너는 뉴저지에서 술을 마실 수 있는 법적 나이는 아니었지만 빌린 운전면허증이 있었고 거의 의심받지 않았으며 대부분의 바텐더와 친한 데다 사실 하버섬에서는 모두가 실제 나이보다 어려 보여서 허먼 부인 같은 중년 여성은 최소열 살이 어려 보였다. 특히나 더 샌드 바처럼 꿈결같이 침침한 네온 불빛의 장소들에서는.

남자들이 슬쩍 친근하게 바 테이블 의자에 앉으며 그녀들과 합석하는 경우가 많았다. 하버섬에서 여름 일자리를 구한, 그녀들 또래거나 좀 더 나이가 많은 남자들, 안전 요원, 웨이터, 요트 선원, 주유소 직원 등. 배에서 일하는 이도 있었고 자가용 운전사로 일하는 이도 있었다. 대입 시험 가정교사로 일하는 이들이 조금 더 매력적이었는데, 여름 일자리치고는 보수를 풍족하게 받았다. 드물게 컴퓨터 기술자도 있었고 이들 역시 풍족하게 받았다. 이런 미확정의 젊은 남자들이 대서양 옆에서 해파리처럼 미끈거리며 여름 해류를 따라 떠다녔다. 그들의 들뜨고 덧없는 관심에 어떤 희망을 두는 건 실수일 터였다. 그들을 진지하게 대할 순 없었다. 그들의 이름은 그들의 얼굴이나 고향처럼 교체될 수 있었다.

그리고 나이 많은 남자들, 유부남들이 있었다. 많았다.

물론 결혼반지로 알아볼 수 있었다. 금빛 번뜩임, 금으로 된 커프스단추의 번뜩임처럼. 네온 같은, 성적인 아슬아슬함.

더 샌드 바의 바 테이블에 무심하게 떨궈지는 지폐들, 20달러 지폐나 심지어 50달러 지폐로 여자애들에게 사주는 건, 맥주나 와인 음료가 아닌, 이국적 이름이 붙은 요란한 과일 칵테일. 발리 선라이즈, 딸기 마티니, 키스 굿바이, 엘도라도 보드카 피즈, 애틀랜틱시티 블라스트. 때로는 육해공이 모인 안주 접시들. 어니언 링, 칵테일 올리브. 어느 8월 밤, 더 샌드 바에서 약간 비틀거리며 여자 화장실로 가던 줄리애너가 자기도 모르게 빤히 보았던, 어느 침침한 부스 자리의 낯익어 보이는 남자 옆얼굴, 그리고 그와 함께 있던 매끈한 금발 여성의 얼굴, 딱 붙는 검은 스판덱스 상의를 입고 눈두덩에 반짝이를 뿌린, 쇼걸처럼 화려한 외모, 애틀랜틱시티의 카지노 광고판에나 확대되어 나올 법한 얼굴. 남자가 고개를 돌려 줄리애너를 흘긋 봤는데, 틀림없이 어빙 허먼이었고 그녀에게 인상을 쓰며 지어 보인 일그러진 미소는 경고였다. '얘야, 너는 나를 못 봤고 나는 너를 못 본 거야.'

화려한 금발은 다이키리 같은 칵테일을 마시고 있었다. 과일색 칵테일, 복숭아 칵테일? 허먼 씨는 마티니를 마셨다.

여자 화장실에서 줄리애너는 몇 분을 기다리다가 나가, 외줄

타기를 하는 사람처럼 똑바로 걸어, 왼쪽도 오른쪽도 두리번거리지 않고 곧장 바 테이블의 친구들에게 돌아갔다.

그녀는 취하지 않았고 동행들도 취하지 않았다. 그녀가 멀쩡하며 착한 여자애임을 어빙 허먼이 알아주길 바랄 뿐이었다.

그러고 나서 그녀는 곧 더 샌드 바를 떠나며. 허먼 씨와 그의 여성 친구가 떠나는 것을 아직 보지 못했지만 그 편이 나았고, 어차피 피차 보지 못할 가능성이 컸다.

그날 밤 새벽 2시쯤 줄리애너가 하녀 방에서 깊이 잠들었을 때 바깥쪽 문을 두들기는 노크 소리가 들렸다. 줄리애너는 깜짝 놀라 깨어 누군지 즉시 알아챘는데, 알 수밖에 없었고, 허둥지둥 일어나 뛰는 심장을 안고 문 앞에 웅크린 채 떨리는 목소리로 '누구세요?' 하면서 (잠겨 있는) 문을 열 수 없다고, 자신은 잠자리에 들었고 옷을 안 입었다고 설명하며 '제발 가요!' 호소했지만 허먼 씨에겐 열쇠가 (당연히) 있었고 (그의 열쇠고리에 달린 수많은 열쇠들 가운데 하나였고) 줄리애너의 애원에도 불구하고 그냥 문을 땄다. 무례하게 밝은 천장 등을 켠 그는 미소도 없이 줄리애너를 빤히 보다가, 아마도 그녀의 겁먹은 얼굴을 보고는 웃으며, 뭉개지는 상냥한 말투로 말했다. '얘야, 아까 내가 아니었다는 거 알지, 오늘 밤 넌 날 못 본 거야, 그렇지? 나도 널 못 봤고, 줄리-애-냐.'

줄리애너는 머리칼을 쓸어 넘겼다. 위기를, 남자의 거친 목소리에서 위압을 느끼며, 장난스러운 종류의 위협이지만 동시에 실질적인 위협을 느끼며, 반들거리는 딱정벌레의 껍데기는 강철처럼 단단했지만 줄리애너는 간신히 장난스러운, 도전적인 목소리를 냈다. '아 그랬나요? 허먼 씨가 아니었다고요?'

고용주는 줄리애너보다 크지 않았지만 몇 걸음 떨어져 맨발인 줄리애너를 내려다보았다. 줄리애너를 대놓고 빤히 보며, 마치 이 보모를 처음 제대로 본다는 듯이, 너무나 밝은 빛 아래 노출된, 고양이 그려진 잠옷이 아닌, 허름한 티셔츠와 팬티의 얇은 옷감 때문에 꼿꼿한 젖꼭지가 보이고, 옅은 음모도 보이고, 벗은 발, 웅크린 발가락을 응시하던 남자는 움츠러든 여자애를 비웃을 수밖에, 일종의 애정 어린 힐난을 담아, 아빠 같은 느낌으로 손을 뻗어 축축한 그녀의 목덜미를 꽉 잡으며, '그렇지, 애야. 네 말이 맞아. 그건 내가 아니었어'.

갑자기 장난이 아니고. 갑자기 허먼 씨가 그녀를 아프게 하고 있었다.

본능적으로 줄리애너는 맞서 싸우며 남자의 손아귀를 벗어나려 몸부림쳤다. 그를 밀치며, 고용주에게 감히 손을 대고, 이전에는 '허먼 씨'에게 어떤 식으로든 맞서본 적 없고 손을 댈 꿈도 꿔본 적 없는데, 갑자기 모든 게 바뀌었고, 허먼 씨도 줄리애너를 밀치며 눈을 부라렸고 호흡이 거칠어졌다.

중심을 잃은 줄리애너를 침대 위로 넘어뜨리고. 침대에 자빠진 줄리애너는 경악하고 공포에 질리고.

그녀의 입을 거세게 막은 그의 손. 꺼끌꺼끌한 그의 손바닥.

'그만! 닥쳐! 조용히 하라고.'

줄리애너는 자신이 비명을 지르는지도, 지르려고 노력하는지도 깨닫지 못했다. 너무나 빨리 상황이 진행되었다. 남자를 떼어내려 절박하게 몸부림치고, 그의 숨결에서 술 냄새를 맡고, 여전히 경악하고 공포에 질려서, 장난스럽던 분위기가 이렇게 갑자기 끝나다니, 여전히 허먼 씨 얼굴에는 뒤틀린 웃음기가 남아 있고 쿵쿵 웃는 소리가 들리는데, 그가 그녀 위로 올라타며 티셔츠를 밀어 올리고 팬티를 찢다니. 이거 혹시 아직 장난인가? (어빙 허먼은 가끔 아이들을 이런 식으로 간지럽히거나 꽤 거칠게 장난을 쳐서 아이들이 웃음 섞인 비명을 지르며 마구 발버둥 치곤 했다.) 줄리애너는 목에서 신물이 올라오는 것을 느끼는 중에도, 공포의 구토가 치미는 중에도 (벗은) 무릎을 들어 허먼 씨를 막아내려, 떨쳐내려 애를 썼지만 남자는 너무 무겁고 너무 완강했다.

줄리애너 위에서 씨근대며 '아! 어! 어……'.

공포에 질린 줄리애너는 잠시 숨을 쉴 수가 없었다. 진흙처럼 짙게 압축된 남자의 무게에 눌려. 그러다가 발광하는 동물처럼 그 밑에서 간신히 빠져나와 티셔츠를 내리고 손가락을 펼쳐 찢어진 팬티를 가리려 했지만, 그때는 허먼 씨 역시 일어나 못마땅한 듯 물러나며 멍하니 뭐라 중얼거렸고, 줄리애너는 알아들을 수 없었지만 그녀에게 하는 말이 아님은 알 수 있었다. 헝클어진 머리를 양손으로 빗어 넘기며 그는 달리기라도 한 듯, 화가 난 듯 씩씩거리며 숨을 골랐다.

줄리애너는 더듬거리며 그에게 나가라고, 제발 나가달라고, 아무한테도 말하지 않겠다고 약속하며 애걸했는데, 물론 '아무'란 결국 '허먼 부인'을 의미했고 이걸 들은 허먼 씨는 줄리애너가 우스운 말이라도 했다는 듯, 아니면 너무 멍청해서 웃긴다는 듯 사납게 웃었다.

망설이다가, 결정을 내리고. 아니다, 위험을 무릅쓸 가치가 없다고 결정을 내리고.

옷을 정리하고 머리를 한 번 더 확 쓸어 넘긴 후, 비틀거리며 가버리고.

그러고서 곧 줄리애너의 바로 위에서 발소리가, 낮은 천장을 쿵쿵 찧는 발꿈치 소리가 들렸다.

갔구나! 시작만큼이나 신속히 끝났다.

줄리애너는 안도감에 힘이 빠졌다. 웃음이 났다. 기가 막혀서,

안도감에 나는 웃음이었다. 그러고 나서는 문을 잠글 방법을 찾아보았지만 없는 것 같았고, 집 내부로 난 문에는 빗장도 따로 없어서, 줄리애너는 의자를 끌어다 놓으며 그걸로 안전하길 빌었다. 영화에 등장하는 인물처럼 이런 의자로 문을 지키려 하다니 어쩐지 웃겼다.

정확히 무슨 일이 일어난 건지, 일어난 일이 어떤 의미인지 이해하려 애쓰며.

줄리애너가 가장 충격을 받은 부분은 공격이 얼마나 빨리 일어났는지, 장난스러웠던 분위기가 사실상의 상해로, 그리고 더 큰 상해의 위협으로 얼마나 급속히 전환되었는지였으며, 몇 년 전 푸른 달 주점 뒤에서, 대학생 남자애의 차 안에서 겪은 수난이, 바로 그 호된 체험이 떠올랐고, 그때도 역시 타인의 입김에서 나던 냄새, 훅 끼쳐 왔던 입내, 술 냄새를 기억해냈다.

자신을 보호할 방법이 없었고. 만일 비명을 질렀다면…….

그를 공격할 물건이 있었다면. '그'를 해칠 물건이.

날카로운 물건이, 칼이. 뭔가 도구가, 드라이버 같은 것이.

하지만 생각해보면, 그게 가능할까? '그'를 다치게 하면서 그녀는 다치지 않을 수 있을까?

머리 위 묵직한 발소리가 희미해졌다. 허먼 씨는 위층으로, (아마도) 허먼 부인이 와인병과 잔을 옆에 두고 텔레비전을 보다가 잠이 든 곳으로 올라가고 있었다.

'취해서 그런 걸 거야, 그러려던 게 아니었을 거야. 나를 좋아하는데…….'

줄리애너는 누워서 밤을 새웠다. 스스로를 다독이며, 어빙 허먼은 그녀를 좋아한다고, 적어도 술에 취하지 않았을 때는, 어빙 허먼은 그녀를 좋아해서 늘 상냥한 미소를 지어줬으며, 고용주가 그녀를 정말 그렇게 본 적은, 드러나게 성적인 방식으로 본 적은 한 번도 없었다고, 이전에는 없었다고 생각했다.

뜬눈으로 누워, 뜨겁고 민감한 피부 위로 거칠게 느껴지는 시트를 덮고 누워, 피부에 열이 오른 것이 왠지 성적으로 느껴지고, 혹은 성적일 수밖에 없다는 걸 알지만, 그렇게 달아오른 것이, 그런 갈망이 이해가 안 돼서, 그 남자에게 그녀를 용서하라고 간청하고픈 욕구가, 아니, 사과하라고, 그녀를 건드린 것에 대해, 해친 것에 대해 용서를 빌라고 간청하고픈 갈망이 이해가 안 돼서, 그는 자신이 그녀에게 '상해'를 입혔음을 이해 못 하는 걸까?

아침에 고용주가 사과하리라고 줄리애너는 생각했다. 기대감이 그녀를 흥분시켰다. 어떤 어른이 그녀에게 사과하는 경우는, 혹은 그녀가 모욕을 당했다는 걸 깨달은 듯 보이는 경우조차도, 그녀의 인생에서 드문 일이었으니까.

'이봐, 미안.'

'괜찮아요.'

'정말, 괜찮은 거야?'

'네.'

하지만 다음 날 어빙 허먼은 줄리애너가 아이들을 돌보는 아침 식사 때 아래층으로 내려오지 않았다. 허먼 부인도 늦게 내려왔다.

그날 하루 종일 줄리애너는 허먼 씨를 거의 볼 수 없었고 계단 근처 발소리와 멀리서 목소리만 들렸다. 줄리애너의 얼굴과 팔뚝, 팔목에 멍이 몇 군데 들었지만 쉽게 감출 수 있었다. 화장, 소매. 이마를 비스듬히 가린 머리칼. 허먼 부인의 날카로운 시선도 아무것도 발견하지 못했다. 아무것도 의심하지 못했다. 점심에 해변에서 아이들과 함께 돌아왔을 때 몇 장의 지폐가 하녀 방의 침대 위 베개 아래 반쯤 끼워져 있는 것을 보고 줄리애너는 놀랐지만, 지독하게 놀라지는 않았다.

본 적이 많지 않던 50달러짜리 지폐. 몇 장이지?

다섯, 아니 여섯. 여섯!

그가 다시는 접근하지 않을 것임을 줄리애너는 알 수 있었다. 하녀 방으로 들어오지도 않을 것이었다.

그래도 줄리애너는 주방 서랍에서 드라이버를 찾아내 서랍에 숨겼다. 어설픈 무기였고 그다지 날카롭지도 않았지만, 필요할 때가 되면 그녀의 목숨을 구할지도 몰랐다…….

하지만 그러고 나서 곧, 마치 하녀 방에서의 사건이 어떤 계기가 되었고 (줄리애너는 그렇게 추측할 수밖에 없었는데) 고용주들의 부부 관계와 무관할 수 없었던 것처럼, 그들 부부가 공공연히 싸우기 시작했다.

닫힌 문 뒤의 소리 죽인 목소리뿐이 아니었고. 이제는 텔레비전 대사처럼 주고받는 날 선 말. 그녀의 고용주인 유복한 어른들의 입에서 나오는 험악한 발언이 점점 심해져서, 줄리애너가 놀랄 정도로.

갑자기 어빙 허먼이 수로 옆 저택에, 줄리애너가 예상치 못한 시간들에 나타났다. 그는 더 이상 주말을 보내러 필라델피아에서 운전해 오지 않았다. 이제 그는 주중에 나타나기도 했고 집에 계속 있는 게 아니라 (아마도) 근처 모텔에 머물며 아이들을 만났다. 아이들을 데리고 나가 식사를 하거나 요트를 타거나 클럽에서 수영을 했다. 전화가 오면 허먼 부인이 목소리를 죽여 항의하는 소리가 들리곤 했다.

러네이가 그녀의 이름이었다. 러네이 허먼. 슬픈 이름, 줄리애너라면 갖고 싶지 않은 이름이었다. 그리고 '부인'이라는 호칭 역시. 줄리애너는 '부인'이기를 원하지 않았다.

허먼 부인이 아침에 일어나는 데 어려움을 겪기 시작했다. 침대에서 간신히 빠져나온, 옷도 제대로 입지 않고 화장도 하지 않은, 창백하고 늘어진, 원망하는 얼굴. (줄리애너가 아이들을 먹인 후 한참 만에) 허먼 부인이 드디어 주방으로 들어오면 물건들이, 식기가, 유리그릇이 바닥에 요란하게 떨어질 위험이 있었다. 접시들이 러네이 허먼의 손가락에서 미끄러져서 바닥에 산산조각으로 흩어졌다. 허먼 부인은 입이 험해졌고, 여느 남자처럼, 늦은 저녁 줄리애너와 술을 마시던 남자애들처럼 투박하게 즉각적으로 욕설을 뱉었으며, 어빙 허먼이 그런 것만큼이나 분개하고 암담해 보였다.

어린 딸은 짜증스레 울었고 아들은 미친 듯 날뛰었다. 아이들 어머니는 고함은 질렀지만 그 밖에 어떤 훈육도 시도하지 않았다. 그 결과가 줄리애너에게, 아이들의 나이 많은 자매에게, 의붓자매에게, 누구도 따르거나 존중할 필요 없는 보모에게 떨어졌다. 줄리애너는 소년을 조심스레 쫓아가며 소년이 언제 몸을 휙 돌려 작고 단단한 주먹을 내지를지, 번들거리는 앞니를 드러낼지, 홍채 위로 흰자를 번뜩일지, 그러니까, 침대에 자빠진 줄리애너를 의기양양하게 타고 오르던 허먼 씨와 닮은 눈을 번뜩일지 경계했다.

이제 더욱 자주 허먼 부인은 낮부터 술을 마셨고 (모든 아내

와 어머니들이 마시니 아무 문제 없는) 요트 클럽에서뿐 아니라
집에서, 혼자서도 마셨다. 주방에서. 침실에서. 허먼 부인은 아
무렇게나 알약들을 삼켰고 줄리애너를 약국에 보내 더 많은 약
을 사 오게 했다. 이 모든 일이 꼴사납도록 성급하게 벌어지는
듯했고 허먼 가족은 조각나고 있었으며 이 조각들이 얼음처럼
녹으며 와해되고 있었다. 물론 균열들은 이전에도 있었지만 (줄
리애너의 눈에는) 보이지 않았고, 허먼 부인조차 몰랐다가, 진
정으로 놀라고 분노한 듯했다. 줄리애너는 동정심을 가지려 노
력했지만 답답하기도 했다. '무슨 일이 벌어지는지 몰랐던 거
야? 예상 못 했어?'

줄리애너는 결혼의 성애적 본성을 파악할 수 없었다. 짐작조
차 안 갔고 의아하기만 했다. 허먼 부인은 '뭔가' 감지하지 못했
던 걸까?

어쩌면 허먼 부부는 수년간 사랑을 나누지 않았을지도 모른
다. 어쩌면 딸아이가 태어난 이래로. 어쩌면 그래서인지도. 만약
그녀가 아기를 낳았다면, 줄리애너는 끔찍함에 부르르 떨며 생
각했는데, 오랜 기간 동안 다시 '사랑을 나누'고 싶지 않을 것 같
았다.

줄리애너가 경험했던 종류의 사랑의 행위는 다소 서툴고 주
저하면서도 거칠고 미숙한 밀어 넣기, 일종의 박아 넣기였어서,

그녀의 내부를 쓰리고 아프게 했다. 출산 후의 자궁 통로가, 질이 피투성이가 된 상태를 상상하면 머리가 어지러웠다. 그냥, 싫었다.

고용주의 망가지는 결혼이 보모의 잘못일 리는 없었지만 줄리애너는 막연한 책임을 느꼈다. 그녀는 더 샌드 바의 그 쇼걸, 눈꺼풀에 반짝이를 발랐던 금발 여성이 아니었지만 자신이 그 여성일 수도 있었다는, 그녀의 또 다른 모습이기도 하다는 생각이 들었다. 그리고 어쩌면 어빙 허먼('어브' 허먼)은 줄리애너가 깨닫지 못하는 사이 줄리애너에게 술을 보내주었던 유부남들 중 하나였을 수도 있었다. 어쩌다 열기 끓는 밤이면 그녀는 목덜미를 쓰다듬고 주무르는 그의 손가락들이 느껴지는 듯했다. 부드럽고 간지럽게 시작해서 거세고 아프게 바뀌는 손가락들이. 몽롱하고 놀리는 듯한 그의 낮은 목소리가 들리는 듯했다. '얘야!' 목을 긁는 신음 소리가, 거친 숨소리가 들리는 듯했다. 가랑이 부근에서 퍼져나가는 감각을, 가슴을 스치는 날카로운 감각을, 일종의 괴로움을, 고뇌를 느끼고 무력해지며 어지러워졌다.

그 (여섯 장의) 50달러짜리 지폐를 숨겼다. 아무에게도 말하지 않을 것이었다. 말할 사람이 누가 있겠는가? 아무도 없었다.

낮에 자주 줄리애너와 마주치는 남자들, 그녀보다 '나이가 많은' 남자들은 어빙 허먼과 비슷했다. 키가 크지 않고 몸이 탄탄하며 그을린 피부에 하얀 폴로셔츠와 하얀 코듀로이 바지를, 반바지를 입고 도수가 들어간 선글라스를 끼어서 눈을 감춘 남자들. 한번은 아이들은 낮잠을 자고(적어도 자는 걸로 돼 있고) 허먼 부인은 침실에서 텔레비전 낮방송을 보며 술을 마시는 동안, 줄리애너 혼자 바람 부는 해변을 걷고 있을 때, 줄리애너가 더듬거리며 '어, 안녕, 하세요? 허먼 씨?' 했지만 티셔츠와 반바지를 입은 남자는 거만하고 무심하게, 들은 체도 안 하고 그냥 지나갔다.

어느 날 종일 전화 통화를 하고 난 허먼 부인이 줄리애너를 따로 불러서 불쑥 물었다. '남편이 널 건드린 적 있니, 줄리애너? 네 방에 들어간 적 있어? 그가 무슨 말을, 어떤 말들을 너한테 했니? 지금 나한테 말해도 돼.' 하지만 줄리애너는 고개를 저으며 '아니요', 확실하게 '아뇨'. 죄책감에 얼굴이 붉어졌지만 허먼 부인은 알아채지 못한 듯했다.

그즈음엔 집안이 너무 어수선해서, 허먼 부인에게 남편이 어디 있느냐고 묻는 것도 자연스러웠겠지만 줄리애너는 물을 수 없었다.

더 샌드 바에서 그런 남자들을 보았다. 나이가 많은, 결혼한 남자들, 어쩌면 이혼한 남자들, 40대, 50대, 혹은 그보다 나이 많은 남자들, 어빙 허먼보다 나이가 많은 것은 물론 줄리애너의 아버지보다도 나이가 많은 남자들. 어쩌면 줄리애너는 그들에게 끌렸을지도 모르지만, 끌리기만 했을 뿐 피해야 한다는 것을 알았고, 그들의 술을 받지 않고 고개를 저으며 웃었다. '아아뇨. 아닌 거 같아요.'

상어처럼 그들은 기다렸다. 파도 사이에서, 흰 포말에 검은 지느러미를 숨기며.

들리는 사건들……

하지만 하버섬은, 저지 해안의 부유한 고소득층 동네는 아니었고.

다른 곳, 애틀랜틱시티 훨씬 남쪽에서는, 그 여름에 살해당한 여자들이, 벌거벗은 채 버려지고 부분적으로 부패한 시신들이 발견되기 시작해서 지역신문 1면에 큰 제목으로 박혔다. '매춘부들'.

모두 여덟 명의 '매춘부들'이 애틀랜틱시티의 버려진 동네, 악명 높은 모텔 뒤 늪지대에서 발견되었다.

'정말이니, 줄리애너? 내 남편, 어빙이 안 그랬어? 한 번도?'

줄리애너에게 간청하며 '그랬다고 해! 나한테 말해줘'.

줄리애너에게 간청하며 '안 그랬다고 해! 나 좀 살려줘'.

줄리애너는 연습한 말을 반복했다. 당황해서 그런 것으로 보일 더듬거리는 말투로 여자의 분노를, 핏줄이 선 눈을 피하며. '그런 적 없어요, 허먼 부인.'

하지만 허먼 부인은 물러서지 않았다. '그가 다른 여자랑 있는 걸 보았니? 거짓말은 안 돼. '나'한테 감히 거짓말하지 말라고.'

마침내 악랄해지기 시작해서 '그가 돈을 줬니? 너 매수당한 거야? 내가 바본 줄 아니? 너랑 그가……'.

그러고 나서 곧, 줄리애너의 여름은 끝났다. 노동절 3주 전에.

허먼 부인이 줄리애너에게 '해고 통지'를 했다. 그녀의 일은 끝났고, 일주일분의 봉급을 더 주겠다고. 그게 끝이었다. 집까지 가는 교통편은 제공될 것이었다.

'안 돼.' 허먼 부인이 말하며 반지 낀 손을 흔들었다. '안 돼, 안 돼.' 더 이상 할 말은 없었다.

줄리애너는 실망했다, 상처받았다. 하버섬에서의 멋진 일자리!

그래, 그녀는 그 일을 싫어했다. 그 사람들을 싫어했다. (어린 딸은 예외였지만, 그 소녀를 싫어했던 때도 있었다.) 하지만 하버섬은 사랑했다.

'더 샌드 바'. 거긴 정말로 사랑했다. 더 샌드 바의 창문들에서 붉게 번뜩이는 네온을.

봉급의 절반 가까이를 날린 셈이었지만 허먼 부인은 알면 안 되는, 어빙 허먼에게서 (몰래) 받은 목돈이 있었다.

얼마나 빨리 모든 것이 끝났는지! 친구들에게는 뭐라고 하지? 어머니에게는?

아름답던 여름 별장이 폐쇄되었다. 예정보다 몇 주나 앞서. 아이들은 경악하고 낙담했다. 허먼 부인이 음울한 통화로 집을 내놨다. 임대가 아니라 매매로. 그녀는 하버섬에 다시 돌아오고 싶어 하지 않았다. 그녀는 아이들과 필라델피아로 바로 돌아가려 젊은 남자 운전사를 고용했다.

어쩔 줄 모르고 서 있는 줄리애너를 보면 허먼 부인이 말할지도 몰랐다. '아, 너! 아직 여기 있었니?'

∽

수로가 내려다보이는 비좁은 하녀 방에서 짐을 싸면서. 울지 않으려 애쓰며, 목을 문지르며. 이제는 명도 남지 않아서.

가까이서 보면 수로는 기억하고 싶었던 것보다 덜 아름다웠다. 물결치는 표면은 석유 유출로 지저분해졌고 나무판자 산책로에는 사방이 갈매기 똥이지만 하버섬의 넓은 백사장을 쓸던 파도를, 새벽에 밝아오던 동쪽 수평선의 하늘을, '더 샌드 바'라는 붉은 네온사인이 보이면 희망으로 바보같이 떨리던 마음을 줄리애너는 오래 기억할 것이었다.

너무나 빨리 하버섬은 끝났고, 그건 어떤 '의미'였을까?

4

번뜩이는 붉은 네온의 머니 바(Mon ey Bar). 사실 이름은 '멍키 바(Monkey Bar)'지만 k에 불이 나갔다. 이곳 역시 열대음료를, 화려한 색의 칵테일에 작은 주름 우산, 계피 막대, 라임 조각, 자몽을 꽂아 팔았다. 진, 보드카. 전에는 맛본 적 없는 테킬라도 팔았다. 입술을 핥으며 익히 아는 취기가 올라오길 기다리고.

매번 취기는 조금씩 줄어든다. 아침의 카페인처럼. 니코틴처럼. 그래도 번뜩이는 네온은 그녀의 피에 틀림없는 취기를 약속했다.

머니 바의 벽에 가득 붙어 반들거리는 포스터에 담긴 열대/밀림 장면들. 구부러진 꼬리로 까부는 원숭이들. 붉은 웨이터 의상을 맞춰 입은 원숭이들. 직립한 원숭이들이 서로 건배를 하고, 앞발에는 하얀 장갑을 껴서 손과 닮았고. 바 테이블 뒤로 쭉 이어진 거울이 반짝이는 술병들에 가려져, 거기서 그녀의 얼굴을, 작지만 핵심적인 퍼즐 조각을 찾는 성취감이 있고.

줄리애너는 천박한 머니 바가 캠퍼스에서 수 킬로미터 떨어진 번화가에 멀리 있어서 좋았다. 혼자 가서 외로움을 누릴 수 있을 듯한 장소. 다른 술집들, 주점들, 캠퍼스에 가까운 곳들에서는 웃으며 소리치는 많은 다른 이들과 복닥거려야 하기에 그

외로움이 좀 부자연스러워 보일 것이었다. 더 통렬해 보일 것이었다. 그녀의 얼굴에 대고 어떤 남자가 큰 소리로 떠드는 걸, 맥주를 튀기는 걸 꼼짝없이 견뎌야 하고 남자의 다른 친구들에게도 눈길을 주고 억지 미소를 지어야 하고. 남학생 클럽의 허술한 건물들, 귀가 먹먹한 록 음악과 술 취한 남자애들, 하이힐을 신고 뒤뚱대는 여자애들, 기숙사로 어떻게 돌아갈지 걱정할 시간도 한참 지나서 정신 차려보면 옷에서 나는 역겨운 토사물 냄새…… 신입생 시절이 끝날 즈음 줄리애너는 그런 것들에 질려버렸다.

술을 마실 때에는, 아이들의 음주, 폭음, 그리고 진지한 어른의 음주가 있었다. '그녀'는 아이들 짓거리엔 관심 없었다.

생각해보면 푸른 달 주점 사건 이후 그녀는 다시는 아이처럼 살 수 없었다. 아이가 잘 믿는다면, 순진하고 멍청한 것이 아이라면, 줄리애너는 아이가 아니었다.

머니 바의 단골들은 나이가 많았다. 줄리애너 또래의 남자애들은 전혀 없어서 안심이었다. 그녀는 자신이 바에서 제일 나이가 어린 사람이라는 게 좋았다. 그것은 그녀의 차별점이었고 우쭐할 수 있는 점이었다. 남자들은 그녀를 보호해주려 했다. 진정 그녀를 알아봤을 때는 말이다. 머니 바는 '제독'이라는 근엄한 옛날 호텔의 부속 시설이었고 고전적인 분위기가 있었다. 입이 무거운 바텐더는 줄리애너의 이름을 알게 되었지만 그녀가 들어오면 짧은 목례만으로 맞이했다. 그는 그녀의 아버지 나이대였고, 기름을 바른 숱 많고 검은 머리가 1950년대 영화에 나오는 배우 같았다.

최악의 경우에는 그가 그녀를 보호했을 것이다. 그녀는 알 수 있었다.

4학년 때 머니 바에서 좋은 시간을 보냈다. 이런 바의 기본 전제는 다들 서로를 모르며, 평가하지 않는다는 것이다. 그리고 그녀는 보통 첫 잔 이외에는 돈을 내지 않았다. 때로는 첫 잔에도 돈을 내지 않았다. 너무나 어리고 꽤 예뻤던 줄리애너는 걱정할 필요가 없었고 몇 달러만 들고 와서도 지갑에 손을 뻗을 새가 없었다. 나이 많은 남자들이 그녀에게 '아무 꼬리표 없이' 술을 사면서 뿌듯함을 느꼈고 재수 없는 남학생 클럽 애들과는 달랐다.

'아무 꼬리표 없이'라는 표현이 줄리애너를 웃게 했다. 무슨 뜻이었을까? 그 무엇에도 '꼬리표 달린' 건 싫었다.

머니 바에서 줄리애너는 재미있는 사람들을, '인물들'을 만났다. 다 남자는 아니었고 한두 명의 매혹적인 여자도 만났지만, 보통은 물론 남자였다. 한번은 머리가 하얀 나이 많은 신사가 그 늘진 부드러운 눈을 하고 혼자 바 자리에 앉아 술을 홀짝이고 있을 때 줄리애너가 도착했다. 그의 시선이 단번에 그녀에게로 옮겨오더니 미소도 없이 빤히 쳐다보았다. 마치 그에겐 그녀를 노려볼 권리가 있지만 그녀는 그를 볼 수 없다는 듯이. 줄리애너가 흘긋거려도 그는 계속 미소 없이 굳은 얼굴로 그녀를 뚫어지게 관찰했다. 줄리애너는 겁이 나기보다 왠지 특별해진, 자랑스러운 기분이었다. '마치 나를 잘 아는 것처럼. 비록 모를지라도.'

그녀는 진토닉을 마시고 있었다. 시원하고 깨끗한. 머리도 맑게 해주는 진토닉을. 평일이었고, 그녀는 머니 바에 밤 10시쯤 도착했다. 11시 30분쯤 떠나려 했다. 마시는 술 양을 가늠하며 너무 많이 마시지 않으려 주의했다. 대학에서 알던 여자애들은 데이트에서 취한 채 돌아오곤 했는데, 발음이 꼬이고 비틀거리며 옷이 헝클어지고 얼굴은 부어서, 도대체 무슨 일이 있었는지, 무슨 일을 당한 건지 알 수 없었다. 줄리애너는 술을 못 마시는 여자애들이 불쌍했다, 그녀들을 경멸했다. 술에 취한 채 강제로 성교를 당했다면 (엄밀히 말해) 강간이었지만 그들은 그런 사고를 절대 인정하지 않았을 것이고 기억이 안 나는 척했을 것이다. 혹은 정말로 기억이 안 났을 것이다. 줄리애너는 절대 그런 상황에 처할 일이 없었다. 그녀는 술 마시는 법을 알았다.

화장실에서 돌아와보니 흰머리 신사는 머니 바를 떠났다. 머니 바 옆에는 호텔 식당이 있었는데, 침침한 조명과 가죽 소파의 부스 자리, 호화로운 주홍 벽지의 스테이크 하우스였고 줄리애너는 호기심에 입구로 가서 흰머리 남자를 찾아보았지만 없었다. '제독 스테이크 하우스'는 비싸고 과시적인 식당이었고 근방에서 유일한 좋은 식당이어서 부모들이 대학 방문을 와서 제독 호텔에서 묵을 때 학부생 자녀를 데려가는 곳이었다.

줄리애너는 이상하게도 흰머리 남자를 잃어버린 기분이었다. 그녀가 더 친절하게 대했더라면 그도 미소를 지었을 거라고 줄리애너는 확신했다. 그의 멍한 표정에, 무례한 응시에 그녀가 기죽지 않고 먼저 다가갔더라면 말이다. '안녕하세요, 혹시 나를 아는 분인가요?'

그럴 수도 있었다. 줄리애너는 가끔 자신에게 놀랄 정도로 낯선 사람에게 대담하게 말을 걸었다.

다음 날 아침 어머니에게서 전화가 와서 아버지가, 어머니와 소원해진 지 수년이 지난 아버지가 전날 밤 '갑작스러운' 심장마비로 죽었다고 알렸다…….

줄리애너는 멍하니 들었다. 관자놀이 양쪽이 죄어드는 기분이었다.

부모는 별거한 지 오래됐지만 이혼은 하지 않았다. 어머니와 아버지. 그들은 서로를 포기할 수 없었다. 그렇게 되면 그들이 공유하는 과거를 포기하는 게 될 테니까(라고 줄리애너는 추측했다). 하지만 줄리애너는 아버지가 사는 곳도 모를 때가 많았다. 아버지는 전화도 잘하지 않았고 대수롭지 않은 일에도 민감하고 방어적이며 시비조가 되었다. 이따금 줄리애너에게 수표를 보내곤 했고 한참이 지나도 그녀가 현금으로 바꾸지 않으면 화를 냈다.

아버지의 죽음은 너무 뜻밖이었고 줄리애너는 충격을 받았다. "이제 남은 오늘 동안 난 뭘 해야 하지?" 줄리애너가 룸메이트에게 묻자, 룸메이트는 인상을 쓰며 웃었다.

장례식은 없다고 어머니가 말했다. 참 그답지 않니.

아버지는 자신의 시신을 의과대학에 해부용으로 유증했다. 그래서 장례식이 없고 화장도 하지 않고. 기념식도 없고. '현세의 유물'을 의과대학에 기증하는 것은 줄리애너의 아버지의 오랜 계획이었다. 누구에게도 놀라운 일이 아니었으나 줄리애너는 놀랐다. 다시 어머니에게 전화를 걸어 흐느끼며 말했다. '하지만 진짜 그럴 거라고 생각한 건 아니었잖아요. 안 그래요?'

줄리애너가 몇 번이나 다시 전화를 해서 같은 질문을 하자 줄리애너의 어머니는 짜증을 내며 말했다. '아니, 난 그럴 거라고 생각했어.'

줄리애너가 네이선 거틀러를 만난 것도 머니 바에서였다. 캘리포니아 대학 버클리에서 온 객원교수였던, 수척하고 수염을 기른 그는 긴 단어들을 구사하는 영화학자였고 《뉴리퍼블릭》에 비평을 기고했다. 그는 줄리애너의 밝고 복잡하지 않은 태도, 결연한 활기, 다정하지만 현명해 보이는 미소에 끌렸다. 줄리애너를 새로운 술의 세계로 이끈 것이 그였고 레몬을 곁들인 보드카 셸처는 그녀의 새로운 단골 메뉴가 되었다.

거틀러는 줄리애너를 재미있어했다. 만나면 즐거워했다. 도리스 데이처럼 쾌활하고 에이바 가드너의 눈을 가진 그녀가 영화를 잘 보지 않는다고 하자 그는 진심으로 충격을 받았다. "세상에나, 그럼 도대체 뭘 하나요?"

줄리애너는 잔을 들어서 힌트를 주고 싶었지만 도리스 데이는 그렇게 자신을 노출하지 않는 법이었다. 에이바 가드너도 마찬가지였고.

거틀러는 자신이 가르치는 영화과 대학원생들에게 '시각적' 눈이 부족하다고 줄리애너에게 불평했다. 예술을 클리셰로 축소하고, 보지는 못하면서 노려본다고 했다. 영화 한 편을 다 보고 나면 배경음악 하나도 설명은커녕 '듣지'를 못했다. 거틀러는 줄리애너에게 짐 자무시의 영화에 대해 들려주며 예일 대학 출판부에서 그에 대한 책을 낼 예정이라고 말했다. 그러고 나서 곧 그녀를 그의 아파트로 데려갔는데, 대학에서 제공한, 가구가 간소한 아파트였고 주소는 기억나지 않지만 거기서 〈다운 바이 로〉 〈지상의 밤〉 〈미스터리 트레인〉 〈브로큰 플라워〉 〈오직 사랑하는 이들만이 살아남는다)를 구형 컴퓨터로 보았고, 흐릿한 기억 속에 이어진 날들의 낮과 밤이 뒤섞이고 밤은 다시 낮으로 바뀌며 간간이 레드와인, 버번위스키, 대마초, 헝클어진 침대 위 수면으로 구분되었지만, 엄밀히 말하면 사랑을 나눈 건 아니었다.

깨어보니 손목과 발목이 삼실로 묶여 있어서. 겁이 났지만 웃으며, 거틀러에게 재미없다고, 풀어달라고, 이제 가야겠다고 말했지만, 거틀러는 고개를 저었고. '물론이지. 하지만 지금은 안 돼.'

뭔가 오해가 있었을 것이고. 대마초를 너무 많이 해서. (대마초를 피우는 게 측두엽에 어떤 영향을 미치는지 줄리애너가 심리학 수업에서 배웠는데, 혹은 그게 크랙 코카인이었던가, 너무 강력해서 아예 시도도 말아야 한다고.)

거틀러는 그녀의 목에 종이 냅킨을 깔끔하게 걸어준 다음, 손으로, 포크로, 스푼으로 음식을 먹여주었고 톡 쏘는 진한 레드와인을 입에 대줬는데, 안 삼키면 셔츠 앞섶이 젖을 테니까 안 넘기지는 못하고. 줄리애너는 빌지도, 울지도, 공포를 드러내지도, 분개하지도 않고 거틀러가 가져온 대마초도 입에 대주자 그냥 빨아들이는 척하며, '아빠, 도와줘. 아빠, 미안해' 생각했다. 줄리애너는 묶인 상태로 거틀러와 영화들을, 그녀가 좋아할 거라고 거틀러가 예측한 프레스턴 스터지스의 '스크루볼 코미디'들을 봤다. 공포에 마비된 상태에서도 줄리애너는 〈레이디 이브〉의 젊고 마른 여성 코미디언 바버라 스탠윅을 보며 그럭저럭 웃을 수 있었다. 약간 발작 같았던 줄리애너의 웃음 덕에 거틀러는 그녀가 그에게 안 좋은 감정을 품지 않았다고, 그녀를 보내줘도 괜찮겠다고 믿은 듯했다.

불편하고 지저분한 대학 제공 주거 공간에 감금된 지 열여덟 시간. 시큼한 레드와인 한 잔으로 버틴 열여덟 시간. 왜 보내주기로 결정했는지는, 원래 그러려고 했던 거라는, 이전에 다른 학부생 여자애들에게도 그래왔을 거라는 추측 이외에는 알 길이 없었다. 그냥 농담이었다고 거틀러는 설명했다. '장난 좀 친 거'라고. 스크루볼 코미디에서처럼 껄껄 웃으며 말해서 줄리애너도 웃을 수 있었고, 아마도 그래 그냥 우스운 일이었겠지, 대부분의 일이 자세히 보면 웃기니까. 그리고 이건, 영화의 한 장면 같기도. (거틀러가 자기 시나리오를 쓰고 있지 않았던가? 물론 그랬다.) 줄리애너는 혼자 그 집을 나서며 혼자가 되어서 감사했고, 자신이 거틀러를 꽤 좋아했다고, 대학에 그를 신고하지 않겠다고, 자신은 '고자질쟁이'가 아니라고 생각했다. 어쨌거나 거틀러가 실제로 줄리애너를 '해친' 건 아니었다.

이제 줄리애너는 짐 자무시에 대해 식견 있게 말할 수 있었고, 그의 영화가 몽환적이고 유혹적이며 놀랍고 예측 불가능했다고 회상할 수 있었다. 가장 좋았던 작품은? 〈오직 사랑하는 이들만이 살아남는다〉.

5

그리고 다시 머니 바. 줄리애너가 거기 간 마지막 저녁.

이상하게도 그리고 뜻밖에도. 기억이 흐릿한 대학 4학년 봄, 그녀는 약혼을 하게 되었다. 그 일은 꿈결에 일어난 듯했다. 하지만 '네온 꿈'은 아니었고 그냥 평범한 꿈.

약혼자는 줄리애너보다 서너 살 많았고 그 대학의 경영 대학원에서 기업 재무를 전공했다. 뭘 공부한 건지 줄리애너는 전혀 알 수 없었고 그다지 흥미도 없었다. 돈 자체에 대해서는 관심이 없었다. 머니 바는 붉게 번쩍이는 네온의 단어들로 그녀의 흥미를 끌긴 했지만 말이다.

'머니 바'. 그 단어가 그녀의 잠 속에 들어온 게 분명했다.

고든 케첼은 난데없이 나타난 듯했다. 그의 부모가 부유하다고 누가 줄리애너에게 말해줬다. 그가 왜 그녀를 좋아했는지 줄리애너는 알 수 없었다. 도리스 데이를 닮은 환한 미소? 에이바 가드너의 섹시한 버찌 같은 눈? 그와 있으면 줄리애너는 자주 미소를 지었고, 미소 짓지 않을 이유가 없었으니, 고든이 하는 말은 거의 들리지 않았지만, 늘 잘 빗은, 구불거리는 모래색 머리카락과 진지해 보이는 눈썹, 지적이면서도 소년 같은 황갈색 눈이 매력적이었다.

줄리애너는 고든을 믿을 수 있다는 걸 알았다. 고든이 그녀를 모르리라 믿을 수 있었다.

줄리애너보다 예닐곱 살 많음에도 고든은 불안해하는, 미숙한 연인이었고 그녀가 그보다 성숙한 티를 내지 않는 걸 고마워(하는 듯)했다. 그녀가 그에게서 아무것도 기대하지 않는 걸, 혹은 그가 한 일이나 하려는 일 이외에는 아무것도 기대하지 않는 걸 고마워했다. 줄리애너는 기존에 있는 것 이외에는 아무것도 기대하지 않았으니까.

본질적으로 그녀는 영향받지 않았고 관여하지 않았다. 그녀의 품 안에서 헐떡이는, 그녀에게 너무나 감사하는 남자와 누워서 지극히 온화한 키스를 나누고 상냥하기 그지없게 속삭이며, 아이처럼 달랠 때처럼, '그래. 나도 사랑해'.

줄리애너와 만난 지 몇 달 안 되었는데도 고든은 곧 약혼을 요구하기 시작했다. 영구적 관계의 '안정성'이 필요하다고 말했다. 그녀에게 그렇게 진솔하게 말하는, 자신의 약점을 인정하는 남자라니, 줄리애너는 감명받았고 약간 당혹스럽기도 했다.

고든은 학업 및 아버지와의 관계에 압박을 받고 머리 주위를 붕붕대는 각다귀 같은 걱정들에 시달렸다. 가족과 가족사에 그렇게 집착하는 사람을 줄리애너는 처음 보았다. 그의 장황한 걱정과 울분들. 희망과 계획들. 형에 대한 질투. 점수에 대한 전력투구. (줄리애너와 달리 고든은 A- 이하는 참을 수 없었다. A-조차도 절벽에서 미끄러지며 손톱이 부러지도록 절박하게 바위를 움켜쥔 기분이 들게 한다고 고백했다.) 미래에 대한 그의 불안은 졸업 후 케첼 가족 사업에서 아버지와 함께 일해야 한다는, 형 밑으로 들어가야 한다는 사실과 관련이 있었다.

"근데 왜?" 줄리애너가 물었다.

"왜냐고?"

"왜 아버지와 일해야 해? 게다가 왜 형 '밑'에서 일하고 싶은데? 형이랑 사이 안 좋잖아?"

"그거야, 그래야 하니까."

"왜 그래야 하는데?"

"내 삶이, 집안 사업이⋯⋯. 원래 그래."

줄리애너는 이 부유한 집안의 아들에게, 그토록 아버지의 평가에 의존적인 아들에게 불가해함을 느끼면서도 감명받았다. 종종 그들은 고든과 아버지의 통화나 이메일 내용을, 아버지의 언급과 고든의 대답을 강박적으로 곱씹으며 연인의 저녁 시간 전부를 바쳤다. 항상 고든은 자신이 해독할 수 없는 아버지의 특정 발언들을 줄리애너가 어떻게 해석할지 알고 싶어 안달했다.

줄리애너는 고든의 아버지가 아들 둘을 경쟁시켜 자만심을 채우는 잔혹한 조종자임을 일찍 파악했지만, 그런 상황을 고든에게 알려주기엔 너무 영리했다. 대신 이렇게 말했다. "아버지가 너를 특별하게 생각하고 믿는 건 아주 분명해. 그래서 때때로 널 비난하는 것 같은 거야. 동기부여를 하려고."

"그런 거였어! 이제 보니 알겠어."

그리고 고든은 정말로 그렇게 생각했다. 줄리애너가 알려준 가능성이 사실은 진짜 가능성도 아니었고 오히려 아버지뿐 아니라 줄리애너에 대한 의존성까지 강화시키는 가능성이었는데도 말이다.

한가로이 줄리애너는 생각했다. '잘하면 부유한 남자의 아내가 될 수 있겠네.'

혼자 미소를 지으며, '하지만 그러고 싶어? 그럴 가치가 있어?'

고든이 왜 그렇게 아버지의 칭찬에 집착하는지는 여전히 수수께끼였다. 그는 돈에 그다지 관심이 없었고 아버지가 그를 가족 사업에 고용하든 말든 걱정할 이유도 없었다. 고든은 인상적인 젊은이였다. 모든 과목의 점수가 높았고 다른 데서 일자리를 얻을 수 있었으며 아마도 거기서 더 가치를 인정받을 것이었다.

그는 사회적 지위 같은 것에도, 그게 뭐든 간에, 관심 없었다.

의상, 소유물 같은 것들에 그는 흥미가 별로 없었다. 대부분의 옷을 브룩스 브러더스에서 샀는데, 그게 사립학교 출신들의 스타일이고 멋져서가 아니라 다른 걸 상상할 수 없어서였다. 차도 없었고 필요할 때는 택시를 탔다. 왜 그가 줄리애너와 사랑에 빠졌는지, 그녀는 알 수 없었다.

뭐, 피상적인 눈/남성의 눈에 줄리애너는 아주 매력적이었다. 밤색 머리칼, 넓은 미간, 두드러진 광대뼈, 고르고 하얀 이. 웃음소리는 깜짝 놀란 아이 같았다. 그녀에게는 딱히 재미있는 게 아무것도 없어서 모든 게 웃겼다. 그녀는 알코올중독은 아니었지만 (그건 확신했다) 알코올 이외에는 별로 중요한 게 없는 알코올중독자의 모호한 친화력, 자립적이면서도 유혹적인 분위기는 보유했다. 줄리애너는 누구와도 감정적으로 가까워질 수 없었다. 그래서 다른 이들이 보기에 줄리애너는 위험한 인물이 아니었다. 어떤 욕구도 갈망도 보란 듯 드러내지 않았다. 오해 때문에 울며 난리 칠 것 같지 않았다. 누가 줄 수 있는 것 이상을 요구할 것 같지 않았다. 우울증에 빠질 것 같지 않았다. 다른 젊은 여자들은 고든 케첼의 (액면) 값어치를 알아보고 잡으려 했지만 줄리애너는 그러지 않았다.

줄리애너는 약혼자를 사랑하지 않았고 그와 '사랑에 빠진' 적도 없었지만 고든 케첼에게 의존하게 되었다. 그는 그녀의 비밀스러운 삶의 본질을 끝까지 알아채지 못할 사람들 중 하나였다. 그는 그다지 예리하지도 호기심이 많지도 않았다. 분명, 소유욕도 강하지 않았다. 그리고 줄리애너는 고든의 관심에, 뚜렷한 몰두에 우쭐했다. 부유한 집 아들의 '그녀'에 대한 관심에.

줄리애너는 감정을 소모하는 관계를, 더 활기차고 꼬치꼬치 캐묻는 남자를 원하지 않았다. 그녀는 심도 깊은 성적 관계의 경험을 원하지 않았다. '원한다는 것'이 왜 바람직한 상태인가? 줄리애너는 이해할 수 없었다. 그래도 고든과 함께 있으면 보호해주는 오빠와 함께 있는 것처럼 만족스러웠다. 그녀가 단순하고 덜 표리부동하게 느껴졌다. 그녀가 감출 시간만 있으면 그는 알코올 냄새를 알아채지도 못할 것이었다. '그는 자신이 생각한 대로만 나를 봐. 그 이상은 못 보지.'

그녀는 약혼자에게 진실도 거짓도 아닌 말을, 그가 원하는 말만을 들려주었고, 그가 하는 말은 '응! 그렇구나' 하고 대답할 수 있을 정도로만 들었다.

∽

"아버지가 너를 만나고 싶어 해, 줄리애너! 특별히 오시겠대."

402

줄리애너는 행복한 척 미소 지었다. 자연스러운 일이라고, 놀랄 필요 없다고 생각하려 했다.

그리고 불가피한 일. 빠져나갈 수 없는 일이라고.

케첼 씨는 번화가의 오래되고 위엄 있는 '제독 호텔'에 묵을 예정이었다. 스위트룸에 이틀. 호텔 식당에서 고든과 줄리애너와 저녁 식사를 하고 싶어 했고, 그 전에 호텔 바에서 만나 한잔하자고 했다.

거기가 머니 바였다. 줄리애너는 잠시 당황스러웠다.

고든은 머니 바에 가본 적이 없었다. 고든은 머니 바에 대해 들어본 적도 없었다. 고든은 술을 마시는 일이 드물었고 술집이나 학생들이 가는 펍에도 관심이 없었다. 학부 때 작은 인문대학에 다녔기에 남학생 클럽에 들어간 적도 없었다. 줄리애너도 머니 바에 대해 언급할 생각이 없었지만, 고든의 아버지가 전에 제독 호텔에서 묵은 적이 있기 때문에 저녁 식사 전에 머니 바에서 한잔하자는 생각을 해내고 고집을 부린 것이었다.

줄리애너는 약혼자와 약혼자의 아버지와 함께 머니 바에 들어가면서, 당황스럽게 바텐더가 인사를 건넬 것에 대비해 긴장했지만, 물론 그녀의 바텐더 친구는 그들과 들어서는 그녀를 보고 아는 척하거나 놀라움을 드러낼 사람이 아니었고, 그녀를 완전히 낯선 이처럼 대했다.

안도하며 생각하고. '머니 바에서는 내가 보이지 않아!'

이런 네온 불빛의 장소들에서는 모두 약속된 게 아니었던가? '비가시성', '익명성'.

제독 호텔의 재방문자답게 케첼 씨는 머니 바의 벽에 요란하게 그려진 조야한 만화 원숭이들을 보고 알은척하며, 얄팍하게 위장되었으나 아프리카계 미국인들을 비하하는 의미를 알아보고 재미있어했다. 재미있어한다는 사실뿐만 아니라 무덤덤한 말투에도 줄리애너는 충격을 받았고, 까부는 원숭이들의 두꺼운 입술, 꼬불꼬불한 머리, 튀어나온 눈을 새삼 뜯어보며 케첼 씨가 정확히 보았음을 깨달았다. 다만, 추하고 인종차별적인 이 그림들이 재미있지는 않았다. (심지어 씩 웃는 아기 원숭이 하나가 커다란 수박 조각을 먹고 있었다……) 줄리애너는 그렇게 오랫동안 이런 못된 만화를 못 알아보고 머니 바의 단골이 되었다는 데 뒤늦게 부끄러움을 느꼈다.

"넌 못마땅한가 보구나, 줄리. 그러니까 줄리애너. 넌 인권 운동 쪽이니?" 케첼 씨가 과장된 예의를 차리며 물었다.

케첼 씨가 빈정거리려는 거였다고 해도 줄리애너는 반응하지 않기로 했다.

"그런 것 같아요. 그래요. 그게 상식 같아서요."

"'상식'이라고? 어째서?"

"인권이라는 게 '모든 사람을 위한 권리'라는 뜻이잖아요. 우리 역시 보호하는."

"우리? '우리'가 누구인데?"

줄리애너는 잠시 대답하지 않았다. '백인들'이라고 말하고 싶은 사악한 충동이 일었다. 대신 그녀는 착실한 여학생답게 말했다. "모든 미국인요. 우리 모두요."

줄리애너의 착실함은 노먼 케첼의 장난기에 대한 비난이었고 일시적으로 그의 장난기를 꺾었다.

케첼 씨가 아들과 전혀 닮지 않았다는 것은 놀라웠지만 불쾌한 놀라움은 아니었다. 첫눈에 뭔가 장난기를, 아주 여유로운 미소에서 쾌활하면서도 고집스러운 태도를 감지했다. 그는 성공한 남자였다. 자부심 있는 남자였으며 침착한 분위기를, 누구도 자신에게 반박하거나 맞서지 못하리라는 것을 확고하게 아는 분위기를 풍겼다.

두꺼워진 몸이 돋보이게 디자인된, 잘 만들어진 비싼 옷을, 브룩스 브러더스풍의 옷을 입었다. 그는 주의 깊게 외모를 다듬었다. 흠잡을 데 없이 이발한 머리, 깨끗하게 면도한 육중한 턱. 하얀 셔츠, 하얀 소매. 커프스단추. 투박한 얼굴, 커다란 코, 좁은 미간으로 잘생긴 남자는 아니었지만 한눈팔 수 없는 존재감을 지녔고, 그에게 좋은 인상을 주려, 그가 미소 짓고 웃게 만들려,

남자가 여자를 감정하듯 솔직하게 칭찬하는 평가를 그에게서 받으려 애쓰게 되는 남자였다. "이렇게 매력적인 아가씨라고 말 안 했잖니, 고든. 그리고 이름이, 줄리-애너?"

마치 줄리애너가 거기 없다는 듯이, 거창한 칭찬을 들었다. 케첼 씨는 줄리애너의 손을 잡고 그녀가 인상을 쓸 정도로 꼭 쥐었다. 그의 시선과 정면으로 마주쳤다. 줄리애너는 나약하고 수동적이 되는 짜릿함을 느꼈다. 슬쩍 보이는 커프스단추! 숨죽인 성적 흥분. 몇 년간 생각하지 못했던 어빙 허먼이 기억났다.

왜 케첼 부인은 따라오지 않았는지 의아했다. 그녀도 아들의 약혼자를 만나고 싶지 않았을까? 하지만 줄리애너는 절대 묻지 않았을 것이다.

고든은 아버지의 태도에 당황하는 동시에 뿌듯해했다. 아이처럼 웃고 장난치며 심지어 놀리기도 했지만, 어른의 관심에 감사해했다. 그가 머니 바에서 시킨 술은 맥주 한 병이었고 거의 손대지도 않았다. 아버지는 조니워커 블랙을 스트레이트로 시켰다. "넌 뭐로 하겠니, 얘야? 라임 다이키리? 딸기 다이키리?"

줄리애너는 웃으며 술을 거절하려 했다. '감사하지만 괜찮아요.' 하지만 자신 없이 말하는 목소리가 들렸다. "어, 그거 마셔 볼게요. 딸기 다이키리?"

그녀는 진토닉을 좋아했지만 딸기 다이키리가 더 여성적으로 들렸다(그리고 그렇게 보였다).

그렇게 함께 마시며 케첼 씨는 고든에게 수업 과정에 관해 형식적인 질문들을 하고 답을 듣는 척하며 술을 홀짝이고 견과를 먹어치웠다. 줄리애너를 심문하는 데는 훨씬 관심을 기울이며 무례하고 장난스러웠다. 대학 전공은 무엇인지, 졸업하고 뭘 할건지, 어디서 태어났고 어디 살았는지, 부모는 어떤 분들인지?

'아저씨가 상관할 바 아니죠.' 쏘아주고 싶었다.

대신 줄리애너는 수줍은 소녀처럼 더듬거리며 그럴듯해 보이는 대답들을 내놓았다. 사실 그녀는 이 남자의 흥미를 끌고 싶었다. 고든의 이야기를 들을 때 지루해하던 눈빛을 걷어내고 싶었다.

그리고 그의 시선이 우연인 듯 그녀의 맨팔로, 작지만 도드라진 가슴으로, 날씬한 허리로 떨어지고. 줄리애너는 거칠게 간지럽혀진 아이처럼 쾌감에 얼굴을 붉혔다. 고든과 친밀해진 몇 달 동안 그는 그녀에게 거의 질문을 하지 않았다. 고든은 케첼 씨처럼 노골적으로 줄리애너를 본 적이 없었다. 줄리애너가 한 모든 평범한, 심지어 진부한 이야기들이 케첼 씨를 매혹하는 듯했다.

그는 심지어 그녀가 가장 좋아하는 영화가 무엇인지도 물었다. 고든이 줄리애너에게 그런 질문을 한다는 건 상상도 못 할 일이었다.

"아, 아마도, 대부분 짐 자무시 영화요……."

"누구?"

"짐 자무시요."

"자-문시?"

"자무시."

줄리애너는 간지럽힘이라도 당한 듯 웃었다.

"어느 나라 사람이지? 자-무시라니."

"미국요."

"그렇겠지, 근데 어떤 미국인이니? 유대계인가?"

이런 대화 동안 고든은 조용했다. 대화에서 배제되어 이따금 전화기를 들여다보았다.

이메일 같은 걸 확인하는 게 아님을 줄리애너는 알고 있었다. 시간, 날씨, 별자리를 확인하는 거였다. 뉴스 속보들도.

아, 왜 그는 더 '공세적'이지 않은 걸까? 그녀는 약혼자한테 짜증이 났다. 앙심이라도 품은 듯, 권력을 휘두르는 아버지에게 얼마나 선뜻 그녀를 내어줬는지.

"이런, 약혼반지를 안 끼고 있구나. 아직도 말이야. 안 낄 작정이니?"

"안 낄 작정이요? 저는 그런 건…… 우리는 그런 건…… 생각 못 해봤는데……."

줄리애너가 전화기만 들여다보는 고든을 돌아보았다.

"우리가…… 관습적인 데 관심이 없어서 그랬나봐요. 그런 이야기 해본 적 없어요."

"젠장, 애야." 케첼 씨가 허물없이 말했다. "정말 그렇게 생각하는 건 아니지?"

"우리가 관습에 관심이 없는 거요?"

"결혼하기로 했으면, 약혼을 해야지. 그게 '관습'이야."

그러고 나서 활짝 미소 지으며 "내일 같이 찾아볼까? 내가 하루 더 묵지. 이 촌 동네에도 괜찮은 보석 가게가 있겠지".

줄리애너는 어쩔할 바를 몰라서 다시 웃었다. 케첼 씨가 농담하는 건가? 고든은 제대로 듣지도 않는 듯했다.

"다이아몬드 좋아하니? 에메랄드는? 사파이어는?" 노먼 케첼 씨가 놀리는 건지 확실치 않았다.

줄리애너는 뭐라 대답할지 알 수 없었다. 부유한 남자의 자만심이 그녀를 주눅 들게, 불안하게 만들었다.

호텔 스테이크 하우스의 자리는 저녁 8시에 예약되어 있었지만 케첼 씨는 머니 바에서의 이 경박한 환담을 얼른 마무리할 생각이 없어 보였고, 머니 바 단골들이, 주로 남자들이 점점 더 들어와 바 테이블에, 반짝이는 술병들의 벽을 향해 앉고 있었다.

술병들의 벽이 마치 제단처럼 보인다는 걸, 줄리애너는 이전에는 이렇게 또렷이 인지하지 못했다.

머니 바에서 혼자였더라면 하고 생각하며. 인생은 혼자인 게 훨씬 쉬워서.

머니 바의 손님은 대부분 케첼 씨 나이의, 사회적 지위의 남자들이었다. 아마 사업가, 여행객일 것이었다. 이곳은 그 같은 부류를 위한 술집이라고 노먼 케첼이 줄리애너에게 말했다. "고전적인 것과 저속한 것 사이 어디쯤." 어중이떠중이나 남자 대학생들을 막기 위한 과한 가격. 스카치, 버번, 고품질 위스키. 장중한 분위기. 오래되고 음침한 제독 호텔의 5미터에 가까운 층고, 비좁은 화장실, 구식 욕조, 물이 새는 샤워기 같은 것들처럼. 대리석 바닥, 고풍스러운 샹들리에처럼. 이 호텔은 진짜였다. 더이상 그다지 진짜를 원하는 사람이 없어도.

"내 객실에서 누가 자기 머리라도 터뜨린 것 같은 냄새가 나. 최근에는 아니고 1929년쯤."

줄리애너는 웃었지만, 이 농담을 이해한 건 아니었다. 1929년에 주식시장이 붕괴했던가? 대공황의 시작? 노먼 케첼 씨가 몇 살이지? 그녀는 이 남자의 음울하고 무표정한 농담이 좋았다. 그는 심야방송에 나와서 비딱하게 냉소를 투덜거리는 사람 같기도 했다. 착실한 아들과 달리 그는 술을 좋아했고 숨길 생각도 없었다. 진정 노먼 케첼은 '술꾼'이었다. 돈 문제 같은 걸 심각하게 생각했던 젊은 시절에 돈을 벌었을 테고, 이제는 머니 바처럼 침침한 네온 술집에서 가장 행복해하며 위스키를 홀짝이고 묵은 땅콩을 씹으며 손가락에 소금을 잔뜩 묻히고. 바 테이블 뒤의 가로로 긴 거울에 심해 생물처럼 허물어지고 불콰해진 그의 투박한 얼굴이 언뜻언뜻 보이고.

이 남자가 술꾼임을 줄리애너는 이해했다. 그녀는 노먼 케첼을 직관적으로, 내면에서부터 알 수 있었다. 그럼에도 노먼 케첼은 그들이 얼마나 비슷한 부류인지 짐작하지 못하리라는 점이 중요했다.

딸기 다이키리를 한 모금 한 모금 세면서. 언제 한 잔 더 주문하는 게 괜찮을지 계산하면서.

하지만 아니, 주문 않는 게 나을지도. 기다렸다가 식당에서 저녁 식사를 할 때 와인을 한두 잔 마시는 게 좋을지도. 케첼 씨는 좋은 와인을 고집하며 줄리애너를 대접하려 할 터였다.

고든이 양해를 구하고 화장실로 가자, 케첼 씨가 충격적이게도 테이블 위에 놓인 줄리애너의 손 위에 자기 손을 올리고 꾹 눌렀다. "대체 어떻게 네가 내 아들을 만났는지 모르겠구나. 그 애한테는 과분하게 아름다운데."

줄리애너는 얼굴을 붉히며 웃었다.

"넌 그 애에 비해 너무 '성적으로' 매력적이야."

남자의 손 아래서 자신의 손을 빼고 싶었지만 그의 기분을 상하게 하거나 주변의 주의를 끌고 싶지 않아서. 그들을 흘금거리는 입이 무거운 바텐더가 눈치챌 테니까.

"내 아들은 아주 운이 좋은 젊은이야. 아무것도 모르는 녀석이."

줄리애너는 뭐라고 대답할지 알 수 없었지만 무응답은 동의로 보일 것이었다.

"그 애를 사랑하는구나, 어? 자는 사이고? 언제부터 잤지?"

줄리애너는 고개를 저었다. 이건 너무 지나쳤다. 그제야 그녀는 손을 빼냈고 그는 (무성의한?) 사과를 중얼거렸다. "음, 미안. 기분 나쁘게 할 생각은 아니었는데."

줄리애너는 뺨을 붉히며 대답하지 않았다.

"혹시 기분 나빴니? 그럴 의도는 아니었다."

고든이 돌아오자 거의 8시 반이었다. 젊은 커플은 케첼 씨에게 이제 식당으로 자리를 옮겨야 한다고 설득해야 했다. 식당 주방이 닫기 전에.

케첼 씨는 마지못해 동의했다. 웨이터가 그들의 술을 바로 옆인 식당의 테이블로 옮겼고, 머니 바가 시끄럽고 소란스러웠던데 비해 식당은 진중하고 음침했다.

"좋아, 얘들아. 메뉴에서 뭐든 주문해라. 합리적인 범위 내에서. 늙은이가 내는 거니까, 알겠지?"

줄리애너는 가자미를, 아주 얌전한 흰살 생선을 주문했다. 케 첼 씨는 '레어' 스테이크를, 고든은 칠면조 요리와 으깬 감자를 주문했다.

"술 한잔 더 할래, 얘들아? 아냐? 나만? 이런."

저녁 식사에서 노먼 케첼에 의해 결정이 되었다. 다음 날 셋이서 '적당한' 약혼반지를 사러 가기로. 물론 노먼이 반지값을 내기로 했다.

"내가 그 정도는 해야지. 이런 신선한 젊은 여성을 우리 가족에 맞이하는데."

'신선한'. 좀 모욕적으로, 실없게 들리기도 했다. 모든 살아 있는 사람은 '신선'하지 않은가?

약속은 불명확했고 미확정적이었기에 아침에 고든에게서 문자가 왔을 때 줄리애너는 별로 놀라지 않았다. 그는 그날 오후 반지를 사러 갈 시간이 없어서 약속을 미뤄야 했다. 물론 학기 중이었으니까. 그날 오후 고든은 대학원에서 세 시간짜리 국제 금융 세미나가 있었다. 줄리애너도 수업이 둘 있었지만 빠져도 상관없었다. 예술사와 심리학, 둘 다 강의였다. 약속을 미루기로 동의한 지 얼마 안 돼 줄리애너는 노먼 케첼의 전화를 받았다. 약속을 미루지 않을 거라고 했다. "너랑 나는 만나야지."

고든을 깜짝 놀라게 해주자고, 노먼 케첼은 말했다. 둘이서 아름다운 반지를 고르자고. 물론 줄리애너가 반지를 고를 것이었다. 신랑의 아버지인 그는 단순히 구매만 할 것이었다.

줄리애너는 어떻게 대답해야 할지 알 수 없었다. 케첼 씨가 약혼반지 이야기를 꺼내기 전까진 별로 생각해본 적이 없었는데, 이제 그녀는 반지가 기대되기 시작했다……. 케첼 씨는 쾌활하고 열성적인 태도여서 오전 11시에 벌써 한잔한 건가 줄리애너는 의아했다. 그의 목소리는 얼음 위에 따른 가장 부드러운 위스키만큼이나 부드러웠고 그가 제안하고 있는 일이 상식을 벗어났다는 티는 전혀 나지 않았다.

줄리애너가 시내버스 이외엔 번화가로 갈 방법이 없다는 미약한 변명을 내놓자 케첼 씨가 택시를 불러주어 제독 호텔로 오게 했고, 로비가 아닌 4층의 자신이 묵는 방에서 만나자고 했다. "호텔 방에서요? 정말요?" 줄리애너는 남자의 뻔뻔함에 웃었다. "문을 살짝 열어놓을게." 케첼이 말했다. "만약을 대비해서." '무슨 만약?' 줄리애너는 케첼의 방으로 갈 생각이 없었다. 로비에서 전화를 할 것이었다. 하얀 리넨 재킷, 붉은 줄무늬 스카프, 다림질한 검은 바지, 좋은 샌들로 신경 써서 옷을 입었다. 여대생처럼 보이기보다는 젊은 직장인 여성이나 모델처럼 보였다. 윤이 나도록 밤색 머리칼을 빗었고 정전기로 부풀게 만들었다.

줄리애너는 자신과 케첼 사이에 무슨 일이 일어날지 궁금했다. 정말 무슨 일이 일어날 것 같지는 않았다. 긴장된 저녁 식사 내내 케첼이 그녀에게 생각이 많은 시선을 던졌지만 그녀는 그 시선의 강렬함과 굶주린 친밀감을 모른 척했다. 그는 그녀의 가자미 요리 선택을 받아주지 않고 안심 스테이크를 시켜야 한다고 고집을 부렸다. "여성을 위한 고기지."

그는 그녀의 접시 위 고기를 거의 잘라줄 기세였다. 몇 번이고 그녀를 '공주님'이라고 불렀다. 싫다는데도 그녀를 위한 두 번째 와인을 주문했다. (줄리애너는 보란 듯이 두 번째 잔을 마시지 않았다.) 그동안 고든은 말없이 뚱하게 앉아 밋밋한 칠면조 요리를 먹으며 무관심한, 냉담한 분위기를 풍겼다. 그는 탁자 위에 전화기를 올려두었고, 전화기에서 울리는 알림을 그저 흘긋거릴 뿐이었다.

나중에 줄리애너는 고든에게 왜 저녁 식사에서 그녀를 무시했느냐고 물어보았고 고든은 자기 없이도 그녀가 꽤 즐거워 보여서 그랬다고 대답했다. 그녀에게 '그'가 왜 필요하겠는가?

"네 아버지만 나한테 말을 걸었어. 나는 선택의 여지가 없었다고. 하지만 너는 우리 둘 다에게 말을 안 걸었어. 왜 그랬는데?"

하지만 고든은 같은 대답을 반복할 뿐이었다. 줄리애너가 그

없이도 꽤 즐거워 보였다고. 그는 끼어들고 싶지 않았다고.

약혼자의 새로운, 뾰족한 일면. 줄리애너는 경악을, 반감을 느꼈다.

다음 날 이른 오후, 케첼 씨가 제안한 대로 줄리애너는 제독 호텔에 도착했고 로비에서 그의 방에 전화를 걸었다. 전화가 세 번 울린 뒤 케첼이 받았고 그는 밝고 친근한 목소리로 줄리애너에게 말했다. "올라오려무나, 얘야! 기다리고 있었다."

줄리애너가 항의했다. 왜 그가 내려오지 않는가.

"음료를 시켰다, 얘야. 여기가 오붓하니까."

"음료를 원하면, 케첼 씨, 멍키 바에서도 마실 수 있는데요."

줄리애너는 장난스럽게 말하려던 것이었는데, 뒤늦게 케첼 씨가 호텔 바 이름이 멍키 바라는 걸 모르리라는 걸 깨달았다.

그는 방에서 마시는 게 좋다고 단호하게 말했다. "여기서 기다릴게."

줄리애너는 짜증스레 웃었다. 그녀가 '왜' 올라가야 한단 말인가?

침묵이 흘렀다. 케첼이 전화를 끊었나? 끊었다!

줄리애너는 뺨이 화끈거렸다. 엘리베이터를 타고 4층으로 가면 될 것이었다. 하지만 어쩌면, 정말로 어쩌면, 저 늙은 남자와 결국 약혼반지를 사러 가지 않을 수도 있었다.

올라가니 케첼의 방문이 살짝 열려 있었다. 문손잡이에는 '방해하지 마시오' 표시가 걸려 있었고.

"계세요?" 줄리애너는 문을 밀어 열었다. 재미있어할, 웃을 준비를 했다.

방은 정말 널찍했다. 작은 응접실도 딸려 있었고 천장에는 목재 장식이 돼 있었다. 블라인드는 닫혀 있었다. 가구는 장중하고 고급스러웠지만 방의 풍경은 너저분했다. 킹사이즈 침대는 거대했고 구겨진 침구를 묵직한 새틴 침대 덮개로 대충 덮어놓았다. 아침거리들이 놓인 쟁반, 협탁 위엔 뚜껑 열린 위스키병. 미니바에서 꺼냈을 거라고, 줄리애너는 짐작했다.

줄리애너가 들어가자, 왼쪽에서 노먼 케첼이 재빨리, 말없이 접근했다. 인사 한마디 없이 그녀의 어깨를 잡고 방 안으로 끌어들인 다음 문을 닫았다. 그의 입이 그녀의 입으로 돌진해 거세게, 창꼬치처럼 빨았다.

케첼은 면도를 하지 않았다. 신발도 안 신은 맨발이라 줄리애너의 기억보다 키가 작고. 입에서 나는 위스키 냄새가 달지 않고 시큼했다.

"좋은 아침, 줄리, 줄리-안-야!"

그녀를 책상으로 밀면서. 줄리애너의 등이 책상에 닿았고. 그녀는 웃었다, 웃으려 노력했다, 이건 너무 어이없었고, 이런 공격이라니, 그녀보다 이렇게 나이가 많은 남자가, 무슨 생각인 거지? 그녀는 적극적으로 저항하지는 않았지만 분명 순종하지도 않았다. '난 실은 여기 없는 거야. 이 남자는 내가 여기 있다고 생각하는 걸까? 난 아니야!' 생각하며.

그녀는 분개하면서도 즐거웠다. 흥분됐다. 그녀가 이 늙은이와 술을 마셔줄 수도 있었다. 오전 내내 둘이서. 그녀가 고든에게, 또는 누군가에게 해명도 할 수 있었다. 머니 바의 상스러운 분위기가 대낮까지 흘러나와 사방으로 퍼진 후였다. 아무것도 중요하지 않았고, 중요해질 수도 없었다. 원숭이들이 날뛰었고 원숭이들은 우스웠다. 그녀의 눈꺼풀 안쪽에서 유혹적으로 붉게 빛나는 네온 때문에.

그녀는 그날 아침 머리에서 미약한 둔통을 느끼며 깨어났더랬다. 만족스러운 취기의 '잔여'였다.

'숙취'라는 건 일종의 추억, 두뇌 속 깊숙한 곳에 남은.

케첼은 낮게 그렁거리는 칭찬으로 줄리애너를 평가하는 듯했다. 그런 말들을 여자에게 수여하기를 좋아하는 남자였다. '아름다워, 매력적이야.' 그런 칭찬을, 평가를 건네는 것이 그 남자에게, 연장자에게 짜릿하리라는 건 이해가 갔다. 그는 타인을 평가하는 사람이니까. 자신은 평가당하지 않을 것이었다. 그는 줄리애너의 어깨를 더 세게 잡으며 그녀를 차지하려 했다. 그녀에게 더 세게 키스하기 시작했다. 이번에는 그녀의 입을 억지로 벌렸다. 압도하고 상처 입히려는 의도였다. 그녀는 밀쳐낼 수도 있었다. 팔꿈치로 뚱뚱한 가슴을, 정확히 심장을, 짐승의 심장을 찍을 수도 있었다. 하지만 그러지 않았다.

그들은 함께 반지를 찾으러 나갈 것이었고 아름다운 반지가 될 것이었다. 신랑의 아버지는 몇천 달러를 쓰게 될까. 고든은 감명을 받을 것이었다. 고든은 질투할 것이었다. 아버지에게 맞서지 못하는 허약한 아들에 대한 경멸로 줄리애너는 온몸이 부르르 떨림을 느꼈다. 그 순간 고든 케첼은 사라졌다. 분해되었다.

'내가 아들과 결혼하면, 이런 게 우리 사이의 합의겠구나.' 줄리애너는 생각했다.

무모한 종류의 즐거움이 그녀를 덮쳤다. 절망의, 깊숙한 상실의 유쾌함.

그녀는 그 앞에서 무기력함을 느꼈다. 나이 든 남자의 권위. 그가 휘두르는 특권이 이 권위였다. 아들의 약혼자인 그녀는 그의 특권의 일부였다.

그의 손이 그녀의 손을 움켜쥐었고 그녀는 그를 밀칠 수 없었다.

그가 그녀를 어딘가로 데리고 갔다. 아이처럼 부축하며. 하지만 줄리애너는 '부축'이 필요 없었다. 그녀는 '취하지' 않았다.

그녀의 호흡이 기대로, 염려로 빨라졌다. 신발은 벗어버렸다. 그녀의 키가 남자보다 작아서 좋았다. 그가 그녀에게서 위협을 느끼지 않을 것이었다. 그녀를 해치려는 충동을 느끼지 않을 것이었다. 그는 그녀 위로 몸을 굽힐 수, 그녀를 압도할 수 있었다. 그녀는 다짐했다. '나는 언제든 그에게서 빠져나갈 수 있어. 이건 그냥 놀이야. 심각한 게 아니야.'

그들은 거대한 침대에 다다랐다. 줄리애너는 이제 무슨 일이 일어날지 궁금했다. 취하진 않았지만 취한 것처럼 기분 좋은 현기증을 느꼈다. 그녀의 심장이 나약한 젊은 남자에 대한 경멸로 분노했다. 그가 이 장면을 공포에 질려 지켜볼 수도 있었지만 이제 너무 늦었다. 돌이키기엔 너무 늦었다. 조급하게 더듬대는 남자가 찢기 전에 옷을 푸는 수밖에.

케첼은 술을 마시고 있었고 그녀는 그가 '술꾼'임을 알아보았다. 그가 그녀의 시아버지가 되고 그들은 함께 술꾼이 될 것이었다. 다만 그녀는 가능하면 몰래 그럴 것이었다. 최대한 오래, 몰래.

의미 없게도 케첼은 몸을 돌리고 옷을 벗었다. 그리고 중년 후기인 자기 몸을 의식하여 옷 일부를 남겼다. 그래도 줄리애너는 뚱뚱한 근육질의 가슴을, 희끗한 털에 덮인 넓은 가슴을, 창백하게 늘어진 피부를, 허리의 불룩한 살을 얼핏 보았다.

그녀는 짜릿한 우월감을 느꼈다. 그녀는 젊었다. 저 남자는 젊지 않았다. 비록 줄리애너는 젊음에 많은 가치를 두지 않았지만, 저 나이 든 남자는 그러리라는 것을 알았다.

그녀의 몸은 미끈하고 날씬하며 무용수처럼 유연했다. 가슴, 허리, 허벅지의 곡선은 우아하고 탐스러웠다. 젊은 여성의 몸은, 그 무심한 아름다움은 뭔가 비웃음 같은 것을 품었다. 케첼은 그 목격자였다. 케첼은 그녀에게 강하게 끌렸지만 그녀에 대한 그의 분개를 줄리애너는 감지할 수 있었다. 그의 배와 가랑이의 살이 흔들렸다. 가랑이의 뚱뚱한 벌레는 피로 굵어지는 데 시간이 걸렸다. 케첼이 그녀를 침대로, 침대 위로 몰아붙였고 줄리애너는 저항하지 않았다. 일종의 마비가, 마취 상태 같은 것이 그녀를 점령했다. 그녀가 그저 그녀의 몸이라는 물체에 깃든 듯했다. 그 몸에 가해지는 위해를 그녀는 막을 수 없었다.

별다른 격식도 차리지 않고 케첼은 그녀의 다리를, 아름답고 날씬한 다리를 벌렸고, 이제 그는 줄리애너를 거의 의식하지도 않고 명부에 간 영혼이라도 쥐어짜듯 발기를 해낸 다음 자신을 그녀에게 박아 넣으려 했다. 그의 헐떡임이 더욱 빨라졌다. 잔뜩 힘준 얼굴에서 땀이 솟아 그녀의 얼굴 위로 떨어졌다. 그리고 줄리애너의 머리가 침대 머리판에 쿵쿵 부딪혔다. 아! 아……. 이건 너무 야만적이었고 그녀는 술도 한 잔 없이 이런 야만을 참을 순 없었다. 술이 여러 잔 있어야 했다.

환영처럼 옆방에서 누가 듣는 모습이 그려졌다. 중년의 분개한 여성. 케첼 부인, 고든의 어머니가 기계적이고 규칙적인 쿵쿵 소리를, 남성의 비인간적이고 우둔한 헐떡임을 강제로 듣는 모습……

케첼이 신음을 지르며 줄리애너 위로 쓰러졌다. 경직되었던 근육이 풀리며 무너졌다. 잠시 멍한 순간이 지나고 그가 뭐라고 투덜거렸지만 줄리애너는 알아듣지 못했다. 아마 들으라고 한 말이 아닐 것이었다.

축축하게 뒤엉킨 시트에서 그가 헐떡이며 몸을 일으켜 비틀거리며 협탁으로 가서 술을 따랐고. 스트레이트 위스키를. 줄리애너는 이 시간에 스트레이트 위스키를 마실 생각이 없었다. 줄리애너는 이 시간에 어느 호텔 방에서 약혼자의 (벌거벗은) 아버지와 스트레이트 위스키를 마실 생각이 없었다.

어떻게 해선지 줄리애너는 나체가 되었다. 남자가 그와 같은 처지로 그녀를 끌어내리도록, 벌거벗기도록 그녀가 허락했다.

그들은 같은 '술꾼'이었다. 그는 알았던 듯했다. 그 전날 밤에 알았던 것이다. 하지만 그녀는 인정할 수 없었다. 인정하지 않을 것이었다.

그 뚱뚱하고 단단한 벌레가 그녀에게 상처를 입혔다. 그녀는 그 힘에 대비가 돼 있지 않았다. 그녀보다 수십 년 더 나이가 들었기에, 너무 불쌍하게 씩씩댔기에, 남자를 얕보았고. 하지만 예상보다 거세고 거칠던. 케첼은 이제 침대 가장자리에 앉아 여전히 헐떡이며 그녀의 허벅지를 쓰다듬었다. 그의 얼굴에 황홀감 같은 것이, 상기되고 멍한 표정이 떠올랐다.

남자의 손의 무게에서 벗어나고 싶었지만 모욕감을 느끼게 만들고 싶지는 않아서. 줄리애너는 과거의 경험으로부터 붙임성 있는 남자가 제일 모욕감을 쉽게 느낀다는 걸 알았다. 붙임성 있는 남자의 적의를 사서는 안 되는 법이다.

가랑이의 뚱뚱하고 단단한 벌레가 이제 물렁하게 축 늘어졌다. 무해해졌다. 진득한 젖빛 분비물이 거기서 배출되었다. 케첼의 손에서 위스키 잔을 받으며 줄리애너는 저 추한 벌레를 뭔가로 쳐볼까 생각했다. 발로 차볼까. 하지만 줄리애너는 맨발이니 뒤꿈치로도 저 뚱뚱하고 굵은 것에 심각한 상처를 입히지는 못할 것이었다. 아예 파괴할 수 없다면 공격하지 않는 게 낫다. 이건 나이 든 이들의 지혜이기에 줄리애너는 웃었다.

맛볼 생각조차 없었는데, 줄리애너는 어느덧 위스키를 홀짝이고 있었다. 그녀가 독주에 전문가는 아니었지만 좋은, 비싼 위스키일 것 같았다. 게다가 미니바에서 꺼냈으니 평소 가격의 두 배.

케첼은 줄리애너가 얼마나 아름다운지, 몸이, 눈이, 머리칼이 얼마나 아름다운지 말하고 있었다. "그래, 하지만 너는 알고 있겠구나, 그렇지 않니? 물론 알겠지."

늙은이가 그녀에게 빠져 정신을 못 차리는 건가? 줄리애너는 불안하게 웃었다. 도망칠 때를 계산해야 했다. 곧 떠나야 했다.

하지만 그럴 수 없다. 그들은 약혼반지를 사러 가기로 했다. 물론 그랬다. 그게 줄리애너가 여기, 이 시큼한 냄새가 나는 침대에 있는 이유였다.

늙은이가 그녀에게 돈을 쓰게 놔두자, 그래도 된다고 줄리애너는 생각했다. 그녀가 얻어낸 것이었다. 고든과 결혼하거나, 혹은 고든과 결혼하지 않을 수도 있지만, 약혼반지는 가질 것이었다. 얻어낸 거니까.

"네가 남자들에게 가지는 영향력을 알겠지, 줄리-안-야, 안 그러니? 물론 알겠지, 넌 아이가 아니니까."

거의 아련한 분위기로 노먼 케첼이 말했다. 줄리애너는 밀려드는 상상 속에서 약혼남의 아버지가 약혼남의 자리를 차지할 수도 있는 걸까 궁금해졌다. 늙고 닳아빠진 아내와 이혼하고 젊고 아름다운 약혼녀와 결혼하는 환상. 터무니없는 반전이지만 불가능하지는 않은.

'나에게 달렸어.' 줄리애너는 생각했다. '다른 누구도 아닌!'

매끄러운 살굿빛 액체가 머릿속으로 흘러들어 아주 기분이 좋았다.

그녀의 허벅지를 쓰다듬으며, 이따금씩 몸을 숙여 거기 키스하며, 그의 젖은 입술이 줄리애너의 소름 돋은 살에 닿았고, 케첼이 줄리애너에게 캔자스시티의 그의 사업에 대해 말하고 있었다. 뭘 생산하는지 말하는 부분은 놓쳐서 못 들었다. 혹은 생산품 같은 건 없고 무슨 서비스 같은 걸 수도 있었다. 그리고 그가 아내의 가문 이야기를 했다. '개척자 집안'이라고. 케첼은 이민자 집안의 2세였다.

그렇게 아련하면서도 어쩐지 비난하는 듯한 말투로 케첼은 자식들, 아들들 이야기를 했다. 그는 고든의 이름을 직접 언급하진 않았다. '내 아들들, 좋은 애들이지. 하지만 지도가 필요해.' 줄리애너는 사춘기 때 자녀를 가지지 않기로 결심했다. 절대로. 자식은 실망스럽고 언제나 부족하다. 언제나 꼬리표가 붙는다. 아니. 이미 너무 많은 자식들이 세상에 서식하며 서로를 숨 막히게 질식시켰다.

줄리애너는 어지러워지고 있었다. 이 절묘한 살구색 술을 겨우 두세 모금 마셨을 뿐이었다. 침대에 누워야 했고, 침대 머리판에 기대야 했지만 베개 하나가 구겨진 채 밑에 깔려 있어 불편하고, 눈꺼풀이 묵직하고. 그녀가 실수를 한 걸까? 노먼 케첼을 잘못 판단한 걸까? 이 남자가 약을 탔나? 독일까? 역시 그녀에게 약을/독을 먹였던 영화학 객원교수와 케첼이 헷갈리고.

위스키는 그녀의 술이 아니고 위스키는 남자의 술이었다. 스트레이트 위스키. 그래도 맛은 좋았다. 그녀를 달래주었고. 그걸 부인할 수는 없었다.

아니, 그만! 고맙지만 '이제 그만'.

눈꺼풀이 무거웠다. 상냥한 손이 다가와 그녀에게서 위스키 잔을 가져갔다.

잠이 들었던지. 시간이 헷갈렸다. 그녀 혼자인가? 아니면……

고든은 아니고. 흐릿하게 그녀는 알 수 있었다. '영화학 교수도 아니고 고든도 아니야.'

누군지는 몰라도 그녀 옆의, 묵직하고 눅눅한 실체. 그리고 이제 그가 그녀를 내려다보며 서 있었다. 승리자처럼 버티고 서서. 흐릿하게 얼굴이 보였고 익숙한 얼굴은 아니었다. 친절한 얼굴이 아니었다. 아버지 같은 얼굴도 아니었다. 턱이 두둑한 얼굴에 담긴 건 비난과 혐오.

하얀 타월로 된 목욕 가운을 호텔 옷장에서 꺼내 입은 남자가 그녀 위에서 이리저리 움직이며 히죽거렸다. 타월의 하얀색이 너무 밝고 강해서 눈이 아팠다.

남자가 뭘 하는 걸까? 전화기로 그녀의 사진을 찍나? 무기력하게 뻗어 있는 그녀를? 그녀는 팔로 몸을 가리려 노력하며. 벗은 팔로, 벗은 몸통을. 가슴을, 배를 가리려 노력하며. 친절한 얼굴이어야 했던 얼굴에 떠오른 경멸을, 어둡게 피가 몰린 분노를 보고. 떨리는 턱살을 보고. 그녀는 숨으려고, 아이가 숨듯이 몸을 웅크려 무릎을 가슴에 붙이고 숨으려 했다. 그가 이 침대에서 그녀의 목을 조르고 그 위로 이불을 덮어버리지 않기를, 죽이고 떠나지 않기를 그녀는 바랐다. 그녀를 욕실로 끌고 가서, 생명 잃은 그녀의 몸을 욕조에, 다른 시대에 만들어진 무거운 도자기 욕조에, 이집트 석관처럼 커다란 욕조에 던져 넣지 않기를.

그 오랜 세월, 들어온 소문들. 강간당하고 목이 졸리거나 죽도록 맞은 후 토사물에, 배설물에 질식해 죽도록 버려진 소녀들, 여자들. 그중 가장 친절한 경우는 '시신이 발견되지 않은 것'(이라고 생각할 수도 있었다). 그렇게 되면 '사건이 종료되지 않은 것'이니까. 피해자가 '아직 살아 있을' 가능성이 있으니까.

"증거야. 나의 순진한 아들이 어떤 걸레와 엮였는지 알아야 하니까."

발음은 꼬여도 의기양양했다. 이어지는 목소리는 줄리애너에게 그가 그날 저녁 6시에 비행기를 타야 한다고 알렸다. 그는 '걸레'를 '한바탕 쇼핑'을 하도록 데려갈 의향이 전혀 없었다. 샤워를 할 거라고 케첼은 말했다. 그녀의 냄새를 피부에서 닦아낼 테니, 욕실에서 나왔을 때는 그녀가 없었으면 좋겠다고.

그녀의 옷들을 그녀에게 던지며. 그 얼굴이 흡족함으로, 분노로 씰룩이고.

줄리애너는 공격당한 몸 위로 시트를 끌어당겼다. 그렇게 스스로 신체를 가렸다. 그녀의 반응이 물속 움직임처럼 느렸다. 처음엔 케첼이 농담을 하고 있다고 생각했다. 그의 태도가 진지하지 않고 익살스러울 때가 많았으니까. 하지만 지금은 농담이 아닌 듯했다.

"옷 입어. 여기서 꺼져. 내 아들 인생에서 꺼져. 그 애를 다시 보려 하면, 그 애한테 이 증거를, 네가 어떤 애인지 보여줄 테니까……."

그는 그녀를 웃음기 없이 비웃고 있었다. 그는 의기양양했고 고소해했다. 그녀는 얼어붙었다. 너무나 잘못된 판단을 했다. 그 수치심…….

그는 가버렸고 그녀는 욕실의 샤워기 소리를 들을 수 있었다. 여전히 줄리애너는 무슨 일이 일어난 것인지 확신이 안 들었다. 노먼 케첼이 농담을 하는 건가? 그녀에게 홀딱 반한 것 같았는데.

고통에, 수치심에 너덜너덜해져서. 그녀는 중얼거렸다. '괜찮을 거야. 괜찮을 거야. 다치진 않았어. 난 살아 있어.'

손가락을 더듬거리며 옷을 입었다. 깨끗하고 세련되고 매력적인 옷을, 더럽혀지고 냄새나는 몸 위에.

재킷 단추를 채우는, 빡빡하게 바느질된 단춧구멍에 진주 단추들을 밀어 넣는 그녀를 지켜보는 사람은 없었다.

객실이 빙빙 돌았다. 쓰러지지 않으려 분투했다. 술에 뭔가 넣은 게 분명했다. 아마 수면제겠지. 술을 받아 마시다니 얼마나 순진했나. 그녀의 의지가 저 남자보다 강하다고 생각하다니 얼마나 자만했나.

이제 와 생각하면, 힘겨워하면서도, 그는 그녀를 폭행했다. 사랑을 나누면서, '사랑을 나눈다'는 구실하에. 그의 난폭함, 서투름. 심지어 목을 꽉 쥐기까지 했다. 장난인 것처럼, 놀리듯이. 하지만 진심으로. 아 분명, 목 조르기를 즐겼을 것이었다. '아름다워, 매력적이야' 하는 모든 말은 그저 그들의 원한을 담았을 뿐이고 목을 조르고 싶다는 뜻이다.

그리고 케첼은 그녀의 목을 조르면서, 단단하고 뚱뚱한 벌레를 점점 더 빠르게 박아 넣다가 터뜨리려 했을 것이다.

그녀는 그가 싫었다. 그녀는 '그'를 죽여야 할 것이었다. 그러면 고든은 영원히 알지 못할 것이었다. 이 수치심이, 이 모욕감이 지워질 것이었다.

하지만 그 남자를 죽인다는 건, 그 남자의 육중한 덩치를, 무게를, 그 남자의 '의지'를 죽인다는 건, 줄리애너가 할 수 있는 일이었을까? 그녀는 준비되지 않았다. 그 정도로 강하지 않았다. 칼을, 무기를 써도 그 정도로 강하지는 않았다.

책상 위에 남자의 지갑이 버젓이 놓여 있었다. 이건 너무 뻔했다. '바보 같은 시험이야. 내가 감히 그의 돈을 가져가지 않으리라는 걸 그는 알아.'

그녀는 그의 돈을 꺼냈다. 큰 지폐만, 50달러, 20달러짜리 지폐들만. 작은 지폐들은 경멸하며 지갑 안에 남겼다. 서너 장의 신용카드를 지갑 안에 재배치해서, 잃어버린 거라고 생각하게 만들었다. 고액권들은 작게 단단히 접어 그의 바지 주머니들에 넣었다. 바지는 등받이 높은 의자에 단정하게 걸쳐져 있었다.

꼭꼭 접은 지폐들을 그 남자는 자기 주머니에서 발견할 테지만, 바로는 아닐 것이었다.

그때쯤이면 줄리애너는 제독 호텔을 떠난 후일 것이었다. 다시는 노먼 케첼을 보지 않을 것이었다. 다시는 고든 케첼을 만나지 않을 것이다. 다시는 붉은 네온의 머니 바를 가지 않을 것이다. 무지한 그녀가 순수한 그림으로 오해했던, 조잡한 인종주의 풍자화가 그려진 그곳으로.

6

'기러기 주점'. 가게 앞 유리창에 네온이 밝은 파랑, 탁한 파랑, 어두운 파랑의 폭포 모양으로 설치되어 캐나다 맥주를 광고하는.

6년 후 거기서 줄리애너는 네드 스파이어스를 만났다.

혹은 네드 스파이어스가 줄리애너를 만났다.

파트타임 법률 보조원으로 일하며. 좋은 일이라고, 필요한 일이라고 스스로를 납득시키며. 가능한 한 많은 (낮) 시간을 사회 정의라는 명분에 헌신하며.

스물여섯 살. 삶이 막 시작된!

스물여섯 살. 맙소사, 얼마나 오래 살아왔는지……

이제는 보드카를 마시며. 보드카의 많은 면모를 음미하며. 투명함, 무미, 저칼로리.

줄리애너는 (비뚤어진) 위스키의 시기를 지나왔다. 살구색의, 부드럽게 타오르는, 강력한 위스키. 약혼자의 아버지가 남긴 여파 속에서, 자기혐오의 혼몽 속에서.

그다음엔, 럼과 다이어트 코크의 시기를 거치고.

하지만 그중 최고는 보드카, 탄산수, 그리고 레몬. 꿈 같은 폭포 네온이 그 맛을, 그 분위기를 포착했다. 보글거리며 빙빙 도는 액체 속에서 엿본 무언가처럼.

색색으로 번쩍이는 요란한 외장의 낡은 주크박스에서는, 조니 캐시의 노래. 죽은 자의 섹시하게 굵은 바리톤 음성.

기러기 주점에서의 많은 밤, 그들이 진솔하게 나누었던 삶, 죽음, 시, 음악에 대한 대화. 네드 스파이어스 또한 찬탄한 짐 자무시의 영화들. 놀랍지 않게도 그의 최애는 〈패터슨〉. (비록 그의 최애 영화 작가는 안드레이 타르콥스키였지만.) 신이 존재할까, 사후 세계가 존재할까, 삶에 '의미'가 있을까. 우리가 서로에게 진 빚은 무엇일까, 우리 삶은 어떻게 교차할까? 우리가 사랑할 수 있을까, 깊이, 한 번 이상? 우리는 사랑을 '해야' 할까, 깊이, 한 번 이상?

예기치 않게, 부조리하게도, 줄리애너는 네드 스파이어스에게 빠져들었다. 그의 피부는 오래된 여드름 흉터로 울퉁불퉁했고 눈은 초췌할 때가 많았다. 환락이 얼굴에 거미줄처럼 내려앉았고 눈 옆에는 찌푸림과 미소가 함께 깊이 주름졌다. 네드 역시 술꾼이었다.

큰 도시형 대학 인근의 기러기 주점에서 네드 스파이어스는 술집을 휘어잡으며, 거칠고 감미로운 목소리로 W. B. 예이츠, 셰이머스 히니, 존 베리먼의 시를 암송했다. 놀랍게도 기러기 주점의 많은 술꾼이 시에 귀를 기울였고 네드 스파이어스의 목소리에 매혹되었다.

그는 아일랜드 골웨이에서 태어나 세 살 때 어린 부모와 함께 미국으로, 보스턴으로 이주했다. 미국에서 40년을 산 그에게는 여전히 아일랜드 억양이 남아 있었다. 아이리시 위스키 스트레이트를 좋아했지만 보통은 기네스 엑스트라 스타우트 생맥주를 마셨다.

줄리애너는 검고 쓴 에일 맥주에 대한 취향을 얻어갔다. 한입 가득 머금은 에일은 삼키려면 한 번, 두 번을 힘겹게 넘겨야 했다. 검게 퍼지는 얼룩처럼 혀 뒤에서 느껴지는 맛.

인생에서 너무나 많은 것이 타협 가능함을 줄리애너는 알게 되었다. 싫어하고 멸시하던 것도 아주 많이 좋아하도록 배울 수도 있었다. 적절한 지도하에서라면.

처음 네드 스파이어스를 언뜻 봤을 때는 그리 매력적이지 않았다. 그 뒤에 네드를 자세히 보고 네드가 하는 말에 귀를 기울이면서, 그가 정말 아름다운 남자라는 걸 알게 되었다.

그녀는 네드 스파이어스라는 이름의 발음 자체를 사랑하게 되었다. 기러기 주점의 폭포 네온에 산란하며, 빛이 남자의 얼굴과 그녀의 얼굴에, 그리고 바 테이블 뒤의 술병들 뒤의 거울에 반사되어 어른거리고.

그리고 그의 차 앞좌석에서 처음으로 단둘이었던 밤. 그녀는 손가락으로 남자의 따뜻하고 얼룩덜룩한 얼굴을 덧그리며. 마치 맹인 여성이 경탄의 손끝으로 점자 위를 더듬듯.

네드 스파이어스의 시는 찬사의 시였지만, 또한 아일랜드인이 쓰는 결핍의 시이기도 했다. 박탈, 쓰디쓴 상실, 덤덤한 체념. 자신이 행복해도 된다고 믿은 적이 없다고, 네드는 그녀에게 말했다.

그녀로 인해 황홀하다고. 그는 말했다. 그녀를 바라보는 숭배의 시선. 하지만 그녀는 너무 어렸다. 아니면 그가 너무 늙었나? (겨우 마흔셋. 늙은 건 아니다. 듬성해지는 구릿빛 머리칼과 멍든 눈이 아니었다면 수년은 더 어려 보였을 것이다.)

그즈음 줄리애너는 존제이 형사사법대학의 분교에서 야간 수업을 듣기 시작했다. 낮에는 법률 보조원으로 일했다. 전화 통화를 많이 했고 기록을 뒤지는 일이 잦았다. 그녀는 조사원이었고 자료를 축적했다. (남성) 상사들을 넘어서는 컴퓨터 기술을 습득했고 그런 기술을 무시하는 상사들에게도 가르쳐줘야 했다. 법학 학위를 받고 변호사 시험에 합격하기 전에는 그녀를 진지하게 대해주는 상사가 없을 터였다. 그녀가 가치 있다고 여길 만한 일자리를 얻을 수 없을 터였다.

네드 스파이어스에게 자신의 일과를 선별적으로 설명하며 그녀는 소소한 자부심의 짜릿함을 느꼈다. 그 삶, 멋진 재킷을 걸

치듯 그녀가 아무렇지 않게 걸쳐 입는 삶은 사실 노력하는 삶, 수고로운 삶이었다. 부당한 판결을 뒤집으려 애쓰고. 부패한 경찰관을, 위증을 조사하고. 불굴의 이상주의가 요구되었다. 가장 질긴 고무 같은 것으로 만들어진 사람이어야 했다. 그러나 그 삶은 종종, 줄리애너에게 타인의 것처럼 느껴졌다.

아, 왜 그녀는 자신을 괴롭힐까, '생각'으로. 남자의 품에 안기면 생각할 필요가 없는데. 그래서 '남자의 품에 안기는' 건데.

그래서 기러기 주점에 가는 건데. 방탕한 밤, 네온이 있는 건데.

분명한 것은, 음주 후에는 사랑을 나누는 게 가능하다는 점. 뇌가 탈주한 톱니처럼 헛돌지 않는다. 뇌가 마비되어 저항하지 않는다. 뇌가 '어린아이' 같아진다. 그런 때에 삶은 얼마나 단순하며 복잡하지 않은지.

네드는 그녀에게 친절했다. 거짓말하지 않겠다고 맹세했고.

자, 봐봐, 그녀는 젊다고 말하며.

"그리고 나는 닳아빠졌지."

네드 스파이어스는 눈에 띄는 남자였다. 그가 시인이라는 것을 알게 되기 전에도, 유명 출판사에서 서너 권의 책을 펴낸 인정받는 시인이라는 것을, 예수회 대학의 유럽어 교수라는 것을 알기 전에도.

줄리애너는 네드 스파이어스의 시를 열심히 읽었다. 이 남자의 삶 속에서 그녀의 흔적을 찾아서. 어떤 예언을 찾아서.

그녀는 고사하고 그녀에 대한 조짐도 없었고. 아직 알려지지 않은 것에 대한 시인의 갈망, 배신에 대한 시인의 죄책감.

물론 네드 스파이어스는 결혼했다. 두 번 결혼했다. 다 해서 거의 20년의 결혼 생활. 첫 결혼에서는 거의 다 자란 아이들, 두 번째 결혼에서는 어린아이들. 아이들이 '당신 인생의 빛'인가요? 줄리애너는 조롱이나 질투를 하려던 게 아니었다.

남자를 너무 많이 사랑하면 그녀의 입에서 두꺼비 같은 이상한 소리가 튀어나왔다. 보드카 때문이었다.

'사실 그래요. '인생의 빛'이죠. 아이는 생명을 다음 세대로 가져가요. 그들 눈 속엔 우리 일부는 잃어버린 태초의 빛이 들어 있죠.'

이상한 처연함으로 시인은 말했다. 그의 흠투성이 얼굴에 깃든 광휘. 줄리애너는 시선을 피해야 했다.

이런! 그녀는 꾸지람을 들었다. 그녀에게 이런 식으로 말한 사람은 없었다. 칼로 심장을 찌르듯이.

그녀는 좌절했다. 다시는 이 남자를 보지 않을 것이었다. 그는 그녀보다 너무 뛰어났고 아이들에 대한 사랑이 단단했으며 시의 축복 속에 있었다. 그 자신의 시가 아니더라도 시라는 세계 자체가 있었다. 그는 수많은 시를 외워서, 다른 시인들의 가장 아름답고 심오한 시구절들이 늘 그의 손아귀에 있었다.

그가 가장 좋아하는 구절은 엘리자베스 비숍의 시 일부였다. (줄리애너도 들어본 시인이었으나 읽어보지는 못했다.) "상실의 기술은 통달하기 어렵지 않다."

얼마나 옳은 말인가, 줄리애너는 생각했다. 상실의 기술은 그녀도 어린 나이에 통달했다.

지금 보드카가 이토록 위안이 되는 이유. 원래는 상처를 마비시키는 방법이었다가, 이제는 그 자체로 쾌락, 반짝이는 폭포처럼.

낮에는 일하며, 그녀는 손이 아프기 시작했다. 너무 오랜 시간 컴퓨터 자판을 두드리느라 생긴, 양손을 쿡쿡 쑤시는 날카로운 통증이었다. 종이가 손안에서 우그러지듯 그녀의 이마가 구겨지고. 마침내 저녁 6시 30분에 풀려나고.

빗속을 달려 기러기 주점으로, 그가 바 테이블에 술 한 잔을 놓고 그녀를 기다리고 있을지도 모르는 곳으로.

혹은 선호하는 부스 자리에서 줄리애너를 기다리며. 벌써 그녀를 위한 보드카를, 혹은 페일 에일 큰 잔을 시켜놓고.

만일 네드가 거기 없으면 그날은 오지 않는다는 의미일 수도 있었다. 양해도, 변명도 없이. 그는 누가 '기다리길' 바라지 않았다.

줄리애너는 알았다. 줄리애너는 이해했다. 진정, 줄리애너도 마찬가지였다. '진짜 싫어. 날 기다리는 곳들.'

그럼에도 만일 네드가 기러기 주점에 없다면 아마 줄리애너는 몇 블록을 걸어서, 혹은 택시를 타고, 역시 그녀를 알고 환영하는 '토끼풀 여관'으로 갈 수도 있었다. 대학가의 이런 술집들은 그녀에게 집과 같았다. 바텐더들은 그녀를 알고 좋아했다. 집이란 '우리가 방문했을 때 받아들여줘야 하는 곳'이다.

그리고 줄리애너에게는 아름답고 신비한 곳, 다가가면 폭포 네온이 나타나는 기러기 주점 같은 곳. 혹은 금빛 간판이 번뜩이는 토끼풀 여관 같은 곳. 붉은 네온, 푸른 네온, 서너 가지 몽환적인 푸른색들의 네온이 있는 곳.

밤, 네온. 서로가 없으면 성립하지 않는 둘.

'검은 수탉'. 더 멀리, 고속도로 옆에 있는 곳. 거기 가려면 택시를 타야 했다.

붉은 글씨의 네온, 독일 맥주를 광고하는. 안도감에, 지극히 단순한 기쁨에 맥이 풀리고, 마침내 술집에, 이곳에 앉을 수 있어서, 바 테이블에 팔꿈치를 올리고, 얼굴과 머리에서 빗물이 번들거리는 채로, 바 테이블 뒤 거울에서처럼 타인들의 눈에 비친 자신의 모습을 보며, 매력적인 젊은 여성, 여전히 젊은 여성, 성 없이 이름으로만 불리는 '줄리애너'.

하지만 '검은 수탉'에서는 줄리애너를 아는 단골이 거의 없었다. 바텐더들은 알아봤지만 딱히 친근하게 대하지는 않았다. 네드 스파이어스는 여기 올 일이 없었다. 검은 수탉은 그의 단골집 중 하나가 아니었다.

어떤 면에서 줄리애너는 네드 스파이어스가 검은 수탉에 오지 않을 거라서 안도했다. 여기선 아무도 그녀를 몰라서 안도했다. 다만 들리는 소문에 그 일대에서 정체불명의 남자 하나가 검은 수탉과 다른 술집들에서 여자들을, 혼자인 여자들을, 줄리애너처럼 머리 긴 여자들을 스토킹한다고 했다. 그리고 모두 젊은, 앳된 얼굴의 여자였다고.

그렇게 편한 곳은 아니고, 여기 분위기는 달라서. 조니 캐시 노래도 안 틀고 구식 주크박스도 없고. 텔레비전은 스포츠 경기나 폭스 뉴스에 맞춰졌다. 번잡스럽고 떠들썩한. 더 젊은 연령대의 손님들, 트럭 운전사들. 그리고 맨나무 바닥, 밋밋하게 빈 천장은 목소리들을 흡수하는 데 실패하고.

검은 수탉의 창에는 붉은 네온. 희망을 드러내는 심장의 작은 비틀거림.

만약, 그녀가 네드 스파이어스에게 불성실하고 싶다면. 기러기 주점에 불성실하고 싶다면. 그런 밤에 마시러 가는 곳이 검은 수탉.

어린 자녀들에 대한 죄책감에서, 네드 스파이어스가 대엿새 동안 기러기 주점을 멀리했다. 줄리애너는 거의 희망을 포기했었지만, 그러고 나서 그가 뜻밖에도 돌아왔다. 술꾼은 언제나 돌아온다, 기다리기만 하면 된다. 그리고 그날 밤 줄리애너의 스튜디오 아파트에서, 그들의 몸무게에 신음하는 줄리애너의 중고 철제 침대에서. 줄리애너의 머리칼이 그 남자의 얼굴 주변으로, 어깨 위로 쏟아져 내리고. 그녀가 그의 위로 올라가자, 그가 그녀의 골반을 잡고 들어 올렸다. 손마디가 굵은 손, 놀라우리만치 강한.

막내 아이는 한 손으로 들 수도 있을까? 줄리애너는 상상해보았다.

한번은 아버지가 그녀를 한 손으로 들어 올렸다. 정말이었다. 그녀가 기억했다. 마치 신들에게 바치듯, 천장으로 들어 올렸다.

네드 스파이어스 위에서 그녀가 부드럽게 자신을 내리며. 그들은 상냥하게, 심지어 관조적으로 사랑을 나누었다. 줄리애너는 그들의 성애가 시와 같다고, 울적한 과거 시제 같다고 생각하고 싶지 않았다.

그녀의 얼굴 피부가 터질 듯이 팽팽히 당겨졌다. 눈은 뒤로 넘어가 아무것도 볼 수 없었다. 뇌가 충격으로 캄캄해졌고, 그녀는 그런 감각을, 그런 감각의 덧없음을 견딜 수 없었다. 모든 뼈가

물로 바뀌었다. 가랑이에서 경련이 계속, 계속, 계속되어 그녀를
어지럽고 기진맥진하게 만들었다.

'……당신을 사랑해. 사랑 사랑 사랑해 날 떠나지 마…….'

진실인 말은 없다고, 시인이 말했더랬다. 모든 말은 닳기 마련
이니까. 파도에 시달린 조약돌이 매끄러워지듯이.

돌계단이 닳듯이. 너무나 많은 이들이 밟아서.

그녀는 저항했다. 이 말들은 진짜라고. 그녀에게는. 그녀가 누
굴 사랑한 건 처음이었다. 남자를 진정으로 사랑한 건.

슬프고 회의적인 눈의 남자에게 애원하며, 그녀를 믿어달라고.

상호적인 욕망은 위험하다. 줄리애너는 거리를 두고 남자들
을 욕망하게 되었더랬다. 자신을 욕망의 대상으로 경험하게 되
었더랬다. 거울 속의 인물로, 도달할 수 없는 존재로.

알코올이라는 막을 통해 보고 듣는 거야. 그렇지 않으면 삶이
너무 날것이니까. 어색하기 짝이 없고 너무나 날것인 접촉.

그녀는 약혼한 적이 있다고 네드 스파이어스에게 털어놓았
다. 대학교 4학년 봄에. 마치 꿈이었던 것처럼, 그녀는 약혼녀였
고 그녀에게는 약혼남이 있었다. 마치 꿈처럼, 깨어나자마자 기
억에서 희미해졌다.

그런데 그를 사랑하지 않았어? 약혼자를? 살짝 빈정거리며 네
드 스파이어스가 말했다. 아이의 부정확성을 놀리는 사람처럼.

웅. 난 사랑이 뭔지 몰랐어.

그런데 지금은, 사랑이 뭔지 안다고?

나 비웃는 거야? 못됐다.

비웃다니. 자기야, 아니지. 하지만 자기가 나를 비웃는 건 아
닌가 싶네.

네드 스파이어스는 가버렸다. 아내의 어머니가 죽었다고. 가
족 모두가 위스콘신주 밀워키로 가서 8일, 10일, 12일 동안 돌아
오지 않았다.

그녀는 기러기 주점 바 테이블에서, 그녀의 자리에서 참을성
있게 기다렸다. 앞에 술을, 보드카 온더록스를 두고. 담배 한 갑
을 두고. (하지만 그녀는 담배를 거의 안 피웠고 일주일에 일곱
개비만을 스스로에게 할당했다.) 눈을 감고 조니 캐시의 걸걸한
목소리를, 그녀를 향하는 말들을 즐기며. '돌고 돌고 돌고.'

'불의 수레바퀴.'

네드가 죽음의 수난에서, 장례식에서 돌아왔다. 둘은 다시 만
났다. 그녀가 그리웠다고 그가 말했다. 그의 삶이 둘로 찢기고
있었다.

그녀는 사소한 데 화나고 상처받아, 나가버렸다. 남자의 목소
리에 실린 억양 정도였는데도. 그는 쫓아 나오지 않았다. 주차장
까지도 쫓아오지 않았고 그녀는 절망에 빠져 그날 밤늦게 감히

442

그의 집으로 전화를 걸었다. '내가 당신을 사랑하는 것 같아. 우린 너무 멀리 와버렸어. 당신 때문이야, 네드.' 이 말들이 줄리애너를 놀라게 했다. 입술 위 거품처럼 순전히 지어낸 말들이었다. 자신이 무슨 말을 하는지 알 수 없었다. 왜 전화를 했는지도 이해가 안 됐다. 집으로 전화를 하지 않기로, 급할 때만 휴대전화로 전화를 걸기로 약속했는데.

그녀가 남자에게, 어떤 남자에게 집으로 전화를 건 적이 몇 번이나 있던가? 한 번도 없었다.

줄리애너의 목소리를 들은 네드는 예상대로 그다지 반기지 않았다. 달래주지도 않고 믿어주지도 않았고. 소리 죽여 경고하며. '지금은 통화 못 해, 줄리애너. 이러면 안 돼. 다시는 이 번호로 전화하지 말아줘. 말했던 것 같은데.' 이런 비난에 줄리애너는 충격받았고 대답할 수 없었다. 벌어진 상처 같은 침묵 속에서 그녀는 전화를 끊었다.

그녀가 술을 마시고 있었느냐 하면, 뭐, 물론. 하지만 취하진 않았다.

그 후로 몇 시간 동안, 남자는 잠들지 못하고 걱정할 것이다. 줄리애너가 스스로를 다치게 했을까 봐 걱정할 것이었다. 자해를 했을까 봐.

그에게 영향을 미칠 수 있는 방식으로 자해를 했을까 봐.

진심으로 그녀는 그 남자를 미워했다. 그를 다시 볼 생각이, 그에게 다시 전화할 생각이 전혀 없었고, 그가 원하는 걸, 그의 결혼을 존중할 생각이 전혀 없었고. 다음 날 밤 기러기 주점에 다시 가서, 그가 그녀의 전화를 차단하지 못하도록 공중전화를 이용하고.

네드 스파이어스에게 마음을 써서가 아니었고, 정말 아니었다. 별로 그런 건 아니었고.

하지만 그녀의 자존심이, 영혼이. 그는 마치 무심코 술을 엎지르고서 농담을 하는 사람처럼.

다시 그 억눌린 목소리. 누군지 깨닫고 기겁하며 숨죽이는.

'……제발 부탁해 줄리애너, 이러지 마. 난 널 사랑해. 언제나 사랑할 거야. 하지만 이건 알아야 해. 지금은 내 결혼 생활에서 아주 어려운 시기야…….'

줄리애너는 웃었다. 이건 그녀가 아니었다. 이 분노한 사람은 줄리애너 리건이 아니었다.

'……당신 결혼 생활! 감히 '당신 결혼 생활'을 입에 올려! 우리 사이, 당신이랑 나의 결혼은 어쩌고? 우리도 결혼했어…….'

진실이었으니까. 네드 스파이어스도 진실임을 알았다. 그가 그렇게 여러 번 말하지 않았던가. 그의 시가 주장하지 않았던가.

절망적인 사실이었다. 줄리애너는 네드 스파이어스를 깊이

사랑했다. 갑작스러운 사실, 놀라운 사실이었다. 검사 결과를 확인한 것처럼. '그래, 악성종양이구나.'

예상치 못했으나 결과를 보자마자…… 물론 그렇겠지.

줄리애너는 네드 스파이어스 없는 삶을 견딜 수 없었다. 그녀의 영혼이, 그녀의 자존심이 이 남자에 의해 유린되었다.

하지만 그녀는 다시 그에게 전화 걸지 않을 것이었다. 그가 전화해도 받지 않을 것이었다. 차분히 두 번째, 세 번째, 네 번째 밤을 헤아리며, 그는 뜬눈으로 누워서 불안해하며, (어쩌면) 수화기를 전화기에서 내려놓았을 것이었다. 그리고 휴대전화도 배터리가 나가도록 방치해서 그녀가 전화를 못 걸게. (그녀는 전화해보았다. 한 번.) 하지만 줄리애너는 참을성 있었다. 기다릴 수 있었다. 참을성 있고 교활하게, 복수를 계획하며.

낮 시간 동안의 자신이, 전문적인 법률 보조원인 자신이 인정받을 만한 사람이라는 점이 그녀에게는 중요했다. 모두 동의했다. 줄리애너는 훌륭했다. 줄리애너는 이상주의로 불탔다. 모든 변호사가 줄리애너를 좋아했고 줄리애너에게 의지할 수 있다는 걸 알았으며 그녀의 지성과 이상주의를 칭찬했다. 다들 그녀가 존제이 대학에서 야간 과정을 듣고 있다는 걸 알았다. 하지만 어두워진 후, 또 다른 줄리애너가 나타났고 그녀에 대해 그들은 아무것도 몰랐다.

그녀의 탓이 아니라고 줄리애너는 생각했다. 인간 정신의 조건이 그랬다. 주간 자아, 야간 자아의 이러한 발현. 보드카가 가장 잘 제공하는 이 완벽한 명료성.

그래서 그녀는 그의 번호로 딱 한 번만 더 전화를 건다. 금지된 번호로.

스스로 술을 따르며. 커다란 잔이지만 반만 채우고.

이번에는 아내가 받는다. 주저하면서, 두려운 듯이. '네? 뭐죠? 누구예요?'

줄리애너는 처음 듣는 목소리였지만 즉시 알아챘다.

네드 스파이어스가 집에 있으면 네드 스파이어스와 통화하고 싶다고 차분히 요구하며, 그녀는 그의 시에 영향받은 이 중 하나라고.

옛 대학 동료, 시간강사라고.

실은 그녀가 생명의 위험에 처해 있고, 네드 스파이어스와 통화를 해야겠다고, 긴급한 문제라고…….

(하지만 줄리애너는 왜 그런 말을 했을까? 그녀도 알 수가 없었다. 뜻밖의 말들이 입에서 튀어나왔다.)

건너편에서 수화기가 덜커덕 소리를 내며 떨어져 구른다. 여자의 손가락에서 미끄러져서.

재빨리 줄리애너가 전화를 끊는다.

너무 지나쳤다. 실수를 저질렀고, 너무 많이 말했다. 잔에 보드카를 더 따른다. 벌써 그녀의 전화가 울린다.

보니까 물론 네드의 전화다. 그녀가 너무 지나치게 행동해버렸고, 그가 성을 낼 것이다.

분별없는 아이처럼 굴었다. 성냥에 불을 붙이는 아이처럼. 성냥에 불을 붙이고, 성냥을 떨어뜨리고. 불을 낼 생각은 아니었는데. 그러나 불은 나버렸다.

소심하게 줄리애너가 수화기를 든다. 네드의 목소리가 귀 옆에서 들린다. 억누른, 경계하는 목소리.

'줄리애너? 방금 당신이 전화했지?

나한테 이러지 마, 줄리애너. 우리한테 이러지 마.

내 아내는 상태가 좋지 않아. 당신도 알잖아. 제발.

내 생각에, 우리 그만둬야겠어. 뭐든 간에, 멈춰야 해.

내 인생을 망치지 마, 줄리애너. 제발.

만일 나를 사랑한다면, 당신이 말했듯이, 그리고 그래, 나도 당신을 사랑해, 하지만, 당신이 내 삶을 망친다면, 사랑은 없을 거야······.'

줄리애너는 말할 생각이 없었다. 그저 듣기만, 사모하는 남자의 목소리를 듣기만 하려 했다. 그녀에게 잘못했다는 인정을, 사과를 들으려 했다. 침묵하며, 품위를 유지한 채 들으려 했고 그를 용서할 마음도 있었지만, 그녀가 듣고 싶은 말은 나오지 않고, 부아를 돋우는 말들이 나온다. 자신의 울음소리가 들린다. '당신 삶? 웃기지 마. 내 삶은 어쩌고? 내 삶은 폐허가 됐어.'

격노해서 전화를 끊고.

〜

이후 많은 일이 일어난 듯했다.

그 어느 때보다 신속하게, 소용돌이치며 하수구로 빠져나가는 물처럼.

또 다른 밤, 변호사 친구에게서 빌린 차 안에서, 직장과 관련된 일 때문에 빌린 것으로 돼 있는 차 안에서 기다리며.

영리하게도 (물론) 스파이어스의 집 앞이 아니라 두 집 떨어진 곳에서. 전조등을 끄고. 시동은 켠 채. 자정에 애인의 집 위층에 켜진 불빛을 보며. 아래층에는 약한 불 하나만 켜져 있고. 들불처럼 의기양양함에 휩싸였다. 불꽃들이 그녀의 머리칼을, 손끝을 핥고. 보드카 한 병을 가져왔다. 반항적인 손가락으로 병을 들어 마셨다. 자신을 위로하며. '이건 아무것도 현실이 아니야. 이건 그냥 시험이야. 난 언제든 멈출 수 있어. 난 멈출 거야.'

저 집에 사는 남자의 사랑을 받는 자로서 저 현관으로 가서 초인종을 울리는 일은 줄리애너가 가진 권리에 포함되었다. 연인의 시는 자주 모험, 용기에 대해 말했다. 삶을 얻으려면 기꺼이 삶을 걸어야 한다고.

곧 위층 불빛이 꺼졌다. 아래층 불빛은 그대로였다.

줄리애너는 생각했다. '그가 알면 나한테 올 거야. 내가 이렇게 괴로워하게 놔두지 않을 거야.'

그가 오기를 기다렸지만 그는 오지 않았고, 결국 너무 피곤해진 그녀는 떠나기로 했다.

어떤 의미에서는 그녀가 네드 스파이어스를 이겼다고 생각하며. 그는 자신의 삶을, 겁쟁이의 삶을 망치지 말아 달라고 애걸하는 처지가 되었으니까. 줄리애너의 연인으로 그는 열정적이었고 도취했었다. 그때 그는 불행한 아내에 대해 생각하지 않았다. 그래서 이제 줄리애너는 그에게 아무 관심이 없었다. 그 남자가 불쌍했다. 결국 고든 케첼처럼, 싸워보지도 않고 그녀를 포기한, 그녀와 다시 만나거나 대화해볼 생각도 없이 그냥 그녀와 관계를 끊어버린 허약한 남자였다.

대체 줄리애너는 왜 네드 스파이어스를 사랑했는지! 여드름자국 얽은 얼굴, 그늘진 눈. (숨기려고 노력은 하지만) 그토록 잘난 척하는 그의 시들의 비애감.

그저 끼적인 단어들, 광고에 둘러싸인 산문들 한 귀퉁이의 장식품에 불과한 시를 잡지에 발표하고, 한두 번의 시문학상. 이런 빈약한 성취가 불멸의 지위를 가져다준다는 망상에 이 남자는 빠진 걸까?

그는 언젠가는 줄리애너에게 다시 받아달라고 애걸할 것이었다. 용서해달라고 다시 사랑해달라고 애걸할 것이었다. 그녀는 알았다. '술꾼은 늘 돌아오기 마련이다.'

그러나 다음 날 밤 줄리애너가 기러기 주점에 가보니 네드 스파이어스는 없었다. 늘 앉던 바 테이블 자리에서 11시까지 기다렸다. 그가 실망시키리라는 걸 그녀는 알았어야 했다. 나약한, 겁쟁이! 평일 밤이면 대학에서 그와 아는 사람들이 여기에 들렀다. 이름은 모르고 얼굴만 아는 사람들이었다. 원래 이름은 잘 기억 못 했다. 네드 스파이어스와 함께 있으면 그들은 그에게, 그리고 그녀에게 고개를 끄덕여 인사를 했다. 하지만 줄리애너가 네드와 함께 있지 않으면 그녀가 보이지 않는 듯했고.

나쁜 놈들. 다 미웠다.

기러기 주점으로 그날 저녁 늦게 낯익은 얼굴이 하나 들어왔는데, 네드 스파이어스의 나이 많은 친구, 아마 동료 시인일 그에게 줄리애너는 순진한 어린 여자애처럼 말을 걸었다.

이 사람에게 '네드 스파이어스'를 아는지 묻고. '네드 스파이어스'가 믿을 만한지? 좋은 남자인지?

흰머리 남자가 놀라서 줄리애너를 빤히 보았다.

왜 알고 싶어 하느냐고 그가 묻고.

줄리애너는 '네드 스파이어스'가 아내와 별거 중이고 이혼할 거라고 했는데 정말인지 궁금하다고 대답했다.

흰머리 남자의 얼굴에 떠오른 의심, 혐오의 표정을 보고 줄리애너는 말을 멈추었다. 그녀를 이렇게 거만하게 상대하는 남자라니, 그녀에겐 익숙지 않았고, 특히 나이 든 남자들은 (보통) 그녀의 관심을 감사히 여겼으니까.

조심스레 흰머리 남자는 줄리애너에게 말해주었다. 이혼은 고사하고 별거에 대해서도 "전혀 들어본 적 없다"고.

"하지만 네드 스파이어스는 믿을 만한 '좋은 남자'죠?"

흰머리 남자는 이런 질문들이 불쾌해서 인상을 썼다. 그리고 근처에서 엿듣는 바텐더를 날카롭게 쳐다보았다. 그러자 바텐더는 줄리애너에게 다가와 정중하게 말했다. 네드 스파이어스는 오랜 친구라고, 그녀는 자리로 돌아가는 게 좋겠다고, 아니, 그보다는 그만 가는 게 좋겠다고, 자정이 지났으니까.

집까지 태워다 줄 차가 필요한지? 귀가하려면 어떤 도움을 받아야 하는지?

"아뇨! 필요 없어요."

줄리애너가 물러나며 손끝으로 눈을 닦았다. 이렇게 사납게

굴 생각은 없었다. 그녀답지 않았다.

이건 대부분 줄리애너가 한 말이 아니었다. 보드카가 한 말이었다.

일어서서 주점을 나가다가, 남자들에게 변명을 하려고 갑자기 바 테이블로 돌아오고. 남자들이 짜증스레, 두려워하며 시선을 그녀에게로 옮기고.

"그가 내 삶을 위협했어요. '네드 스파이어스'가요. 그러니까, 그걸 알게 됐죠. 하지만 난……." 줄리애너의 목소리가 멈칫거렸고 그녀는 마치 검게 소용돌이치는 물속에서 남자들의 시선을 받으며 빠져 죽기 직전, 밧줄을 움켜쥐고 자신의 몸을 끌어올리는 듯한 기분을 느꼈다. "내가 오해했을 수도 있다고 생각해요. 네드 스파이어스가 좋은 남자라고 하니까요. 그는 친절하죠……. 난 그의 가장 가까운 친구 중 하나였고 우린 그의 시를 함께 나눴어요. 난 그의 불행을 바라지 않아요. 그래요, 네드는 좋은 남자예요, 믿을 만하죠. 이제 알겠네요. 미안해요. 내가 잘못 알았어요. 내가 말을 잘못했어요. 그에게 알릴 필요는 없어요. 이제 내가 틀렸다는 걸 알아요. 그는 이혼을 하겠다는 말을 한 적이 없었어요. '나'한테 그런 말을 하지는 않았죠."

이후로 줄리애너는 기러기 주점을 피했다. 네드 스파이어스에게 전화하지 않았다. 그에게 연락하려는 시도를 하지 않았다.

그리고 곧, 술을 끊었다. 혹은 '금주'의 시기를 시작했다. 그것은 높은 언덕 위로 이어진, 그녀보다 앞선 많은 발걸음으로 심하게 닳은 돌계단 같은 이미지였지만, 줄리애너 역시 결국 거길 오를 것이었다.

7

하지만 지금, 푸른 달 카페에서. 황혼, 그 가슴 아픈 시간에.

'푸른 달, 푸른 네온.' 그녀는 오래 머물지 않을 것이다.

그 기대를 즐기며. '클럽 소다만요. 고마워요!'

프런트 스트리트를 따라 느린 운전을 즐기며. 줄리애너에게 집처럼 낮익고 아늑해진 델라웨어강 옆 이 작은 동네의 어둑해진 가게들 앞을 지나가며.

집은 아니지, 아직은. 하지만 곧.

기러기 주점 이후 줄리애너의 삶은 많이 바뀌었다. 네드 스파이어스 이후 3년. 수치심과 좌절감, 나쁜 기억들을 보드카에 깊이 담그고.

이제 줄리애너는 더 이상 술을 마시지 않는다. 치명적인 보드카는 분명히 안 마신다.

패트릭과 맥주 한잔도 안 한다.

패트릭은 아무것도 모르고 그녀를 부추겼다. '마셔봐, 줄리! 한 모금만, 겨우 맥주잖아.'

하지만 이제 그녀가 임신했으니 패트릭은 더 이상 그녀를 부추기지 않는다. 대신 줄리애너가 먹는 음식에 법석을 부리고 좀 지나칠 정도로 주의 깊게 그녀를 보살핀다.

한 달 정도 됐을 뿐인데 벌써 줄리애너는 몸의 변화를 느낀다. 착각이 아니라고 확신한다……. 아주 흥미롭지만, 어떤 면에서는 무서운 게, 이건 '그녀의 몸'이 아니던가?

예상했던 대로 패트릭은 임신에 대해, 그녀에 대해 경외심을 느낀다.

'임신한 여성이 가장 아름다운 여성이야.'

'난 세상에서 제일 행복한 남자야.'

곧 줄리애너는 서른이 된다. 그때면 그녀와 패트릭은 결혼했을 것이다.

좋은 남자, 친절한 남자, 믿을 만하고 지적이며 그를 만나기 전 줄리애너의 과거, 그녀의 비밀스러운 삶에 대해 거의 모르는 남자.

왜 패트릭은 더 궁금해하지 않을까? 줄리애너는 의아하다.

줄리애너에게 '호기심'과 '의심'은 거의 동의어다.

이런 호기심의 결핍, 이런 신뢰에 있어 패트릭은 다소 고든 케첼을 닮았다.

'한번 술꾼은 마시든 마시지 않든 언제나 술꾼.' 줄리애너는 이 원칙을 이해하지만 자신을 질병적인 의미에서 술꾼이라고 생각해본 적은 없다. '알코올중독'이 아니다.

네드 스파이어스는 '알코올중독'이었다. 줄리애너는 아니다.

줄리애너는 그 남자에게서 도망쳐서, 자기 삶을 구할 수 있었다. 그는 그녀에게 곁에 있어달라고, 결혼해달라고, 25년을 같이 산 아내와 이혼하고 그녀와 결혼하겠다고 애걸했지만 줄리애너는 이것이 어리석은 짓임을 알고 도피해 삶을 구했다.

줄리애너가 좋은, 안정적인 운전자라서 차량을 잘 통제하듯이, 음주도 잘 통제하고 있다(고 자신을 다독인다).

그녀는 아직 푸른 달 카페를 방문한 적이 없다. 몇 개월간 이 동네에 살면서 푸른 달 카페의 앞을 자주 지나다녔지만 딱히 끌리진 않았는데, 밤에는 달라져서, 앞창에서 푸른 네온이 가물거리면 심장이 아프도록 빨리 뛰었고.

때로는 너무 깊이 마음이 동해서, 그녀는 자동차의 브레이크를 밟아 길 옆에 주차를 하고 강력한 감정이 지나갈 때까지 기다려야 한다.

'내가 잃어버린 모든 것. 하지만 내가 잃어버린 게 뭐지?'

여전히 술을 마셨더라도 이제는 끊었을 것이라고, 줄리애너는 생각한다. 임신했다는 걸 알게 되었을 때부터. 알게 된 바로 그날부터 끊었을 것이다.

임신은 아직도 충격적이다. 아침에 깨어나서 그 깨달음이 그녀를 휩쓸 때마다. 마치 꿈에서는 임신하지 않은 것처럼, 그녀의 몸이 소녀의 몸 그대로, 손상되지 않고 남아 있는 것처럼.

깨어나서 그녀는 자신의 상황을, 상태를 깨닫고 경악한다. 관념이 아닌, 육체적 사실. 달력에는 (대략의) '예정일'이, 내년 7월에 표시돼 있다…….

너무 멀다! 줄리애너는 이 임신을 분만예정일까지 유지할 수 없을 거라는 일말의 공포를 느낀다. 여성이 얼마나 늦게까지 임신 중단을 안전하게 할 수 있는지 그녀는 벌써 알아냈고, 그저 호기심에서 알고 싶었던 것 이외의 이유는 없다.

출산에 대해, 그녀가 기를 (실제) 영아에 대해 아직 별로 생각해본 적이 없다. 밀 스트리트의 집 위층 방에 대해, 그녀와 패트릭이 아기방으로 바꿀 방에 대해 상상을 해본 적은 있다.

6주도 안 되었으니 아이 성별을 알아보기에는 너무 이르다. 18주 때 초음파검사가 예정돼 있다. 아기방 벽 페인트칠은 그 후가 될 것이다. 여자아이면 장밋빛 분홍, 남자아이면 물빛 파랑.

임신 이후 그들의 함께하는 삶에 새로운 에너지가 생겼다. 중심이 생긴 거라고 패트릭은 행복하게 말했다. 모든 삶에는 '중심'이 필요하다.

각자 반대 방향으로 통근하며. 줄리애너는 아기가 태어난 후 어떻게 할지, 어떤 방향으로 삶이 바뀔지 아직 별로 생각해보지 못했다.

고용주들에게 아직은 알리지 않았다. 아마도 다음 주에 말할 것이다.

델라웨어강은 뉴저지와 펜실베이니아를 가르는 경계선이다. 옛날 공장 지대였던 이 강변 도시에서 (원래는 1922년에 건축되었다가) 개조된 연립주택의 할부금은 젊은 커플이 감당할 수 있는 수준이었다.

중고 가구, 할인가로 산 벽지. 둘이서 한참을 치운 뒤뜰에는 수풀이 마구 자라났었고 망가진 장난감, 썩은 나무토막, 심지어 허벅지까지 오는 낚시용 장화 등 잡동사니가 나왔다. 이 집에서 토끼풀 여관과 기러기 주점까지는 차로 40분 걸릴 것이다. 강 건너 펜실베이니아주 벅스 카운티의 검은 수탉 주점이 조금 더 가깝다.

델라웨어강변의 옛날 공장 지역으로 이사 온 이후 줄리애너는 그런 주점들에 가보지 않았다. 패트릭을 만난 이후로 안 갔다.

술을 끊은 이후로 술집들, 주점들, 카페들에 관심을 잃었다.

비록 네온이 보이면 강한 끌림을 느낀다는 건 인정해야겠지만.

특히 줄리애너는 동행도 없이 절대 검은 수탉에 혼자 운전해 가지 않을 것이었다.

혼자인 여성들은 줄리애너가 20대 초반일 때보다 요즘 더 위험에 처해 있는 듯 보인다. 머니 바에서 자정에 돌아오던 그 시절처럼, 늦은 밤 혼자 걸을 때의 위험을 이제는 절대 무릅쓰지 않을 것이었다.

세상이 바뀌었나, 줄리애너는 궁금하다. 아니면 세상에 대한 그녀의 인식이 바뀌었나.

이제 명징한 정신의 그녀는 세상을 명징한 장소로 인식한다. 산과 골짜기가 아닌 고원으로.

그래도 (비밀) 무기는 어딜 가든 가지고 다닌다. 심지어 트렌턴의 쇠락한 시내에 있는 직장에도, 그리고 낮에도, 토트백 밑바닥에 넣어둔 얼음송곳을 (당연히) 빼지 않으니까. 보통은 그게 거기 있다는 걸 의식하지 않으니까.

얼마 전에 이 지역 미용실 직원인 젊은 여자에게 끔찍한 일이 일어났다. 동료들과 검은 수탉에서 한잔하고 나오는데 정체불명의 남자가 주점 밖까지 따라 나와 주차장에서 여자의 옆머리를 주먹으로 쳐서 기절시켰다. 그는 그녀를 근처 나무가 많은 곳으로 끌고 가 큰 가위로 옷을 자르고, 속옷을 찢고, 살갗을 베고,

큰 가위로 '고문'을 하고 죽게 내버려두었다…….

줄리애너와 패트릭이 이 동네로 이사한 지 18개월 만에 벌써 세 번째인가 네 번째로 젊은 여성이 성폭행당한 사건이 일어났다.

줄리애너는 이 사건들에 대해 읽고 역겨움과 동시에 매혹됨을 느꼈다. 그 젊은 여성들은 모두 공격에서 살아남았지만 아무도 인터뷰에 응하지 않았다. 만일 이곳의 학교에 다녔더라면 이 사건들에 대해 아는 친구들이나 지인들이 있었을 것이고 경찰이나 병원에도 아는 사람이 있었을 테지만 줄리애너는 외지인이고 접점이 없었다. 그녀는 언론에 발표된 사실밖에 알 수 없었다.

⌒

줄리애너는 이 문장을 읽은 것을 기억한다. '체포된 사람은 없다.'

일부 젊은 여성들에 대한, 세상의 잔인함. '그녀'는, 곧 아내가 될 임신한 약혼자는 헌신적인 애인의 지극한 대접을 받는다.

패트릭은 그녀에게 요리를 해주겠다고 고집한다. 주물 프라이팬으로 유기농 방목 닭을 굽는다. 송어, 연어, 양송이버섯, 적양파, 피망을 굽는다. 영양이 풍부한 수프들을 준비한다. 렌틸콩, 검은 강낭콩, 생선 차우더. 줄리애너는 먹으려고 앉을 때는 몹시 허기진 상태지만 몇 입 먹고 나서는 배가 불러버린다. 아니, 물려버린다.

그녀를 살찌우고, 채우고. 마치 줄리애너가 (몰래) 살을 빼려 노력하는 것처럼, 그래서 둘이 함께 있을 때는 패트릭이 책임을 지고 그녀의 식사를 감독하고, 몸무게가 증가하는지 확인해야 하는 것처럼. 임신한 여성은 살이 쪄야 정상이니까.

이번 가을 줄리애너가 프런트 스트리트의 푸른 달 카페 앞을 얼마나 지나다녔는지. 항상 천천히. 이것이 일종의 시험임을 그녀는 깨닫는다. 줄타기를 하는 곡예사처럼.

그렇게 많은 시간이 지난 후인 데다가, 그녀의 새로운 조심스러운 상태에서는 실수할 가능성이 없긴 하지만.

지금 창을 통해 보이는 푸른 달 카페는 북적대기 시작했고. 목요일 저녁, 거의 6시.

금요일 밤에는 너무 북적대고 요란할 것이다. 토요일은 불가능할 것이다. 주초는 파티 분위기가 아닐 것이고. 줄리애너에겐 목요일이 가장 좋다. 내부에서는 반가울 만큼의 소음이, 목소리와 웃음이 떠돌 것이다. 대부분 남자들의 소리가. 푸른 달 카페에 여자들이 있다면 그들에겐 일행이 있을 것이다. 혼자인 여자는 드물다.

줄리애너가 바 테이블에 앉으면 시선들이 스쳐가며 호기심을 드러낼 것이다. 우리가 '당신'을 알던가?

갑자기 비가 내리기 시작했다. 빗속의 네온, 꿈처럼 흐릿한, 아름다운.

아마 패트릭은 아직 귀가하지 않았을 것이다. 줄리애너는 좀 늦어도 된다. 그가 걱정돼 전화를 하면 휴대전화를 받아서 별일 아니라고 안심시키면 된다.

'이번 한 번만. 별일 아니야' 하고 생각하며.

숙명적으로, 의지와 무관하게, 푸른 달 카페 근처 프런트 스트리트에 빈 주차 자리가 보이고, 만일 카페 뒤의 울퉁불퉁한 자갈 주차장에 주차를 해야 했더라면 멈추지 않고 집으로 갔을 것이다.

클럽 소다를, 그녀는 시킬 것이다. 레몬 조각도. 얼음 조각들 위에 얹어서.

입이 마른다. 바싹 마른다. 법률사무소 안의 눈부신 형광등 불빛 아래서 전화를 한참 했고, 완전히 지쳐서.

보드카는 아니니까. (절대 아니다!) 하지만 어쩌면, 상황이 되면, 화이트와인 한 잔은…….

그냥 자축의 의미로. 그녀의 행복을 축하하며.

그 탈출, 시인으로부터의 탈출을. 그녀를 절대적으로 믿고 사랑하는 패트릭을 찾은 걸 축하하며.

그래서 그렇게 되었다. 줄리애너는 차를 프런트 스트리트에 주차했다. 푸른 달 카페에 (처음으로) 들어가자 맥박이 빨라지는 걸 느낀다. 과거에 그런 카페에 (처음으로) 들어갔던 기억을 떠올리며 그녀는 모험을, 결과를 알 수 없는 모험을 시작한다.

　　그것이, 그 알 수 없음이 행복의 일부다.

　　바깥에서는 창문의 푸른 네온이 보이지만 내부 벽에는 붉은 네온 글씨, '몰슨스'.

　　줄리애너는 푸른 달 카페에서 즉시 편안함을 느낀다. 심지어 구식 주크박스도 있다. 조니 캐시의 노래를 틀 수 있을 게 분명하다. 낡은 검은 가죽 부스 자리, 바 스툴도 있다. 내부는 그렇게 붐비지 않는다. 그렇다고 너무 비지도 않았고. 다른 여자도 있어서, 두 명 정도, 부스 자리에 앉아 있고. 그 밖에는 모두 남자. 바 테이블에도 모두 남자. 그녀에게 향하는 호기심으로 빛나는 시선들, 비우호적은 아닌. 하지만 줄리애너를 아는, 줄리애너가 알게 될 사람은 아무도 없다.

　　한쪽 벽에는 고교 스포츠 팀 사진 액자들이 걸려 있다. 미식축구, 야구. 이제는 커버린 동네 아이들, 푸른 달 카페의 단골들.

　　이 소년들 중 몇은 분명 오늘 밤 푸른 달 카페에 있다. 자부심의 잔여물을 두른, 나이 들어가는 운동선수들.

　　줄리애너가 머리칼에서 빗물을 털어낸다. 줄리애너는 웃을 준비가 된 것을 느낀다. 왜인지는 모른다. 바 테이블 한쪽 끝에 앉아서, 반짝이는 술병들 뒤의 거울을 마주하며. 그녀의 토트백, 가짜 금이 반짝이는 가방은 발치에, 스툴 의자 다리 사이에, 눈에 띄지 않게 지켜볼 수 있는 곳에 두고.

예의 바르게 바텐더가 줄리애너에게 인사한다. 푸른 달 카페에 혼자 들어온 젊은 여자에게, 그가 모르는 사람에게 조심스레 미소를 짓는다.

푸른 달 카페는 줄리애너에게 완전히 새로운 장소다. 그럼에도 극히 낯익다. 여자 화장실에 가면, 낮은 천장, 찌든 세면대, 노출된 배관, 깨진 타일 바닥을 알아볼 수 있을 것이다. 냄새들도, 조금 역하면서도 이상하게 편해서 불쾌하지 않은 악취를 알아볼 수 있을 것이다.

무엇을 마실까? 시작은 클럽 소다, 얼음과 함께. 그러고 나서 (그녀는 생각한다) 어쩌면 상황에 따라 화이트와인(딱 한 잔만)……

줄리애너는 급할 게 없다. 그녀 삶의 이 (비밀스러운) 간주곡을 즐길 자격이 있다.

벽지의 흠결, 잘못된 구김 같은. 찌그러짐, 불균질. 가구로 숨겨서, 아무도 모른다. 보이지 않으면 흠이 아니니까!

바 테이블 위쪽의 텔레비전에서는 최근 스포츠 경기 재방송

혹은 하이라이트가 나온다. 모든 것이 급박해 보이지만 모든 것이 (단순히) 재방송일 뿐이다. 역사가 된 경기다. 뜨겁게 맞붙었던 경기는 이기고 졌다. 경기 전 인터뷰했던 선수들은 증명되었거나 창피를 당했다. 어쩌면 패트릭은 밀 스트리트의 집에 귀가해서 텔레비전 뉴스를 보고 있을지도 모른다. PBS일 가능성이 크다. 모든 교양 있는 미국 시민이 알아야 할 그날의 긴급 뉴스일 가능성이 크다. 혹시 패트릭이 그녀의 휴대전화로 전화를 걸면 그녀는 받지 않을지도 모르고, 혹시 받는다면 작은 목소리로 재빨리 말할지도 모른다. '아 자기, 우리 전화 회의 중이야. 지금은 통화 못 해. 곧 봐!'

주위를 둘러보다가 다가오는 한 남자를 보고. 그녀 옆의 의자가 비었는지 예의 바르게 물으며. 줄리애너가 혼자인 것을 본 남자.

줄리애너가 웃으며 얼굴에서 머리칼을 쓸어낸다. 그녀 옆의 의자에 앉는데 왜 허락을 구하는지? 물어볼 필요 없는데, 의자는 비어 있으니까, 그렇지 않나?

술병들 뒤의 거울에 줄리애너의 얼굴이 해저에 있는 것처럼 흐릿하게 뭉개져 보인다. 줄리애너 자신조차 알아보기 힘들다.

그녀의 따뜻한 손이 움켜쥔 유리잔에 담긴 음료가 찌르는 듯한 차가움을 잃어간다. 곧 김이 빠진 미적지근한 액체, 낭만이 날아가버린. 줄리애너의 흥미를 끈 낯선 사람이 신중하게, 거의 격식을 차려 옆에 자리를 잡으며, 바 테이블에 두 손을 올리고 균형을 잡듯 스툴에 앉아, 줄리애너보다 큰 키로 곁눈질하며 그녀를 관찰한다. 아마 30대 후반일 것이다. 흰 피부, 뼈마디가 커다란 손등에 붉은 기가 도는 털, 굵은 손목. 매캐한 냄새, 담배인가? 이곳과 어울리지 않는 흰 면 셔츠의 긴소매를 팔꿈치까지 접어 올렸다. 팔뚝은 단단한 근육질이고 억센 붉은 털에 덮였다. 왼 팔목엔 가죽 띠의 손목시계. 그리고 그의 눈은, 친절한 눈, 혹은 찡그리는 버릇이 있는 눈처럼 가장자리에 주름이 졌다.

줄리애너는 살짝 현기증을, 기대감으로 어지러움을 느낀다. 그 순간에는 일종의 환희로 가득 차고.

옆의 남자가 그녀에게 무엇을 마시고 있는지 묻는다. 더 강한 걸 마실 준비가 되었는지?

감사의 말

이 이야기들이 처음 실렸던 잡지, 문예지, 선집 편집자들에게 감사를 전한다.

〈우회하시오〉:《하퍼스(Harper's)》

〈궁금한〉:《살머건디(Salmagundi)》

〈미스 골든 드림 1949〉: Collectibles, ed. by Lawrence Block

〈원한다는 것〉:《내러티브(Narrative)》

〈가석방 공청회〉:《불러바드(Boulevard)》. The Best Mystery Stories of the Year, 2021, edited by Lee Child and Otto Penzler에 재수록.

〈친밀감〉:《바이스(Vice)》

〈고행〉: At Home in the Dark, ed. by Lawrence Block

〈흡입 사용 설명서〉: The Nicotine Chronicles, ed. by Lee Child

〈밤, 네온〉:《미국 단편 소설(American Short Fiction)》

은행나무세계문학 에세 • 13

밤, 네온

1판 1쇄 발행 2023년 10월 13일

지은이·조이스 캐럴 오츠
옮긴이·이수영
펴낸이·주연선

(주)은행나무
04035 서울특별시 마포구 양화로11길 54
전화·02)3143-0651~3 | 팩스·02)3143-0654
신고번호·제 1997—000168호(1997. 12. 12)
www.ehbook.co.kr
ehbook@ehbook.co.kr

ISBN 979-11-6737-359-5 (04800)
ISBN 979-11-6737-117-1 (세트)